Diogenes Taschenbuch 21583

F. Scott Fitzgerald
Meistererzählungen

*Ausgewählt und mit
einem Nachwort von
Elisabeth Schnack*

Diogenes

Copyright © 1988 by
E. L. Hazzard, M. J. Bruccoli,
R. A. Boose Trustees u/a
7/3/75 created by F. S. F. Smith

Alle Rechte vorbehalten
Copyright © 1988
Diogenes Verlag AG Zürich
40/89/8/2
ISBN 3 257 21583 5

Inhalt

Bernices Bubikopf 7
Bernice Bobs Her Hair, deutsch von Walter Schürenberg

Der Eispalast 47
The Ice Palace, deutsch von Walter Schürenberg

Winterträume 86
Winter Dreams, deutsch von Walter Schürenberg

Gretchens Nickerchen 122
Gretchen's Forty Winks, deutsch von Walter Schürenberg

»Das Vernünftige« 152
›*The Sensible Thing*‹, deutsch von Elga Abramowitz

Der Tanz 175
The Dance, deutsch von Anna von Cramer-Klett

Anziehung 199
Magnetism, deutsch von Walter Schürenberg

Vor der Möbeltischlerei 235
Outside the Cabinet-Makers, deutsch von Walter Schürenberg

Die letzte Schöne des Südens 242
The Last Belle of the South, deutsch von Elga Abramowitz

Wiedersehen mit Babylon 269
Babylon Revisited, deutsch von Walter Schürenberg

Vertrackter Sonntag 302
Crazy Sunday, deutsch von Walter Schürenberg

Familie im Wind   330
Family in the Wind, deutsch von Elga Abramowitz

Nachwort   361

Hinweis   368

Bernices Bubikopf

I

An Samstagabenden nach Dunkelheit konnte man auf dem ersten Abschlag des Golfplatzes stehen und sah die Fenster des Landclubs als einen gelbleuchtenden Streifen über einem sehr dunklen, bewegten Meer. Die Wogen dieses Meeres bestanden sozusagen aus den Köpfen vieler neugieriger Caddies, einiger gewitzter Chauffeure und der tauben Schwester des Golftrainers – und dann gab es gewöhnlich mehrere schüchterne Brandungswellen, die ins Innere hätten dringen können, wenn sie gewollt hätten. Das war die Galerie.

Der erste Rang war drinnen. Er bestand aus den Korbsesseln, die rings an den Wänden dieser Kombination von Clubraum und Tanzsaal aufgereiht waren. Bei diesen Samstag-Tanzabenden war er überwiegend weiblich; ein buntes Gemisch mittelalterlicher Damen mit scharfen Augen und eisigen Herzen hinter Lorgnetten und gewaltigen Busen. Die Hauptfunktion dieses ersten Rangs war Kritik. Sie äußerte sich manchmal widerwillig bewundernd, aber niemals zustimmend, denn bei Damen über fünfunddreißig ist es sattsam bekannt, daß die jüngere Generation, wenn sie an Sommerabenden tanzt, dies nur mit den finstersten Absichten der Welt tut, und wenn sie nicht mit Blicken aus versteinerten Augen bombardiert werden, machen sich Paare selbständig und tanzen in dunklen Ecken barbarische Extratouren, und die beliebteren, gefährlicheren Mädchen lassen sich manchmal in den geparkten Limousinen nichts ahnender ehrbarer Witwen küssen.

Aber schließlich sitzt dieser Kreis von Kritikerinnen nicht nahe genug an der Bühne, um die Gesichter der Schauspieler zu sehen und das feinere Mienenspiel zu erfassen. Er kann nur stirnrunzeln und sich vorneigen, Fragen stellen und befriedigende Schlüsse aus dem Vorrat an Postulaten ziehen, wie etwa der Feststellung, daß jeder junge Mann mit einem großen Einkommen wie ein gejagtes Wild lebt. Und niemals begreifen sie wirklich das Drama dieser ständig sich wandelnden, versteckt grausamen Welt der Heranwachsenden. Nein: Logen, Proszenium, Hauptdarsteller und Chor sind lediglich repräsentiert durch ein wirres Gemisch von Gesichtern und Stimmen, das auf den schwermütigen afrikanischen Klängen von Dyers Tanzorchester dahintreibt.

Von dem sechzehnjährigen Otis Ormonde, der noch zwei Jahre auf der Hill School vor sich hat, bis zu G. Reece Stoddard, über dessen Schreibtisch zuhause ein Harvard-Diplom hängt; von der kleinen Madeleine Hogue, deren hochfrisiertes Haar sich oben auf ihrem Kopf noch nicht recht wohlfühlt, bis zu Bessie MacRae, die ein bißchen zu lange – seit über zehn Jahren – Mittelpunkt gewesen ist. Dieses Personengemisch bildet nicht nur das Zentrum der Bühne, sondern es besteht aus den Leuten, die allein imstande sind, das Geschehen ungeniert zu beobachten.

Mit einem Tusch und Knall hört die Musik auf. Die Paare lächeln einander gekonnt zu, wiederholen zum Spaß das »tam-tadamta-tamtam«, und dann erhebt sich das

Geplapper junger weiblicher Stimmen über dem Beifallklatschen.

Ein paar enttäuschte Einzelgänger, die gerade mitten auf dem Parkett waren, um sich eine Partnerin zu angeln, zogen sich mit gleichgültigen Mienen wieder zurück, denn hier ging es nicht wie bei den turbulenten Weihnachtsbällen zu – diese sommerlichen Tanzereien galten eben nur als ein herzerfreuendes Vergnügen, wobei sogar die Jungverheirateten sich erhoben und, nachsichtig belächelt von ihren jüngeren Brüdern und Schwestern, vorsintflutliche Walzer und gräßliche Foxtrotts tanzten.

Warren McIntyre, gelegentlich Student in Yale und einer der unglücklichen Herren ohne Dame, fingerte in seiner Smokingtasche nach einer Zigarette und schlenderte hinaus auf die große, halbdunkle Veranda, wo Paare verstreut unter Lampions an Tischen saßen und den Abend mit beiläufigem Gerede und verschwommenem Gelächter erfüllten. Hier und da nickte er den weniger Beteiligten zu, und bei jedem einzelnen Paar, an dem er vorbeikam, fiel ihm irgendeine halbvergessene Klatschgeschichte wieder ein; denn dies war keine große Stadt und jedermann war ein wandelndes Who's Who für jedermanns Vergangenheit. Da saßen zum Beispiel Jim Strain und Ethel Demorest, die seit drei Jahren heimlich verlobt waren. Jedermann wußte, daß Ethel, sobald Jim es fertigbrächte, mehr als zwei Monate einen Job zu behalten, ihn heiraten würde. Doch wie gelangweilt sahen sie beide aus und wie bekümmert blickte Ethel Jim manchmal an, als frage sie sich, warum sie sich mit den Ranken ihrer Zuneigung an solch einer windgeschüttelten Pappel emporgewunden hatte.

Warren war neunzehn und bemitleidete fast die seiner

Freunde, die nicht im Osten aufs College gegangen waren. Aber wie die meisten jungen Männer prahlte er gewaltig mit den Mädchen seiner Stadt, wenn er fern von ihr war. Da war Genevieve Ormonde, die regelmäßig bei Tanzereien, Hausparties und Footballspielen in Princeton, Yale, Williams und Cornell die Runde machte; da war die dunkeläugige Roberta Dillon, die in ihrer Generation ebenso berühmt war wie Hiram Johnson oder Ty Cobb; und natürlich Marjorie Harvey, die nicht nur ein feenhaftes Gesicht und ein fabelhaftes, verblüffendes Mundwerk hatte, sondern auch schon mit Recht gefeiert wurde, weil sie beim letzten Pump-and-Slipper-Ball in New Haven fünfmal hintereinander radgeschlagen hatte.

Warren, aufgewachsen in einem Haus gegenüber von Marjorie, war lange Zeit »verrückt nach ihr« gewesen. Manchmal schien sie seine Gefühle dankbar zu erwidern, aber dann hatte sie ihn ihrem unfehlbaren Test unterworfen und ihm feierlich mitgeteilt, daß sie ihn nicht liebe. Ihr Test bestand darin, daß sie ihn, wenn sie fern von ihm war, vergaß und sich mit anderen Jungen einließ. Das war enttäuschend für Warren, zumal Marjorie während des ganzen Sommers kleine Reisen unternommen hatte und er jedesmal nach ihrer Rückkehr in den ersten zwei oder drei Tagen auf dem Tisch in der Halle der Harveys ganze Stapel von Post liegen sah, jeweils in einer anderen männlichen Handschrift an sie adressiert. Damit nicht genug, hatte sie den ganzen August hindurch Besuch von ihrer Cousine Bernice aus Eau Claire, und es war so gut wie unmöglich, sie allein zu sprechen. Stets mußte er nach jemand herumjagen, der sich der Cousine annahm, und das wurde allmählich immer schwieriger.

Bei all seiner Verehrung für Marjorie mußte er sich doch

10

eingestehen, daß Cousine Bernice sozusagen ein hoffnungsloser Fall war. Sie war hübsch, mit dunklem Haar und frischen Farben, aber mit ihr auf einer Party – das war kein Spaß. Jeden Samstagabend tanzte er Marjorie zuliebe einen langen beschwerlichen Pflichttanz mit ihr, aber ihre Gesellschaft langweilte ihn im höchsten Grade.

»Warren« – eine weiche Stimme an seiner Seite riß ihn aus seinen Gedanken, und er erblickte Marjorie, lebhaft und strahlend wie immer. Sie legte eine Hand auf seine Schulter, und Warren erglühte fast unmerklich.

»Warren«, flüsterte sie, »tu mir einen Gefallen – tanz mit Bernice. Sie klebt schon fast eine Stunde an dem kleinen Otis Ormonde.«

Warren erglühte nicht mehr.

»Wie? Natürlich«, antwortete er nicht sehr überzeugt.

»Du hast doch nichts dagegen, nicht wahr? Ich sorge dafür, daß du nicht kleben bleibst.«

»Schon recht.«

Marjorie lächelte – jenes Lächeln, das Dank genug war.

»Du bist ein Engel. Ich bin dir ja so dankbar.«

Mit einem Seufzer sah der Engel sich auf der Veranda um, aber Bernice und Otis waren nirgends zu sehen. Er ging wieder ins Innere, und dort vor der Damengarderobe fand er Otis inmitten einer Gruppe junger Männer, die sich vor Lachen bogen. Otis schwang ein Holzscheit, das er irgendwo gefunden hatte, und war mächtig in Fahrt.

»Sie ist hinein, um ihre Frisur zu richten«, verkündete er übertrieben laut. »Ich warte hier, um eine weitere Stunde mit ihr zu tanzen.«

Neues Gelächter.

»Warum klatscht ihr uns nicht ab?« rief Otis ärgerlich. »Sie liebt Abwechslung.«

»Aber Otis«, meinte ein Freund, »du bist doch noch kaum mit ihr warmgeworden.«

»Wozu dieses Holzscheit, Otis«, fragte Warren lächelnd.

»Das Holzscheit? Das hier? Das ist eine Keule. Wenn sie rauskommt, hau ich ihr damit auf den Kopf und stoß sie wieder rein.«

Warren ließ sich maßlos erheitert auf ein Sofa sinken.

»Macht nichts«, brachte er schließlich heraus. »Diesmal erlöse ich dich.«

Otis simulierte einen Ohnmachtsanfall und händigte Warren das Holzscheit aus.

»Falls du es brauchst, Alter«, sagte er krächzend.

Ganz gleich, wie schön oder blendend ein Mädchen sein mag, der Ruf, nicht häufig von anderen Tänzern geholt worden zu sein, gereicht ihr zum Nachteil. Es kommt vor, daß manche Jungen sich in ihrer Gesellschaft wohler fühlen als mit den flatterhaften Geschöpfen, mit denen sie wohl ein dutzendmal an einem Abend tanzen, aber die Jugend dieser mit dem Jazz aufgewachsenen Generation ist von unruhiger Gemütsart, und der Gedanke, mehr als einen Foxtrott mit dem selben Mädchen zu tanzen, ist lästig, um nicht zu sagen widerlich. Wenn es zu mehreren Tänzen nebst den Musikpausen kommt, kann sie ganz sicher sein, daß ein junger Mann, der einmal von ihr losgekommen ist, ihr niemals wieder auf ihre eigenwilligen Füßchen treten wird.

Warren tanzte den ganzen nächsten Tanz mit Bernice und führte sie schließlich, dank einer Musikpause, an einen Tisch auf der Veranda. Es wurde einen Augenblick still, während sie nicht sehr eindrucksvoll mit ihrem Fächer hantierte.

»Hier ist's heißer als in Eau Claire«, sagte sie.

Warren unterdrückte einen Seufzer und nickte. Das mochte sein, soviel er wußte oder sich überhaupt dafür interessierte. Er fragte sich nebenbei, ob sie schlechte Konversation machte, weil sie keine Beachtung fand, oder ob sie keine Beachtung fand, weil sie schlechte Konversation machte.

»Werden Sie noch länger bleiben?« fragte er und errötete zugleich. Sie mochte wittern, warum er das fragte.

»Noch eine Woche«, antwortete sie und starrte ihn an, wie um sich an seine nächste Bemerkung zu klammern, sobald sie über seine Lippen käme.

Warren wurde unruhig. Dann beschloß er aus einer plötzlichen barmherzigen Anwandlung, es auf seine Art mit ihr zu versuchen. Er wandte sich ihr zu und sah ihr in die Augen.

»Sie haben einen Mund – zum Küssen«, sagte er in aller Ruhe.

Diese Bemerkung pflegte er manchmal bei College-Bällen an Mädchen zu richten, wenn man sich in einem Halbdunkel wie hier unterhielt. Bernice fuhr sichtlich zusammen. Sie errötete unvorteilhaft und kam mit ihrem Fächer nicht zurecht. Niemand hatte je so etwas zu ihr gesagt.

»Unverschämt!« – das war ihr entschlüpft, ehe sie es noch merkte, und sie biß sich auf die Lippen. Der Entschluß, sich amüsiert zu zeigen, kam zu spät, und sie versuchte es mit einem hastigen Lächeln.

Warren war verärgert. Wenn er auch nicht erwartete, mit dieser Bemerkung ernstgenommen zu werden, so provozierte sie doch meistens ein Lachen oder ein neckisches Wortgeplänkel. Und er haßte es, unverschämt genannt zu werden, außer im Scherz. Sein barmherziger Impuls war verflogen, und er wechselte das Thema.

»Jim Strain und Ethel Demorest lassen mal wieder einen Tanz aus, wie gewöhnlich«, bemerkte er.

Das lag mehr auf der Linie von Bernice, aber ein leises Bedauern mischte sich dennoch in ihre Erleichterung über den Themawechsel. Zu ihr sprachen Männer nicht über Münder zum Küssen, aber sie wußte, daß sie so oder ähnlich zu anderen Mädchen sprachen.

»Oh, ja«, sagte sie und lachte. »Ich höre, daß sie schon jahrelang so herumtändeln ohne einen roten Heller. Ist das nicht albern?«

Warrens Abneigung verstärkte sich. Jim Strain war ein guter Freund seines Bruders, und im übrigen fand er es ungezogen, über Leute zu spotten, weil sie kein Geld hatten. Aber Bernice hatte jeder Spott ferngelegen. Sie war lediglich überreizt.

II

Als Marjorie und Bernice gegen halb eins nachhause kamen, sagten sie einander oben an der Treppe Gutenacht. Zwar waren sie Cousinen, aber nicht intim miteinander. Tatsächlich hatte Marjorie keine intimen Freundinnen – sie hielt Mädchen für dumm. Bernice hingegen hatte sich während dieses ganzen verwandtschaftlich arrangierten Besuchs danach gesehnt, jene mit Kichern und Tränen gewürzten Geständnisse auszutauschen, die für sie der Inbegriff allen weiblichen Umgangs waren. Doch in diesem Punkt stieß sie bei Marjorie eher auf Kälte; im Gespräch mit ihr hatte sie die gleichen Schwierigkeiten, die sie mit Männern hatte. Marjorie kicherte nie, war niemals verängstigt, selten in Verlegenheit und hatte wirklich kaum jene Eigenschaften, die Bernice als typisches Merkmal und Segen der Weiblichkeit empfand.

Als Bernice an diesem Abend mit Zahnbürste und Zahnpasta beschäftigt war, fragte sie sich wohl zum hundertsten Mal, warum sie fern von zuhause niemals Beachtung fand. Daß ihre Familie die reichste in Eau Claire war, daß ihre Mutter ungeheuer gastfrei war, vor jedem Ball ein kleines Abendessen für ihre Tochter ausrichtete und ihr ein eigenes Auto kaufte, um damit umherzufahren – es wäre ihr nie eingefallen, daß diese Dinge bei ihrem gesellschaftlichen Erfolg daheim eine Rolle spielten. Gleich den meisten Mädchen war sie mit der warmen Milch der Annie Fellows Johnston aufgezogen worden und mit Romanen, in denen das Weib wegen gewisser mysteriöser fraulicher Qualitäten geliebt wurde, von denen ständig die Rede war, die aber niemals gezeigt wurden.

Es bekümmerte Bernice, daß es ihr zur Zeit an allgemeiner Beliebtheit mangelte. Sie wußte nicht, daß sie, hätte Marjorie sich nicht für sie eingesetzt, den ganzen Abend nur einen Tänzer gehabt haben würde; aber sie wußte, daß selbst in Eau Claire andere Mädchen von geringerem Stand und geringerer Schönheit sehr viel mehr Zulauf hatten. Sie schrieb dies irgendeiner subtilen Skrupellosigkeit bei diesen Mädchen zu. Es hatte sie nie bekümmert, andernfalls würde ihre Mutter ihr versichert haben, daß jene Mädchen sich nur gemein machten und daß Männer in Wahrheit nur Mädchen wie Bernice respektierten.

Sie knipste das Licht in ihrem Badezimmer aus, und dann fiel ihr ein, sie könnte noch ein wenig zu ihrer Tante

Josephine hineingehen, bei der noch Licht brannte, und mit ihr plaudern. Auf ihren weichen Pantoffeln ging sie lautlos durch die teppichbelegte Halle, aber als sie drinnen Stimmen hörte, blieb sie in der Nähe der halboffenen Tür stehen. Dann schnappte sie ihren Namen auf und zögerte, noch ohne die bestimmte Absicht zu lauschen, aber der Faden der Unterhaltung, die da vor sich ging, drang so scharf in ihr Bewußtsein, als würde er mit einer Nadel hindurchgezogen.

»Sie ist absolut hoffnungslos!« Das war Marjories Stimme. »Oh, ich weiß, was du sagen willst! So viele Leute haben dir gesagt, wie nett und lieb sie ist und wie gut sie kochen kann! Was ist das schon? Sie langweilt sich. Die Männer mögen sie nicht.«

»Was liegt an so einer kleinen billigen Popularität?« Mrs. Harvey tönte ärgerlich.

»Sie bedeutet alles, wenn man achtzehn ist«, sagte Marjorie emphatisch. »Ich habe mein Bestes getan. Ich habe höflich Männer veranlaßt, mit ihr zu tanzen, aber sie wollen nun mal nicht angeödet werden. Wenn ich denke, wieviel Farbenpracht an so ein Mauerblümchen verschwendet ist und was Martha Carey daraus machen würde – oh!«

»Es gibt eben heutzutage keine Courtoisie mehr.«

Bei Mrs. Harvey klang durch, daß moderne Situationen einfach zu viel für sie waren. In ihrer Jugend hatten alle jungen Mädchen aus guten Familien glanzvolle Zeiten.

»Nun«, sagte Marjorie, »kein Mädchen kann ständig solch einem lahmen Huhn auf die Beine helfen, weil heutzutage jedes Mädchen für sich selbst einstehen muß. Ich habe ihr sogar Winke für ihre Kleidung gegeben, und sie ist wütend geworden und hat komisch geguckt. Sie ist sensibel genug, um zu wissen, daß sie nicht viel erreichen kann, aber ich wette, sie tröstet sich mit dem Gedanken, daß sie sehr tugendhaft ist und daß ich allzu leichtlebig und unbeständig bin und ein böses Ende nehmen werde. Alle Mädchen, die nicht beliebt sind, denken so. Saure Trauben! Sarah Hopkins spricht von Genevieve und Roberta und mir nur als von Orchideenmädchen! Ich wette, sie würde zehn Jahre ihres Lebens und ihre europäische Bildung hingeben, um ein Orchideenmädchen zu sein und drei oder vier Verehrer zu haben und beim Tanzen alle drei Schritte von einem anderen aufgefordert zu werden.«

»Jedenfalls scheint mir«, sagte Mrs. Harvey leicht erschöpft, »du solltest es über dich bringen, etwas für Bernice zu tun. Ich weiß, sie ist nicht besonders lebhaft.«

Marjorie stöhnte.

»Lebhaft! Großer Gott! Ich habe sie noch zu keinem Jungen etwas anderes sagen hören als, daß es heiß ist oder zu voll auf der Tanzfläche oder daß sie nächstes Jahr in New York aufs College geht. Manchmal fragt sie ihn auch, was für ein Auto er hat, und sagt ihm, was für eins sie hat. Aufregend!«

Es gab eine kurze Pause, dann nahm Mrs. Harvey ihren Refrain wieder auf:

»Ich weiß nur, daß andere Mädchen, die nicht halb so reizend und attraktiv sind, Partner bekommen. Martha Carey zum Beispiel ist dick und laut, und ihre Mutter ist entschieden ordinär. Roberta Dillon ist dieses Jahr so mager, daß sie aussieht, als müßte sie zur Kur nach Arizona. Die tanzt sich noch zu Tode.«

»Aber Mutter«, widersprach Marjorie heftig, »Martha ist lustig und fabelhaft geistreich und fabelhaft clever, und

Roberta kann wunderbar tanzen. Sie ist seit Urzeiten allgemein beliebt!«

Mrs. Harvey gähnte.

»Ich glaube, es ist dieses vertrackte indianische Erbe bei Bernice«, fuhr Marjorie fort. »Das ist vielleicht auf sie zürückgeschlagen. Indianische Frauen haben immer nur herumgesessen und nie ein Wort gesagt.«

»Geh zu Bett, du böses Kind«, lachte Mrs. Harvey. »Ich hätte dir das nie anvertraut, wenn ich hätte denken müssen, du würdest dich daran erinnern. Und ich glaube, die meisten deiner Vorstellungen sind einfach absurd«, endete sie in schläfrigem Ton.

Wieder eine Schweigepause, während der Marjorie überlegte, ob es der Mühe wert sei, ihre Mutter zu überzeugen oder nicht. Menschen über vierzig lassen sich selten auf Dauer von etwas überzeugen. Mit achtzehn sind unsere Überzeugungen Hügel, von denen wir herabblikken; mit fünfundvierzig sind es Höhlen, in denen wir uns verschanzen.

Zu dieser Erkenntnis gekommen, sagte Marjorie Gutenacht. Als sie aus dem Zimmer trat, war die Halle leer.

III

Während Marjorie spät am nächsten Tag frühstückte, kam Bernice mit einem eher förmlichen Gutenmorgen ins Zimmer, setzte sich ihr gegenüber, sah sie über den Tisch hinweg scharf an und befeuchtete ein wenig ihre Lippen.

»Was hast du auf dem Herzen?« fragte Marjorie einigermaßen verwirrt.

Bernice wartete noch, ehe sie ihre Handgranate warf.

»Ich habe gehört, was du gestern abend über mich zu deiner Mutter gesagt hast.«

Marjorie erschrak, aber sie errötete nur leicht und ihre Stimme klang ganz ruhig, als sie sprach.

»Wo warst du?«

»In der Halle. Ich hatte nicht die Absicht zu lauschen – zuerst jedenfalls.«

Nach einem unwillkürlich verachtungsvollen Blick senkte Marjorie die Augen und schien mächtig interessiert, ein verirrtes Cornflake auf dem Finger zu balancieren.

»Ich glaube, ich fahre besser zurück nach Eau Claire – wenn ich solch eine Plage bin.« Bernices Unterlippe zitterte heftig und sie fuhr mit bebender Stimme fort: »Ich habe versucht, nett zu sein, und – und zuerst hat man mich geringschätzig behandelt und dann gekränkt. Niemand, der je bei mir zu Besuch war, hat eine solche Behandlung erfahren.«

Marjorie schwieg.

»Aber ich bin im Wege, ich weiß. Ich bin dir ein Klotz am Bein. Deine Freunde mögen mich nicht.« Sie machte eine Pause, und dann fiel ihr einer ihrer anderen Beschwerdegründe ein. »Natürlich war ich wütend, als du vorige Woche anzudeuten versuchtest, jenes Kleid sei unvorteilhaft. Glaubst du, ich wüßte nicht selbst, mich anzuziehen?«

»Nein«, murmelte Marjorie kaum vernehmbar.

»Was?«

»Ich habe überhaupt nichts angedeutet«, sagte Marjorie scharf. »Soweit ich mich erinnere, sagte ich, es sei besser, ein vorteilhaftes Kleid dreimal hintereinander zu tragen als im Wechsel mit zwei unmöglichen Kleidern.«

»Findest du es denn besonders nett, so etwas zu sagen?«

»An Nettsein habe ich dabei nicht gedacht.« Dann nach einer Pause: »Wann willst du also abreisen?«

Bernice holte tief Luft.

»Oh!« Es war wie ein kleiner Aufschrei.

Marjorie blickte überrascht auf.

»Sagtest du nicht, du wolltest –?«

»Ja, aber –.«

»Oh, du hast nur geblufft!«

Einen Augenblick starrten sie einander über den Frühstückstisch hinweg an. Nebel wallten vor Bernices Augen, während Marjories Gesicht jenen etwas strengen Ausdruck annahm, den sie bei leicht beschwipsten Studenten, die ihr den Hof machen wollten, anzuwenden pflegte.

»Du wolltest also nur bluffen«, wiederholte sie, als hätte sie das erwarten können.

Bernice gab es zu, indem sie in Tränen ausbrach. Marjories Augen blickten gelangweilt.

»Du bist meine Cousine«, schluchzte Bernice. »Ich b-bin b-bei dir zu Besuch. Ich sollte einen Monat bleiben und w-wenn ich heimfahre, w-wird meine Mutter sich w-was denken –.«

Marjorie wartete, bis die gebrochene Redeflut in kleinen Schnaufern erstarb.

»Ich werde dir mein Taschengeld von diesem Monat geben«, sagte sie kühl, »und du kannst diese letzte Woche verbringen, wo du willst. Es gibt da ein sehr hübsches Hotel –.«

Bernices Schluchzer gingen in eine höhere Tonlage über, und plötzlich stand sie auf und floh aus dem Zimmer.

Als Marjorie eine Stunde später in der Bibliothek mit der Abfassung eines jener unverbindlichen, wunderbar nichtssagenden Briefe beschäftigt war, wie sie nur ein junges Mädchen zu schreiben versteht, erschien Bernice wieder, mit stark geröteten Augen, aber äußerlich ruhig. Sie sah nicht zu Marjorie hin, sondern nahm sich aufs Geratewohl ein Buch aus dem Regal und setzte sich wie zum Lesen hin. Marjorie schien ganz auf ihren Brief konzentriert und schrieb weiter. Als die Uhr auf Mittag zeigte, klappte Bernice ihr Buch zu.

»Ich denke, ich besorge jetzt besser meine Fahrkarte.«

Das war nicht die Eröffnung des Gesprächs, wie sie es sich oben zurechtgelegt hatte, aber da Marjorie ihr kein Stichwort brachte – sie nicht drängte, vernünftig zu sein, und alles sei ein Mißverständnis –, war dies der beste Anfang, der ihr einfiel.

»Warte noch, bis ich mit dem Brief fertig bin«, sagte Marjorie, ohne aufzublicken. »Ich möchte, daß er mit der nächsten Post mitgeht.«

Nach einer weiteren Minute, während der ihre Feder eifrig über das Papier kratzte, wandte Marjorie sich um und lehnte sich mit einem Ausdruck wie »zu deinen Diensten« zurück. Und wieder war es an Bernice, das Wort zu nehmen.

»Willst du wirklich, daß ich heimfahre?«

»Nun«, sagte Marjorie und überlegte, »ich finde, wenn es dir nicht mehr gefällt, solltest du besser abreisen. Wozu hier weiter unglücklich sein.«

»Glaubst du nicht, daß gewöhnliche Freundlichkeit –.«

»Oh, bitte, komm mir nicht mit Zitaten aus *Little Women*!« rief Marjorie ungehalten. »Das ist aus der Mode.«

»Meinst du?«

»Himmel, ja! Welches moderne Mädchen könnte noch leben wie jene faden weiblichen Geschöpfe?«

»Sie waren aber Vorbild für unsere Mütter.«

»Ja, das waren sie – oder auch nicht! Außerdem, unsere Mütter waren auf ihre Art ganz in Ordnung, aber sie wissen sehr wenig von den Problemen ihrer Töchter.«

Bernice richtete sich auf.

»Bitte, sprich nicht über meine Mutter.«

Marjorie lachte.

»Ich wüßte nicht, daß ich sie erwähnt hätte.«

Bernice spürte, daß sie von ihrem Thema abgebracht wurde.

»Glaubst du, daß du mich besonders nett behandelt hast?«

»Ich habe mein Bestes getan. Man hat es einigermaßen schwer mit dir.«

Bernices Augenlider röteten sich wieder.

»Ich finde, daß du hart und selbstsüchtig bist, und du empfindest überhaupt nicht weiblich.«

»Ach, mein Gott!« rief Marjorie verzweifelt aus. »Du Einfaltspinsel! Mädchen wie du sind für all die langweiligen, farblosen Ehen verantwortlich; all diese fatalen Hilflosigkeiten, die als weibliche Eigenschaften gelten. Was für ein Schlag für einen Mann von Fantasie muß es sein, wenn er das herrliche Kleiderbündel heiratet, um das er ein Gebäude von Idealen errichtet hat, und entdeckt, daß es nur ein jämmerlicher Haufen affektierter Gefühle ist!«

Bernice staunte mit halboffenem Mund.

»Die frauliche Frau!« fuhr Marjorie fort. »Ihr ganzes Vorleben ist damit ausgefüllt, jammernd an Mädchen wie mir herumzumäkeln, die sich wirklich amüsieren.«

Bernices Kinn sackte weiter abwärts, als sich Marjories Stimme hob.

»Man kann noch verstehen, daß sich ein häßliches Mädchen beklagt. Wenn ich hoffnungslos häßlich gewesen wäre, hätte ich meinen Eltern nie verziehen, mich in die Welt gesetzt zu haben. Aber du beginnst dein Leben ohne das geringste Handicap –.« Marjorie ballte ihre kleine Faust. »Wenn du erwartest, daß ich mit dir jammere, hast du dich geirrt. Geh oder bleibe, ganz wie du willst.« Damit nahm sie ihren Brief und verließ das Zimmer.

Bernice schützte Kopfschmerzen vor und erschien nicht zum Lunch. Sie waren zu einer Matinee am Nachmittag verabredet, aber da die Kopfschmerzen anhielten, erklärte Marjorie die Sache einem Jungen, der darüber nicht besonders traurig war. Als sie spät am Nachmittag zurückkehrte, fand sie in ihrem Schlafzimmer Bernice, die sie mit seltsam entschlossener Miene erwartete.

»Ich habe entschieden«, begann Bernice ohne Umschweife, »daß du vielleicht in manchem recht hast – vielleicht auch nicht. Aber wenn du mir sagst, warum deine Freunde sich nicht – nicht für mich interessieren, will ich sehen, ob ich tun kann, was du von mir verlangst.«

Marjorie saß vor dem Spiegel und schüttelte ihr langes Haar.

»Meinst du das wirklich?«
»Ja.«
»Ohne Vorbehalte? Willst du genau tun, was ich sage?«
»Nun, ich –.«
»Nichts da! Willst du genau tun, was ich sage?«
»Wenn es vernünftig ist.«

»Das ist es nicht! Mit Vernunft ist dir nicht beizukommen.«

»Willst du mir etwa Ratschläge – Empfehlungen –.«

»Ja, alles. Wenn ich dir rate, Boxunterricht zu nehmen, mußt du das tun. Schreib nachhause und sag deiner Mutter, du bliebest noch weitere zwei Wochen.«

»Wenn du mir sagen wolltest –.«

»Schön – ich nenne dir jetzt nur ein paar Beispiele. Erstens, du bewegst dich nicht ungezwungen. Warum? Weil du deiner Erscheinung nie ganz sicher bist. Wenn ein Mädchen das Gefühl hat, vollkommen gut angezogen zu sein, dann braucht es darüber nicht mehr nachzudenken. Das ist Charme. Je mehr du es fertigbringst, dies und jenes an dir zu vergessen, desto mehr Charme hast du.«

»Sehe ich denn nicht manierlich aus?«

»Nein; zum Beispiel kümmerst du dich nie um deine Augenbrauen. Sie sind schwarz und üppig, aber indem du sie wild wuchern läßt, sind sie ein Makel. Sie wären wunderschön, wenn du nur ein Zehntel der Zeit, die du mit Nichtstun vergeudest, auf sie verwenden würdest. Du wirst sie bürsten, damit sie in einer Richtung wachsen.«

Bernice hob die fraglichen Brauen.

»Willst du sagen, daß Männer auf Augenbrauen achten?«

»Ja – unbewußt. Und wenn du nachhause kommst, solltest du deine Zähne ein wenig richten lassen. Es fällt nicht sehr auf, dennoch –«

»Aber ich dachte«, unterbrach Bernice bestürzt, »du verachtest solche kleinen weiblichen Niedlichkeiten.«

»Ich hasse niedliche Gemüter«, erwiderte Marjorie. »Aber ein Mädchen muß in sich kostbar und erlesen sein. Wenn sie nach einer Million Dollar aussieht, kann sie über

Rußland reden, über Ping-Pong oder den Völkerbund, und kommt damit durch.«

»Was noch?«

»Oh, ich fange gerade erst an! Da wäre dein Tanzen.«

»Tanze ich nicht richtig?«

»Nein, du tanzt nicht richtig – du stützt dich auf den Mann; ja, das tust du – wenn auch nur leicht. Ich bemerkte es, als wir gestern nebeneinander tanzten. Und du tanzt in aufrechter Haltung, statt dich ein wenig vorzuneigen. Vielleicht hat irgendeine alte Dame vom Rand des Parketts dir einmal gesagt, auf die Art hättest du mehr Würde. Aber außer mit einer sehr kleinen Partnerin ist das für den Mann sehr viel beschwerlicher, und auf ihn kommt es schließlich an!«

»Nur weiter.« Bernice wirbelte der Kopf.

»Also, du mußt lernen, auch zu Männern von der Kategorie traurige Vögel nett zu sein. Immer wenn du mit einem zu tun hast, der nicht zu den begehrtesten Jungen gehört, siehst du wie beleidigt aus. Sieh mal, Bernice, ich werde alle paar Schritte von einem anderen aufgefordert – und welche sind das meistens? Eben jene traurigen Vögel. Kein Mädchen kann es sich leisten, sie zu vernachlässigen. Sie bilden den größten Teil jeder Gesellschaft. Bei Jungen, die zu schüchtern zum Reden sind, lernt man Konversation am besten. Ungeschickte Jungen sind das beste Training. Wenn du mit ihnen schritthalten kannst, dann auch mit einem Baby-Tank durch den größten Stacheldrahtverhau.«

Bernice seufzte tief auf, aber Marjorie war noch nicht fertig.

»Wenn du auf einen Ball gehst und, sagen wir, drei solche traurigen Vögel, die mit dir tanzen, wirklich gut unterhältst; wenn du sie durch deine gewandte Konversation vergessen machst, daß sie bei dir festkleben, dann hast du was erreicht. Sie kommen bei nächster Gelegenheit wieder, und nach und nach werden so viele traurige Vögel mit dir tanzen, daß die attraktiveren Jungen sich sagen, da ist keine Gefahr, kleben zu bleiben – und dann werden auch sie mit dir tanzen.«

»Ja«, pflichtete Bernice zaghaft bei. »Ich glaube ich begreife allmählich.«

»Und dann«, schloß Marjorie, »kommen Gelassenheit und Charme wie von selbst. Du wachst eines morgens auf und wirst wissen, daß du es geschafft hast, und die Männer werden es auch wissen.«

Bernice stand auf.

»Es war furchtbar nett von dir – aber niemand hat je so zu mir gesprochen, und darum bin ich ein bißchen verstört.«

Marjorie antwortete nicht, sondern betrachtete gedankenvoll ihr eigenes Bild im Spiegel.

»Du bist ein Schatz, daß du mir hilfst«, fuhr Bernice fort.

Marjorie antwortete immer noch nicht, und Bernice dachte, sie hätte wohl zu überschwenglich gedankt.

»Ich weiß, du magst keine übertriebenen Gefühle«, sagte sie zaghaft.

Marjorie wandte sich rasch zu ihr um.

»Oh, daran dachte ich nicht. Ich überlegte nur, ob wir dir nicht besser das Haar kurzschneiden lassen.«

Bernice fiel vor Schreck rücklings aufs Bett.

IV

Am folgenden Mittwochabend gab es einen Dinner-dance im Landclub. Als sie mit den Gästen hineingingen, fand Bernice ihre Tischkarte und war leicht erbittert. Wenn auch rechts von ihr G. Reece Stoddard saß, ein höchst begehrenswerter und vornehmer Junggeselle, so saß doch an der allein maßgebenden Linken nur Charley Paulson. Charley fehlte es an Größe, gutem Aussehen und gesellschaftlicher Gewandtheit, und Bernice kam mit ihrer neuen Aufgeklärtheit zu dem Schluß, er sei wohl nur dadurch als ihr Tischherr qualifiziert, weil er noch nie an ihr geklebt hatte. Aber ihre Verstimmung schwand mit dem letzten Löffel Suppe, und Marjories spezifische Unterweisung kam ihr in den Sinn. Indem sie ihren verletzten Stolz hinunterschluckte, wandte sie sich Charley Paulson zu und platzte heraus:

»Meinen Sie, ich sollte mir die Haare kurzschneiden lassen, Mr. Charley Paulson?«

Charley blickte überrascht auf.

»Wieso?«

»Weil ich es erwäge. Es ist so eine sichere und bequeme Art, auf sich aufmerksam zu machen.«

Charley lächelte liebenswürdig. Er konnte nicht wissen, daß das einstudiert war. Er erwiderte, daß er nicht viel von Bubiköpfen verstünde. Aber Bernice war imstande, es ihm zu sagen.

»Ich möchte ein Gesellschafts-Vamp sein«, verkündete sie kaltblütig und machte ihm weiter klar, daß kurze Haare dafür die notwendige Voraussetzung seien. Sie fügte noch hinzu, daß sie ihn um Rat fragen möchte, weil sie gehört habe, er sei in bezug auf Mädchen so kritisch.

Charley, der von weiblicher Psychologie ebenso viel Ahnung hatte wie von dem Geisteszustand buddhistischer Mönche, fühlte sich leicht geschmeichelt.

»Also habe ich mich entschlossen«, fuhr sie mit leicht erhobener Stimme fort, »Anfang nächster Woche zum Frisiersalon vom Sevier Hotel hinunterzugehen, mich in den ersten Sessel zu setzen und mir das Haar kurzschneiden zu lassen.« Sie verzagte ein wenig, als sie merkte, daß die Nächstsitzenden ihr Gespräch unterbrachen und zuhörten; aber nach einem Moment der Unschlüssigkeit wirkte Marjories Schulung wieder, und sie beendete ihren Satz hörbar für alle. »Natürlich nehme ich Eintritt, aber wenn ihr alle hinkommt und mir Mut macht, gebe ich Freiplätze im Parkett aus.«

Es gab ein beifälliges Gelächter, was G. Reece Stoddard dazu benutzte, sich zu ihr zu beugen und ihr ins Ohr zu flüstern: »Ich nehme schon jetzt eine Loge.«

Sie begegnete seinen Augen und lächelte, als hätte er etwas unübertrefflich Geistreiches gesagt.

»Glauben Sie an Bubiköpfe?« fragte G. Reece mit dem gleichen Unterton.

»Ich finde es unmoralisch«, versicherte Bernice ernsthaft. »Aber man muß nu mal die Leute amüsiern, ihnen was zu reden geben oder sie vorn Kopf stoßen.« Das hatte Marjorie bei Oscar Wilde aufgeschnappt. Es wurde von den Männern mit Gelächter und von den Mädchen mit etlichen raschen, gespannten Blicken quittiert. Und dann, als hätte sie nichts Witziges oder Bedeutendes gesagt, wandte sich Bernice wieder zu Charley und sagte ihm vertraulich ins Ohr:

»Ich möchte Ihre Meinung über verschiedene Leute wissen. Ich glaube, Sie kennen sich in Menschen aus.«

Charley war leicht verzückt und machte ihr das Kompliment, daß er ihr Wasserglas umstieß.

Zwei Stunden später, als Warren McIntyre müßig in der Reihe der damenlosen Nichttänzer stand, zerstreut auf die tanzenden Paare blickte und sich fragte, wohin und mit wem Marjorie verschwunden sei, beschlich ihn ohne jeden Zusammenhang das Gefühl, etwas wahrgenommen zu haben – nämlich, daß Bernice, die Cousine von Marjorie, in den letzten fünf Minuten mehrmals abgeklatscht worden war. Er schloß die Augen, machte sie dann wieder auf und sah hin. Noch vor ein paar Minuten hatte sie mit einem Jungen getanzt, der nur als Gast da war, eine Sache, die sich leicht erklären ließ; ein solcher Junge wußte es eben nicht besser. Aber jetzt tanzte sie mit einem anderen, und da war auch schon Charley Paulson, der mit freudiger Entschlossenheit im Blick auf sie zustrebte. Sonderbar – Charley forderte selten mehr als drei Mädchen an einem Abend auf.

Entschieden überrascht war Warren, als – nach vollzogenem Partnerwechsel – der Entlassene sich als niemand anders erwies als G. Reece Stoddard persönlich. Und G. Reece schien ganz und gar nicht erfreut darüber zu sein. Als Bernice das nächste Mal an ihm vorbeitanzte, betrachtete Warren sie aufmerksam. Ja, sie war hübsch, ausgesprochen hübsch; und heute abend lebte ihr Gesicht wirklich. Sie hatte jenen Blick, den keine Frau, auch mit noch so viel schauspielerischer Begabung, erfolgreich nachahmen kann – sie sah aus, als wäre sie wirklich in ihrem Element. Er mochte es, wie sie ihr Haar trug, und fragte sich, ob es Brillantine war, die es so schön glänzen ließ. Und das Kleid stand ihr gut – ein dunkelrotes, das ihre verschatteten Augen und ihren lebhaften Teint gut zur Geltung brachte. Er erinnerte sich, sie hübsch gefunden zu haben, als sie zuerst in die Stadt kam, ehe er noch entdeckt hatte, daß sie langweilig war. Zu schade, daß sie langweilig war – langweilige Mädchen waren unausstehlich – aber hübsch war sie dennoch.

Auf Umwegen kehrten seine Gedanken zu Marjorie zurück. Ihr Verschwinden würde so ausgehen wie in früheren Fällen. Wenn sie wieder erschien, würde er sie fragen, wo sie gewesen sei, und würde mit Nachdruck gesagt bekommen, daß ihn das nichts angehe. Wie schlimm, daß sie seiner so sicher war! Sie wiegte sich in dem sicheren Gefühl; daß kein anderes Mädchen in der Stadt ihn interessiere; sie forderte ihn geradezu auf, sich in Genevieve oder Roberta zu verlieben.

Warren seufzte. Die Wege zu Marjories Zuneigung waren wirklich labyrinthisch. Er sah auf. Wieder tanzte Bernice mit dem clubfremden Jungen. Halb unbewußt trat er aus der Reihe auf sie zu und zögerte. Dann sagte er sich, er wolle ihr nur etwas Gutes antun. Er ging weiter – und kollidierte plötzlich mit G. Reece Stoddard.

»Entschuldigen Sie«, sagte Warren.

Aber G. Reece hatte sich dadurch nicht aufhalten lassen. Denn schon hatte er Bernice wiederum aufgefordert.

An jenem Abend wandte sich Marjorie, mit einer Hand auf dem Lichtschalter in der Halle, zu Bernice um und tat einen letzten Blick auf ihre lebhaft glitzernden Augen.

»Es hat also geholfen?«

»Oh, Marjorie, ja!« rief Bernice.

»Ich habe gesehen, daß du dich gut amüsiert hast.«

»Das stimmt! Das einzige Unglück war, daß mir gegen

Mitternacht der Gesprächsstoff ausging. Ich war gezwungen, mich zu wiederholen – mit verschiedenen Männern natürlich. Hoffentlich vergleichen die nicht ihre Notizen miteinander.«

»Das tun Männer nicht«, sagte Marjorie gähnend, »und wenn schon – sie würden dich nur für um so raffinierter halten.«

Sie knipste das Licht aus, und als sie die Treppe hinaufgingen, hielt sich Bernice dankbar am Geländer fest. Zum ersten Mal in ihrem Leben hatte sie sich müdegetanzt.

»Du siehst«, sagte Marjorie oben an der Treppe, »ein Mann bemerkt, wie ein anderer dich mitten im Tanz auffordert, und schon denkt er, es muß etwas daran sein. Schön, morgen werden wir uns etwas Neues vornehmen. Gutenacht.«

»Gutenacht.«

Als Bernice ihr Haar herunterließ, ging sie den Abend noch einmal in der Erinnerung durch. Sie hatte sich genau an die Anweisungen gehalten. Sogar als Charley Paulson sie zum achten Mal abklatschte, hatte sie Entzücken geheuchelt und sich deutlich interessiert und geschmeichelt gezeigt. Sie hatte nicht über das Wetter oder über Eau Claire oder Autos oder ihre Schule geredet, sondern hatte ihre Konversation auf das Ich, das Du und das allgemeine Wir beschränkt.

Aber ein paar Minuten vor dem Einschlafen rebellierte ein Gedanke in ihrem schon verdämmernden Gehirn – schließlich war sie es, die das alles geschafft hatte. Gewiß, Marjorie hatte ihr die Gesprächsthemen geliefert, doch andererseits bestand Marjories Konversation weitgehend aus Dingen, die sie sich angelesen hatte. Bernice selbst hatte sich das rote Kleid gekauft, obwohl sie es nie besonders geschätzt hatte, bis Marjorie es aus ihrem Koffer hervorzog – und schließlich hatte sie mit *ihrer* Stimme gesprochen, *ihre* Lippen hatten gelächelt und *ihre* Füße hatten getanzt. Marjorie, gut und nett – wenn auch etwas eingebildet – netter Abend – nette Jungen – wie Warren – Warren – Warren – wie hieß er doch – Warren –.

Sie fiel in Schlaf.

V

Die folgende Woche war für Bernice eine einzige Offenbarung. Mit dem Gefühl, daß die Leute sie gern ansahen und ihr gern zuhörten, kam auch ihr Selbstvertrauen. Natürlich machte sie zuerst viele Fehler. Zum Beispiel wußte sie nicht, daß Draycott Deyo auf ein geistliches Amt hin studierte; sie ahnte nicht, daß er sie aufgefordert hatte, weil er sie für ein stilles, zurückhaltendes Mädchen hielt. Hätte sie das alles gewußt, hätte sie ihn nicht mit der Masche traktiert, die mit einem »Hallo, alter Kämpfer!« begann und dann in die Badewannen-Story überging –. »Es macht entsetzliche Mühe, im Sommer mein Haar zu frisieren – eine solche Fülle von Haar – also mache ich zuerst die Frisur und mein Make-up und setze meinen Hut auf; dann erst steige ich in die Badewanne und ziehe mich hinterher an. Finden Sie das nicht auch am besten?«

Obwohl Draycott Deyo gerade tief in Schwierigkeiten wegen der Baptistentaufe durch Eintauchen steckte und hierin womöglich eine Verbindung hätte sehen können, muß leider zugegeben werden, daß das nicht der Fall war. Er betrachtete weibliches Baden als ein unmoralisches Thema und entwickelte ihr stattdessen einige seiner Ideen über die Verderbtheit der modernen Gesellschaft.

Aber zum Ausgleich für diesen peinlichen Vorfall konnte Bernice mehrere bemerkenswerte Erfolge zu ihren Gunsten buchen. Der kleine Otis Ormonde trat von einer geplanten Reise in den Osten zurück und zog es vor, ihr ergeben wie ein Hündchen zu folgen, zur Belustigung seiner Freunde und zum Ärger von G. Reece Stoddard, dessen Nachmittagsbesuche Otis restlos zuschanden machte, indem er widerlich zärtliche Blicke auf Bernice heftete. Er erzählte ihr sogar die Geschichte mit dem Holzscheit vor der Garderobentür, um ihr zu beweisen, wie fürchterlich er und alle anderen sich in ihrem ersten Urteil über sie geirrt hatten. Bernice tat das lachend ab, doch war ihr dabei nicht ganz wohl.

Vielleicht am bekanntesten von Bernices Aussprüchen und am beifälligsten aufgenommen wurde die Sache mit dem Haarschneiden.

»Oh, Bernice, wann gehen Sie sich einen Bubikopf schneiden lassen?«

»Vielleicht übermorgen«, antwortete sie dann lachend. »Wollen Sie hinkommen und zusehen? Denn ich rechne auf Sie, müssen Sie wissen.«

»Wollen wir? Natürlich! Aber Sie beeilen sich besser damit.«

Und Bernice, deren Frisurpläne einfach entehrend waren, lachte wieder.

»Sehr bald. Sie werden überrascht sein.«

Aber das vielleicht bezeichnendste Symbol ihres Erfolges war der graue Wagen des überkritischen Warren

McIntyre, der täglich vor dem Haus der Harveys parkte. Zuerst erschrak das Dienstmädchen sichtlich, als er nach Bernice fragte statt nach Marjorie; doch eine Woche später erzählte sie schon der Köchin, Miss Bernice hätt der Miss Marjorie ihrn besten Verehrer weggeschnappt.

Und das hatte Miss Bernice tatsächlich. Vielleicht begann es nur mit Warrens Wunsch, bei Marjorie Eifersucht zu wecken; vielleicht war es auch der vertraute, wenn auch nicht erkannte Einschlag von Marjorie in Bernices Unterhaltung; vielleicht war es beides zusammen und noch etwas von echter Zuneigung dazu. Jedenfalls war es für das Kollektivbewußtsein der jüngeren Clique binnen einer Woche klar, daß Marjories verläßlichster Verehrer eine verblüffende Kehrtwendung vollzogen hatte und dabei war, Marjories Gast ganz offensichtlich den Hof zu machen. Im Augenblick war nur die Frage, wie Marjorie das aufnehmen würde. Warren rief Bernice zweimal täglich an, schickte ihr kleine Briefchen, und häufig sah man sie zusammen in seinem Roadster, offenbar in eine jener spannenden, bedeutungsvollen Unterhaltungen vertieft, ob er es aufrichtig meine oder nicht.

Wenn man Marjorie damit aufzog, lachte sie nur. Sie sagte, sie sei mächtig froh, daß Warren endlich eine gefunden hätte, die ihn zu schätzen wisse. Also lachte auch das jüngere Gefolge und kam zu der Ansicht, daß Marjorie sich nichts daraus mache und es dabei belassen würde.

Eines Nachmittags, nur noch drei Tage vor ihrer Abreise, wartete Bernice in der Halle auf Warren, mit dem sie zu einer Bridge-Party gehen wollte. Sie war in nahezu seliger Stimmung, und als Marjorie, die ebenfalls zu der Party wollte, neben ihr auftauchte und beiläufig vor dem

Spiegel ihren Hut zurechtrückte, war Bernice überhaupt nicht auf so etwas wie einen Zusammenstoß gefaßt. Marjorie erledigte die Sache eiskalt in drei knappen Sätzen.

»Du kannst dir Warren ruhig aus dem Kopf schlagen«, sagte sie kühl.

»Was?« Bernice war völlig entgeistert.

»Du kannst aufhören, dich wegen Warren McIntyre zum Narren zu machen. Er macht sich nicht soo viel aus dir.«

Einen spannungsvollen Moment lang sahen sie einander an – Marjorie spöttisch, überlegen; Bernice verblüfft, halb zornig, halb ängstlich. Dann fuhren zwei Autos vor dem Hause vor und es gab ein wildes Gehupe. Beide Mädchen holten tief Luft, wandten sich um und eilten Seite an Seite hinaus.

Während der ganzen Bridge-Party kämpfte Bernice vergebens gegen ein zunehmendes Unbehagen an. Sie hatte Marjorie, die Sphinx aller Sphinxe, verletzt. Mit den harmlosesten und unschuldigsten Absichten der Welt hatte sie Marjories Eigentum gestohlen. Sie kam sich mit einemmal fürchterlich schuldig vor. Als sie nach dem Bridge zwanglos im Kreise saßen und die Unterhaltung allgemein wurde, brach der Sturm allmählich los. Der kleine Otis Ormonde gab, nichts ahnend, den Anstoß dazu.

»Wann gehen Sie in den Kindergarten zurück, Otis?« hatte jemand gefragt.

»Ich? Sobald Bernice sich einen Bubikopf schneiden läßt.«

»Dann brauchen Sie nicht mehr hin«, sagte Marjorie schnell.

»Das ist nur ein Bluff von ihr. Ich dachte, Sie hätten es gemerkt.«

»Stimmt das?« fragte Otis mit einem vorwurfsvollen Blick zu Bernice.

Bernice brannten die Ohren, während sie auf eine wirkungsvolle Erwiderung sann. Angesichts dieses direkten Angriffs war ihr Geist wie gelähmt.

»Es gibt eine Menge Bluff in der Welt«, fuhr Marjorie in leichtem Plauderton fort. »Ich sollte denken, Sie wären jung genug, das zu wissen, Otis.«

»Nun«, sagte Otis, »mag sein. Aber, oho! Bei jemand so von Format wie Bernice –.«

»Wirklich«, gähnte Marjorie. »Was war denn ihr letztes Bonmot?«

Niemand schien eins zu kennen. Und tatsächlich hatte Bernice in letzter Zeit, als sie mit dem Verehrer ihrer Lehrmeisterin tändelte, nichts Bemerkenswertes von sich gegeben.

»Wo bleibt denn da das Format?« fragte Roberta vorwitzig.

Bernice zögerte. Sie spürte, daß jetzt irgendetwas Geistreiches von ihr erwartet wurde, aber unter dem plötzlich eisigen Blick ihrer Cousine war sie zu nichts imstande.

»Ich weiß nicht«, sagte sie ausweichend.

»Quatsch!« sagte Marjorie. »Gib's doch zu!«

Bernice sah, daß Warrens Augen von der Ukulele, auf der er geklimpert hatte, aufblickten und sich fragend auf sie richteten.

»Oh, ich weiß nicht«, wiederholte sie stur. Ihre Wangen glühten.

»Quatsch!« sagte Marjorie wieder.

»Also los«, drängte Otis. »Sagen Sie ihr, wann's genug ist.«

Bernice blickte sich wieder um. Sie schien außerstande, von Warrens Augen loszukommen.

»Ich mag kurzes Haar«, sagte sie hastig, als hätte er sie etwas gefragt, »und ich habe die Absicht, meins kurzschneiden zu lassen.«

»Wann?« fragte Marjorie.

»Jederzeit.«

»Die beste Zeit ist immer jetzt«, meinte Roberta.

Otis sprang auf.

»Großartig!« rief er. »Wir werden ein Sommer-Haarschneide-Fest erleben. Frisiersalon im Sevier Hotel, so sagten Sie doch.«

Im Nu waren alle auf den Füßen. Bernices Herz klopfte heftig.

»Was?« hauchte sie.

Aus der Gruppe tönte Marjories Stimme, schneidend und verächtlich.

»Bemüht euch nicht – sie wird doch kneifen!«

»Los, Bernice!« rief Otis und ging schon zur Tür.

Vier Augen – die von Warren und Marjorie – starrten sie an, forderten sie heraus, schüchterten sie ein. Noch eine Sekunde schwankte sie heftig.

»Also gut«, sagte sie schnell, »es macht mir nichts aus.«

Eine Ewigkeit später, während sie, neben Warren sitzend, durch den späten Nachmittag in die Stadt fuhr und die anderen in Robertas Auto dicht hinter ihnen folgten, empfand Bernice alles, was Marie Antoinette bei ihrer Fahrt auf einem Karren zur Guillotine empfunden hatte. Verschwommen fragte sie sich, warum sie nicht herausschrie, daß alles ein Mißverständnis sei. Nur so konnte sie sich davon abhalten, ihr Haar krampfhaft mit beiden Händen zu packen, um es vor der auf einmal so feindlich gesonnenen Welt zu schützen. Aber sie tat keins von beiden. Selbst der Gedanke an ihre Mutter konnte sie jetzt nicht abschrecken. Dies war der allerhöchste Test für ihren sportlichen Mut; ihr Recht, unangefochten in dem sternenbesäten Himmel der Mädchenprominenz zu wandeln.

Warren schwieg gedankenvoll, und als sie beim Hotel ankamen, hielt er am Bordstein und nickte Bernice zu, vor ihm auszusteigen. Robertas Wagen entleerte eine lachende Gruppe in den Friseurladen, der sich zur Straße hin mit zwei großen Spiegelglasscheiben präsentierte.

Bernice stand auf dem Bordstein und blickte zu dem Schild empor, Sevier Frisiersalon. Es war wirklich eine Guillotine, und der Henker war der erste Friseurgehilfe, der sich, mit einem weißen Mantel angetan, eine Zigarette rauchend, lässig an den ersten Sessel lehnte. Er mußte schon von ihr gehört haben; er mußte die ganze Woche, endlos Zigaretten rauchend, neben diesem gewichtigen, allzu oft erwähnten ersten Sessel auf sie gewartet haben. Würde man ihr die Augen verbinden? Nein, aber man würde ein weißes Tuch um ihren Hals schlingen, damit nichts von ihrem Blut – Unsinn – ihrem Haar auf ihr Kleid fiele.

»Nun denn, Bernice«, sagte Warren rasch.

Mit erhobenem Kinn überquerte sie den Bürgersteig, stieß die Schwingtür auf und ging, ohne die ausgelassen lärmende Gruppe, die sich auf der Wartebank niedergelassen hatte, eines Blickes zu würdigen, auf den ersten Friseurgehilfen zu.

»Ich möchte, daß Sie mir einen Bubikopf schneiden.«

Der Mund des ersten Gehilfen sank ein wenig herab. Seine Zigarette fiel auf den Fußboden.

»Huh?«

»Mein Haar – schneiden Sie's ab!«

Ohne weitere Präliminarien nahm Bernice ihren Sitz ein. Ein Mann im Nachbarsessel wandte sich seitlich zu ihr um und sah sie an, halb Seifenschaum, halb Verblüffung im Gesicht. Ein anderer Friseur zuckte zusammen und verdarb des kleinen Willy Schunemans monatlichen Haarschnitt. Mr. O'Reilly im letzten Sessel knurrte und fluchte melodisch in altem Gälisch, als ein Rasiermesser ihn in die Backe schnitt. Zwei Schuhputzer machten große Augen und wollten sich auf ihre Füße stürzen. Nein, Bernice wünschte keinen Schuhglanz.

Draußen blieb ein Passant stehen und glotzte; ein Pärchen kam dazu; die Nasen von einem halben Dutzend kleiner Jungen, platt gegen die Scheiben gedrückt, wurden sichtbar, und Gesprächsfetzen drangen mit der sommerlichen Brise durch die Schwingtür herein.

»Guck nur, langes Haar auf'm Jungskopf!«

»Wo hat'rn das her?« »Is ne bärtige Dame, die er eben rasiert hat.«

Aber Bernice sah nichts, hörte nichts. Ihre einzige Sinneswahrnehmung sagte ihr, daß dieser Mann in dem weißen Kittel einen Schildpattkamm und dann noch einen entfernt hatte; daß seine Finger plump an ungewohnten Haarnadeln herumfummelten; daß dieses Haar, ihr wundervolles Haar, gleich dahin wäre – nie wieder würde sie seine wollüstige Schwere spüren, wenn es – eine dunkelbraune Pracht – über ihren Rücken hing. Für einen Moment war sie nahe am Zusammenbrechen, und dann nahm sie gleichsam mechanisch und verschwommen wahr, was sich ihren Augen bot – Marjories Mund zu einem leicht ironischen Lächeln geschürzt, als wollte sie sagen:

»Gib es auf und komm herunter! Du hast versucht zu bluffen, und ich habe den Bluff platzen lassen. Du hast doch keine Chance.«

Ein letzter Rest von Energie durchströmte Bernice, denn sie ballte die Fäuste unter dem weißen Tuch, und ihre Augen verengten sich sonderbar, worüber Marjorie noch sehr viel später zu jemand eine Bemerkung machte.

Zwanzig Minuten danach schwang der Friseur sie mit ihrem Sessel herum, so daß sie in den Spiegel blicken konnte, und ihr schauderte bei dem ganzen Ausmaß des Schadens, der da angerichtet worden war. Ihr Haar war von Natur nicht lockig, und jetzt lag es in glatten leblosen Strähnen zu beiden Seiten ihres auf einmal ganz blassen Gesichts. Es war häßlich wie die Sünde – sie hatte gewußt, daß es häßlich wie die Sünde sein würde. Der Hauptreiz ihres Gesichts war eine madonnenhafte Einfachheit und Unschuld gewesen. Die war jetzt weg, und sie war – nun ja, entsetzlich mittelmäßig, überhaupt nicht effektvoll; nur lächerlich wie eine aus Greenwich Village, die ihre Brille zuhause vergessen hatte.

Als sie von ihrem Sessel herunterkletterte, versuchte sie zu lächeln, was ihr elend mißlang. Sie sah, wie zwei der Mädchen Blicke wechselten; bemerkte Marjories hämisch herabgezogene Mundwinkel – und daß Warrens Augen plötzlich ganz kalt blickten.

»Du siehst« – ihre Worte tropften in eine verlegene Stille – »ich hab's getan.«

»Ja, du hast – hast es getan«, gab Warren zu.

»Mögt ihr es?«

Darauf ein halbherziges »Gewiß« von zwei oder drei Stimmen und wieder eine verlegene Pause; dann wandte sich Marjorie flink und mit schlangenhafter Suggestion an Warren.

»Würde es dir etwas ausmachen, mich hinunter zur Reinigung zu fahren?« fragte sie. »Ich muß dort schnell vor dem Abendessen ein Kleid abholen. Roberta fährt direkt nachhause und kann die anderen mitnehmen.«

Warren starrte geistesabwesend auf irgendeinen fernen Punkt draußen vor dem Fenster. Dann ruhten seine Augen für einen Moment kühl auf Bernice, ehe sie sich Marjorie zuwandten.

»Wird mir ein Vergnügen sein«, sagte er langsam.

VI

Was für eine abscheuliche Falle man ihr gestellt hatte, wurde Bernice erst klar, als sie unmittelbar vor dem Dinner dem entsetzten Blick ihrer Tante begegnete.

»Nein, Bernice!«

»Ich hab's kurzschneiden lassen, Tante Josephine.«

»Aber, Kind, warum denn?«

»Magst du es so?«

»Aber Bernice!«

»Ich fürchte, ich habe dich erschreckt.«

»Nein, aber was wird Mrs. Deyo morgen abend denken? Bernice, du hättest bis nach dem Tanzabend bei den Deyos warten sollen – wenn du so etwas vorhattest, hättest du damit warten müssen.«

»Es kam ganz plötzlich, Tante Josephine. Und dann, warum soll es gerade Mrs. Deyo etwas ausmachen?«

»Aber, Kind«, rief Mrs. Harvey, »in ihrem Referat über ›Die Schwächen der jungen Generation‹, das sie uns beim letzten Treffen des Donnerstag-Clubs vorgetragen hat, sprach sie eine ganze Viertelstunde über Bubiköpfe. Darüber entrüstet sie sich am liebsten. Und der Tanzabend wird dir und Marjorie zu Ehren veranstaltet!«

»Das tut mir leid.«

»Oh, Bernice, was wird deine Mutter sagen? Sie wird denken, ich hätte das zugelassen.«

»Tut mir leid.«

Das Abendessen war eine einzige Qual. Sie hatte in aller Hast einen Versuch mit einer Brennschere gemacht und sich einen Finger und viel Haar verbrannt. Sie merkte ihrer Tante an, daß sie sowohl ärgerlich als auch tief bekümmert war, und ihr Onkel sagte in einemfort »Verflixt nochmal!« wieder und wieder in gekränktem, fast feindseligem Ton. Und Marjorie saß ganz ruhig da und verschanzte sich hinter einem leichten Lächeln, einem leicht spöttischen Lächeln.

Irgendwie ging der Abend herum. Drei Jungen sprachen vor; Marjorie verschwand mit einem von ihnen, und Bernice machte einen lahmen, erfolglosen Versuch, die beiden anderen zu unterhalten – seufzte erleichtert, als sie gegen halb elf die Treppe zu ihrem Zimmer hinaufging. Was für ein Tag!

Als sie sich zur Nacht ausgekleidet hatte, tat sich die Tür auf und Marjorie kam herein.

»Bernice«, sagte sie, »es tut mir schrecklich leid wegen des Tanzabends bei Deyos. Ich gebe dir mein Ehrenwort, daß ich das total vergessen hatte.«

»Ist schon recht«, sagte Bernice nur. Sie stand vor dem Spiegel und zog den Kamm langsam durch ihr kurzes Haar.

»Ich nehme dich morgen mit in die Stadt«, fuhr Marjorie fort, »und der Coiffeur wird es so richten, daß du flott aussiehst. Ich ahnte ja nicht, daß du ernstmachen würdest. Es tut mir wirklich furchtbar leid.«

»Oh, schon recht!«

»Es ist dein letzter Abend, und so macht's vielleicht nicht mehr viel aus.«

Dann zuckte Bernice doch zusammen, als Marjorie ihr Haar über die Schultern zurückwarf und dann anfing, es langsam zu zwei langen blonden Zöpfen zu flechten, bis sie in ihrem cremefarbenen Négligé dem zarten Abbild irgendeiner angelsächsischen Prinzessin glich. Fasziniert sah Bernice zu, wie die Zöpfe immer länger wurden. Sie waren schwer und üppig, bewegten sich unter den geschickten Fingern wie eigenwillige Schlangen – und für Bernice gab es nur noch diese Überbleibsel und die Brennschere und ein Morgen voll hämischer Blicke. Sie sah schon, wie G. Reece Stoddard, der sie gern mochte, seine Harvard-Miene aufsetzte und zu seinem Tischnachbarn sagen würde, man hätte Bernice nicht so oft ins Kino gehen lassen sollen; sie sah, wie Draycott Deyo mit seiner Mutter Blicke wechselte und sich ihr dann besonders liebevoll zuwandte. Aber vielleicht würde Mrs. Deyo bis morgen von der Sache gehört haben und würde eine eisige kurze Nachricht herüberschicken, sie möge besser nicht erscheinen – und alle würden hinter ihrem Rücken lachen und würden wissen, daß Marjorie sie zum Narren gemacht hatte, daß ihre Chance, gut auszusehen, der eifersüchtigen Laune einer Egoistin aufgeopfert worden war. Sie setzte sich plötzlich vor den Spiegel und biß sich auf die Lippen.

»Ich mag es so«, sagte sie mit einiger Anstrengung. »Ich glaube, es wird mir stehen.«

Marjorie lächelte.

»Es sieht gut aus. Mach dir um Himmels willen keine Gedanken darüber!«

»Tu ich auch nicht.«

»Gutenacht, Bernice.«

Aber als die Tür sich geschlossen hatte, brach irgendetwas in Bernice entzwei. Sie sprang wie elektrisiert auf die Füße, ballte die Fäuste, eilte dann flink und lautlos zu ihrem Bett hinüber und zog ihren Handkoffer darunter hervor. Dahinein stopfte sie ihre Toilettesachen und ein Kleid zum Wechseln. Dann ging sie an ihren Schrankkoffer und verstaute darin zwei Schubfächer Wäsche und Sommerkleider. Sie bewegte sich ruhig, aber mit tödlicher Zielstrebigkeit, und in einer Dreiviertelstunde war ihr Koffer geschlossen und verschnürt, und sie selbst war fertig angezogen und trug ein vorteilhaftes neues Reisekostüm, das Marjorie mit ihr ausgesucht hatte.

An ihrem Schreibtisch sitzend schrieb sie ein Briefchen für Mrs. Harvey, worin sie kurz ihr Fortgehen begründete. Sie siegelte den Umschlag, adressierte ihn und legte ihn auf ihr Kopfkissen. Sie sah auf ihre Uhr. Der Zug ging um eins, und sie wußte, wenn sie zwei Ecken weiter bis zum Marlborough Hotel ginge, würde sie dort leicht ein Taxi bekommen.

Plötzlich tat sie einen heftigen Atemzug, und in ihren Augen blitzte etwas auf, das ein erfahrener Psychologe ungefähr mit ihrem finster entschlossenen Blick in jenem Frisiersessel in Zusammenhang gebracht oder darin irgendwie eine Fortentwicklung gesehen hätte. Jedenfalls war das ganz neu an Bernice – und mußte Folgen haben.

Sie ging verstohlen zur Kommode, nahm einen Gegenstand, der dort lag, und stand, nachdem sie alle Lichter gelöscht hatte, ganz still, bis ihre Augen sich an die Dunkelheit gewöhnt hatten. Leise öffnete sie die Tür zu Marjories Zimmer. Sie hörte den ruhigen, gleichmäßigen Atem eines unbeschwerten Gewissens in tiefem Schlaf.

Jetzt war sie neben dem Bett, bedachtsam und ganz ruhig. Sie handelte schnell. Indem sie sich vorbeugte, fand sie einen der Zöpfe von Marjories Haar, verfolgte ihn mit der Hand bis in Kopfnähe und während sie ihn ein wenig locker hielt, damit die Schlafende keinen Ruck spüren sollte, langte sie mit der Schere hin und trennte ihn ab. Mit dem Zopf in der Hand hielt sie den Atem an. Marjorie hatte im Schlaf irgendetwas gemurmelt. Bernice amputierte geschickt den anderen Zopf, wartete noch einen Augenblick und eilte dann flink und lautlos in ihr Zimmer zurück.

Unten öffnete sie die Haustür, die sie sorgfältig hinter sich schloß, und trat sonderbar glücklich und beschwingt von der Veranda hinaus in den Mondschein, wobei sie ihren schweren Handkoffer wie eine Einkaufstasche schwenkte. Nachdem sie eine Minute forsch gegangen war, merkte sie, daß sie in der linken Hand immer noch die beiden blonden Zöpfe hielt. Sie lachte ganz unvermittelt – ja, sie mußte den Mund fest schließen, um nicht in lautes Gelächter auszubrechen. Sie kam jetzt an Warrens Haus vorbei, und aus einem Impuls setzte sie ihren Koffer nieder, schwang die beiden Zöpfe wie Tauenden und schleuderte sie gegen die hölzerne Veranda, wo sie mit einem dumpfen Aufprall landeten. Wieder lachte sie und bezwang sich nicht länger.

»Huh!« kicherte sie wie toll. »Skalpier das selbstische Ding!«

Dann nahm sie ihren Handkoffer wieder auf und machte sich halb laufend auf der mondbeschienenen Straße davon.

Der Eispalast

I

Das Sonnenlicht tröpfelte über das Haus wie Goldglasur über ein irdenes Kunstgefäß, und die sprenkelnden Schatten hier und da verstärkten nur noch den Eindruck, daß alles wie in Licht gebadet sei. Die Häuser der Butterworth und Larkin rechts und links waren hinter großen schweren Bäumen vergraben; nur das Happer-Haus stand freundlich in der prallen Sonne und blickte den ganzen Tag mit einer Art von Geduld auf den staubigen Fahrweg. Dies war das Städtchen Tarleton im südlichsten Georgia an einem Septembernachmittag.

Oben in ihrem Schlafzimmerfenster stützte Sally Carrol Happer ihr neunzehn Jahre altes Kinn auf ein zweiundfünfzig Jahre altes Fensterbrett und sah zu, wie Clark Darrows alter Ford zum Hause einbog. Das Auto war heiß – seine Metallteile absorbierten die ganze andringende oder selbsterzeugte Hitze – und Clark Darrow, steif aufrecht am Steuer sitzend, blickte so angestrengt und gequält, als hielte er sich für ein Autozubehör, das jeden Moment versagen konnte. Er überquerte mit Mühe zwei staubige Furchen, wobei die Räder zornig aufkreischten, und dann manövrierte er mit erschrecklich verzerrter Miene und mit einem letzten Ruck am Steuer sich und das Auto ungefähr bis vor die Stufen des Happer-Hauses. Man hörte ein klägliches Aufseufzen des Motors, ein

Todesrasseln, gefolgt von einer kurzen Stille. Und dann zerschnitt ein alarmierender Pfeifton die Luft.

Sally Carrol linste schläfrig nach unten. Sie machte Anstalten zu gähnen, merkte aber, daß dies nicht ging, ohne ihr Kinn vom Fensterbrett zu heben, und so entschloß sie sich anders und betrachtete weiter schweigend das Auto, dessen Eigentümer in strahlender, wenn auch gewohnheitsmäßiger Habachthaltung verharrte, denn er wartete auf eine Antwort auf sein Signal. Nach einem Augenblick zerriß der Sirenenton noch einmal die staubige Luft.

»Gu'n Mor'n.«

Mit einiger Schwierigkeit verrenkte Clark seinen langen Körper und bog den Kopf zu einem verdrehten Blick auf das Fenster.

»Is nich Morgn, Sally Carrol.«
»Is nich? Bistu sicher?«
»Was machstu?«
»Eß'n Apfel.«
»Kommit schwimmn – willstu?«
»Denk schon.«
»'n bißchen dalli, ja?«
»Wird gemacht.«

Sally Carrol seufzte ausgiebig und erhob sich ungeheuer träge vom Fußboden, wo sie damit beschäftigt gewesen war, abwechselnd einen grünen Apfel stückweise zu vertilgen und Papierpuppen für ihre jüngere Schwester anzumalen. Sie trat vor einen Spiegel, betrachtete ihr Gesicht mit angenehm lässigem Wohlgefallen, trug zwei Kleckse Rouge auf ihre Lippen und eine Spur Puder auf ihre Nase auf und bedeckte ihr kurzgeschnittenes weizenblondes Haar mit einem rosageblümten Sonnenhut. Dann stieß sie mit dem Fuß das Malwasser um, sagte »Au, verdammt!« – ließ es aber liegen – und ging aus dem Zimmer.

»Wie geht's, Clark?« erkundigte sie sich eine Minute später, als sie flink über die Seitenwand ins Auto schlüpfte.

»Ausgezeichnet, Sally Carrol.«

»Wo gehn wir schwimmen?«

»Draußen in Walleys Teich. Hab Marylyn gesagt, wir würden vorbeikommen und sie und Joe Ewing mitnehmen.«

Clark war dunkel und schlank und neigte, wenn er auf seinen Füßen stand, zu einer etwas gebückten Haltung. Seine Augen blickten unheilvoll und er sah immer etwas verdrossen aus, es sei denn, daß sein Gesicht unter einem Lächeln aufleuchtete, was häufig geschah. Clark hatte »Einkünfte« – gerade genug, um selbst bequem leben und sein Auto immer volltanken zu können – und er hatte die zwei Jahre seit seinem Examen am Technikum von Georgia damit verbracht, in den Straßen seines Heimatstädtchens herumzudösen und zu bereden, wie er sein Kapital am besten mit sofortigem Profit anlegen könnte.

Dieses Herumlungern fiel ihm überhaupt nicht schwer; eine Schar von Mädchen war in Schönheit herangewachsen, allen voran die wunderbare Sally Carrol; und die genossen es, zum Schwimmen und zum Tanzen mitgenommen zu werden, und die Liebeserklärungen an blumenduftenden Sommerabenden – und sie alle mochten Clark ungeheuer gern. Wenn weibliche Gesellschaft langweilig wurde, gab es immer ein halbes Dutzend junger Leute, die gerade etwas unternehmen wollten und mit ihm gern ein paar Löcher Golf oder eine Partie Billard spielten oder ein Viertel von dem starken gelben Schnaps tranken. Dann und wann machte einer dieser Altersgenossen eine Besuchsrunde, bevor er in Geschäften nach New York oder Philadelphia oder Pittsburg ging, aber meistens blieben sie diesem lauwarmen traumverlorenen Paradies von Glühwürmchenabenden und lärmenden Negerfestivitäten in den Straßen treu – und besonders blieben sie den reizvollen Mädchen mit den sanften Stimmen treu, die mit Erinnerungen und nicht mit Geld aufgewachsen waren.

Nachdem der Ford zu einer Art von mißlauniger Unrast angestachelt war, rollten und ratterten Clark und Sally Carrol die Valley Avenue hinunter zur Jefferson Street, wo der Fahrweg zu einer gepflasterten Straße wurde; dann vorbei an dem verschlafenen Millicent Place mit seinem halben Dutzend behäbiger herrschaftlicher Häuser und weiter in die Innenstadt. Das Fahren hier war nicht ungefährlich, denn es war Einkaufszeit; die Leute bummelten achtlos quer über die Straße und eine leise murrende Rinderherde wurde vor einer geduldigen Straßenbahn hergetrieben; selbst die Läden schienen mit ihren Türen nur zu gähnen und blinzelten mit ihren Schaufenstern in die Sonne, um alsbald in eine Art von begrenztem Todesschlaf zurückzusinken.

»Sally Carrol«, sagte Clark plötzlich, »stimmt's, daß du verlobt bist?«

Sie sah ihn rasch an.

»Wo hast du das gehört?«

»Also ja, du bist verlobt?«

»Nette Frage das!«

»'n Mädchen sagte mir, du wärst mit'm Yankee verlobt, den du vorigen Sommer oben in Ashville kennengelernt hast.«

Sally Carrol seufzte.

»So'n altes Klatschnest hab ich noch nicht erlebt.«

»Heirate keinen Yankee, Sally Carrol. Wir brauchen dich hier.« Sally Carrol schwieg einen Augenblick.

»Clark«, fragte sie dann, »wen in aller Welt soll ich denn heiraten?«

»Ich stehe zu Diensten.«

»Liebling, du könntest doch keine Frau ernähren«, erwiderte sie freundlich. »Überhaupt, ich kenn dich zu gut, um mich in dich zu verlieben.«

»Darum brauchst du aber noch keinen Yankee zu heiraten«, beharrte er.

»Wenn ich'n aber liebte?«

Er schüttelte den Kopf.

»Kannst du nicht. Er wäre zu sehr anders als wir, in allem.«

Er brach ab, als er das Auto vor einem weitläufigen baufälligen Haus zum Stehen brachte. Marylyn Wade und Joe Ewing erschienen in der Tür.

»Hallo, Sally Carrol.«

»'n Tag!«

»Na, ihr?«

»Sally Carrol«, fragte Marylyn, als der Wagen wieder anfuhr, »bist verlobt?«

»Herrje, wer hat das alles aufgebracht? Kann ich keinen Mann ansehen, ohne daß mich die ganze Stadt mit ihm verlobt?«

Clark blickte starr vor sich hin auf eine lockere Schraube an der klappernden Windschutzscheibe.

»Sally Carrol«, sagte er sonderbar eindringlich, »magst du uns nicht?«

»Was?«

»Uns hier.«

»Wieso, Clark, das weißt du doch. Ich bete euch Jungs alle an.«

»Warum verlobst du dich dann mit 'm Yankee?«

»Clark, ich weiß nicht. Ich bin mir nicht klar, aber – nun ja, ich möchte herumkommen und Leute kennenlernen. Meinen Gesichtskreis erweitern. Ich möchte da leben, wo wirklich was passiert.«

»Was meinst du damit?«

»Oh, Clark, ich liebe dich, und ich liebe Joe hier und Ben Arrot, und euch alle, aber ihr werdet – ihr werdet alle –.«

»Wir werden alle Versager sein?«

»Ja. Ich meine nicht nur in Gelddingen, sondern sozusagen – unwirksam und elend sein, und – oh, wie kann ich's dir sagen?«

»Du meinst, weil wir hier in Tarleton festsitzen?«

»Ja, Clark, und weil ihr es so haben wollt und niemals etwas verändern oder nachdenken oder weiterstreben.«

Er nickte und sie langte hinüber und drückte seine Hand.

»Clark«, sagte sie weich, »ich möchte dich um alles in der Welt nicht ändern. Du bist liebenswert so wie du bist. Die Umstände, die dich scheitern lassen, werde auch ich immer lieben – das In-der-Vergangenheit-leben, die müßigen Tage und Abende, die du hast, und deine ganze Sorglosigkeit und Großzügigkeit.«

»Aber du willst doch fort?«

»Ja – weil ich dich niemals heiraten könnte. Du hast einen Platz in meinem Herzen, den kein anderer je einnehmen könnte, aber hier angebunden, würde ich keine Ruhe finden. Mir wäre, als vergeudete ich mich. Es gibt zwei Seiten an mir, nicht wahr. Da ist die alte verschlafene Seite, die du an mir magst; und da ist so was wie Energie – das Gefühl, das mich verrückte Dinge tun läßt. Das ist der Teil von mir, der mir vielleicht irgendwo einmal nützen kann, der mir bleibt, wenn es mit dem Schönsein vorbei ist.«

Mit der für sie typischen Plötzlichkeit brach sie ab und seufzte, »Ach, und die süßen Pfannkuchen!«, als ihre Stimmung umschlug.

Indem sie halb die Augen schloß und den Kopf zurückbog, bis er auf der Rücklehne ruhte, ließ sie sich von der würzigen Brise fächeln und die lockeren Haare ihres Bubikopfs streicheln. Sie waren jetzt auf dem Land, sausten zwischen Wildwuchs aus leuchtend grünem Dickicht und Gräsern hindurch und hohen Bäumen, deren dichtbelaubte Zweige als ein kühler Willkomm über dem Fahrweg hingen. Hin und wieder kamen sie an einer halbverfallenen Negerhütte vorbei, deren ältester weißhaariger Bewohner mit seiner Maiskolbenpfeife neben der Tür saß, und einem halben Dutzend notdürftig bekleideter Negerkinder, die ihre zerlumpten Puppen auf dem wildgewachsenen Rasen paradieren ließen. Weiter draußen dehnten sich Baumwollfelder, auf denen selbst die Arbeiter nur ungreifbar und schattenhaft vorhanden waren – Schatten, die die Sonne der Erde geliehen hatte nicht zu schwerer Arbeit, sondern um irgendeiner uralten Tradition auf den herbstgoldenen Feldern nachzuhängen. Und um dieses malerisch verschlafene Idyll, über den Bäumen und Hütten und trüben Flüssen, schwebte die Hitze, niemals feindlich, nur erquickend, wie ein großer warmer nährender Busen für die kindhafte Erde.

»Sally Carrol, wir sind da!«

»Das arme Kind schläft selig.«
»Darling, bist wohl vor lauter Trägheit gestorben?«
»Wasser, Sally Carrol! Kühles Wasser wartet auf dich!«
Schläfrig machte sie die Augen auf.
»Hm«, murmelte sie und lächelte.

II

Im November kam Harry Bellamy, groß, hochgemut und forsch, für vier Tage aus seiner Stadt im Norden herunter. Er kam in der Absicht, eine Angelegenheit zu regeln, die sich seit dem Mittsommer hinschleppte, als er und Sally Carrol einander in Ashville, Nord-Carolina, kennengelernt hatten. Dazu bedurfte es nur eines ruhigen Nachmittags und eines Abends vor einem Kaminfeuer, denn Harry Bellamy hatte alles zu bieten, was sie sich nur wünschen konnte; und zudem liebte sie ihn – liebte ihn mit jener Seite ihres Wesens, die sie für die Liebe reserviert hatte. Sally Carrol hatte mehrere klar voneinander geschiedene Seiten.

Am letzten Nachmittag seines Besuchs machten sie einen Spaziergang, und sie fand, daß ihre Schritte sich halb unbewußt zu einem ihrer Lieblingsplätze hinlenkten, zum Friedhof. Als er in Sicht kam, grauweiß und goldgrün in der freundlichen Abendsonne, zögerte sie unschlüssig vor dem eisernen Tor.

»Bist du schwermütig von Natur, Harry?« fragte sie ein wenig lächelnd.

»Schwermütig? Ich nicht.«

»Dann laß uns hineingehen. Manche Leute deprimiert es, aber ich bin gern hier.«

Sie gingen durch das Tor und folgten einem Weg, der

durch ein gewelltes Tal von Gräbern führte – staubgrau und moderig für die fünfziger Jahre; altertümlich verziert mit Blumen und Vasen für die siebziger Jahre; überladen und gräßlich für die neunziger Jahre, mit dicken marmornen Cherubim, die in tiefem Schlaf auf steinernen Kissen ruhten, und unmöglich großen, undefinierbaren Blumen aus Granit. Hier und da erblickten sie eine kniende Gestalt mit einer Blumenspende in der Hand, aber über den meisten Gräbern lag Stille, und welke Blätter strömten nur den Duft aus, der in lebenden Gemütern die eigenen schattenhaften Erinnerungen weckt.

Sie gelangten auf eine Anhöhe, wo sie sich einer hohen runden Grabsäule gegenübersahen mit dunklen Flecken von Nässe und halb überwachsen von Weinlaub.

»Margery Lee«, las sie; »1844–1873. War sie nicht reizend? Sie starb, als sie neunundzwanzig war. Liebe Margery Lee«, fügte sie leise hinzu. »Siehst du sie nicht vor dir, Harry?«

»Ja, Sally Carrol.«

Und er fühlte eine kleine Hand sich in seine schmiegen.

»Sie war dunkel, meine ich; und sie trug immer ein Band im Haar und prächtige Reifröcke in Hellblau und Altrosa.«

»Ja.«

»Oh, sie war süß, Harry! Und sie war der Typ von Mädchen, dazu geboren, auf einer geräumigen Veranda unter dem Säulendach zu stehen und die Gäste zu begrüßen. Ich denke mir, vielleicht zogen viele Männer in den Krieg im Glauben, zu ihr zurückzukehren; aber das war wohl keinem von ihnen vergönnt.«

Er beugte sich dicht zu dem Stein und suchte nach irgendeinem Anhaltspunkt für eine Heirat.

»Hier steht nichts weiter zu lesen.«

»Natürlich nicht. Was könnte denn irgend besser sein als einfach ›Margery Lee‹, und dazu die beredten Jahreszahlen?«

Sie trat nahe an ihn heran, und zu seiner Überraschung würgte ihn etwas in der Kehle, als ihr strohblondes Haar seine Wange streifte.

»Du siehst, wie sie gewesen sein muß, nicht wahr, Harry?«

»Ja, ich sehe«, pflichtete er höflich bei. »Ich sehe es durch deine teuren Augen. Du bist schön jetzt, und so – das weiß ich – muß auch sie gewesen sein.«

Sie standen schweigend und eng, und er konnte fühlen, wie ihre Schultern ein wenig zitterten. Eine kleine Brise kam den Hügel herauf und bewegte den weichen breiten Rand ihres Hutes.

»Laß uns da hinunter gehen!«

Sie zeigte auf ein flaches Stück auf der anderen Seite des Hügels, wo am grünen Rasen entlang tausend grauweiße Kreuze sich in endlosen wohlgeordneten Reihen erstreckten gleich den aufgestellten Gewehren eines Bataillons.

»Das sind die Gefallenen der Konföderierten«, sagte Sally Carrol schlicht.

Sie gingen daran entlang und lasen die Inschriften, jeweils nur ein Name und ein Datum, manchmal kaum zu entziffern.

»Die letzte Reihe ist die traurigste – sieh, da drüben. Jedes Kreuz hat nur ein Datum und darunter das Wort ›Unbekannt‹.«

Sie blickte zu ihm auf, die Augen voller Tränen.

»Ich kann dir nicht sagen, wie wirklich das alles für mich ist, Liebling – wenn du es nicht spürst.«

»Was du dabei fühlst, ist wunderbar für mich.«

»Nein, nein, das bin nicht ich, das sind sie – jene alte Zeit, die ich in mir lebendig zu halten versuche. Dies hier waren einfach Männer, unbedeutende offenbar, sonst wären sie nicht ›unbekannt‹ gewesen; aber sie starben für die herrlichste Sache in der Welt – für den toten Süden. Weißt du«, fuhr sie mit immer noch heiserer Stimme und Tränen in den Augen fort, »die Menschen hier haben Träume, die sie den Dingen anhängen, und ich bin von frühauf mit diesem Traum großgeworden. Das war so leicht, weil das alles tot und vergangen war und keine Enttäuschungen mehr für mich enthielt. Ich habe in gewisser Weise versucht, mich jenes vergangenen ›noblesse oblige‹ würdig zu zeigen – davon sind nur noch die letzten Überreste vorhanden, weißt du, wie die sterbenden Rosen in einem alten Garten – ein Anflug von seltsamer Höflichkeit und Ritterlichkeit bei einigen dieser jungen Männer, und Erzählungen, die ich von einem konföderierten Soldaten im Nachbarhaus hörte, und dazu ein paar alte Neger. Oh, Harry, es war etwas daran, es war etwas daran! Ich könnte es dir wohl nie begreiflich machen, aber so war es.«

»Ich verstehe«, beruhigte er sie wiederum leise.

Sally Carrol lächelte und trocknete ihre Augen mit dem Zipfel eines Ziertuchs, das aus seiner Brusttasche ragte.

»Du bist doch nicht traurig, nicht wahr, Lieber? Selbst wenn ich weine, bin ich hier glücklich, und das gibt mir eine Art von Kraft.«

Hand in Hand wandten sie sich langsam zum Gehen. Als sie eine Stelle mit weichem Gras fand, zog sie ihn neben sich nieder auf einen Sitzplatz, mit dem Rücken angelehnt an die Überreste eines brüchigen Mäuerchens.

»Wenn sich nur diese drei alten Frauen entfernen wollten«, beklagte er sich. »Ich möchte dich küssen, Sally Carrol.«

»Ich auch.«

Sie warteten ungeduldig, daß die drei gebeugten Gestalten davongingen, und dann küßte sie ihn, bis der Himmel zu verblassen schien und all ihr Lächeln und ihre Tränen in der Ekstase sekundenlanger Ewigkeit aufgingen.

Später gingen sie langsam zurück, während das Dämmerlicht des endenden Tages die winkligen Straßen mit einem schwarzweißen Muster überzog.

»Um Mitte Januar wirst du bei uns oben sein«, sagte er, »und du wirst mindestens einen Monat bleiben müssen. Es wird Spaß machen. Ein winterlicher Karneval ist im Gange, und wenn du nie richtigen Schnee erlebt hast, wirst du dir wie im Märchenland vorkommen. Da gibt es Eislauf und Ski und Rodeln und Schlittenfahrten und alle Arten von Fackelzügen auf Schneeschuhen. Das hat es seit Jahren nicht gegeben, und so wird es da hoch hergehen.«

»Wird es sehr kalt sein, Harry?« fragte sie plötzlich.

»Dir jedenfalls nicht. Du magst dir die Nase erfrieren, aber du wirst nicht vor Kälte zittern. Alles hart und trocken, weißt du.«

»Ich glaube, ich bin ein Sommerkind. Ich mag überhaupt keine Kälte, soweit ich denken kann.«

Sie brach ab und beide schwiegen eine Weile.

»Sally Carrol«, sagte er dann zögernd, »was würdest du sagen zu – zum Beispiel zu März?«

»Ich sage: ich liebe dich.«

»Also März?«

»März, Harry.«

III

In dem Pullmanwagen war es die ganze Nacht hindurch sehr kalt. Sie klingelte nach dem Steward, um eine zweite Decke zu verlangen, und als er keine übrig hatte, versuchte sie vergebens, indem sie sich in der Koje zusammenkauerte und die Bettdecke doppelt nahm, ein paar Stunden Schlaf zu finden. Sie wollte am Morgen möglichst gut aussehen.

Sie stand um sechs auf, schlüpfte ungeschickt in ihre Kleider und stolperte nach vorn zum Speisewagen, um eine Tasse Kaffee zu trinken. Der Schnee war bis in den Gang gerieselt und bedeckte den Boden mit einem glitschigen Überzug. Diese Kälte hatte etwas Unheimliches, sie nistete sich überall ein. Sallys Atem war deutlich zu sehen, und sie pustete mit kindlichem Entzücken in die Luft. Im Speisewagen sitzend, blickte sie zum Fenster hinaus auf weiße Hügel und Täler und vereinzelte Fichten, deren Zweige grüne Holzteller bildeten für eine kalte Platte aus lauter Schnee. Manchmal flog ein einsam stehendes Farmhaus vorbei, kahl und freudlos und wie verloren in dieser weißen Ödnis, und jedesmal fröstelte es sie einen Augenblick beim Gedanken an die armen Seelen, die dort eingeschlossen auf den Frühling warteten.

Als sie aus dem Speisewagen durch den schwankenden Zug zurück zu ihrem Abteil ging, empfand sie einen plötzlichen Aufschwung von Energie, und sie fragte sich, ob das die kräftigende Wirkung der Luft sei, von der Harry gesprochen hatte. Dies war der Norden, der Norden – jetzt ihr Land!

»Then blow, ye winds, heigho!
A-roving I will go«,

sang sie jubelnd vor sich hin.
»Was's das?« fragte der Steward höflich.
»Ich sagte: ›Bürsten Sie mich ab‹.«
Die langen Drähte zwischen den Telegrafenstangen verdoppelten sich; zwei Gleise liefen neben dem Zug her – drei – vier; dann eine Reihe von Häusern mit weißen Dächern, eine elektrische Trambahn mit befrorenen Scheiben tauchte kurz auf, und Straßen – noch mehr Straßen – die Stadt.

Sie stand einen Augenblick verwirrt auf dem eisigen Bahnsteig, ehe sie drei pelzvermummte Gestalten auf sich zukommen sah.
»Da ist sie!«
»Oh, Sally Carrol!«
Sally Carrol ließ ihre Reisetasche fallen.
»Hier!«
Ein nur noch annähernd vertrautes eiskaltes Gesicht drückte ihr einen Kuß auf, und dann waren noch mehr Gesichter um sie, die alle offenbar dicke Dampfwolken ausstießen; sie mußte Hände schütteln. Da war Gordon, ein kleiner lebhafter Mann von dreißig, der wie ein nicht gelungenes, leicht ramponiertes Modell für Harry aussah, und seine Frau, Myra, eine fade Dame mit flachsgelbem Haar unter einer pelzgefütterten Autokappe. Fast sogleich stufte Sally Carrol sie als irgendwie skandinavisch ein. Ein freundlicher Chauffeur nahm sich ihres Gepäcks an, und unter einem lebhaften Austausch von Phrasen, Ausrufen und von Myras Seite entsprechend teilnahmslosen »Meine Lieben« schoben sie sich gegenseitig vom Bahnsteig.

Dann saßen sie in einem Sedan und fuhren durch winklige verschneite Straßen, wo Dutzende kleiner Jungen sich mit ihren Schlitten an Lieferwagen und Autos anhingen.

»Oh«, rief Sally Carrol aus, »das möchte ich auch! Geht das, Harry?«

»Das ist etwas für Kinder. Aber wir könnten –.«

»Es sieht nach einem Mordsvergnügen aus!« sagte sie bedauernd.

Das Heim war ein unregelmäßiges Fachwerkhaus auf einem weißen Schneekissen, und dort lernte sie einen großen grauhaarigen Mann kennen, der ihr gefiel, und eine alte Dame, die wie ein Ei aussah, und die sie küßte – das waren Harrys Eltern. Dann folgte eine atemlose unbeschreibliche Stunde, vollgestopft mit lauter halbvollendeten Sätzen, heißem Wasser, Schinkeneiern und allgemeiner Verwirrung; und danach war sie mit Harry allein in der Bibliothek und fragte ihn, ob sie rauchen dürfe.

Es war ein großer Raum mit einer Madonna über dem Kamin und reihenweise Büchern in lichtgoldenen, sattgoldenen und rotglänzenden Einbänden. Alle Sessel hatten kleine Spitzendeckchen, wo man den Kopf anlehnen sollte, die Couch war gerade noch bequem und die Bücher sahen aus, als wären sie gelesen worden – einige davon –, und Sally Carrol sah für einen Augenblick im Geiste die abgenutzte alte Bibliothek zuhause vor sich, mit den gewaltigen medizinischen Büchern ihres Vaters, den Ölporträts ihrer drei Großonkel und der alten Couch, die in fünfundvierzig Jahren immer wieder geflickt worden war, auf der es sich aber immer noch schwelgerisch träumen ließ. Dieser Raum hier erschien ihr weder anheimelnd noch sonst irgendwie besonders. Es war einfach ein Raum mit einer Menge ziemlich teurer Einrichtungsgegenstände darin, die alle etwa vor fünfzehn Jahren gekauft sein mochten.

»Was hältst du denn von allem hier oben?« fragte Harry eifrig. »Bist du überrascht? Ich meine, ist es das, was du erwartet hast?«

»Du bist es, Harry«, sagte sie ruhig und streckte die Arme nach ihm aus.

Aber nach einem kurzen Kuß schien er wieder ein Wort der Begeisterung von ihr hören zu wollen.

»Die Stadt, meine ich. Magst du sie? Spürst du, wie würzig die Luft ist?«

»Oh, Harry!« Sie lachte. »Du mußt mir Zeit lassen. Du kannst mich nicht so mit Fragen bestürmen.«

Mit einem Seufzer der Erleichterung paffte sie an ihrer Zigarette.

»Eins möchte ich dich noch fragen«, begann er fast entschuldigend. »Ihr Südstaatler legt großen Wert auf Familie und alles das – nicht, daß das nicht ganz in Ordnung wäre, aber es wird dir hier ein bißchen anders vorkommen. Ich meine – du wirst allerlei Dinge bemerken, die dir zunächst vulgär und protzig erscheinen, Sally Carrol; doch bedenke, daß dies eine Stadt von nur drei Generationen ist. Jeder hat einen Vater, und etwa die Hälfte von uns hat Großväter. Weiter zurück gehen wir nicht.«

»Natürlich«, murmelte sie.

»Unsere Großväter, weißt du, haben den Ort gegründet, und viele von ihnen mußten während dieser Gründerzeit allerlei komische Berufe ausüben. Da gibt es zum Beispiel eine Frau, die jetzt so etwas wie gesellschaftlich tonangebend in der Stadt ist; nun, ihr Vater war der erste städtische Müllfahrer – so ist das hier.«

»Na und«, sagte Sally Carrol verdutzt, »hast du angenommen, ich würde ein Gerede über die Leute anfangen?«

»Nicht im geringsten«, unterbrach Harry sie, »und ich will auch für niemand um Nachsicht bitten. Es ist nur, daß – nun ja, ein Mädchen aus dem Süden letzten Sommer hier herauf kam und ein paar ungeschickte Äußerungen machte, und – oh, ich dachte nur, ich sollte dir das sagen.«

Sally Carrol war plötzlich entrüstet – als wäre sie unverdient gezüchtigt worden –, aber Harry betrachtete die Sache offenbar als erledigt, denn er ließ sich von einer Woge der Begeisterung forttragen.

»Wir haben jetzt Karneval, weißt du. Den ersten in zehn Jahren. Und sie bauen einen Eispalast, zum erstenmal seit 85. Aufgebaut aus den klarsten Eisblöcken, die man finden konnte – eine gewaltige Sache.«

Sie stand auf, ging zum Fenster, schob die schweren türkischen Portieren beiseite und blickte hinaus.

»Oh«, rief sie plötzlich. »Da sind zwei kleine Jungen, die einen Schneemann bauen! Harry, meinst du, ich könnte hinaus gehen und ihnen dabei helfen?«

»Du träumst wohl. Komm her und küß mich.«

Mit einigem Widerstreben verließ sie das Fenster.

»Ich finde, das Klima hier ist nicht besonders kußanregend, oder? Ich meine, es macht einen so, daß man keine Lust hat, herumzuhocken, nicht wahr?«

»Werden wir auch nicht. Ich habe für die erste Woche, die du hier bist, frei bekommen, und heute gehen wir zu einem Tanzabend.«

»Oh, Harry«, gestand sie, zu einem Häufchen zusammensinkend, halb auf seinem Schoß, halb in den Kissen,

»mir ist wirklich sehr wirr im Kopf. Ich bin mir noch nicht klar geworden, ob es mir hier gefallen wird oder nicht, und ich weiß nicht, was die Leute von mir erwarten und ob überhaupt. Du mußt es mir sagen, Liebling.«

»Das werde ich«, sagte er weich, »wenn du mir nur sagst, daß du froh bist, hier zu sein.«

»Froh – riesig froh!« wisperte sie, dabei kuschelte sie sich auf die ihr eigentümliche Art in seine Arme. »Wo du bist, da ist für mich Heimat, Harry.«

Und als sie dies sagte, hatte sie fast zum erstenmal in ihrem Leben das Gefühl, eine Rolle spielen zu müssen.

An diesem Abend aber, im Kerzenflimmern der Dinnerparty, bei der die Männer fast ausschließlich zu reden schienen, während die Mädchen eine hochmütig angestrengte Gleichgültigkeit zur Schau trugen, brachte auch Harrys Anwesenheit zu ihrer Linken es nicht fertig, ihr ein heimatliches Gefühl zu geben.

»Lauter gutaussehende Burschen, findest du nicht?« fragte er. »Blick mal in die Runde. Da ist Spud Hubbard, Halbstürmer in Princeton voriges Jahr, und Junie Morton – er und der Rothaarige neben ihm waren beide Hockeymannschaftsführer in Yale; Junie war mit mir in einer Klasse. Nun ja, die besten Sportler der Welt kommen aus den umliegenden Staaten. Dies ist ein Männerland, glaub mir. Sieh dir nur John J. Fishburn an!«

»Wer ist er?« fragte Sally Carrol unschuldig.

»Das weißt du nicht?«

»Hab den Namen schon gehört.«

»Der größte Weizenproduzent im Nordwesten und einer der größten Finanziers im Lande.«

Plötzlich wandte sie sich zu einer Stimme an ihrer Rechten um.

»Ich glaube, man vergaß, uns einander vorzustellen. Ich heiße Roger Patton.«

»Und ich heiße Sally Carrol Happer«, sagte sie freundlich.

»Ja, ich weiß. Harry sagte mir, daß Sie kommen würden.«

»Sind Sie mit ihm verwandt?«

»Nein, ich bin ein Professor.«

»Oh«, sie lachte.

»An der Universität. Sie kommen aus dem Süden, nicht wahr?«

»Ja; Tarleton in Georgia.«

Sie mochte ihn auf den ersten Blick – ein rötlichbrauner Schnurrbart unter wasserblauen Augen, die etwas hatten, was den anderen Augen abging, etwas von Einverständnis. Während des Essens tauschten sie vage Bemerkungen aus, und sie beschloß bei sich, ihn wiederzusehen.

Nach dem Kaffee wurde sie mit vielen gutaussehenden jungen Männern bekanntgemacht, die mit beflissener Korrektheit tanzten und es anscheinend für selbstverständlich hielten, daß sie über nichts außer über Harry zu reden wünsche.

»Himmel«, dachte sie, »die reden, als wenn mein Verlobtsein mich älter machte als sie selbst – als würde ich ihren Müttern über sie berichten!«

Im Süden durfte ein Mädchen, das verlobt war, sogar noch eine jungverheiratete Frau, auf die gleiche Menge halbverliebter Neckerei und Schmeichelei rechnen, die man auch einer Debütantin zugebilligt hätte, aber hier schien das alles tabu zu sein. Ein junger Mann, der mit dem Thema von Sally Carrols Augen und wie sie ihn schon bei ihrem Eintritt in den Saal bezaubert hätten, gut vorangekommen war, geriet in heftigste Verwirrung, als er entdeckte, daß sie bei den Bellamys zu Besuch, daß sie Harrys Verlobte war. Das kam ihm wohl so vor, als hätte er einen gewagten und unentschuldbaren Fauxpas begangen, und er wurde sogleich förmlich und empfahl sich bei der erstbesten Gelegenheit.

Sie war geradezu erleichtert, als Roger Patton zu ihr trat und ihr vorschlug, eine Weile draußen zu sitzen.

»Nun?« forschte er, freundlich zwinkernd, »wie fühlt sich Carmen aus dem Süden?«

»Prima. Und wie fühlt sich – der gefährliche Riese Dan McGrew? Entschuldigen Sie, aber das ist der einzige Nordstaatler, über den ich Bescheid weiß.«

Das schien ihn zu amüsieren.

»Von einem Literaturprofessor«, gestand er, »erwartet man natürlich nicht, daß er Den Gefährlichen Dan McGrew gelesen hat.«

»Sind Sie von hier?«

»Nein, ich bin aus Philadelphia. Aus Harvard importiert, um Französisch zu lehren. Aber ich bin schon zehn Jahre hier.«

»Neun Jahre und dreihundertvierundsechzig Tage länger als ich.«

»Gefällt's Ihnen hier?«

»Uh, ist doch klar!«

»Wirklich?«

»Nun, warum nicht? Seh ich nicht aus, als amüsierte ich mich?«

»Ich sah vorhin, wie Sie aus dem Fenster blickten – und fröstelten.«

»Nur meine Einbildung«, lachte Sally Carrol. »Ich bin

es gewöhnt, daß draußen alles still ist, und manchmal sehe ich hinaus und erblicke eine Schneeflocke, und das ist dann genau so, als bewege sich etwas Totes.«

Er nickte verständnisvoll.

»Je zuvor im Norden gewesen?«

»Zweimal im Juli in Ashville, Nord-Carolina.«

»Gutaussehende Leute, nicht wahr?« Patton wies auf das wirbelnde Parkett.

Sally Carrol erschrak. Das war genau Harrys Bemerkung.

»Ja, gewiß! Lauter – Hundewesen.«

»Was?«

Sie errötete.

»Entschuldigen Sie; das klingt schlimmer, als ich's meine. Wissen Sie, ich sehe die Menschen immer entweder als Hunde oder als Katzen, ohne Rücksicht auf das Geschlecht.«

»Und was von beidem sind Sie?«

»Ich bin Katze. Sie auch. Und das sind die meisten Männer im Süden, und die meisten der Mädchen hier.«

»Was ist Harry?«

»Harry ist entschieden Hund. Alle Männer, die ich heute abend kennengelernt habe, sind Hund, so kommt es mir vor.«

»Was bedeutet denn ›Hund‹? Eine gewisse zur Schau getragene Männlichkeit, als Gegensatz zu Zartsinn und Feingefühl?«

»Vermutlich. Ich hab's nie analysiert – ich seh mir die Menschen nur an und sag sofort ›Hund‹ oder ›Katze‹. Ganz schön absurd, ich weiß.«

»Keineswegs. Das interessiert mich. Ich hatte auch eine

Theorie über diese Menschen. Ich denke mir: sie frieren zu.«

»Was?«

»Ich meine, sie werden nach und nach zu Schweden – Ibsensch, wissen Sie. Ganz allmählich werden sie düster und melancholisch. Das machen diese langen Winter. Je etwas von Ibsen gelesen?«

Sie schüttelte den Kopf.

»Nun, in seinen Charakteren finden Sie eine gewisse brütende Starrheit. Sie sind rechthaberisch, engstirnig und uncharmant, ohne die unbegrenzte Fähigkeit zu Trauer oder Freude.«

»Ohne Lächeln oder Tränen?«

»Ja. Das ist meine Theorie. Sehen Sie, es gibt tausende von Schweden hier oben. Sie kommen her, glaube ich, weil das Klima ihrem eigenen sehr ähnlich ist, und im Laufe der Zeit entstand eine Mischbevölkerung. Heute abend mag kaum ein halbes Dutzend Schweden hier sein, aber – wir hatten immerhin vier schwedische Gouverneure. Langweile ich Sie?«

»Ich finde das hochinteressant.«

»Ihre zukünftige Schwägerin ist halb schwedisch. Persönlich mag ich sie gern, aber nach meiner Theorie sind die Schweden eher schlecht für uns. Die Skandinavier, wissen Sie, haben die größte Selbstmordquote in der Welt.«

»Warum leben Sie hier, wenn das doch so bedrückend ist?«

»Oh, das kommt an mich nicht heran. Ich bin ganz gut abgeschirmt, und überhaupt, glaube ich, daß Bücher mir mehr bedeuten als Menschen.«

»Aber alle Schriftsteller reden immer davon, wie tragisch der Süden sei. Sie wissen – spanische Señoritas, schwarzes Haar und Dolchstechereien und enervierende Musik.«

Er schüttelte den Kopf.

»Nein, die nordischen sind die tragischen Rassen – sie gönnen sich die befreiende Wohltat der Tränen nicht.«

Sally Carrol mußte an ihren Friedhof denken. Vermutlich hatte sie ungefähr das gemeint, als sie sagte, es deprimiere sie nicht.

»Die Italiener sind vielleicht das unbeschwerteste Volk in der Welt – aber das ist kein erfreuliches Thema«, er brach ab. »Jedenfalls möchte ich Ihnen sagen, daß Sie einen wirklich sehr netten Mann heiraten werden.«

Sally Carrol spürte impulsiv den Wunsch, sich anzuvertrauen.

»Ich weiß. Ich bin jemand, der von einem gewissen Punkt ab versorgt sein möchte, und ich bin sicher, das werde ich.«

»Wollen wir tanzen? Wissen Sie«, fuhr er fort, während sie sich erhoben, »es ist so ermutigend, ein Mädchen zu finden, das genau weiß, weshalb es heiratet. Neun Zehntel aller Mädchen denken daran etwa so, als lustwandelten sie in einen gefilmten Sonnenuntergang.«

Sie lachte und fand ihn ungeheuer sympathisch.

Zwei Stunden später auf der Heimfahrt schmiegte sie sich auf dem Rücksitz eng an Harry.

»Oh, Harry«, wisperte sie, »es ist soo kalt!«

»Aber hier drinnen ist's warm, Liebes.«

»Aber da draußen ist's kalt; und oh, wie der Wind heult!«

Sie grub ihr Gesicht tief in seinen Pelzmantel und zitterte unwillkürlich, als seine kalten Lippen ihr Ohrläppchen küßten.

Die erste Woche ihres Besuchs verging in einem einzigen Wirbel. Sie bekam die versprochene Schlittenpartie hinter einem Auto her im Zwielicht eines frostigen Januarmorgens. Eingehüllt in Pelze rodelte sie einen Morgen lang auf dem Hügel des Country Clubs; sie versuchte sich sogar auf Skiern, um für einen herrlichen Moment durch die Luft zu segeln und dann in einem lachenden Menschenknäuel auf einer weichen Schneewehe zu landen. Sie liebte alle diese Wintersportarten, nur als sie einen Nachmittag lang auf Schneeschuhen im blaßgelben Sonnenschein über eine glitzernde Fläche sauste, wurde ihr alsbald klar, daß das nur etwas für Kinder war – daß man ihr lediglich ihren Willen ließ, und daß das Vergnügen rund um sie nur ihr eigenes widerspiegelte.

Anfangs irritierte sie die Familie Bellamy. Die Männer wirkten verläßlich und sie mochte sie; besonders zu Mr. Bellamy mit seinem eisgrauen Haar und seiner kraftvollen Würde faßte sie eine spontane Zuneigung, nachdem sie entdeckt hatte, daß er in Kentucky geboren war; das machte ihn zu einem Bindeglied zwischen dem alten und dem neuen Leben. Aber den Frauen stand sie entschieden feindlich gegenüber. Myra, ihre zukünftige Schwägerin, schien der Inbegriff öder Konvention zu sein. Ihre Unterhaltung ließ so gänzlich jedes Persönliche vermissen, daß Sally Carrol, die aus einem Land kam, wo man bei den Frauen ein gewisses Maß an Charme und Selbstvertrauen voraussetzen konnte, eher geneigt war, sie zu verabscheuen.

»Wenn diese Frauen nicht schön sind«, dachte sie, »sind sie gar nichts. Sie bleichen aus, wenn man sie nur ansieht.

Sie sind glorifizierte Hausangestellte. In jeder gemischten Gesellschaft dreht sich alles nur um die Männer.«

Schließlich war da noch Mrs. Bellamy, die Sally Carrol verabscheute. Der erste Eindruck eines Eies hatte sich bestätigt – ein Ei mit einem brüchigen, ädrigen Klang und einer so ungraziösen Plumpheit in ihrer Haltung, daß Sally Carrol das Gefühl hatte, wenn sie erst einmal fiele, würde sie gewiß zu krabbeln anfangen. Obendrein schien Mrs. Bellamy mit ihrer tief eingewurzelten Fremdenfeindlichkeit typisch für den Geist dieser Stadt zu sein. Sie nannte Sally Carrol »Sally« und war durch nichts zu überzeugen, daß der Doppelname im geringsten mehr sei als ein alberner lächerlicher Spitzname. Für Sally Carrol war diese Verkürzung ihres Namens so, als hätte man sie der Öffentlichkeit halb bekleidet präsentiert. Sie liebte »Sally Carrol«; sie haßte »Sally«. Sie wußte auch, daß Harrys Mutter ihren Bubikopf mißbilligte, und sie hatte nie wieder gewagt, in den unteren Räumen zu rauchen, seit jenem ersten Tag, als Mrs. Bellamy mit schnüffelnd erhobener Nase in die Bibliothek gekommen war.

Von allen Männern, die sie kennenlernte, war ihr Roger Patton, der ein häufiger Gast im Hause war, am liebsten. Er spielte nie wieder auf den Ibsenschen Einschlag in der Bevölkerung an, aber als er eines Tages kam und sie auf dem Sofa zusammengerollt mit dem »Peer Gynt« antraf, lachte er und sagte, sie solle seine Worte vergessen – das sei alles dummes Zeug.

Und dann, eines Nachmittags in ihrer zweiten Woche, gerieten sie und Harry an den Rand eines gefährlichen Kriegszustands. Sie war der Meinung, Harry habe ihn regelrecht heraufbeschworen, obwohl das Serbien in diesem Fall durch einen unbekannten Mann mit ungebügelten Hosen repräsentiert wurde.

Sie waren auf dem Heimweg zwischen hochgetürmten Schneewällen und unter einer Sonne, die Sally Carrol kaum noch wahrnehmen konnte. Sie kamen an einem kleinen Mädchen vorbei, das so in graue Wolle eingemummt war, daß es einem kleinen Teddybären glich, und Sally Carrol konnte einen beifälligen mütterlichen Seufzer nicht unterdrücken.

»Sieh doch, Harry!«

»Was?«

»Das kleine Mädchen – hast du sein Gesicht gesehen?«

»Ja, warum?«

»Es war rot wie eine Erdbeere. Oh, so niedlich!«

»Wieso, dein Gesicht ist schon fast ebenso rot wie ihrs! Hier ist jedermann gesund. Wir bewegen uns draußen in der Kälte, sobald wir auch nur laufen können. Ein herrliches Klima!«

Sie sah ihn an und mußte ihm zustimmen. Er sah mächtig gesund aus; sein Bruder auch. Und erst heute morgen hatte sie das neue Rot ihrer Wangen bemerkt.

Plötzlich wurden ihre Blicke von etwas gefangen genommen, und sie starrte einen Moment lang auf die Straßenecke vor ihnen. Da stand ein Mann mit gebogenen Knien und sah so angestrengt nach oben, als wäre er drauf und dran, einen Sprung in den frostigen Himmel zu tun. Und dann brachen sie beide in lautes Gelächter aus, denn im Näherkommen entdeckten sie, daß es eine drollige Augenblickstäuschung gewesen war, hervorgerufen durch die extrem ausgebeulten Hosenbeine des Mannes.

»Wenn das einer von uns wäre«, lachte sie.

»Nach diesen Hosen zu urteilen, muß es einer aus dem Süden sein«, meinte Harry boshaft.

»Aber, Harry!«

Ihr erstaunter Blick mußte ihn irritiert haben.

»Diese verdammten Südstaatler!«

Sally Carrols Augen blitzten.

»Nenn sie nicht so!«

»Entschuldige, Liebling«, sagte er in tückischer Abbitte, »aber du weißt ja, wie ich über sie denke. Sie sind heruntergekommen – sozusagen degeneriert – überhaupt nicht mehr wie die alten Südstaatler. Sie haben so lange da unten mit all den Farbigen gelebt, daß sie selbst träge geworden sind und keinen Schwung mehr haben.«

»Schweig, Harry!«rief sie zornig. »So sind sie nicht! Sie mögen etwas faul sein – in dem Klima würde jeder so werden –, aber es sind meine besten Freunde, und ich will nicht, daß sie so in Bausch und Bogen heruntergemacht werden. Einige von ihnen sind die fabelhaftesten Männer der Welt!«

»Oh ja, ich weiß. Sie sind alle in Ordnung, wenn sie in den Norden aufs College kommen, aber von allen, die sich da schlecht gekleidet und unerzogen herumdrücken, ist eine Horde von provinziellen Südstaatlern das Schlimmste!«

Sally Carrol ballte die Fäuste in den Handschuhen und biß sich wütend auf die Lippe.

»Nun«, fuhr Harry fort, »da gab es einen in meinem Jahrgang in New Haven, und wir dachten alle, daß wir endlich den wahren Typ eines Aristokraten aus dem Süden gefunden hätten, aber es stellte sich heraus, daß er gar kein Aristokrat war – nur der Sohn eines Gschaftlhubers aus dem Norden, dem jetzt die ganze Baumwolle rund um Mobile gehörte.«

»Einer aus dem Süden würde nie so reden wie du jetzt«, sagte sie ruhig.

»Sie haben keinen Schwung!«

»Oder nicht das gewisse Etwas.«

»Entschuldige, Sally Carrol, aber ich habe dich selbst sagen hören, daß du niemals einen –.«

»Das ist ganz etwas anderes. Ich habe dir gesagt, ich möchte mein Leben nicht an einen jener jungen Männer aus der Gegend von Tarleton binden, aber ich habe nie so grob verallgemeinert.«

Sie gingen schweigend weiter.

»Ich habe wohl etwas zu dick aufgetragen, Sally Carrol. Tut mir leid.«

Sie nickte, gab aber keine Antwort. Fünf Minuten später, als sie auf dem Vorplatz standen, legte sie plötzlich die Arme um ihn.

»Oh, Harry«, schluchzte sie mit Tränen in den Augen, »laß uns schon nächste Woche heiraten. Ich habe Angst vor solchen Streitereien. Ich habe Angst, Harry. Es würde anders sein, wenn wir verheiratet wären.«

Aber Harry, im Unrecht, war immer noch verärgert.

»Das wäre idiotisch. Wir haben uns für März entschieden.«

Die Tränen in Sally Carrols Augen versiegten; ihr Ausdruck verhärtete sich ein wenig.

»Nun gut – ich hätte das wohl nicht sagen sollen.«

Harry schmolz dahin.

»Liebes kleines Dummchen!« rief er. »Komm und küß mich, und vergessen wir das.«

Am gleichen Abend am Schluß einer Vaudeville-

Vorstellung spielte das Orchester »Dixie«, und Sally Carrol fühlte, wie etwas Stärkeres und Beständigeres in ihr aufwallte als die Tränen vom Nachmittag. Sie beugte sich vor und umklammerte die Armlehnen ihres Sessels, bis sie ganz rot im Gesicht wurde.

»Hast du etwas, Liebling?« flüsterte Harry.

Aber sie hörte ihn nicht. Bei dem gefühlvollen Beben der Geigen und dem mitreißenden Rhythmus der Kesselpauken marschierten ihre angestammten Geister vorbei und weiter in die Dunkelheit, und als die Querflöten leise klagend die Melodie wiederholten, schienen die Geister schon fast so weit außer Sicht, daß sie ihnen nur noch ein Lebewohl nachwinken konnte.

»Away, away,
  Away down South in Dixie!
Away, away,
  Away down South in Dixie!«

V

Es war ein besonders kalter Abend. Am Tag zuvor hatte ein plötzliches Tauwetter die Straßen nahezu gesäubert, aber jetzt waren sie wieder gespenstisch belebt von einem lockeren Pulverschnee, der in Wellenlinien vor den Füßen des Windes dahintrieb und die unteren Luftschichten mit einem feinen Nebel erfüllte. Einen Himmel gab es nicht – nur ein dunkles, bedrohlich auf die Straßenfronten herabhängendes Zeltdach, das in Wahrheit ein riesiges, sich näherndes Heer von Schneeflocken war, während über alledem der Nordwind tobte, der den tröstlichen, gelb und grünen Lichtschein aus den Fenstern gefrieren und den stetigen Trott des Pferdes vor ihrem Schlitten fast unhörbar werden ließ. Eben doch eine trostlose Stadt, dachte sie – einfach trostlos.

Manchmal des Nachts war es ihr vorgekommen, als lebte hier überhaupt niemand – sie waren alle vor langer Zeit gegangen und hatten erleuchtete Häuser zurückgelassen, damit sie alsbald von haufenweis fallendem Schnee und Hagelschloßen zugedeckt würden. Oh, zu denken, daß Schnee auf ihrem Grab läge! Unter Schneemassen begraben den ganzen Winter hindurch, wo selbst ihr Grabstein nur als leichter Umriß sich von anderen abheben würde. Ihr Grab – ein Grab, das mit Blumen übersät sein sollte und reingewaschen von Sonne und Regen.

Wieder dachte sie an jene einzeln stehenden Landhäuser, an denen sie im Zug vorbeigefahren war, und an das Leben dort den langen Winter hindurch – immer das blendende Weiß vor den Fenstern, die Kruste, die sich auf den weichen Schneewehen bildete, und endlich das allmähliche freudlose Schmelzen und der rauhe Frühling, von dem Roger Patton ihr erzählt hatte. Ihr Frühling – auf immer für sie verloren – mit seinem Flieder und seinem trägen Liebreiz regte sich wieder in ihrem Herzen. Sie war dabei, diesen Frühling von sich abzutun – und später würde sie auch jenen Liebreiz verlieren.

Allmählich stärker werdend, brach das Schneegestöber los. Sally Carrol spürte, wie eine feine Schicht von Schneeflocken an ihren Wimpern schmolz, und Harry langte mit einem bepelzten Arm herüber und zog ihr die komplizierte Flanellkappe übers Gesicht. Dann kamen die Flokken in Schlachtordnung an, und das Pferd beugte geduldig den Nacken, als sich vorübergehend auf seinem Fell ein weißer Film bildete.

»Oh, ihm ist kalt, Harry«, sagte sie rasch.

»Wem? Dem Pferd? Oh, nein, dem ist nicht kalt. Es hat's gern so!«

Nach weiteren zehn Minuten bogen sie um eine Ecke und hatten das Ziel ihrer Fahrt vor Augen. Auf einer Anhöhe stand, in gleißendem Grün gegen den winterlichen Himmel, der Eispalast. Er war drei Stockwerke hoch, mit Brustwehr, Schießscharten und schmalen, mit Eiszapfen behangenen Fensterlöchern, und die zahllosen Glühbirnen im Innern ließen die zentrale Haupthalle in großartiger Transparenz aufschimmern. Sally Carrol umklammerte Harrys Hand unter dem Pelzmantel.

»Es ist herrlich!« rief er entzückt aus. »Mein Gott, ist der herrlich, findest du nicht! Seit dem Jahr fünfundachtzig hat's das nicht mehr gegeben!«

Irgendwie bedrückte sie der Gedanke, daß es das seit dem Jahr fünfundachtzig nicht mehr gegeben hatte. Eis war etwas Gespenstisches, und dieser Prachtbau aus Eis war gewiß von jenen Schemen der achtziger Jahre bewohnt, mit bleichen Gesichtern und wirrem verschneitem Haar.

»Komm, Liebling«, sagte Harry.

Sie stieg ebenfalls aus dem Schlitten und wartete, während er das Pferd anband. Eine Vierergruppe – Gordon, Myra, Roger Patton und noch ein Mädchen – fuhr neben ihnen mit lautem Gebimmel der Glöckchen vor. Jetzt waren sie schon eine ganze Menge von Leuten, die sich, in Pelze oder Schafsfelle eingehüllt, unter allseitigen Zurufen durch den Schnee bewegten, der jetzt so dick fiel, daß man

Menschen auf ein paar Meter Entfernung kaum noch wahrnehmen konnte.

»Er ist fast fünfzig Meter hoch«, sagte Harry zu einer vermummten Gestalt neben ihm, während sie auf den Eingang zu stapften, »sechstausend Quadratmeter Fläche.«

Sie fing ein paar Fetzen der Unterhaltung auf: »Eine Haupthalle « – »Mauer fünfzig bis neunzig Zentimeter dick« – »und die Eishöhle darunter hat fast zwei Kilometer von –« – »dieser Kanadier, der das gebaut hat –.«

Sie fanden ihren Weg ins Innere, und Sally Carrol, geblendet von dem Wunder der hohen kristallenen Wände, ertappte sich dabei, wie sie wieder und wieder zwei Verszeilen aus »Kubla Khan« vor sich hin sagte:

»Ein seltenes Wunderding, blendend weiß,
Ein sonniges Lustschloß mit Höhlen aus Eis!«

In dem hohen glitzernden, taghell erleuchteten Gewölbe fand sie einen Sitzplatz auf einer hölzernen Bank, und die Bedrückung des Abends wich von ihr. Harry hatte recht – es war wundervoll, und ihr Blick schweifte über die glatten Flächen der Wände, für die man Eisblöcke nach ihrer Reinheit und Klarheit ausgesucht hatte, um diesen durchscheinenden, opalisierenden Effekt zu erreichen.

»Paß auf! Es geht los – Junge, Junge!« rief Harry.

Eine Band in einer entfernten Ecke stimmte »Hail, Hail, the Gang's All Here!« an, das als wilder akustischer Mischmasch zu ihnen herüber echote, und dann gingen plötzlich die Lichter aus; Stille schien an den eisigen Wänden herab und über sie hin zu streichen. Sally Carrol konnte in der Dunkelheit noch ihren weißen Atem sehen und drüben auf der anderen Seite eine verschwommene Reihe blasser Gesichter.

Die Musik erstarb mit einem leisen Wimmern, und von draußen erschallte mächtig der Gesang der einmarschierenden Clubs. Er wurde allmählich lauter wie das Kampflied eines über ödes Land dahinziehenden Wikingerstammes; er schwoll an – sie waren schon näher; dann erschien eine Reihe von Pechfackeln und noch eine und noch eine, und im Gleichschritt ihrer mit Mokassins beschuhten Füße marschierte eine lange Kolonne graugewandeter Gestalten herein, mit geschulterten Schneeschuhen, während ihre Fackeln hoch aufflammten und ihre Stimmen zu den hohen Wänden empor schallten.

Die graue Marschsäule endete und eine andere folgte, und diesmal flutete das Licht grell über rote Rodelkappen und über kurze Plaidjacken in flammendem Karmesinrot; bei ihrem Einmarsch nahmen sie den Refrain auf. Dann kam ein langer Zug in Blau und Weiß, in Grün, in Weiß, in Braun und Gelb.

»Die Weißen da sind der Wacouta-Club«, flüsterte Harry eifrig. »Das sind die Männer, die du schon an Tanzabenden kennengelernt hast.«

Die Stimmen schwollen noch mehr an; die große Höhle war eine einzige Phantasmagorie aus Fackeln, die in Feuersäulen dahinwogten, aus Farben und dem Marschrhythmus weicher Lederschuhe. Die führende Kolonne schwenkte ein und machte halt, ein Zug nahm in Reih und Glied vor dem anderen Aufstellung, bis die ganze Prozession ein flammendes Banner bildete, und dann erschallte aus mehr als tausend Kehlen ein mächtiger Ruf wie ein Donnerschlag, der die Fackeln unruhig aufflackern ließ. Es war überaus herrlich, es war ungeheuerlich! Für Sally

Carrol war es der Norden, der auf einem mächtigen Altar dem grauen heidnischen Gott des Schnees ein Opfer darbrachte. Während der Ruf verhallte, nahm die Band ihr Spiel wieder auf, und es folgte noch mehr Gesang und dann die langgezogenen hallenden Hochrufe der einzelnen Clubs. Sie saß ganz still und lauschte, während das Staccato der Rufe die Stille durchbrach; und dann schrak sie auf, denn es folgte eine Salve von Explosionen und große Rauchschwaden, die hier und dort in der Höhle emporwallten – die Blitzlichter der Photographen – und dann war die Versammlung zu Ende. Mit der Band an der Spitze formierten sich die Clubs wieder zu Kolonnen, nahmen ihren Gesang wieder auf und marschierten hinaus.

»Komm schnell!« rief Harry. »Wir wollen uns noch das Labyrinth unten ansehen, ehe sie die Lichter ausschalten!«

Alle standen auf und drängten zu dem abwärtsführenden Gang – Harry und Sally Carrol voran, die ihren kleinen Fäustling in seinem dicken Pelzhandschuh vergrub. Am Ende des Ganges war eine lange leere Kammer aus Eis mit einer so niedrigen Decke, daß sie sich bücken mußten – und ihre Hände wurden getrennt. Ehe sie merkte, was er vorhatte, war Harry in eine der halbdutzend glitzernden Passagen getaucht, die von dem Raum ausgingen, und sie sah ihn nur noch undeutlich als einen immer kleiner werdenden Punkt vor den grün schimmernden Eiswänden.

»Harry!« rief sie.

»Los, komm weiter!« rief er zurück.

Sie blickte sich in der leeren Kammer um; die übrige Gesellschaft hatte sich offenbar auf den Heimweg gemacht und war schon draußen irgendwo in dem Schneegestöber. Sie zögerte noch, und dann stürzte sie Harry nach.

»Harry!« rief sie.

Zehn Meter weiter erreichte sie einen Wendepunkt; zur Linken hörte sie von ferne einen dumpfen Antwortruf, und in einem Anfall von Panik flog sie darauf zu. Sie kam an einem anderen Wendepunkt vorbei, wieder taten sich zwei Wege vor ihr auf.

»Harry!«

Keine Antwort. Sie wollte schon weiter geradeaus rennen, doch dann machte sie blitzartig kehrt und rannte in einem plötzlichen Anfall eisigen Schreckens den Weg zurück, den sie gekommen war.

Sie kam an eine Gabelung – war es hier? – nahm den linken Weg und kam an eine Stelle, von der aus man eigentlich wieder in den langen niedrigen Vorraum hätte gelangen müssen, aber es war nur ein anderer glitzernder Durchgang, der sich im Dunkel verlor. Wieder rief sie, aber die Wände warfen nur ein flaches, lebloses, vielfach nachhallendes Echo zurück. Den gleichen Weg zurückgehend, kam sie wieder an eine Biegung und gelangte diesmal in einen breiten Durchgang. Er war wie die grüne Allee zwischen den Wassern des Roten Meeres hindurch, wie ein feuchtes Gewölbe mit leeren Grabnischen.

Im Weitergehen glitt sie ein wenig aus, denn auf der Sohle ihrer Überschuhe hatte sich Eis gebildet; um ihre Balance zu halten, mußte sie sich an den halb glitschigen, halb stumpfen Wänden entlang tasten.

»Harry!«

Wieder keine Antwort. Wie zum Hohn pflanzte sich ihr Ruf hüpfend bis zum Ende des Ganges fort.

Dann ging mit einemmal das Licht aus, und sie war in

völliger Finsternis. Mit einem kleinen verängstigten Aufschrei sank sie auf dem Eis zu einem kalten Häufchen zusammen. Sie spürte im Fallen, wie mit ihrem linken Knie etwas geschah, aber sie achtete kaum darauf, denn ein tiefes Entsetzen, mächtiger als jede Angst des Verlorenseins, nahm von ihr Besitz. Sie war allein mit diesem Gespenst, das aus dem hohen Norden kam, der trostlosen Einsamkeit der vom Eis eingeschlossenen Walfänger in der Arktis, der rauchlosen, weglosen Ödnis, in der nur die bleichen Gebeine von Abenteurern verstreut waren. Es war der eisige Atem des Todes; er wälzte sich über das Land auf sie hernieder, um sie zu packen.

Mit einer wütenden verzweifelten Kraftanstrengung raffte sie sich wieder empor und strebte blind im Dunkeln weiter. Sie mußte hier heraus. Sie könnte sonst auf Tage hinaus hier verloren sein, sich zu Tode frieren und hier im Eis eingebettet liegen wie die Leichen, von denen sie gelesen hatte, vollkommen konserviert bis zum Schmelzen des Gletschers. Harry dachte wahrscheinlich, sie wäre mit den anderen gegangen, und war mittlerweile auch fort; niemand würde vor morgen etwas erfahren. Sie streckte jämmerlich die Hand nach der Mauer aus. Vierzig Zoll dick, hatten sie gesagt – vierzig Zoll dick!

»Oh!«

Auf beiden Seiten, so meinte sie, kroch es an den Wänden entlang: modrige Seelen, die in diesem Palast herumgeisterten, in dieser Stadt, diesem ganzen Norden.

»Oh, schickt mir jemand – schickt mir jemand!« schrie sie laut.

Clark Darrow – er würde sie verstehen; oder Joe Ewing; man konnte sie doch nicht hier lassen, wandernd für immer, um an Herz, Leib und Seele einzufrieren. Dieses

Wesen – Sally Carrol! Sie war doch ein glückliches junges Ding. Sie war ein glückliches junges Mädchen. Sie liebte Wärme und Sommer und Dixie. Das hier war ihr fremd – ganz fremd.

»Du darfst nicht weinen«, sagte etwas in ihr laut. »Du wirst nicht mehr weinen. Deine Tränen würden nur gefrieren; alle Tränen gefrieren hier!«

Sie sank in voller Länge auf das Eis.

»Oh, Gott!« stammelte sie.

In langer Reihe zogen die Minuten vorbei, und mit unendlicher Mattigkeit fühlte sie, wie ihre Augen sich schlossen. Dann war ihr, als hockte sich jemand neben ihr nieder und nahm ihr Gesicht in warme, weiche Hände. Dankerfüllt blickte sie auf.

»Ach, es ist Margery Lee«, sang sie leise vor sich hin. »Ich wußte, daß du kommen würdest.« Es war wirklich Margery Lee und sie war ganz so, wie Sally Carrol sie sich vorgestellt hatte, mit einer jungen weißen Stirn und großen freundlichen Augen und einem Reifrock aus irgendeinem weichen Stoff, auf dem es sich gut ruhen ließ.

»Margery Lee.«

Es wurde jetzt dunkler und dunkler – alle diese Grabsteine sollten neu gestrichen werden, ja doch, nur daß sie das nicht vertrügen, natürlich nicht. Aber man sollte sie doch noch sehen können.

Dann, nach einer Folge von Augenblicken, die erst schnell und dann langsam vergingen, aber sich dann in eine Vielzahl von verschwommenen, auf eine blaßgelbe Sonne zulaufenden Strahlen verwandelten, hörte sie einen starken Knall, der ihre neu geschaffene Stille durchbrach.

Es war die Sonne, es war ein Licht; eine Fackel und noch eine dahinter und noch eine und Stimmen; ein Gesicht tauchte hinter der Fackel auf, kräftige Arme hoben sie, und sie spürte etwas an ihrer Wange – es fühlte sich feucht an. Jemand hielt sie und rieb ihr Gesicht mit Schnee. Wie lächerlich – mit Schnee!

»Sally Carrol! Sally Carrol!«

Es war der Gefährliche Dan McGrew und noch zwei andere Gesichter, die sie nicht kannte.

»Kind, Kind! Wir haben zwei Stunden nach Ihnen gesucht! Harry ist halb von Sinnen!«

Die Dinge rückten rasch wieder an ihren Platz – der Gesang, die Fackeln, die brausenden Rufe der marschierenden Clubs. Sie wand sich in Pattons Armen und wehklagte in langgezogenen Tönen.

»Oh, ich will hier heraus! Ich werde wieder heimfahren. Bringt mich nachhause« – ihre Stimme war jetzt ein Aufschrei, der dem durch einen anderen Gang herbeieilenden Harry einen Kälteschauer einjagte – »gleich morgen!« schrie sie mit wahnsinniger unbeherrschter Leidenschaft – »Morgen! Morgen! Morgen!«

VI

Der Reichtum goldenen Sonnenscheins goß seine schier unerträgliche, doch seltsam besänftigende Hitze über das Haus, das den lieben langen Tag auf das staubige Stück Straße blickte. Zwei Vögel machten einen großen Wirbel auf einem kühlen Fleckchen, das sie zwischen den Ästen eines benachbarten Baumes gefunden hatten, und weiter unten auf der Straße pries eine farbige Frau melodiös ihren Handel mit Erdbeeren an. Es war ein Nachmittag im April.

Sally Carrol Happer, ihr Kinn auf den Arm gelegt und den Arm auf ein altes Fensterbrett gestützt, linste schläfrig hinunter in den gesprenkelten Staub, von dem zum erstenmal in diesem Frühling die Hitze in Wellen aufstieg. Sie beobachtete einen überalterten Ford, der eine gefährliche Kurve nahm und dann rasselnd und ächzend am Ende des Geweges mit einem Ruck zum Stillstand kam. Sie gab keinen Laut von sich, und nach einer Minute zerriß ein schriller altvertrauter Pfiff die Luft. Sally Carrol lächelte und blinzelte.

»Gu'n Morn.«

Ein Kopf quälte sich unter dem Autoverdeck hervor.

»Is nich Morgn, Sally Carrol.«

»Ach so!« sagte sie mit gespielter Überraschung. »Dacht ich's mir doch.«

»Was machstu?«

»Eß'n grünen Pfirsich. Erwarte jeden Augenblick zu sterben.«

Clark machte noch eine letzte unmögliche Verrenkung, um ihr Gesicht sehen zu können.

»Wasser is warm wie'n dampfender Teekessel, Sally Carrol. Kommstu mit schwimmn?«

»Kann mich nich rühren«, seufzte Sally Carrol träge, »aber ich denk schon.«

Winterträume

I

Die Caddies des Sherry Island Golfclubs waren zum Teil bettelarm und wohnten in winzigen Häuschen mit nur einem Zimmer und einer rachitischen Kuh davor. Dexter Greens Vater jedoch besaß das zweitbeste Lebensmittelgeschäft in Black Bear – das beste war »The Hub« mit der reichen Kundschaft von Sherry Island –, und Dexter verdiente sich als Caddy lediglich ein Taschengeld.

Im Herbst, wenn die Tage kühl und grau wurden, und später, wenn der lange Winter von Minnesota sich wie ein weißer Deckel über das Land stülpte, fuhr Dexter auf Skiern über das schneebedeckte Golfgelände. In dieser Jahreszeit stimmte ihn die Landschaft immer tief melancholisch – es beleidigte ihn geradezu, daß die Golfplätze gezwungenermaßen brachlagen und die ganze Zeit über nur von zerzausten Sperlingen heimgesucht wurden. Trostlos auch, daß auf den kleinen Hügeln, wo im Sommer bunte Fähnchen flatterten, jetzt nur die verlassenen Sandkästen knietief im verharschten Schnee standen. Wenn er über die Anhöhen fuhr, blies der Wind elend kalt, und wenn die Sonne hervorkam, wanderte er darüber hin und blinzelte mit den Augen in die grell flimmernde, raumlose Weite.

Im April hörte dann der Winter plötzlich auf. Der schmelzende Schnee rann in den Black-Bear-See hinab und gab verfrühten Golfspielern kaum Gelegenheit, mit roten und schwarzen Bällen der Jahreszeit zu trotzen. Sang- und klanglos, ohne den Aplomb eines regenreichen Zwischenspiels, war die kalte Jahreszeit vorbei.

Dexter wußte, daß dieser nördliche Frühling ihn immer etwas trübsinnig machte, wohingegen der Herbst für ihn immer etwas Strahlendes hatte. Der Herbst machte ihm die Hände klamm, ließ ihn erbeben und sinnloses Zeug vor sich hin sagen und ließ ihn brüske, herrische Gesten vollführen, mit denen er imaginären Menschenmassen und ganzen Armeen seinen Willen aufzwang. Der Oktober erfüllte ihn mit neuer Hoffnung, die sich dann im November ekstatisch zu einer Art von Triumph steigerte, und vollends die glanzvollen Eindrücke des Sommers auf Sherry Island, die er noch einmal an sich vorüberziehen ließ, waren Wasser auf die Mühle seiner Phantasie. Er sah sich als Golfchampion und besiegte Mr. T. A. Hedrick in einem fabelhaften Match, das wohl hundertmal auf den Golfplätzen seiner Einbildung abrollte, ein Match, dessen einzelne Phasen er unermüdlich abwandelte – mal siegte er mit geradezu lächerlicher Überlegenheit, mal holte er in glänzendem Stil von hinten auf. Dann wieder entstieg er einem Pierce-Arrow-Automobil, wie dem von Mr. Mortimer Jones, und schlenderte kaltlächelnd durch die Halle des Sherry Island Golfclubs oder produzierte sich, von einer bewundernden Menge umgeben, als Kunstspringer vom Sprungturm des Clubs aus . . . Und unter denen, die ihm zusahen und vor Staunen den Mund aufsperrten, befand sich Mr. Mortimer Jones.

Eines Tages nun begab es sich, daß Mr. Jones – höchstselbst und nicht sein Geist – mit Tränen in den Augen auf Dexter zutrat und sagte, Dexter sei der beste Caddy vom

Club und ob er nicht seinen Entschluß auszuscheiden rückgängig machen wolle, wenn Mr. Jones dafür aufkäme, denn jeder andere Caddy verliere ihm pro Loch einen Ball – regelmäßig – –

»Nein, Sir«, sagte Dexter bestimmt, »ich will kein Caddy mehr sein.« Dann nach einer Pause: »Ich bin zu alt dazu.«

»Du bist doch erst vierzehn. Weshalb zum Teufel hast du dich ausgerechnet heute morgen entschlossen, nicht mehr mitzumachen? Du wolltest doch nächste Woche mit mir zum Nationalen Turnier fahren.«

»Ich habe festgestellt, daß ich zu alt bin.«

Dexter gab seine A-Klassen-Plakette ab, ließ sich vom Caddy-Aufseher das Geld geben, das ihm noch zustand, und ging heim nach Black Bear Village.

»Der beste Caddy, den ich je gehabt habe«, rief Mr. Mortimer Jones bei einem Drink am Nachmittag. »Nie einen Ball verloren! Anstellig! Intelligent! Ruhig! Ehrlich! Dankbar!«

Das kleine Mädchen, das hierzu den Anlaß gegeben hatte, war erst elf – so wundervoll garstig, wie es sich für kleine Mädchen gehört, denen es vorbehalten ist, in wenigen Jahren liebreizend auszusehen und eine ganze Reihe von Männern ewig unglücklich zu machen. Diesen Funken trug sie unverkennbar schon in sich. In der Art, wie sie beim Lächeln die Mundwinkel herabzog, war etwas im weitesten Sinne Gottloses und erst recht in dem – Hilf Himmel! – geradezu verzehrenden Blick ihrer Augen. In solchen Frauen meldet sich die Vitalität früh. Hier war sie schon jetzt offensichtlich, durchdrang mit einer Art von Glut ihre schmächtige Gestalt.

Sie war früh um neun voller Eifer auf dem Golfplatz

erschienen, begleitet von einem weißgekleideten Kinderfräulein und mit fünf neuen kleinen Golfschlägern in einem weißleinenen Behältnis, welches das Kinderfräulein trug. Als Dexter sie zuerst erblickte, stand sie etwas unschlüssig beim Caddy-Haus und versuchte, ihre Verlegenheit dadurch zu verbergen, daß sie mit dem Kinderfräulein sehr blasiert Konversation machte und dabei absonderliche, sinnlos-reizende Grimassen schnitt.

»Ist es nicht ein prächtiger Tag, Hilda«, hörte Dexter sie sagen. Sie zog die Mundwinkel herab, lächelte und blickte schüchtern umher, wobei ihre Augen für einen Moment Dexter streiften.

Dann zu dem Kinderfräulein:

»Ich vermute, es werden nicht viel Leute heut morgen draußen sein, nicht wahr?«

Wieder Lächeln – strahlend, übertrieben künstlich, aber bezwingend.

»Ich weiß nicht recht, was wir jetzt anfangen sollen«, sagte das Kinderfräulein, ohne in eine bestimmte Richtung zu blicken.

»Ach, das ist schon recht. Ich bring's in Ordnung.«

Dexter stand vollkommen still mit leicht geöffnetem Munde. Er wußte, daß sie, wenn er nur einen Schritt vortrat, bemerken würde, wie er sie anstarrte, und wenn er einen Schritt zurücktrat, würde er ihr Gesicht nicht mehr ganz sehen können. Für einen Augenblick hatte er völlig vergessen, daß sie noch so jung war. Dann erinnerte er sich, sie im vorigen Jahr schon mehrmals gesehen zu haben – in Spielhöschen.

Auf einmal mußte er unwillkürlich lachen, ein kurzes abgerissenes Lachen. Dann erschrak er über sich selbst, machte kehrt und ging schnell davon.

»Boy!«

Dexter blieb stehen.

»Boy —«

Ohne Frage war er damit gemeint, und nicht nur das, sondern ihm galt auch jenes verrückte, jenes aller Vernunft spottende Lächeln, an das sich noch mindestens ein Dutzend Männer bis in ihr höheres Alter erinnern sollten.

»Heda, Junge, weißt du, wo der Golflehrer steckt?«

»Er gibt gerade Trainerstunde.«

»So, und weißt du, wo der Caddy-Aufseher ist?«

»Heute morgen noch nicht da.«

»Oh.« Das machte sie einen Moment stutzig. Sie trat abwechselnd von einem Fuß auf den anderen.

»Wir hätten gern einen Caddy«, sagte das Kinderfräulein. »Mrs. Mortimer Jones hat uns zum Golfspielen geschickt, und wir wissen nicht wie, wenn wir keinen Caddy bekommen.«

Hier wurde sie durch einen unheilverkündenden Blick von Miß Jones unterbrochen, dem sogleich das bekannte Lächeln folgte.

»Außer mir sind keine Caddies da«, sagte Dexter zu dem Fräulein, »und ich muß hierbleiben, bis der Caddy-Aufseher kommt.«

»Oh.«

Miß Jones und ihre Begleiterin zogen sich jetzt zurück und gerieten, in gemessenem Abstand von Dexter, in einen hitzigen Wortwechsel, den Miß Jones damit beendete, daß sie mit einem Golfschläger heftig auf den Boden schlug. Zur weiteren Bekräftigung hob sie ihn dann und holte schon zu einem wohlgezielten Schlag auf den Busen des Fräuleins aus, als diese den Schläger packte und ihn ihren Händen entwand.

»Sie verdammtes falsches Stück!« schrie Miß Jones wütend.

Folgte ein neues Streitgespräch. Dexter sah, daß die Szene nicht der Komik entbehrte, und begann mehrmals zu lachen, was er aber jedesmal rasch unterdrückte, bevor es laut werden konnte. Er konnte sich des grotesken Eindrucks nicht erwehren, daß die Kleine durchaus im Recht war, ihr Kinderfräulein zu verprügeln.

Die Situation wurde durch den zufälligen Auftritt des Caddy-Aufsehers gerettet, an den sich das Fräulein sogleich wandte.

»Miß Jones braucht einen kleinen Caddy, aber der hier sagt, er kann nicht abkommen.«

»Mr. McKenna hat gesagt, ich solle hier warten, bis Sie kämen«, sagte Dexter rasch.

»Schön, jetzt ist er also da.« Miß Jones lächelte den Caddy-Aufseher gewinnend an. Dann warf sie ihre Schlägertasche hin und bewegte sich mit geziertem Schritt auf den ersten Abschlag zu.

»Nun?« Der Caddy-Aufseher wandte sich Dexter zu. »Was stehst du da wie ein Klotz? Nimm die Schläger der jungen Dame auf.«

»Ich glaube, ich werde heute nicht mitmachen«, sagte Dexter.

»Du glaubst wohl –«

»Ich gedenke auszuscheiden.«

Er erschrak selbst über die Tragweite seines Entschlusses. Er war ein beliebter Caddy, und die dreißig Dollar im Monat, die er den Sommer über verdiente, waren anderswo rund um den See nicht zu holen. Aber innerlich hatte es ihm einen starken Ruck gegeben; er war so verstört, daß er sich sogleich heftig Luft machen mußte.

Ganz so einfach lagen die Dinge freilich nicht. Dexter stand, wie es ihm noch oft in seinem künftigen Leben gehen sollte, im Banne seiner Winterträume und tat unwillkürlich, was sie ihm geboten.

II

Natürlich waren diese Winterträume nach Art und Anlaß jeweils verschieden, nur das Traumziel blieb stets das gleiche. Diese Träume verführten Dexter einige Jahre später dazu, einen kaufmännischen Kursus auf der staatlichen Universität zu absolvieren; sein Vater, der jetzt finanziell besser stand, würde dafür schon aufkommen. Damit hatte er dann den zweifelhaften Vorzug, eine der älteren und berühmteren Universitäten des Ostens besuchen zu dürfen, wo er es mit seinen kümmerlichen Geldmitteln schwer hatte. Daraus nun, daß seine Winterträume sich in erster Linie um die Reichen drehten, darf man nicht den Schluß ziehen, daß dieser junge Mann lediglich ein Snob war. Er strebte nicht nach einer Verbindung mit dem Glanz der Dinge und Menschen – er strebte nach diesen Dingen selbst. Oft war ihm das Beste gerade gut genug – dabei wußte er nicht einmal, weshalb er seine Hände danach ausstreckte –, und manchmal sah er sich abgewiesen und stieß an jene geheimnisvollen Schranken, an denen das Leben so reich ist. Von einer dieser Enttäuschungen und nicht von seiner Laufbahn im ganzen handelt unsere Geschichte.

Er kam zu Geld. Es war fast unglaublich. Nachdem er das College durchlaufen hatte, ließ er sich in der Stadt nieder, deren reiche Leute im Sommer den Black-Bear-See bevölkerten. Er war erst dreiundzwanzig und noch nicht ganz zwei Jahre dort, da gab es schon Leute, die zu sagen pflegten: »*Der* Junge ist richtig.« Wohin er blickte, waren die Söhne der Reichen damit beschäftigt, mit Aktien zu spekulieren, ihr väterliches Erbteil schlecht anzulegen, oder quälten sich mühsam durch das vierundzwanzigbändige »George-Washington-Handelslehrbuch«. Dexter jedoch borgte sich mit Hilfe seines akademischen Titels und seines selbstbewußten Auftretens tausend Dollar und kaufte sich damit als Teilhaber in eine Wäscherei ein.

Als er in die Firma eintrat, war es nur eine kleine Wäscherei, aber Dexter spezialisierte sich auf die englische Waschmethode für feine wollne Golfstrümpfe, ohne daß sie einliefen, und bediente binnen eines Jahres das gesamte Knickerbocker-Geschäft. Männer wollten ihre Shetlandhosen und -sweater nur noch bei ihm waschen lassen, so wie sie einst darauf bestanden hatten, einen Caddy zu haben, der jeden Golfball wiederfand. Nicht lang, so wusch er auch alles für ihre Ehefrauen und hatte bald fünf Filialen in allen Teilen der Stadt. Mit noch nicht siebenundzwanzig Jahren besaß er den größten Wäschereikonzern in diesem Teil des Landes. Etwa um diese Zeit verkaufte er seinen Anteil und ging nach New York. Aber der Teil seiner Lebensgeschichte, der uns hier angeht, reicht in die Tage seiner ersten großen Erfolge zurück.

Als er dreiundzwanzig Jahre war, gab Mr. Hart – einer der grauhaarigen Männer, die zu sagen pflegten: »Der Junge ist richtig« – ihm zum Wochenende eine Gastkarte für den Sherry Island Golfclub. So schrieb er sich denn eines Tages dort im Gästebuch ein und spielte an jenem Nachmittag einen Vierer mit Mr. Hart, Mr. Sandwood und Mr. T. A. Hedrick. Er hielt es nicht für angebracht, darauf hinzuweisen, daß er einst Mr. Harts Schlägertasche über diesen selben Golfrasen getragen hatte und daß er jede Erdfalte und jedes Loch mit geschlossenen Augen kannte, und dennoch ertappte er sich dabei, wie er nach den vier Caddies, die ihnen folgten, hinäugte und versuchte, einen Blick oder eine Geste zu erhaschen, die ihn an ihn selbst erinnerte und dazu angetan war, die Kluft zwischen seiner Vergangenheit und der Gegenwart zu verringern.

Es war ein merkwürdiger Tag, an dem unversehens und flüchtig vertraute Erinnerungen aufblitzten. Mal fühlte er sich als unbefugter Eindringling, dann wieder stand er ganz unter dem Eindruck seiner gewaltigen Überlegenheit über Mr. T. A. Hedrick, der ein langweiliger Patron und nicht einmal mehr ein guter Golfspieler war.

Dann ereignete sich, als Mr. Hart in der Nähe des fünfzehnten Grüns einen Ball verloren hatte, etwas Ungewöhnliches. Während sie noch rings das struppige Gras absuchten, ertönte in ihrem Rücken hinter einem Hügel der deutliche Ruf »Achtung!« Als sie alle jäh von ihrer Suche aufblickten und sich umwandten, kam ein leuchtender neuer Ball über den Hügel geflogen und traf Mr. T. A. Hedrick in der Magengegend.

»Teufel!« rief Mr. T. A. Hedrick, »man sollte einige dieser verrückten Weiber vom Platz weisen. Es ist nachgerade empörend.«

Über dem Hügel tauchte ein Kopf auf und schon tönte eine Stimme: »Erlauben Sie, daß wir da vorbeispielen?«

»Sie haben mich in den Magen getroffen!« erklärte Mr. Hedrick wütend.

»So?« Das Mädchen näherte sich der Gruppe. »Bedauere sehr. Ich habe aber ›Achtung‹ gerufen!«

Ihr Blick streifte wie zufällig jeden einzelnen der Männer – dann prüfte sie die Schußbahn für ihren Ball.

»Habe ich das Grün verfehlt?«

Es war unmöglich festzustellen, ob diese Frage ehrlich oder boshaft gemeint war. Aber schon im nächsten Augenblick ließ sie darüber keinen Zweifel, denn als ihr Partner über dem Hügel erschien, rief sie ihm strahlend zu:

»Hier bin ich! Ich wäre aufs Grün gekommen, nur hab ich was andres getroffen.«

Als sie sich für einen kurzen Mashie in Positur stellte, betrachtete Dexter sie näher. Sie trug ein blaukariertes Kostüm, das am Hals und an den Schultern weiß abgesetzt war und so ihren Teint zur Geltung brachte. Das Fragile ihrer Gestalt, das damals mit elf Jahren das leidenschaftliche Feuer ihrer Augen und den herabgezogenen Mund so übertrieben und sinnlos hatte erscheinen lassen, war jetzt verschwunden. Sie war eine auffallende Schönheit. Die Farbe auf ihren Wangen vertiefte sich wie auf einem Gemälde – es war keine »gehöhte« Farbe, sondern eine Art fluktuierender, fiebriger Wärme und so abgetönt, daß man meinte, sie werde jeden Augenblick zurücktreten und verschwinden. Diese Farbe und ihr beweglicher Mund brachten eine anhaltende Wirkung pulsierender Lebensintensität, vitaler Leidenschaft hervor, die nur teilweise von der dunklen Schwermut ihrer Augen ausgeglichen wurde.

Sie schwang ihren Mashie voller Ungeduld und ohne

wirkliches Interesse und beförderte den Ball in ein Sandloch auf der anderen Seite des Grüns. Dann ging sie ihm mit einem raschen gekünstelten Lächeln und einem gleichgültigen »Dankeschön« nach.

»Diese Judy Jones!« bemerkte Mr. Hedrick beim nächsten Abschlag, als sie einige Augenblicke warten mußten, bis sie weitergespielt hatte. »Man müßte weiter nichts machen, als sie übers Knie legen, sechs Monate lang durchprügeln und dann an einen abgetakelten Kavallerieoffizier verheiraten.«

»Gott, sieht sie fabelhaft aus!« sagte Mr. Sandwood, der gerade die Dreißig hinter sich hatte.

»Fabelhaft aus!« rief Mr. Hedrick verächtlich. »Sie sieht aus, als ob sie andauernd geküßt werden wollte! Schmeißt ihre großen Kuhaugen auf jedes Jungtier in der Stadt!«

Es war zweifelhaft, ob Mr. Hedrick damit auf mütterliche Instinkte anspielen wollte.

»Sie könnte recht gut Golf spielen, wenn sie sich nur Mühe gäbe«, sagte Mr. Sandwood.

»Sie hat keinen Stil«, sagte Mr. Hedrick feierlich.

»Aber eine gute Figur«, sagte Mr. Sandwood.

»Danken Sie Gott, daß sie keinen schnelleren Ball schlägt«, sagte Mr. Hart und zwinkerte Dexter zu.

Später gegen Abend, als die Sonne in einem wilden Farbenstrudel von Gold, Rot und Blau aller Schattierungen unterging und der trocken raschelnden Dunkelheit einer westlichen Sommernacht zu weichen begann, saß Dexter auf der Terrasse des Golfclubs und beobachtete das von einer kleinen Brise gleichmäßig bewegte Wasser, silbern und sirupartig unter dem herbstlichen Mond. Und als halte dieser einen Finger an seine Lippen, wurde der See alsbald still und klar wie ein Teich. Dexter zog seinen

Badeanzug an und schwamm bis zu dem fernsten Floß hinaus, wo er sich triefend auf dem weißbespannten Sprungbrett ausstreckte.

Hin und wieder sprang ein Fisch, ein Stern schimmerte auf, und die Lichter rings um den See leuchteten herüber. Jenseits auf einer dunklen Halbinsel spielte jemand auf einem Klavier die Schlager dieses Sommers und der Sommer davor – Schlager aus »Graf von Luxemburg«, aus »Chin-Chin« und »Chocolate-Soldier« –, und weil Dexter den Ton eines Klaviers über eine Wasserfläche hinweg immer besonders reizvoll gefunden hatte, lag er ganz still und lauschte.

Jetzt wurde drüben auf dem Klavier eine Melodie gespielt, die vor fünf Jahren neu und modern gewesen war, als Dexter auf dem College studierte. Er hatte sie auf einem Studentenball gehört, allerdings nur von draußen, denn er hatte sich den Luxus der Studentenbälle nicht leisten können. Die Klänge dieses Schlagers versetzten ihn in eine Art von Ekstase, die während seiner nun folgenden Erlebnisse noch anhielt. Alle seine Sinne waren geschärft und aufnahmebereit, er fühlte sich dieses eine Mal auf wunderbare Weise eins mit dem Leben, und alles, was ihn umgab, erschien ihm in einem strahlenden Glanz, wie er ihn nie wieder erleben würde.

Eine flache, schlanke Form löste sich plötzlich hell von der dunklen Halbinsel ab und näherte sich mit dem spuckenden und fauchenden Geräusch eines Rennmotorboots. Zwei weiße Stromlinien schäumten in seinem Kielwasser, und schon war das Boot neben ihm und ertränkte das Klimpern des fernen Klaviers in der rauschenden Gischt seiner Bugwelle. Dexter stützte sich auf und gewahrte eine Gestalt am Steuer und zwei dunkle

Augen, die ihn im Vorbeifahren musterten. Dann war das Boot schon wieder fern und zog, einen riesigen Kreis schäumenden Wassers aufwirbelnd, sinnlos Runde um Runde mitten im See. Und ebenso mutwillig weitete sich eine dieser Schleifen und endete wieder bei dem Floß.

»Wer ist da?« rief sie und stellte den Motor ab. Sie war jetzt so nahe, daß Dexter ihren Badeanzug sehen konnte, der offenbar aus einem rosa Spielhöschen bestand.

Das Boot stieß mit der Nase an das Floß, und als dieses sich bedenklich neigte, rutschte Dexter auf sie zu. Sie erkannten sich wieder, wenn auch nicht beiderseits mit dem gleichen Interesse.

»Waren Sie nicht einer von den vieren, an denen wir heute nachmittag vorbeigespielt haben?« fragte sie.

Er war es.

»So. Und wissen Sie, wie man ein Motorboot bedient? Wenn Sie es nämlich können, möchte ich, daß Sie fahren, damit ich hintendran wellenreiten kann. Ich heiße Judy Jones« – sie begnadete ihn mit einem ganz unmotivierten Schmunzeln, vielmehr: was ein Schmunzeln sein sollte, hatte bei ihrer Art, die Mundwinkel zu kräuseln, nichts Groteskes, sondern war einfach wundervoll – »und ich wohne in einem Haus drüben auf der Halbinsel, und in dem Haus wartet ein Mann auf mich. Als er vorn vorfuhr, stieß ich hinten vom Bootssteg ab, denn er behauptet, ich sei sein Ideal.«

Hin und wieder sprang ein Fisch, ein Stern strahlte auf, und die Lichter rings um den See leuchteten herüber. Dexter saß neben Judy Jones, und sie erklärte ihm, wie ihr Boot zu fahren sei. Dann war sie auf einmal im Wasser und schlängelte sich crawlend zu dem Wellenbrett hin. Ihr mit den Augen zu folgen, war mühelos und angenehm, wie wenn man einen bewegten Zweig oder eine fliegende Möwe beobachtet. Ihre nußbraun verbrannten Arme bewegten sich schlangenhaft durch das Platingekräusel der kleinen Wellen; erst sah man die Ellbogen, dann warf sie den Unterarm im Rhythmus eines Wasserfalls zurück, dann griff sie wieder aus und bahnte sich ihren Pfad. Sie fuhren auf den See hinaus. Bei einer Wende sah Dexter, daß sie auf dem unteren Rand des jetzt steil aufgerichteten Wellenbretts kniete.

»Schneller«, rief sie, »so schnell es geht.«

Gehorsam schob er den Hebel vorwärts, und die Gischt stieg weiß am Bug empor. Als er sich umsah, stand das Mädchen wieder auf dem sausenden Brett, die Arme weit gespreizt und die Augen zum Mond emporgerichtet.

»Scheußlich kalt«, brüllte sie. »Wie heißen Sie übrigens?«

Er sagte es ihr.

»Schön, warum kommen Sie eigentlich nicht morgen abend zum Essen?«

Sein Herz wirbelte um und um wie die Schraubenflügel des Bootes, und – ein zweites Mal – gab ihre zufällige Marotte seinem Leben eine neue Wendung.

III

Am nächsten Abend, während Dexter darauf wartete, daß sie die Treppe herunterkäme, bevölkerte er im Geiste den großen wohnlichen Raum und die anschließende Veranda mit den Männern, die Judy Jones bisher geliebt hatten. Er kannte diese Sorte Männer – sie waren, als er zuerst aufs College ging, von den berühmtesten Schulen zur Universität gekommen, elegant gekleidet und tief gebräunt von gesund und angenehm verbrachten Sommertagen. Er wußte, daß er in mancher Beziehung mehr wert war als diese jungen Männer. Er hatte mehr Frische und Kraft. Doch indem er sich den Wunsch eingestand, seine Kinder möchten ihnen gleich sein, gab er zu, daß er selbst nur den kräftigen Rohstoff bildete, aus dem sie sich ewig erneuerten.

Als dann auch er soweit war, sich gute Kleider leisten zu können, kannte er die besten Schneider in ganz Amerika, und diese besten Schneider in Amerika hatten ihm denn auch den Anzug geschneidert, den er heute abend trug. Er hatte sich die besondere Note seiner Universität angeeignet, die sie von den anderen Universitäten abhob. Er wußte den Wert solcher Manieriertheiten zu schätzen; darum hatte er sie angenommen. Er wußte auch, daß man zu lässiger Kleidung und lässigen Manieren größerer Selbstsicherheit bedarf, als wenn man in diesen Dingen sorgfältig ist. Zu dieser Lässigkeit würden es erst seine Kinder bringen. Seine Mutter war eine geborene Krimslich, aus einer böhmischen Bauernfamilie, und hatte bis an ihr Lebensende nur gebrochen Englisch gesprochen. Also mußte ihr Sohn sich an den vorgeschriebenen Standard halten.

Kurz nach sieben kam Judy Jones die Treppe herab. Sie trug ein blauseidenes Nachmittagskleid, und er war zuerst enttäuscht, daß sie nichts Prächtigeres angezogen hatte. Dieses Gefühl verstärkte sich noch, als sie nach kurzer Begrüßung die Tür zur Anrichte aufstieß und hinausrief: »Sie können das Essen bringen, Martha.« Er hatte eher erwartet, daß ein Butler verkünden werde, es sei angerichtet, und daß es vorher einen Cocktail gäbe. Als sie dann aber Seite an Seite auf einer Couch saßen und einander ansahen, entschlug er sich dieser Gedanken.

»Mein Vater und meine Mutter werden nicht da sein«, sagte sie betulich.

Er erinnerte sich, wann er ihren Vater zuletzt gesehen hatte, und war erleichtert, daß die Eltern heute abend nicht da waren – sie hätten sich wohl gefragt, woher er eigentlich käme. Er war in Keeble geboren, einem Städtchen in Minnesota, achtzig Kilometer weiter nördlich, und er gab immer Keeble als Vaterstadt an, nicht Black Bear Village. Landstädtchen, wenn sie nicht allzu häßlich waren und mondänen Seen als Fußschemel dienten, nahmen sich als Geburtsort recht gut aus.

Sie sprachen über seine Universität, die sie in den letzten zwei Jahren mehrmals besucht hatte, und über die nahegelegene Stadt, aus der die Stammgäste für Sherry Island kamen und wohin Dexter am nächsten Morgen zu seinen gutgehenden Wäschereien zurückkehren würde.

Während des Abendessens versank sie in eine grüblerische Schwermut, bei der Dexter sich unbehaglich fühlte. Alle ihre launischen Reden, mit kehliger Stimme vorgebracht, bekümmerten ihn. Jedesmal wenn sie lächelte – über ihn, über eine Hühnerleber, über nichts –, verwirrte es ihn, daß dieses Lächeln nicht aus harmloser Fröhlichkeit, ja nicht einmal aus Übermut kam. Wenn ihre rosenfarbenen Lippen sich an den Mundwinkeln herabzogen, war es weniger ein Lächeln als vielmehr eine Aufforderung, sie zu küssen.

Später nach dem Essen führte sie ihn hinaus auf die dunkle Veranda und schlug absichtlich einen neuen Ton an.

»Haben Sie etwas dagegen, wenn ich ein bißchen weine?« sagte sie.

»Ich fürchte, ich langweile Sie«, erwiderte er rasch.

»Keineswegs. Ich mag Sie gern. Aber ich hatte gerade heute einen schlimmen Nachmittag. Mit einem Mann, den ich liebte, und heute nachmittag eröffnete er mir aus heiterem Himmel, daß er arm wie eine Kirchenmaus sei. Er hatte vorher nicht die geringste Andeutung gemacht. Klingt wohl gräßlich materiell?«

»Vielleicht hatte er Angst, es Ihnen zu sagen.«

»Wahrscheinlich«, antwortete sie. »Er hat es eben nicht richtig angefangen. Sehn Sie mal, wenn ich es zum Beispiel von vornherein gewußt hätte – ich bin immerhin schon nach zahllosen Männern verrückt gewesen, die kein Geld hatten, und war durchaus entschlossen, sie zu heiraten. In diesem Fall aber hatte ich mir andere Vorstellungen von ihm gemacht, und meine Neigung war nicht stark genug, den Schock zu überleben. Das ist gerade so, als wenn ein Mädchen ihrem Verlobten in aller Ruhe mitteilt, sie sei schon Witwe. Vielleicht hat er gar nichts gegen Witwen, aber –

Fangen wir also richtig von vorne an«, unterbrach sie sich plötzlich. »Vor allem: wer sind Sie?«

Dexter zögerte einen Augenblick. Dann:

»Ich bin niemand Besonderes«, verkündete er. »Meine Karriere liegt noch weitgehend in der Zukunft.«

»Sind Sie arm?«

»Nein«, sagte er geradeheraus, »wahrscheinlich verdiene ich mehr Geld als sonst ein Mann meines Alters hier im Nordwesten. Ich weiß, es ist plump, so etwas zu sagen, aber Sie wollten ja, daß ich damit anfange.«

Es entstand eine Pause. Dann lächelte sie, und ihre

Mundwinkel zogen sich herab, und ein fast unmerklicher Schwung ihres Körpers brachte sie näher an ihn heran, wobei sie ihm von unten in die Augen sah. Es würgte Dexter in der Kehle, er wartete mit angehaltenem Atem auf diese neue Erfahrung, auf das nicht vorauszuahnende Einswerden, das sich auf geheimnisvolle Weise aus den Komponenten ihrer Lippen bilden müßte. Dann sah er es – sie übertrug ihre Verzückung auf ihn, überschüttete ihn damit, ließ es ihn tief spüren mit Küssen, die kein Versprechen mehr, sondern eine Erfüllung waren. Sie erregten nicht Hunger nach Wiederholung, sondern bewirkten Hingebung, die nach immer mehr Hingebung verlangte ... Küsse, großherzig gespendet, die aber neue Not schufen, indem sie nichts vorenthielten.

Es dauerte nicht lange bei ihm, bis er zu der Erkenntnis gelangte, daß er Judy Jones seit seinen stolzen Knabenträumen schon immer begehrt hatte.

IV

So hatte das angefangen – und so setzte es sich mit wechselnden Intensitätsgraden fort, immer am Rande der Auflösung. Dexter lieferte der hemmungslosesten und wankelmütigsten Person, mit der er je in Berührung gekommen war, einen Teil seiner selbst aus. Was immer es sein mochte – Judy verfolgte jedes Wunschziel mit dem ganzen Aufgebot ihrer Reize. Die Methode blieb stets die gleiche: keine Winkelzüge oder Berechnung der Effekte; der geistige Aufwand bei all ihren Liebesaffären war nur sehr gering. Sie tat weiter nichts, als den Männern vor Augen zu führen, in welch hohem Grade sie körperlich begehrenswert sei. Dexter hatte nicht den Wunsch, ihren Charakter zu beeinflussen. Ihre Mängel wurden durch die vitale Leidenschaft, die dahinter stand, gleichsam transzendent und erschienen beinahe gerechtfertigt.

Als Judy an jenem ersten Abend, ihren Kopf an seine Schulter lehnend, flüsterte: »Ich weiß gar nicht, was mit mir los ist. Erst gestern abend glaubte ich in einen Mann verliebt zu sein, und heute abend ist mir, als liebte ich dich« – da fand er diesen Ausspruch wunderbar und geradezu romantisch. Diese außerordentliche Entflammbarkeit tat es ihm an, und – für den Augenblick wenigstens – fühlte er sich über sie als Herr und Gebieter. Schon eine Woche später jedoch war er genötigt, diese selbe Eigenschaft in einem anderen Licht zu sehen. Sie nahm ihn in ihrem Roadster zu einem abendlichen Picknick mit, um gleich nach dem Essen, ebenfalls in ihrem Roadster, mit einem anderen Mann zu entschwinden. Dexter geriet in mächtige Erregung und war kaum noch imstande, sich den anderen Gästen gegenüber taktvoll und höflich zu benehmen. Als sie ihm dann später versicherte, sie habe den anderen Mann nicht geküßt, wußte er, daß sie log – und dennoch schmeichelte es ihm, daß sie sich die Mühe machte, ihn zu belügen.

Noch vor Ende des Sommers mußte er erkennen, daß er nur einer von einem Dutzend ständig wechselnder Männer war, die sie umschwirrten. Jeder von ihnen hatte irgendwann einmal in ihrer Gunst über allen anderen gestanden, und etwa die Hälfte von ihnen tröstete sich mit einem gelegentlichen sentimentalen Wiederaufleben ihrer Neigung. Wenn sie einen zu lange vernachlässigt hatte und er Miene machte auszubrechen, gewährte sie ihm ein süßes Stündchen, so daß er neuen Mut schöpfte und ein Jahr oder länger bei der Stange blieb. Diese Anschläge auf die wehrlosen Opfer verübte Judy ohne alle Bosheit und ohne sich der Tücke in ihrem Verhalten recht bewußt zu sein.

Wenn ein neuer Mann auf der Bildfläche erschien, ließ sie alle anderen fallen – alle Rendezvous wurden automatisch abgesagt.

Es war aussichtslos, etwas dagegen unternehmen zu wollen, weil alles von ihr ausging. Sie war kein Mädchen, das man im eigentlichen Sinne des Wortes »erobern« konnte; sie war gefeit gegen Fixigkeit, gefeit gegen Charme. Wenn so jemand sie allzu heftig bedrängte, reduzierte sie die Sache sogleich auf eine rein sinnliche Basis, und unter dem Zauber ihres physischen Reizes tanzten sowohl die starken Männer als auch die Charmeure nach ihrer Pfeife und verloren das Heft aus der Hand. Ihre Befriedigung lag lediglich darin, daß sie ihren Begierden nachgab und ihre Reize unmittelbar wirken ließ. Vielleicht war sie bei soviel jugendlichem Feuer, das ihr entgegenbrannte, und bei soviel jungen Liebhabern aus reinem Selbsterhaltungstrieb dazu gekommen, sich nur aus sich selbst zu nähren.

Nach dem ersten Jubel war es um Dexters Ruhe bald geschehen, und er war rastlos und unbefriedigt. Die hilflose Ekstase, mit der er sich an sie verlor, war eher ein Rauschgift als ein Stärkungsmittel. Zum Glück für seine Arbeit waren diese Augenblicke der Ekstase während jenes Winters nicht sehr häufig. Im Anfang ihrer Bekanntschaft schien es eine Zeitlang so, als bestünde zwischen ihnen eine tiefe und spontane gegenseitige Anziehung – an jenem ersten August zum Beispiel, dann drei lange Abende auf ihrer schummrigen Veranda, seltsam sehnsuchtsmatte Küsse am Spätnachmittag in schattigen Gartenlauben oder hinter dem schützenden Spalier der Obstbäume, oder an Vormittagen, wenn sie frisch war wie ein junger Traum und beinahe scheu beim Wiedersehen in der klaren Morgenfrühe. Die ganze Begeisterung des Füreinanderbestimmtseins war darin, und das steigerte sich noch durch sein Bewußtsein, daß sie nicht miteinander verlobt waren. Während jener drei Tage hatte er sie zum erstenmal gefragt, ob sie ihn heiraten wolle. Sie sagte »Eines Tages – vielleicht«, sie sagte »Küß mich«, sie sagte »Ich möchte dich schon heiraten«, sie sagte »Ich liebe dich«, und sie sagte im Grunde – nichts.

Die drei Tage wurden durch die Ankunft eines Mannes aus New York unterbrochen, der für den halben September als Gast in ihrem Hause blieb. Zu Dexters Verzweiflung wollte das Gerücht von einer Verlobung der beiden wissen. Der Mann war der Sohn des Präsidenten eines großen Industriekonzerns. Am Ende des Monats aber hieß es, Judy langweile sich. Bei einem Tanzabend saß sie die ganze Zeit mit einem schönen Jungen aus dem Städtchen im Motorboot, während der New Yorker in wilder Verzweiflung den ganzen Club nach ihr absuchte. Dem Jungen erzählte sie, daß sie von ihrem Besucher genug habe, und zwei Tage darauf reiste dieser denn auch ab. Man sah sie mit ihm auf dem Bahnhof, und es wurde berichtet, er habe wirklich kummervoll dreingeblickt.

Bei diesem Stand der Dinge ging der Sommer zu Ende. Dexter war vierundzwanzig und allmählich in einer Position, daß er tun und lassen konnte, was er wollte. Er war Mitglied von zwei Clubs und wohnte sogar in einem. Er gehörte keineswegs zu den obligaten Tänzern dieser Clubs, wußte es aber immer so einzurichten, daß er bei den Tanzabenden erschien, zu denen auch Judy Jones wahrscheinlich kommen würde. Er hätte so viele Einladungen haben können, wie er wollte; er galt jetzt als gesellschaftsfähig und stand mit den Vätern aus der Geschäftswelt auf gutem Fuße. Die Tatsache, daß er erklärtermaßen Judy Jones den Hof machte, hatte seine Position nur noch gefestigt. Aber er hatte keinen gesellschaftlichen Ehrgeiz und verachtete eher die übereifrigen Tänzer, die bei den Donnerstags- und Samstagsgesellschaften immer auf dem Sprunge waren und beim Diner mit den jüngeren Ehepaaren zusammensaßen. Zu jener Zeit spielte er schon mit dem Gedanken, nach New York zu gehen, und hegte den Wunsch, Judy Jones dorthin mitzunehmen. Doch so nüchtern er auch die Welt, in der sie aufgewachsen war, betrachtete – seine Illusion, wie begehrenswert sie selbst sei, wurde davon nicht geheilt.

Das wollen wir festhalten – denn nur so läßt sich begreifen, was er nun für sie tat.

Anderthalb Jahre nach seiner ersten Begegnung mit Judy Jones verlobte er sich mit einem anderen Mädchen. Sie hieß Irene Scheerer; ihr Vater war einer der Männer, die von jeher viel von Dexter gehalten hatten. Irene war hochblond, nett und ehrbar, außerdem etwas stämmig; sie hatte zwei Verehrer, die sie jedoch gern sitzenließ, als Dexter in aller Form um sie anhielt.

Sommer, Herbst, Winter, Frühling, noch ein Sommer und noch ein Herbst – soviel von seiner Zeit und seiner Arbeit hatte er um Judy Jones' unverbesserlicher Lippen willen geopfert. Sie hatte sich für ihn interessiert, ihn ermutigt und ihn nacheinander mit Bosheit, Gleichgültigkeit und Verachtung gestraft. Sie hatte ihm die zahllosen kleinen Erniedrigungen und Demütigungen auferlegt, die sich in solchen Fällen ergeben – gleichsam als Rache dafür, daß sie je etwas für ihn übrig gehabt hatte. Sie hatte ihm gewinkt, ihn gähnend fortgeschickt und ihm wieder gewinkt, und oft war er nur verbittert und mit verkniffenen Augen darauf eingegangen. Sie hatte ihn vor Glück außer sich gebracht und ihm unerträgliche seelische Qualen bereitet. Sie hatte ihm Unerhörtes abverlangt und ihm nicht wenig Ärger gemacht. Sie hatte ihn verletzt, ihn wie Luft behandelt oder hatte sein Interesse für sie gegen sein Interesse für seine Arbeit ausgespielt – alles nur zum Spaß. Sie hatte ihm alles und jedes angetan, nur daß sie ihn nicht kritisiert hatte, und das, wie ihm schien, nur deshalb, weil dadurch die grenzenlose Gleichgültigkeit, die sie ihm bezeigte und auch wirklich gegen ihn empfand, verfälscht worden wäre.

Als wieder ein Herbst gekommen und gegangen war, kam er zu der Erkenntnis, daß er Judy Jones nie besitzen könnte. Er mußte sich das einhämmern, aber schließlich gelangte er zu dieser Überzeugung. Nachts lag er stundenlang wach und dachte darüber nach. Er hielt sich die Mühen und Qualen, die sie ihm verursacht hatte, vor Augen; er zählte sich ihre offenkundigen Mängel als Frau auf. Dann sagte er sich, daß er sie liebe, und schlief darüber nach einer Weile ein. Eine Woche lang arbeitete er hart und ausdauernd, nur daß er sich gelegentlich ihre rauchige Stimme am Telefon oder ihre Augen über den Tisch hinweg vorstellte, und sogar abends ging er noch mal in sein Büro und entwarf einen Plan für die nächsten Jahre.

Am Ende dieser Woche ging er zu einem Tanzabend und forderte sie nur zu einem einzigen Tanz auf. Zum erstenmal, seitdem sie sich kannten, bat er sie nicht, ein wenig draußen mit ihm zu sitzen, und sagte ihr auch nicht, daß sie reizend aussähe. Es tat ihm weh, daß sie das gar nicht zu vermissen schien – das war alles. Er war nicht eifersüchtig, als er an diesem Abend einen neuen Mann bei ihr sah. Über Eifersucht war er längst hinaus.

An diesem Abend blieb er lange. Er saß eine Stunde mit Irene Scheerer zusammen und unterhielt sich über Literatur und Musik. Von beidem verstand er nur sehr wenig. Aber er fing jetzt an, planmäßig über seine Zeit zu verfügen, und hegte die etwas dünkelhafte Meinung von sich, daß er – der junge und schon unglaublich erfolgreiche Dexter Green – mehr von diesen Dingen wissen müßte.

Das war im Oktober, und er war damals fünfundzwanzig. Im Januar verlobten sich Dexter und Irene. Es sollte im Juni bekanntgegeben werden, und drei Monate später sollten sie heiraten.

Der Minnesota-Winter zog sich unendlich lange hin; es war schon fast Mai, als die Winde milder wurden und der Schnee endlich in den Black-Bear-See abfloß. Zum erstenmal seit über einem Jahr erfreute sich Dexter einer gewissen inneren Ruhe. Judy Jones war in Florida und danach in Hot Springs gewesen, hatte sich irgendwo verlobt und irgendwo wieder entlobt. Anfangs, als Dexter sie endgültig aufgegeben hatte, bekümmerte es ihn, daß die Leute ihn und sie immer noch als ein Paar betrachteten und ihn nach ihr fragten. Als er dann aber bei Tisch immer öfter neben Irene Scheerer plaziert wurde, fragten die Leute ihn nicht mehr nach Judy – im Gegenteil, sie erzählten ihm von ihr. Er hatte aufgehört, als Autorität über sie zu gelten.

Endlich Mai. Nachts, wenn die Dunkelheit sich regenfeucht anfühlte, spazierte Dexter durch die Straßen und wunderte sich, welche Geringfügigkeiten genügt hatten, daß ein so überwältigendes Entzücken so schnell von ihm abgefallen war. Der Mai vor einem Jahre war durch Judys unwiderstehliches, unverzeihliches und dennoch verziehenes Ungestüm gekennzeichnet gewesen – eins der wenigen Male, da er sich einbildete, es wäre endlich so weit, daß sie ihn liebe. Diesen alten Glückspfennig hatte er nun für ein Sträußchen Zufriedenheit eingetauscht. Er wußte, daß Irene ihm nie mehr bedeuten konnte als eine Folie, eine Hand, die mit blitzsauberen Teetassen hantierte, eine Stimme, die den Kindern rief . . . dahin waren feurige Glut und süßer Liebreiz, der Zauber der Abende und das Verwundern über den Wechsel der Stunden und Jahreszeiten . . . schmale Lippen, die sich herabzogen, sich auf seine Lippen neigten und ihn in einen Himmel von Augen emportrugen . . . Das saß tief in ihm. Er war zu stark und lebenshungrig, um das leichthin zu begraben.

Mitte Mai, als das Wetter sich ein paar Tage lang auf dem schmalen Übergang zum Hochsommer in der Schwebe hielt, sprach er eines Abends bei Irene vor. Ihre Verlobung sollte in einer Woche öffentlich werden – also konnte niemand etwas dabei finden. Und heute abend wollten sie zusammen im University-Club auf einem Sofa sitzen und den Tanzenden zuschauen. Mit ihr auszugehen hatte für ihn etwas Solides – ihre allgemeine Beliebtheit war so gut fundiert, sie war so entschieden eine »Partie«.

Er eilte die Stufen zu dem braunen Sandsteinhaus hinauf und trat ein.

»Irene«, rief er.

Mrs. Scheerer kam ihm aus dem Wohnzimmer entgegen.

»Dexter«, sagte sie, »Irene ist oben; sie hat mörderische

Kopfschmerzen. Sie wollte mit Ihnen gehen, aber ich habe sie lieber ins Bett geschickt.«

»Nichts Ernstes, hoffe ich –«

»O nein. Morgen früh kann sie wieder mit Ihnen Golf spielen. Für einen Abend können Sie sie wohl entbehren, nicht war, Dexter?«

Ihr Lächeln war freundlich. Dexter kam gut mit ihr aus. Im Wohnzimmer unterhielt er sich noch ein Weilchen und verabschiedete sich dann.

In den University-Club, wo er auch wohnte, zurückgekehrt, blieb er einen Augenblick in der Tür stehen und sah den Tanzenden zu. Er lehnte am Türpfosten, nickte einem oder zwei Bekannten zu – gähnte.

»Hallo, Liebling.«

Die vertraute Stimme an seiner Seite machte ihn betroffen. Judy Jones hatte einen Tänzer stehenlassen und war quer durch den Raum zu ihm gekommen – Judy Jones, ein schlankes, gepudertes Püppchen, ganz in Gold; goldenes Stirnband, zwei goldene Pantöffelchen unter dem Kleidsaum. Das schwache Leuchten auf ihrem Gesicht blühte auf, als sie ihn anlächelte. Der Raum war plötzlich von Wärme und Licht durchflutet. Seine Hände, die er in den Taschen des Smokings hielt, krampften sich zusammen. Erregung wallte in ihm empor.

»Seit wann bist du wieder da?« fragte er beiläufig.

»Komm mit, dann werde ich dir alles erzählen.«

Sie wandte sich um, und er folgte ihr. Sie war weit fort gewesen – er hätte über das Wunder ihrer Rückkehr weinen können. Durch verzauberte Straßen war sie gegangen und hatte Dinge getan, die wie eine aufreizende Musik waren. Alle geheimnisvollen Glücksfälle, alle überstürzten Hoffnungen waren mit ihr dahingegangen und kamen jetzt mit ihr zurück.

Im Torbogen wandte sie sich nach ihm um.

»Hast du einen Wagen hier? Wenn nicht, ich habe einen.«

»Ich habe ein Coupé da.«

Hinein also, mit einem Rascheln goldener Seide. Er schlug die Tür zu. In so viele Wagen war sie mit eingestiegen – Wagen wie dieser, wie jener –, den Rücken gegen das Lederpolster, den Ellbogen an der Tür aufgestützt, so – wartend. Sie wäre schon längst verführt worden, aber es gab nichts, das sie beflecken konnte – es sei denn sie selbst. Alles ging von ihr aus.

Er mußte sich zwingen, den Wagen zu starten und zurückzusetzen auf die Straße. Das bedeutete noch nichts, weckte noch keinerlei Erinnerungen. Sie hatte das schon oft getan, und er hatte sie hinter sich gelassen, wie man einen faulen Posten aus seinen Büchern streicht.

Er fuhr langsam stadtwärts und, als sei er zerstreut, kreuz und quer durch die verlassenen Straßen des Geschäftsviertels, wo nur hier und da Menschen aus einem Kino strömten oder schwindsüchtige oder streitbare Jugendliche vor Billiardsalons herumlungerten. Aus schmutziggelb erleuchteten Kneipen mit beschlagenen Fensterscheiben hörte man die Gläser klirren, wenn jemand mit der Faust auf den Schanktisch schlug.

Sie beobachtete ihn scharf; das Schweigen wurde bedrückend, aber selbst in dieser kritischen Situation fiel ihm keine Phrase ein, mit der er der Sache eine harmlose Wendung hätte geben können. Als es sich machen ließ, wendete er den Wagen und fuhr auf Umwegen wieder in Richtung des University-Clubs.

»Hast du mich vermißt?« fragte sie unvermittelt.

»Alle Welt hat dich vermißt.«

Er fragte sich, ob sie wohl etwas von Irene Scheerer wisse. Sie war erst einen Tag wieder da, und die Zeit ihres Fortseins war ziemlich genau mit seiner Verlobung zusammengefallen.

»Wie geistreich!« Judy lachte trübselig, ohne wirklich bekümmert zu sein. Sie sah ihn forschend an. Er starrte geflissentlich auf das Schaltbrett.

»Du bist hübscher geworden, als du warst«, sagte sie nachdenklich. »Dexter, du hast die unvergeßlichsten Augen, die es gibt.«

Er hätte sie deswegen auslachen können, aber er lachte nicht. So etwas sagte man zu jungen Semestern. Dennoch verfing es bei ihm.

»Ich habe alles entsetzlich satt, Liebling.« Sie nannte jeden »Liebling«, wobei sie dem zärtlichen Wort eine gleichgültige, persönliche Nuance von Kameraderie gab. »Ich möchte wohl, daß du mich heiratest.«

Diese Direktheit verwirrte ihn. Er hätte ihr jetzt sagen müssen, daß er im Begriff war, eine andere zu heiraten, aber er brachte es nicht fertig. Ebensogut hätte er schwören können, daß er sie nie geliebt hätte.

»Ich denke, wir könnten schon miteinander auskommen«, fuhr sie im gleichen Ton fort, »es sei denn, du hast mich vergessen und dich in ein anderes Mädchen verliebt.«

Ihr Selbstvertrauen war offenbar gewaltig. Sie hatte in Wahrheit zu verstehen gegeben, daß sie so etwas für ganz unmöglich hielte oder daß er, wenn es zutraf, nur einen kindischen Streich begangen hatte – vermutlich um sich damit zu brüsten. Sie würde ihm verzeihen, weil es sich um nichts Gewichtiges handelte, sondern eher um etwas, das man einfach beiseite wischte.

»Wie könntest du auch je eine andere lieben als mich«, fuhr sie fort, »ich mag die Art, wie du mich liebst. Oh, Dexter, hast du das letzte Jahr vergessen?«

»Nein, ich habe es nicht vergessen.«

»Ich auch nicht.«

War sie ernstlich bewegt oder wurde sie nur von ihrer eigenen Schauspielerei fortgerissen?

»Ich möchte, wir könnten wieder sein wie damals«, sagte sie, und er nahm all seine Kraft zusammen und erwiderte:

»Ich glaube, das können wir nicht.«

»Vermutlich nicht . . . wie ich höre, machst du Irene Scheerer gewaltig den Hof.« Sie legte nicht die geringste Betonung auf den Namen; dennoch schämte Dexter sich plötzlich.

»Ach, fahr mich nach Hause«, rief Judy auf einmal. »Ich mag nicht zu dieser idiotischen Tanzerei zurück – mit diesen Kindern.«

Als er dann die Straße zu dem Villenviertel hinauffuhr, begann Judy still vor sich hin zu weinen. Er hatte sie noch nie weinen sehen.

Die dunkle Straße lichtete sich; überall tauchten die Villen der reichen Leute auf. Er hielt vor dem großen weißen Kasten, Mortimer Jones' Haus, eine verschlafene Pracht, vom wäßrigen Glanz des Mondes umflossen. Seine Monumentalität überraschte ihn. Die soliden Mauern, die Stahlträger, seine massive Breite und sein strahlender Pomp schienen nur den Kontrast zu der jugendlichen Schönen neben ihm hervorheben zu sollen. Ein gewaltiger Bau, nur dazu da, ihre Zartheit zu betonen – als müsse bewiesen werden, wieviel Wind ein Schmetterlingsflügel erzeugen kann.

Er saß ganz still, während seine Nerven in wildem Aufruhr waren; er fürchtete, bei der geringsten Bewegung werde sie ihm unweigerlich in den Armen liegen. Zwei Tränen waren über ihre feuchten Wangen gerollt und hingen zitternd an ihrer Oberlippe.

»Ich bin schöner als jede andere«, sagte sie schluchzend, »warum kann ich denn nicht glücklich sein?« Ihre tränennassen Augen zerrten an seinem Willen, fest zu bleiben. Ihr Mund krümmte sich langsam abwärts mit einem unsagbar schwermütigen Ausdruck: »Heirate mich, Dexter, wenn du mich überhaupt willst. Wahrscheinlich denkst du, ich sei das nicht wert, aber ich will ja immer so schön für dich sein, Dexter.«

Tausend Antworten – zornige, stolze, leidenschaftliche, haßwütige, zärtliche – lagen auf seinen Lippen im Widerstreit. Dann schlug eine Woge des Gefühls über ihm zusammen und schwemmte auch die Reste von Klugheit, Konvention, Zweifel und Ehre mit hinweg. Hier sprach das Mädchen, das ihm gehörte, seine Allerschönste, sein ganzer Stolz.

»Willst du nicht mit reinkommen?« Er spürte, wie sie den Atem anhielt – wartete.

»Gut«, seine Stimme zitterte, »ich komme.«

V

Es war seltsam, daß weder er noch sie, als es vorbei war und noch lange danach, den Abend bereute. Die Tatsache, daß Judys wiederauflodernde Leidenschaft für ihn nur einen Monat währte, schien aus der abgeklärten Perspektive von zehn Jahren nur von untergeordneter Bedeutung. Auch kam es nicht darauf an, daß er sich durch sein Nachgeben am Ende in eine tiefere Qual verstrickte und daß er Irene Scheerer und ihren Eltern, die ihn freundschaftlich aufgenommen hatten, eine ernste Schmach antat. Die leidende Irene bot kein Schauspiel, das sich seinem Geist nachhaltig einprägen konnte.

Im Grunde war Dexter eine harte Natur. Die Reaktion des Städtchens auf sein Verhalten kümmerte ihn wenig, nicht weil er ohnehin bald fortgehen wollte, sondern weil jede Reaktion von außen seine Lage nur oberflächlich berührte. Er war gegen die öffentliche Meinung völlig immun. Auch als er eingesehen hatte, daß es zwecklos war und daß er Judy Jones weder halten konnte noch stark genug war, ihren Charakter von Grund auf zu verändern, trug er ihr nichts nach. Er liebte sie eben und würde sie lieben, bis er über das Liebesalter hinaus war – aber er konnte sie nicht besitzen. So kostete er denn die tiefe Qual, die nur den Starken vorbehalten ist, wie er einst für kurze Zeit das tiefste Glück genossen hatte.

Auch die ausgemachte Verlogenheit der Beweggründe, aus denen Judy ihrer Beziehung ein Ende gemacht hatte, daß sie nämlich ihn Irene nicht »wegnehmen« wollte – und nichts anderes war Judys Absicht gewesen –, nicht einmal das empörte ihn. Er war längst darüber hinaus, sich angewidert oder amüsiert zu fühlen.

Im Februar ging er mit der Absicht, seine Wäschereibetriebe zu verkaufen und sich in New York niederzulassen, in den Osten. Doch im März kam für Amerika der Krieg und warf seine Pläne um. Er kehrte in den Westen zurück, übergab die Geschäftsleitung seinem Partner und meldete sich Ende April zu einem Offiziers-Ausbildungskursus. Er war einer von jenen Tausenden junger Leute, die den Krieg mit einer gewissen Erleichterung begrüßten, weil er sie von manchen sie umstrickenden Gefühlswirrungen befreite.

VI

Diese Geschichte – das möge man festhalten – ist keine Biographie, obwohl allerlei in ihr vorkommt, das mit Dexters Jugendträumen nichts zu tun hat. Mit ihnen sind wir auch fast durch und desgleichen bald mit ihm selbst. Nur ein Vorfall bleibt noch zu berichten, und der ereignete sich sieben Jahre später.

Dieser Vorfall begab sich in New York, wo er es inzwischen weit gebracht hatte – so weit, daß irgendwelche Schranken für ihn nicht mehr existierten. Er war zweiunddreißig Jahre alt und war, abgesehen von einer kurzen Flugreise gleich nach Kriegsende, sieben Jahre nicht mehr im Westen gewesen. Ein Mann namens Devlin aus Detroit kam zu einem Geschäftsbesuch in sein Büro, und dort und bei dieser Gelegenheit kam es zu jenem Vorfall, durch den diese besondere Etappe seines Lebens sozusagen ihren Abschluß fand.

»Sie sind also aus dem mittleren Westen«, sagte der Mann namens Devlin mit lässiger Neugier. »Komisch – ich dachte, Leute wie Sie könnten nur in Wall Street geboren und aufgewachsen sein. Übrigens: die Frau von einem meiner besten Freunde stammt aus Ihrer Stadt. Ich war bei der Hochzeit Brautführer.«

Dexter wartete ahnungslos, was nun kommen würde.

»Judy Simms«, fuhr Devlin ganz beiläufig fort. »Judy Jones hieß sie vorher.«

»Ja, ich kannte sie.« Dexter wurde von einer merkwürdigen Unruhe ergriffen. Natürlich hatte er gehört, daß sie geheiratet hatte, aber weiter nichts – vielleicht mit Absicht.

»Verteufelt hübsches Mädchen«, meinte Devlin so obenhin, »sie tut mir eigentlich leid.«

»Weshalb?« Dexter fühlte sich gewarnt, doch zugleich wollte er mehr wissen.

»Ach, Lud Simms ist ganz heruntergekommen. Ich will nicht sagen, daß er sie mißhandelt, aber er trinkt und treibt sich herum –«

»Und treibt sie sich nicht herum?«

»Nein. Bleibt zu Hause bei den Kindern.«

»Oh.«

»Sie ist wohl etwas zu alt für ihn«, sagte Devlin.

»Zu alt!« rief Dexter aus. »Aber Mann, sie ist doch erst siebenundzwanzig!«

Er sah sich schon in wilder Hast auf die Straße rennen und den nächsten Zug nach Detroit nehmen. Mit einem Ruck sprang er auf.

»Ich nehme an, Sie haben zu tun«, entschuldigte sich Devlin rasch. »Ich dachte nicht –«

»Nein, ich habe Zeit«, sagte Dexter in möglichst ruhigem Ton. »Ich habe nichts vor. Ganz und gar nicht. Sagten Sie, sie sei – siebenundzwanzig? Richtig, ich habe gesagt, daß sie siebenundzwanzig ist.«

»Ja, Sie sagten es«, bemerkte Devlin trocken.

»Dann also weiter. Legen Sie los.«

»Was meinen Sie?«

»Über Judy Jones natürlich.«

Devlin sah ihn verständnislos an.

»Nun, das ist – ich habe Ihnen schon alles gesagt. Er behandelt sie saumäßig. Oh, nicht daß sie sich scheiden ließen oder so. Immer wenn er besonders ausfällig wird, verzeiht sie ihm. Tatsächlich, ich glaube fast, sie liebt ihn. Und sie war so ein niedliches Ding, als sie zuerst nach Detroit kam.«

Ein niedliches Ding! Der Ausdruck machte Dexter betroffen, weil er so unmöglich war.

»Und jetzt ist sie wohl kein – niedliches Ding mehr?«

»Oh, sie ist eine fabelhafte Person.«

»Hören Sie mal«, sagte Dexter und setzte sich plötzlich wieder hin. »Ich verstehe Sie nicht. Eben sagten Sie noch, sie sei ein ›niedliches Ding‹ gewesen, und jetzt sagen Sie auf einmal, sie sei eine ›fabelhafte Person‹. Ich weiß nicht, was Sie wollen – Judy war absolut kein niedliches Ding. Sie war eine Schönheit ersten Ranges. Denn ich kannte sie, ich hab sie gekannt. Sie war –«

Devlin lachte verbindlich.

»Ich will keinen Streit anfangen«, sagte er. »Ich finde, Judy ist eine nette Person, und ich mag sie gern. Ich begreife zwar nicht, wie ein Mann wie Lud Simms sich so wahnsinnig in sie verlieben konnte, aber so kam es eben.« Dann fügte er hinzu: »Die meisten Frauen mögen sie gut leiden.«

Dexter blickte Devlin scharf an, als sei er überzeugt, da müsse etwas dahinterstecken, irgendeine Gefühlsstutzigkeit bei dem Mann oder eine private Intrige.

»Mit vielen Frauen geht es so abwärts.« Devlin schnippte mit dem Finger. »Man muß das aus der Nähe erlebt haben. Vielleicht habe ich auch vergessen, wie hübsch sie bei ihrer Hochzeit war. Ich habe sie seitdem so oft gesehen, wissen Sie. Sie hat nette Augen.«

Eine Art von Umnebelung senkte sich auf Dexter herab. Zum erstenmal in seinem Leben fühlte er sich, als sei er im Begriff, sehr betrunken zu werden. Er wußte noch, daß er über irgend etwas, was Devlin sagte, schallend gelacht hatte, aber was es war und warum es komisch war, wußte er nicht mehr. Als Devlin nach ein paar Minuten ging, legte er sich auf seine Couch und sah zum Fenster hinaus auf das Häuserpanorama von New York, in dem die Sonne mit grotesken Farbeffekten von Gold und Rosa versank.

Er hatte immer gedacht, er sei, da er nichts mehr zu verlieren hatte, unverletzlich – doch jetzt wußte er, daß er soeben noch etwas mehr verloren hatte – wußte es so sicher, als wenn er selbst Judy Jones geheiratet hätte und vor seinen Augen dahinwelken sähe.

Der Traum war aus. Etwas war ihm genommen worden. In einem Anfall von Panik preßte er die Handflächen in die Augen und versuchte, sich das Bild des leise plätschernden Sees von Sherry Island zurückzurufen, die mondbeschienene Veranda und Gingham auf den Golfplätzen und die trockene Sonne und den weichen, goldbraunen Flaum in ihrem Nacken. Und ihren Mund, der feucht seinen Küssen entgegenkam, und ihre Augen so voll Melancholie und ihre Frische wie neues kühles Leinen am Morgen. Das alles gab es also nicht mehr auf der Welt! Es hatte es gegeben, aber nun war es auf einmal nicht mehr da.

Zum erstenmal seit Jahren strömten ihm Tränen übers Gesicht. Doch diesmal galten sie ihm selbst. Ein Mund, ein Paar Augen, Hände, die sich bewegten – das war's nicht mehr, woran ihm lag. Er wollte lieben und konnte es nicht. Denn er war weit fort und konnte nie mehr dahin zurückgelangen. Die Tore waren verschlossen, die Sonne untergegangen, und es gab keine Schönheit mehr außer der grauen Schönheit des Stahls, der die Zeiten überdauert. Sogar das Leid, zu dem er fähig gewesen war, lag hinter ihm im Land der Illusionen, der Jugend, der Lebensfülle – dem Land, in dem einst seine Winterträume geblüht hatten.

»Vor langer Zeit«, sagte er, »vor langer Zeit, da war etwas in mir, aber das ist jetzt dahin. Das ist vorbei, endgültig vorbei. Ich kann nicht mehr weinen. Ich kann nicht mehr lieben. Das kehrt nie wieder.«

Gretchens Nickerchen

I

Die Gehwege waren mit welken Blättern gesprenkelt, und dem kleinen Schlingel von nebenan gefror seine Zunge an dem eisernen Briefkasten. Schnee noch vor Abend, das war sicher. Herbst war vorbei. Damit stellte sich, natürlich, das Kohleproblem und das Weihnachtsproblem; aber Roger Halsey, der auf der vorderen Veranda seines Hauses stand, versicherte, zu dem verhangenen Vorstadthimmel aufblickend, daß er keine Zeit habe, sich um das Wetter zu kümmern. Dann ging er eiligst wieder ins Haus und überließ das Thema der draußen herrschenden kalten Dämmerung.

Im Flur war es dunkel, aber von oben hörte er die Stimmen seiner Frau und des Kindermädchens und des Kleinen in einer ihrer endlosen Unterhaltungen, die hauptsächlich in »Laß das!« und »Paß auf, Maxy!« und »Oh, er kann schon gehen!« bestanden, unterbrochen von wilden Angstrufen, undeutlichen Plumpsern und dem immer wiederkehrenden Laut kleiner tappender Füße.

Roger knipste das Licht in der Halle an, ging ins Wohnzimmer und knipste die rotseidene Stehlampe an. Er legte seine pralle Aktentasche auf den Tisch und setzte sich hin, wobei er sein gespanntes junges Gesicht für ein paar Minuten in der Hand ruhen ließ und seine Augen sorgsam gegen das Licht abschirmte. Dann zündete er sich eine Zigarette an, drückte sie wieder aus, ging an den Fuß der Treppe und rief nach seiner Frau.

»Gretchen!«

»Hallo, Liebling.« Ihre Stimme war von Lachen geschüttelt. »Komm, Baby ansehen.«

Er fluchte leise.

»Ich kann Baby jetzt nicht ansehen«, sagte er laut. »Wie lange, bis du runterkommst?«

Es gab eine mysteriöse Pause, und dann folgten rasch einige »Tu's nicht!« und »Paß auf, Maxy!«, die offenbar eine drohende Katastrophe abwenden sollten.

»Wie lange, bis du runterkommst?« wiederholte Roger leicht irritiert.

»Oh, ich bin gleich unten.«

»Wann gleich?« brüllte er.

Jeden Tag um diese Zeit hatte er Mühe, seine Redeweise von der dringlichen Tonart der City auf die einem Musterhaushalt angemessene Beiläufigkeit herabzustimmen. Doch heute abend war er mit Vorsatz ungeduldig. Es enttäuschte ihn fast, als Gretchen, zwei Stufen auf einmal nehmend, die Treppe heruntergerannt kam und nahezu erstaunt »Was gibt's denn?« fragte.

Sie küßten sich und verharrten so ein paar Augenblicke. Sie waren schon drei Jahre verheiratet und liebten einander mehr, als diese Zeitspanne besagt. Es kam selten vor, daß sie sich mit jenem leidenschaftlichen Haß quälten, dessen nur junge Ehepaare fähig sind, denn Roger war immer noch lebhaft empfänglich für ihre Schönheit.

»Komm hier herein«, sagte er hastig. »Ich muß mit dir reden.«

Seine Frau, von hellem Teint und tizianrotem Haar, so

farbenfroh wie eine französische Flickenpuppe, folgte ihm ins Wohnzimmer.

»Hör zu, Gretchen« – er setzte sich ans eine Ende des Sofas – »von heute abend an werde ich – Was ist?«

»Nichts. Ich hole mir nur eine Zigarette. Sprich weiter.«

Sie kam auf den Zehenspitzen zum Sofa zurück und ließ sich am anderen Ende nieder.

»Gretchen –« Wieder unterbrach er sich. Ihre Hand, Handteller nach oben, war gegen ihn ausgestreckt. »Nun, was ist?« fragte er ärgerlich.

»Zündhölzer.«

»Was?«

In seiner Gereiztheit kam es ihm unglaublich vor, daß sie um Zündhölzer bat, aber er wühlte automatisch in seiner Tasche.

»Danke dir«, wisperte sie. »Ich wollte dich nicht unterbrechen. Sprich weiter.«

»Gretchen –«

Ratsch! Das Zündholz flammte auf. Sie wechselten einen spannungsgeladenen Blick.

Jetzt baten ihre rehbraunen Augen um Verzeihung, stumm diesmal, und er mußte lachen. Schließlich hatte sie nichts Schlimmeres getan als eine Zigarette angezündet; aber wenn er so mißgelaunt war, brachte ihn ihre kleinste selbständige Aktion in unmäßigen Zorn.

»Wenn du vielleicht Zeit hast zuzuhören«, sagte er grob, »interessiert es dich vielleicht, die Armenhaussache mit mir zu besprechen.«

»Was für'n Armenhaus?« Ihre Augen weiteten sich erschrocken; sie saß mäuschenstill.

»Das war nur, um deine Aufmerksamkeit zu erregen.

Aber mit dem heutigen Abend gehe ich an die wahrscheinlich entscheidensten sechs Wochen meines Lebens – die sechs Wochen, in denen es sich entscheidet, ob wir weiter auf ewig in diesem verrotteten Häuschen und in diesem verrotteten Vorstadtnest leben werden.«

Langeweile löste nun das Erschrecken in Gretchens schwarzen Augen ab. Sie stammte aus dem Süden, und jede Frage, die mit dem Vorwärtskommen in der Welt zu tun hatte, war dazu angetan, ihr Kopfweh zu bereiten.

»Vor sechs Monaten bin ich bei der New York Lithographic Company ausgeschieden und habe mich im Werbegeschäft selbständig gemacht«, verkündete Roger.

»Ich weiß«, unterbrach Gretchen ärgerlich, »und statt sechshundert im Monat sicher zu haben, müssen wir jetzt mit unsicheren fünfhundert auskommen.«

»Gretchen«, sagte Roger bitter, »wenn du nur noch für weitere sechs Wochen an mich glaubst so fest, wie du kannst, werden wir reich sein. Ich habe jetzt eine Chance, einige der dicksten Aufträge zu bekommen.« Er zögerte. »Und in diesen sechs Wochen werden wir überhaupt nicht ausgehen und werden niemand zu uns einladen. Ich werde jeden Abend Arbeit mit nach Hause bringen, und wir ziehen alle Vorhänge zu, und wenn jemand an der Tür klingelt, machen wir nicht auf.«

Er lächelte übermütig, als wäre das ein neues Spiel, das sie spielen wollten. Dann, als Gretchen schwieg, schwand sein Lächeln, und er blickte sie unsicher an.

»Also was ist?« brach sie schließlich los. »Erwartest du, daß ich jubelnd aufspringe? Du arbeitest schon jetzt mehr als genug. Wenn du noch mehr versuchst, wirst du mit einem Nervenzusammenbruch enden. Ich habe da etwas gelesen von einem –«

»Mach dir wegen mir keine Sorgen«, unterbrach er sie. »Ich bin ganz in Ordnung. Aber du wirst dich zu Tode langweilen, wenn du jeden Abend hier sitzen mußt.«

»Nein, gar nicht«, sagte sie ohne rechte Überzeugung – »nur heute abend.«

»Wieso heute abend?«

»George Tompkins hat uns zum Essen eingeladen.«

»Und du hast zugesagt?«

»Natürlich«, sagte sie ungeduldig. »Warum nicht? Du redest immer davon, in was für einer gräßlichen Umgebung wir hier leben, und ich dachte, du würdest vielleicht zur Abwechslung mal in einer netteren Umgebung sein.«

»Wenn ich mir eine nettere Umgebung aussuchen will, dann für immer«, sagte er grimmig.

»Nun, gehen wir also hin?«

»Ich glaube, das müssen wir, da du zugesagt hast.«

Etwas zu seinem Mißbehagen kam das Gespräch jäh zu Ende. Gretchen sprang auf, gab ihm einen flüchtigen Kuß und eilte in die Küche, um den Boiler für ein warmes Bad einzuschalten. Mit einem Seufzer verstaute er sorgfältig seine Mappe hinter dem Bücherbord – sie enthielt nur Skizzen und Entwürfe für eine Schaufensterreklame, aber es kam ihm vor, sie wäre das erste, wonach ein Einbrecher suchen würde. Dann ging er geistesabwesend nach oben, schaute kurz auf einen feuchten Gutenachtkuß ins Kinderzimmer hinein und begann sich für das Dinner anzukleiden.

Sie besaßen kein Automobil, und so kam George Tompkins um sechs Uhr dreißig sie abholen. Tompkins war ein erfolgreicher Innenarchitekt, ein stämmiger, blühender Mann mit einem hübschen Schnurrbärtchen und immer stark nach Jasmin duftend. Er und Roger hatten einmal nebeneinander in einer Pension in New York gewohnt, sich aber in den letzten fünf Jahren nur gelegentlich getroffen.

»Wir sollten uns öfter sehen«, sagte er an jenem Abend zu Roger. »Du müßtest mehr ausgehen, alter Junge. Cocktail?«

»Nein, danke.«

»Nein? Aber deine hübsche Frau nimmt einen – nicht wahr, Gretchen?«

»Ich liebe dieses Haus«, rief sie, indem sie das Glas nahm und einen bewundernden Blick über Schiffsmodelle, Whiskyflaschen aus der Gründerzeit und andere modische Nippsachen von 1925 schweifen ließ.

»Ich mag es auch«, sagte Tompkins mit Genugtuung. »Ich wollte mir etwas zuliebe tun, und das ist mir gelungen.«

Roger blickte mißmutig in dem ungemütlichen, kahlen Raum umher und fragte sich, ob sie wohl irrtümlich in die Küche geraten sein könnten.

»Du siehst verdammt schlecht aus, Roger«, sagte der Gastgeber. »Nimm einen Drink und muntere dich auf.«

»Ja, nimm einen«, drängte Gretchen.

»Was?« Roger wandte sich geistesabwesend um. »Oh, nein, vielen Dank. Ich habe noch zu arbeiten, wenn ich nach Hause komme.«

»Arbeiten!« Tompkins lächelte. »Hör zu, Roger, du wirst dich mit deiner Arbeit noch umbringen. Warum schaffst du dir nicht einen kleinen Ausgleich in deinem Leben – ein bißchen arbeiten, dann ein bißchen Nichtstun?«

»Das rate ich ihm schon immer«, sagte Gretchen.

»Weißt du, wie der Tag eines beliebigen Berufsmenschen aussieht?« fragte Tompkins, während sie ins Speisezimmer gingen. »Kaffee am Morgen, acht Stunden Arbeit mit nur einem hastigen Lunch dazwischen und dann wieder zu Hause mit Verdauungsstörungen und zu schlecht gelaunt, um der Frau einen netten Abend zu machen.«

Roger lachte kurz auf.

»Du gehst zuviel ins Kino«, sagte er trocken.

»Was?« Tompkins blickte ihn verärgert an. »Kino? Ich bin kaum je in meinem Leben im Kino gewesen. Ich finde Filme fürchterlich. Meine Lebensansichten habe ich mir selbst gebildet. Ich glaube an einen Ausgleich im Leben.«

»Was ist das?« fragte Roger.

»Nun« – er zögerte – »vielleicht erkläre ich es dir am besten, indem ich meinen Tagesablauf beschreibe. Oder wäre das allzu selbstgefällig?«

»Oh, nein!« Gretchen sah ihn voller Interesse an. »Ich würde gern etwas darüber hören.«

»Nun, des Morgens stehe ich auf und absolviere eine Reihe von Übungen. Ich habe mir einen Raum wie einen kleinen Turnsaal eingerichtet, und ich arbeite am Punchingball, mache Schattenboxen und Gewichtheben, eine Stunde lang. Danach ein kaltes Bad – ja, das ist so ein Punkt. Nimmst du täglich ein kaltes Bad?«

»Nein«, gab Roger zu, »ich nehme drei- oder viermal in der Woche ein heißes Bad am Abend.«

Entsetztes Schweigen breitete sich aus. Tompkins und Gretchen tauschten einen Blick, als hätte jemand etwas Unanständiges gesagt.

»Was ist los?« fuhr Roger auf und blickte verärgert von ihm zu ihr. »Ihr wißt, daß ich nicht täglich bade – ich habe dazu keine Zeit.«

Tompkins gab einen langgezogenen Seufzer von sich.

»Nach meinem Bad«, fuhr er fort, indem er gnädig einen Schleier des Schweigens über die Sache breitete, »frühstücke ich und fahre in mein Büro in New York, wo ich bis vier arbeite. Dann mache ich Schluß, und wenn es Sommer ist, eile ich hier heraus auf den Golfplatz zu einer Partie über neun Loch, oder wenn es Winter ist, spiele ich eine Stunde Squash-Tennis in meinem Club. Danach bis zum Dinner eine gute schneidige Bridge-Partie. Das Dinner hat meistens irgendetwas mit Geschäft zu tun, aber nur im angenehmen Sinne. Kann sein, ich habe gerade ein Haus für einen Kunden fertig eingerichtet, und er wünscht, daß ich bei seiner ersten Party zugegen bin, um zu sehen, ob die Beleuchtung auch weich genug ist, und dergleichen mehr. Oder ich setze mich vielleicht mit einem guten Band Gedichten hin und verbringe den Abend allein. Auf alle Fälle tue ich jeden Abend etwas, um mich von mir selbst abzulenken.«

»Es muß wunderbar sein«, sagte Gretchen begeistert. »Ich wünschte, wir lebten auch so.«

Tompkins beugte sich ernst über den Tisch vor.

»Das könnt ihr«, sagte er gewichtig. »Kein Grund, warum ihr es nicht solltet. Hört zu, wenn Roger täglich neun Loch Golf spielte, würde das Wunder an ihm wirken. Er würde sich nicht wiedererkennen. Seine Arbeit würde ihm leichter fallen, er würde nie so erschöpft sein und mit den Nerven herunter – aber was ist denn?«

Er brach ab. Roger hatte unverhohlen gegähnt.

»Roger«, rief Gretchen scharf, »kein Grund, so unhöflich zu sein. Wenn du tätest, was George sagt, wärst du sehr viel besser dran.« Sie wandte sich entrüstet an den Gastgeber. »Das Neuste ist, daß er die nächsten sechs

Wochen auch abends arbeiten will. Er sagt, er will die Rolläden herunterlassen und uns wie Einsiedler in einer Höhle einschließen. Das letzte Jahr hat er das schon jeden Sonntag gemacht; jetzt will er es sechs Wochen lang jeden Abend tun.«

Tompkins schüttelte bekümmert den Kopf.

»Am Ende dieser sechs Wochen«, bemerkte er, »wird er reif fürs Sanatorium sein. Laßt euch sagen, daß jedes Privatkrankenhaus in New York von solchen Fällen voll ist. Da braucht man nur das menschliche Nervensystem ein bißchen zu sehr anzuspannen, und päng! – schon hat man etwas kaputt gemacht. Und während man sechzig Stunden für die Arbeit herausschlagen wollte, hat man sich sechzig Wochen Krankenhaus eingehandelt.« Er brach ab, wechselte den Ton und wandte sich mit einem Lächeln Gretchen zu. »Ganz zu schweigen von dem, was Ihnen bevorsteht. Wie mir scheint, leidet die Frau mehr als der Mann an solchen verrückten Perioden von Überarbeitung.«

»Ich habe nichts dagegen«, protestierte Gretchen loyal.

»Doch, sie hat etwas dagegen«, sagte Roger grimmig, »sie macht mir die Hölle heiß. Sie ist ein kurzsichtiges Dummchen und sie glaubt, es gehe mit mir nie voran, bis ich Erfolg habe und sie ein paar neue Kleider bekommt. Aber da kann man nichts machen. Das Ärgste an den Frauen ist ihr Trick, schließlich nur dazusitzen und die Hände im Schoß zu falten.«

»Mit deiner Vorstellung von Frauen liegst du um etwa zwanzig Jahre zurück«, sagte Tompkins bedauernd. »Frauen sitzen nicht mehr nur da und warten.«

»Dann sollten sie lieber Männer von vierzig heiraten«, beharrte Roger eigensinnig. »Wenn ein Mädchen einen jungen Mann aus Liebe heiratet, sollte sie bereit sein und jedes vernünftige Opfer bringen, solange nur ihr Ehemann vorankommt.«

»Reden wir nicht davon«, sagte Gretchen ungeduldig. »Bitte, Roger, laß uns wenigstens heute einen gemütlichen Abend haben.«

Als Tompkins sie gegen elf vor ihrem Haus absetzte, standen Roger und Gretchen für einen Augenblick auf dem Gehsteig und sahen zum Wintermond empor. Es lag ein feiner, feuchter, pudriger Schnee in der Luft, und Roger atmete tief ein und legte seinen Arm frohgemut um Gretchen.

»Ich kann mehr Geld machen als er«, sagte er gepreßt. »Und das werde ich in nur vierzig Tagen schaffen.«

»Vierzig Tage«, seufzte sie. »Das kommt mir so lange vor – wo doch alle andern etwas Spaß haben. Wenn ich nur vierzig Tage lang schlafen könnte.«

»Warum nicht, Liebling? Tu's doch, und wenn du wieder aufwachst, steht alles zum besten.«

Sie schwieg einen Augenblick.

»Roger«, fragte sie dann nachdenklich, »glaubst du, daß George es ernst gemeint hat, als er davon sprach, mich am Sonntag auf einen Ritt mitzunehmen?«

Roger runzelte die Stirn.

»Ich weiß nicht. Wahrscheinlich nicht – ich hoffe zu Gott, daß er's nicht so gemeint hat.« Er zögerte. »Offen gesagt, er hat mich ganz schön geärgert heute abend – all dies dumme Geschwätz über sein kaltes Bad.«

Eng umschlungen gingen sie den Weg zum Hause hinauf.

»Ich möchte wetten, daß er nicht jeden Morgen ein kaltes Bad nimmt«, fuhr Roger sinnend fort, »oder auch nur dreimal die Woche.« Er fummelte in seiner Tasche nach dem Hausschlüssel und stieß ihn mit erbarmungsloser Genauigkeit ins Schloß. Dann wandte er sich trotzig um. »Jede Wette, daß er seit einem Monat überhaupt nicht gebadet hat.«

11

Nach zwei Wochen intensiver Arbeit flossen Roger Halseys Tage ineinander und wurden zu Blocks von zwei, drei oder vier Tagen. Von acht bis siebzehn Uhr dreißig war er in seinem Büro. Dann eine halbe Stunde auf dem Vorortzug, wo er sich in dem trüben gelben Licht auf der Rückseite von Briefumschlägen Notizen machte. Um 19 Uhr 30 waren dann seine Bleistifte, Schere und Zeichenblock auf dem Wohnzimmertisch ausgebreitet, und er arbeitete unter reichlichem Knurren und Stöhnen bis Mitternacht, während Gretchen mit einem Buch auf dem Sofa lag und die Türklingel hinter den geschlossenen Läden von Zeit zu Zeit ertönte. Um zwölf gab es immer ein Geplänkel, ob er jetzt zu Bett käme. Er versprach jedesmal zu kommen, sobald er alles weggeräumt hätte; aber da er sich unweigerlich in ein halbes Dutzend neuer Ideen verrannte, fand er Gretchen gewöhnlich in tiefem Schlaf, wenn er auf Zehenspitzen nach oben ging.

Manchmal wurde es drei Uhr, ehe Roger seine letzte Zigarette in dem übervollen Aschenbecher ausdrückte, und er pflegte sich im Dunkeln auszuziehen, völlig übermüdet, aber mit einem Gefühl des Triumphs, daß er wieder einen Tag durchgehalten hatte.

Weihnachten kam und ging, und er bemerkte kaum, als

es vorbei war. Er erinnerte sich später daran als an den Tag, an dem er die Schaufensterplakate für Garrods Schuhe entworfen hatte. Dies war einer der acht großen Aufträge, auf die er sich im Januar spitzte – und wenn er nur die Hälfte davon bekam, waren ihm für das Jahr Einnahmen von einer Viertelmillion Dollar sicher.

Aber die Welt außerhalb seiner Arbeit wurde ihm zu einem chaotischen Traum. Er war sich bewußt, daß George Tompkins an zwei kalten Dezembersonntagen Gretchen mit zum Reiten genommen hatte und daß sie ein anderes Mal mit ihm in seinem Auto hinausgefahren war, zum Skifahren auf dem Hügel des Landclubs. Eines Morgens hing plötzlich ein Bild von Tompkins, kostbar gerahmt, an der Wand ihres gemeinsamen Schlafzimmers. Und eines Abends wurde er zu einem entsetzten Protest aufgerüttelt, als Gretchen mit Tompkins in die Stadt und ins Theater fuhr.

Aber mit seiner Arbeit war er nahezu fertig. Täglich kamen jetzt seine Layouts von den Druckern, und schon sieben waren gestapelt und im Safe seines Büros verstaut. Er wußte, wie gut sie waren. Mit Geld allein war solche Arbeit nicht aufzuwiegen; es war – mehr als er sich klarmachte – eine Arbeit aus Passion.

Der Dezember flatterte wie ein welkes Blatt vom Kalender. Es gab eine qualvolle Woche, als er das Kaffeetrinken aufgeben mußte, weil es seinem Herzen nicht bekam. Wenn er nur noch vier Tage aushielte – drei Tage –

Am Donnerstagnachmittag sollte H. G. Garrod in New York eintreffen. Am Mittwochabend kam Roger um sieben nach Hause und traf Gretchen dabei, wie sie mit sonderbarem Gesichtsausdruck über den Rechnungen vom Dezember hockte.

»Was gibt's?«

Sie wies mit einem Kopfnicken auf die Rechnungen. Er sah sie flüchtig durch, stirnrunzelnd.

»Donnerwetter!«

»Ich kann nichts dafür«, brach sie plötzlich los. »Sie sind erschreckend hoch.«

»Ja, ich habe dich auch nicht geheiratet, weil du eine fabelhafte Haushälterin wärest. Ich werde das mit den Rechnungen irgendwie in Ordnung bringen. Zerbrich dir darüber nicht dein kleines Köpfchen.«

Sie sah ihn kühl an.

»Du redest zu mir, als wäre ich ein Kind.«

»Das muß ich auch«, sagte er mit plötzlicher Erbitterung.

»Nun, wenigstens bin ich nicht irgendeine Nippfigur, die du irgendwo hinstellen und vergessen kannst.«

Er kniete rasch bei ihr nieder und nahm ihre Arme in seine Hände.

»Gretchen, hör zu!« sagte er atemlos. »Um Gotteswillen, verlier jetzt nicht die Nerven! Wir haben beide Groll und Vorwürfe angestaut bis obenhin, und wenn wir in Streit gerieten, wäre das fürchterlich. Ich liebe dich, Gretchen. Sag, daß du mich liebst – schnell!«

»Du weißt, ich liebe dich.«

Der Streit war abgewendet, aber es herrschte eine unnatürliche Gespanntheit während des ganzen Abendessens. Sie erreichte ihren Höhepunkt, als er sein Arbeitsmaterial auf dem Tisch auszubreiten begann.

»Oh, Roger«, protestierte sie, »ich dachte, du brauchtest heute abend nicht mehr zu arbeiten.«

»Das dachte ich auch, aber es hat sich noch etwas ergeben.«

»Ich habe George Tompkins herübergebeten.«

»Oh, verdammt!« rief er aus. »Tut mir leid, Liebling, aber du wirst ihn anrufen müssen, daß er nicht kommt.«

»Er ist unterwegs«, sagte sie. »Er kommt direkt aus der Stadt. Er kann jede Minute hier sein.«

Roger stöhnte. Es fiel ihm ein, sie beide ins Kino zu schicken, aber irgendwie brachte er den Vorschlag nicht über die Lippen. Er wollte Gretchen nicht im Kino haben; er wollte sie hier haben, wo er aufblicken konnte und sie an seiner Seite wußte.

Um acht Uhr erschien George Tompkins, frisch und munter. »Aha!« rief er tadelnd, als er ins Zimmer trat. »Immer noch dabei.«

Roger bestätigte kühl, daß er noch dabei war.

»Besser, du hörst auf – besser aufhören, ehe man aufhören muß.« Er setzte sich mit einem langen Seufzer körperlichen Wohlbefindens hin und zündete sich eine Zigarette an. »Laß es dir von einem sagen, der sich wissenschaftlich mit der Frage beschäftigt hat. Wir können so viel aushalten, und dann auf einmal – päng!«

»Wenn du mich freundlichst entschuldigen willst« – Roger sagte es so höflich, wie er irgend konnte – »dann gehe ich nach oben, um diese Arbeit fertig zu machen.«

»Ganz wie du willst, Roger.« George machte eine lässige Handbewegung. »Nicht, daß ich etwas dagegen hätte. Ich bin Freund der Familie, und ich kann ebenso gut die Dame des Hauses wie den Hausherrn besuchen.« Er lächelte scherzhaft. »Aber wenn ich du wäre, alter Junge, würde ich meine Arbeit wegschieben und mal eine ganze Nacht durchschlafen.«

Als Roger oben sein Material auf dem Bett ausgebreitet hatte, merkte er, daß er immer noch durch den dünnen

Fußboden hindurch das Rauschen und Murmeln ihrer Stimmen hören konnte. Er fragte sich, worüber sie wohl so viel miteinander zu reden hätten. Während er sich tiefer in seine Arbeit versenkte, kehrte sein Geist unwillkürlich immer wieder zu dieser Frage zurück, und er stand mehrmals auf und ging nervös im Zimmer auf und ab.

Das Bett war für seine Arbeit denkbar ungeeignet. Mehrere Male rutschte das Papier von dem Brett, auf das er es gelegt hatte, und der Bleistift drückte sich durch. Alles war verkehrt heute abend. Buchstaben und Zahlen verschwammen vor seinen Augen, und als Begleitung zu dem Pochen in seinen Schläfen waren diese unablässig murmelnden Stimmen zu hören.

Um zehn wurde ihm klar, daß er seit über einer Stunde nichts geschafft hatte, und mit einem plötzlichen Ausruf des Unmuts sammelte er seine Papiere ein, verstaute sie wieder in der Aktentasche und ging hinunter. Sie saßen zusammen auf dem Sofa, als er hereinkam.

»Oh, hallo!« rief Gretchen, ziemlich unnötigerweise, wie er fand. »Wir haben gerade über dich gesprochen.«

»Vielen Dank«, replizierte er ironisch. »Welcher Teil meiner Anatomie war denn unter dem Skalpell?«

»Deine Gesundheit«, sagte Tompkins heiter.

»Meine Gesundheit ist in Ordnung«, erwiderte Roger kurz.

»Aber du gehst mit ihr so selbstsüchtig um, mein Freund«, rief Tompkins. »Du denkst dabei nur an dich. Meinst du nicht, Gretchen hätte auch einige Rechte? Wenn du an einem wunderbaren Sonett arbeitetest, einem Madonnenbild oder dergleichen« – er warf einen Blick auf Gretchens tizianfarbenes Haar – »ja, dann würde ich sagen, mach weiter. Aber das ist es ja nicht. Nur eine alberne Reklame für Nobalds Haarwasser, und wenn alle Haarwässer, die es je gab, morgen ins Meer gekippt würden, wäre die Welt deshalb kein bißchen schlechter daran.«

»Einen Moment«, sagte Roger erregt. »Das ist nicht ganz fair. Über die Wichtigkeit meiner Arbeit mache ich mir nichts vor – sie ist ebenso unnütz wie das, was du machst. Aber für Gretchen und mich ist es so ungefähr die wichtigste Sache in der Welt.«

»Willst du damit sagen, daß meine Arbeit unnütz ist?« fragte Tompkins ungläubig.

»Nein, nicht wenn sie irgendeinen armen Schlucker von Hosenfabrikanten, der nicht weiß, wie er sein Geld ausgeben soll, glücklich macht.«

Tompkins und Gretchen wechselten einen Blick.

»Ooooh!« rief Tompkins ironisch aus. »Ich wußte gar nicht, daß ich all die Jahre nur meine Zeit verschwendet habe.«

»Du bist ein Müßiggänger«, sagte Roger grob.

»Ich?« schrie Tompkins wütend. »Du nennst mich einen Müßiggänger, weil ich einen kleinen Ausgleich in meinem Leben habe und Zeit für Dinge finde, die mich interessieren? Weil ich eifrig Sport treibe, wie ich auch hart arbeite, und mich sträube, nur ein stumpfsinniger, langweiliger Handlanger zu sein?«

Die beiden Männer waren jetzt erregt, und ihre Stimmen waren lauter geworden, obwohl auf Tompkins' Gesicht immer noch der Anflug eines Lächelns blieb.

»Wogegen ich etwas einzuwenden habe«, beharrte Roger, »das ist, daß du in den letzten sechs Wochen dein ganzes Sporttreiben anscheinend hierher verlegt hast.«

»Roger!« rief Gretchen. »Was willst du damit sagen?«

»Genau das, was ich gesagt habe.«

»Er hat nur etwas die Fassung verloren.« Tompkins zündete sich mit ostentativem Gleichmut eine Zigarette an. »Du bist dermaßen überarbeitet, daß du nicht mehr weißt, was du sagst. Du bist am Rand eines Nervenzusammenbruchs –«

»Du gehst jetzt raus!« schrie Roger wütend. »Du gehst hier raus – ehe ich dich hinauswerfe!«

Tompkins sprang wütend auf.

»Du – du willst mich hinauswerfen?« rief er ungläubig.

Sie wollten tatsächlich aufeinander los, als Gretchen dazwischen trat, und indem sie Tompkins beim Arm nahm, nötigte sie ihn sanft zur Tür.

»Er benimmt sich wie ein Irrer, George, aber besser, Sie gehen«, schluchzte sie und suchte in der Halle nach seinem Hut.

»Er hat mich beleidigt!« schrie Tompkins. »Er hat mir mit Hinauswurf gedroht!«

»Schon gut, George«, flehte Gretchen. »Er weiß nicht, was er sagt. Bitte, gehen Sie! Wir sehen uns morgen früh um zehn.«

Sie öffnete die Haustür.

»Du wirst ihn nicht morgen um zehn sehen«, sagte Roger unbeirrt. »Er wird dieses Haus nie mehr betreten.«

Tompkins wandte sich an Gretchen.

»Schließlich ist es sein Haus«, gab er zu bedenken. »Vielleicht treffen wir uns besser bei mir.«

Damit war er gegangen, und Gretchen hatte die Tür hinter ihm zugemacht. In ihren Augen standen zornige Tränen.

»Sieh, was du angerichtet hast!« schluchzte sie. »Der

einzige Freund, den ich hatte, der einzige Mensch in der Welt, der mich genügend mochte, um mich auch zu achten, wird von meinem Gatten in meinem eigenen Hause beleidigt.«

Sie warf sich auf das Sofa und weinte hemmungslos in die Kissen.

»Er hat es sich selbst zuzuschreiben«, sagte Roger verstockt. »Ich habe soviel hingenommen, wie meine Selbstachtung zuließ. Ich wünsche nicht, daß du je wieder mit ihm ausgehst.«

»Ich werde mit ihm ausgehen!« rief Gretchen in wildem Trotz. »Ich werde so viel mit ihm ausgehen, wie es mir paßt. Glaubst du, es macht mir Spaß, hier mit dir zu sitzen?«

»Gretchen«, sagte er kalt, »steh auf, nimm deinen Hut und Mantel, geh zur Tür hinaus und komm niemals zurück!«

Ihr Unterkiefer senkte sich leicht.

»Ich will aber gar nicht weggehen«, sagte sie beklommen.

»Nun, dann nimm dich auch zusammen.« Und in etwas sanfterem Ton fügte er hinzu: »Ich dachte, du wolltest dich diese vierzig Tage schlafen legen.«

»Oh, ja«, rief sie bitter, »das sagt sich so leicht! Aber ich habe das Schlafen satt.« Sie stand auf und blickte ihn trotzig an. »Und mehr noch, ich werde morgen mit George Tompkins reiten gehen.«

»Du wirst nicht gehen, und wenn ich dich mit nach New York nehmen und in meinem Büro einsperren muß, bis ich mit der Arbeit fertig bin.«

Sie blickte ihn voller Zorn an.

»Ich hasse dich«, sagte sie ruhig. »Und ich würde gern

alles, was du gemacht hast, nehmen, es zerreißen und ins Feuer werfen. Und nur, damit du morgen etwas zum Nachdenken hast: Ich werde wahrscheinlich nicht da sein, wenn du zurückkommst.«

Sie stand von dem Sofa auf und betrachtete geflissentlich ihr zorngerötetes, tränenverschmiertes Gesicht im Spiegel. Dann lief sie nach oben und schlug die Schlafzimmertür hinter sich zu.

Automatisch breitete Roger seine Arbeit auf dem Wohnzimmertisch aus. Die leuchtenden Farben der Zeichnungen, die lebensechten feinen Damen – für deren eine Gretchen Modell gestanden hatte –, ein Glas Ginger-Ale mit Orange oder eine seidenglänzende Strumpfgarnitur haltend, das lullte ihn in eine Art Dämmerzustand ein. Sein rastloser Stift fuhr hier und da über die Blätter, schob einen Schriftblock um einen Zentimeter nach rechts, probierte ein Dutzend Blautöne für ein kühles Blau aus und tilgte ein Wort, wenn es einen Slogan blutleer und blaß erscheinen ließ. Eine halbe Stunde verging – er steckte jetzt tief in seiner Arbeit; kein Laut war im Zimmer zu hören, nur das samtige Kratzgeräusch des Bleistifts auf der glatten Tischplatte.

Nach einer ganzen Weile sah er auf die Uhr – es war nach drei. Draußen war ein Wind aufgekommen und fuhr in heftigen Stößen um das Haus, so unheimlich, als wenn man einen schweren Körper fallen hört. Er unterbrach seine Arbeit und horchte. Er war jetzt nicht mehr müde, aber sein Kopf fühlte sich an, als sei er mit vorquellenden Adern bedeckt wie auf jenen Abbildungen, die in Arztzimmern hängen und auf denen man einen von seiner Haut entblößten Körper sieht. Er faßte sich mit den Händen an den Kopf und befühlte ihn überall. Seine

Schläfenadern rings um eine alte Narbe waren knotig und brüchig.

Plötzlich wurde ihm angst und bange. An die hundert Warnungen, die er gehört hatte, fuhren ihm durch den Sinn. Menschen konnten sich durch Überarbeitung kaputt machen, und sein Leib und Hirn waren aus dem gleichen verletzlichen und vergänglichen Stoff. Zum ersten Mal ertappte er sich dabei, daß er George Tompkins um seine ruhigen Nerven und seine gesunde Lebensführung beneidete. Er stand auf und rannte panikartig im Zimmer umher.

»Ich sollte schlafen gehen«, flüsterte er sich eindringlich zu. »Sonst werde ich noch verrückt.«

Er rieb sich die Augen und ging zum Tisch zurück, um seine Arbeiten einzupacken, aber seine Hände zitterten so sehr, daß er kaum die Tischplatte fassen konnte. Als ein kahler Ast gegen das Fenster schwang, fuhr er mit einem Aufschrei zusammen. Er setzte sich auf das Sofa und versuchte nachzudenken.

»Stopp! Stopp! Stopp!« tickte die Uhr. »Stopp! Stopp! Stopp!«

»Ich kann nicht aufhören«, sagte er laut. »Ich kann mir nicht leisten aufzuhören.«

Horch! Ja, jetzt war der Wolf an der Tür! Er konnte seine scharfen Krallen auf dem Lackanstrich kratzen hören. Er sprang auf, rannte zur Vordertür und riß sie auf; dann fuhr er mit einem gräßlichen Schrei zurück. Ein riesiger Wolf stand auf der Veranda und starrte ihn aus roten Augen bösartig an. Bei dem Anblick sträubte sich ihm das Haar im Nacken; der Wolf knurrte leise und verschwand in der Dunkelheit. Da erkannte Roger mit einem tonlosen, freudlosen

Lachen, daß es der Polizeihund von gegenüber gewesen war.

Mühsam schleppte er sich in die Küche, holte die Weckeruhr ins Wohnzimmer und stellte den Wecker auf sieben. Dann hüllte er sich in seinen Mantel, legte sich auf das Sofa und fiel sogleich in einen schweren traumlosen Schlaf.

Als er erwachte, gab die Lampe noch einen blassen Schein, aber der Raum hatte das Grau eines Wintermorgens. Er stand auf, sah ängstlich auf seine Hände und fand zu seiner Erleichterung, daß sie nicht mehr zitterten. Er fühlte sich viel besser. Dann erinnerte er sich im einzelnen an die Ereignisse des gestrigen Abends, und wieder zog er die Stirn in drei flache Falten. Ihn erwartete Arbeit, vierundzwanzig Stunden Arbeit, und Gretchen, ob sie wollte oder nicht, mußte einen weiteren Tag durchschlafen.

Roger kam plötzlich eine Erleuchtung, als ob ihm soeben eine neue Reklameidee eingefallen wäre. Wenige Minuten später eilte er durch die schneidend kalte Morgenluft zu Kingsleys Drugstore.

»Ist Mr. Kingsley schon heruntergekommen?«

Der Kopf des Drogisten schaute um die Ecke der Rezeptur.

»Ich möchte Sie gern allein sprechen.«

Um 7 Uhr 30 wieder zuhause, ging Roger sogleich in die Küche. Die Hausbesorgerin war eben gekommen und war dabei, ihren Hut abzunehmen.

»Bebé« – er war nicht besonders vertraut mit ihr, sondern sie hieß wirklich so – »ich möchte, daß Sie sogleich Mrs. Halseys Frühstück bereiten. Ich werde es dann selbst hinaufbringen.«

Bebé fiel es als ungewöhnlich auf, daß ein so schwerbeschäftigter Mann seiner Frau diesen Dienst erwiese, aber wenn sie gesehen hätte, wie er sich verhielt, nachdem er das Tablett aus der Küche getragen hatte, wäre sie noch mehr überrascht gewesen. Denn er stellte das Tablett auf den Eßzimmertisch und tat in den Kaffee einen halben Teelöffel eines weißen Pulvers, das keineswegs Puderzukker war. Dann stieg er die Treppe hinauf und öffnete die Tür des Schlafzimmers.

Gretchen wachte mit einem Ruck auf, schielte zum unberührten Nachbarbett hinüber und tat dann auf Roger einen Blick voller Erstaunen, das sich in Verachtung wandelte, als sie das Frühstückstablett in seinen Händen sah. Sie dachte, er bringe das zum Zeichen der Kapitulation.

»Ich will gar kein Frühstück«, sagte sie, und ihm sank das Herz in die Hose, »nur etwas Kaffee.«

»Kein Frühstück?« Rogers Stimme klang enttäuscht.

»Ich sagte, ich nehme nur etwas Kaffee.«

Roger stellte das Tablett diskret auf ein Tischchen neben dem Bett und eilte wieder in die Küche hinunter.

»Wir werden bis morgen nachmittag fort sein«, sagte er zu Bebé, »und ich möchte das Haus jetzt sogleich abschließen. Also setzen Sie Ihren Hut wieder auf und gehen Sie nach Hause.«

Er sah auf seine Uhr. Es war zehn vor acht, und er wollte den 8-Uhr-10-Zug erreichen. Er wartete fünf Minuten und ging dann leise nach oben und in Gretchens Zimmer. Sie war tief eingeschlafen. Die Kaffeetasse war leer bis auf ein paar schwarze Spuren am Rand und einen dünnen braunen Bodensatz. Er blickte etwas besorgt auf sie hinunter, aber ihr Atem ging glatt und regelmäßig.

Er nahm eine Reisetasche aus dem Schrank und packte in aller Eile ihre Schuhe hinein – Straßenschuhe, Sandaletten, Oxfords mit Kreppsohlen – er hatte gar nicht gewußt, daß sie so viele Schuhe besaß. Als er die Reisetasche schloß, platzte sie fast.

Er überlegte eine Minute, nahm eine Schere aus einem Schubfach, folgte dem Telefonkabel, bis es hinter dem Frisiertisch verschwand, und trennte es dort mit einem raschen Schnitt durch. Er fuhr auf, als er ein leises Klopfen an der Haustür hörte. Es war das Kindermädchen. Das hatte er ganz vergessen.

»Mrs. Halsey und ich fahren bis morgen in die Stadt«, sagte er aalglatt. »Nehmen Sie Maxy mit an den Strand und essen Sie dort zu Mittag. Bleiben Sie den ganzen Tag.«

Wieder im Zimmer, erfaßte ihn eine Welle von Mitleid. Gretchen, wie sie da schlief, wirkte auf einmal liebenswert und erbarmungswürdig. Es war irgendwie gemein, ihr junges Leben eines ganzen Tages zu berauben. Er berührte ihr Haar mit den Fingern, und als sie in ihrem Traum irgendetwas murmelte, beugte er sich hinunter und küßte sie auf die Wange. Dann nahm er die Reisetasche voller Schuhe, schloß die Tür und lief die Treppe hinunter.

III

Gegen fünf Uhr an diesem Nachmittag war der letzte Packen Schaufensterplakate für Garrods Schuhe per Boten an H. G. Garrod ins Biltmore Hotel geschickt. Er sollte sich bis zum nächsten Morgen entscheiden. Um 5 Uhr 30 tippte Rogers Stenotypistin ihm auf die Schulter.

»Mr. Golden, der Verwalter des Hauses, möchte Sie sprechen.«

Roger wandte sich verdutzt um.

»Oh, wie geht's?«

Mr. Golden kam gleich zur Sache. Wenn Mr. Halsey die Absicht habe, das Büro noch länger zu behalten, wäre es wohl besser, die kleine Vergeßlichkeit bezüglich der Miete sogleich zu beheben.

»Mr. Golden«, sagte Roger erschöpft, »morgen wird alles in Ordnung kommen. Aber wenn Sie mich jetzt noch länger aufhalten, kommen Sie nie zu Ihrem Geld. Übermorgen spielt das alles keine Rolle mehr.«

Mr. Golden tat einen unbehaglichen Blick auf seinen Mieter. Junge Männer machten sich bei geschäftlichen Fehlschlägen manchmal einfach davon. Da fiel sein Blick mißbilligend auf die mit den Initialen versehene Reisetasche neben dem Schreibtisch.

»Haben Sie eine kleine Reise vor?« fragte er gezielt.

»Was? Oh, nein. Darin sind nur ein paar Anziehsachen.«

»Anziehsachen, so? Nun, Mr. Halsey, würden Sie – nur zum Beweis, daß Sie es ehrlich meinen – mir diese Reisetasche bis morgen mittag überlassen?«

»Nehmen Sie sie schon.«

Mr. Golden nahm die Tasche mit einer entschuldigenden Bewegung.

»Eine reine Formsache«, bemerkte er.

»Ich verstehe«, sagte Roger und schwang sich zu seinem Schreibtisch herum. »Auf Wiedersehen.«

Anscheinend wollte Mr. Golden die Unterhaltung etwas freundlicher abschließen.

»Und arbeiten Sie nicht zu hart, Mr. Halsey. Sie wollen doch keinen Nervenzusammenbruch –«

»Nein«, brüllte Roger, »will ich nicht. Aber wenn Sie mich jetzt freundlichst allein lassen möchten.«

Als die Tür sich hinter Mr. Golden geschlossen hatte, wandte sich Rogers Stenotypistin mitfühlend zu ihm um.

»Sie hätten ihm das nicht durchlassen sollen«, sagte sie. »Was ist denn darin? Kleider?«

»Nein«, antwortete Roger geistesabwesend. »Nur sämtliche Schuhe meiner Frau.«

Diese Nacht schlief er im Büro auf einem Sofa neben dem Schreibtisch. Bei Morgengrauen fuhr er erschreckt auf, rannte auf die Straße nach einem Kaffee und kam zehn Minuten später in Panik zurück – er fürchtete, womöglich Mr. Garrods Anruf verpaßt zu haben. Da war es 6 Uhr 30.

Um acht Uhr war ihm, als liefe ein Feuer über seinen ganzen Körper. Als seine beiden Zeichner kamen, lag er mit nahezu physischen Schmerzen auf der Couch. Um 9 Uhr 30 klingelte gebieterisch das Telefon, und er nahm mit zitternden Händen den Hörer ab.

»Hallo.«

»Ist dort die Agentur Halsey?«

»Ja, ich bin selbst am Apparat.«

»Hier spricht Mr. H. G. Garrod.«

Rogers Herzschlag stockte.

»Ich rufe an, junger Mann, Ihnen zu sagen: die Arbeiten, die Sie uns geschickt haben, sind fabelhaft. Wir wollen sie alle haben und noch mehr davon, soviel Ihr Büro schaffen kann.«

»Oh, mein Gott!« schrie Roger in den Apparat.

»Was?« Mr. H. G. Garrod war nicht wenig überrascht. »Hören Sie, bleiben Sie noch am Apparat!«

Aber er sprach zu niemand. Das Telefon war auf den Boden gepoltert, und Roger, lang hingestreckt auf der Couch, schluchzte herzzerbrechend.

IV

Drei Stunden später, etwas blaß im Gesicht, aber friedlich blickend wie aus Kinderaugen, öffnete Roger, die Morgenzeitung unterm Arm, die Tür zum Schlafzimmer seiner Frau. Beim Geräusch seiner Schritte wurde sie mit einemmal hellwach.

»Wieviel Uhr ist es?« fragte sie.

Er sah auf seine Uhr.

»Zwölf.«

Plötzlich brach sie in Tränen aus.

»Roger«, brachte sie stockend hervor, »verzeih, ich war so schlecht zu dir gestern abend.«

Er nickte kühl.

»Es ist jetzt alles gut«, antwortete er. Dann nach einer Pause: »Ich habe den Auftrag bekommen – den dicksten Auftrag.«

Sie wandte sich rasch zu ihm um.

»Du hast ihn bekommen?« Dann nach kurzem Schweigen: »Kriege ich vielleicht ein neues Kleid?«

»Ein Kleid?« Er lachte kurz auf. »Du kannst ein Dutzend bekommen. Dieser Auftrag allein bringt uns vierzigtausend im Jahr ein. Einer der dicksten Brocken im ganzen Westen.«

Sie sah ihn erschrocken an.

»Vierzigtausend im Jahr?«

»Ja.«

»Großer Gott« – und dann zaghaft – »ich wußte ja gar nicht, daß es so viel wäre.« Wieder dachte sie einen Moment nach. »Wir können also ein Haus wie das von George Tompkins haben.«

»Ich mag keine Musterschau für Innendekoration.«

»Vierzigtausend im Jahr!« wiederholte sie nochmal und fügte dann weich hinzu: »Oh, Roger –«

»Ja?«

»Ich werde nicht mit George Tompkins ausgehen.«

»Ich würde dich auch nicht lassen, selbst wenn du es wolltest«, sagte er kurz und knapp.

Sie spielte Entrüstung.

»Wieso, ich bin seit Wochen für diesen Donnerstag mit ihm verabredet.«

»Es ist aber nicht Donnerstag.«

»Doch.«

»Es ist Freitag.«

»Aber Roger, du bist wohl von Sinnen! Meinst du, ich weiß nicht, welchen Tag wir heute haben?«

»Es ist nicht Donnerstag«, sagte er ungerührt. »Sieh hier!« Und er hielt ihr die Morgenzeitung hin.

»Freitag!« rief sie aus. »Nein, das ist ein Irrtum. Das muß die Zeitung von voriger Woche sein. Heute ist Donnerstag.«

Sie schloß die Augen und überlegte einen Moment.

»Gestern war Mittwoch«, sagte sie mit Entschiedenheit. »Gestern war die Waschfrau da. Ich denke, ich weiß das.«

»Nun«, sagte er schmunzelnd, »sieh nur die Zeitung. Das ist überhaupt keine Frage.«

Mit einem verdutzten Blick stieg sie aus dem Bett und begann nach ihren Kleidern zu suchen. Roger ging zum

Rasieren ins Badezimmer. Eine Minute darauf hörte er wieder die Sprungfedern des Bettes. Gretchen war dabei, wieder ins Bett zu gehen.

»Was gibt's?« fragte er, den Kopf aus der Tür des Badezimmers steckend.

»Ich habe Angst«, sagte sie mit zitternder Stimme. »Ich glaube, meine Nerven versagen. Ich kann meine Schuhe überhaupt nicht finden.«

»Deine Schuhe? Der Schrank ist doch voll davon.«

»Ich weiß, aber ich sehe keine.« Ihr Gesicht war blaß vor Angst. »Oh, Roger!«

Roger kam an ihr Bett und legte den Arm um sie.

»Oh, Roger«, jammerte sie, »was ist nur mit mir los? Erst das mit der Zeitung, und jetzt alle meine Schuhe. Gib auf mich acht, Roger.«

»Ich werde den Arzt kommen lassen«, sagte er.

Er ging ungerührt zum Telefon und nahm den Hörer auf.

»Das Telefon scheint nicht in Ordnung zu sein«, bemerkte er nach einer Minute. »Ich werde Bebé hinschicken.«

Der Arzt kam nach zehn Minuten.

»Ich glaube, ich bin am Rand eines Kollapses«, sagte Gretchen, nur mit Anstrengung sprechend.

Doktor Gregory setzte sich auf die Bettkante und nahm ihr Handgelenk.

»Das scheint heute morgen in der Luft zu liegen.«

»Ich stand auf«, sagte Gretchen in respektvollem Ton, »und entdeckte, daß ich einen ganzen Tag verloren hatte. Ich hatte eine Verabredung zum Reiten mit George Tompkins –«

»Was?« rief der Doktor überrascht aus. Dann lachte er.

»George Tompkins wird auf viele Tage hinaus mit niemand zum Reiten gehen.«

»Ist er verreist?« fragte Gretchen neugierig.

»Ab in den Westen.«

»Wieso?« fragte Roger. »Will er mit der Frau eines anderen durchgehen?«

»Nein«, sagte Doktor Gregory. »Er hatte einen Nervenzusammenbruch.«

»Was?« riefen beide unisono.

»Er ist einfach unter seiner kalten Dusche zusammengeklappt wie ein Chapeau claque.«

»Aber er redete doch andauernd von seinem – seinem Ausgleich im Leben«, hauchte Gretchen. »Der lag ihm doch am Herzen.«

»Ich weiß«, sagte der Doktor. »Er hat den ganzen Morgen davon geschwätzt. Ich glaube, das hat ihn ein bißchen verrückt gemacht. Wissen Sie, er hat hart daran gearbeitet.«

»Woran?« fragte Roger verblüfft.

»Daran, sein Leben auszubalancieren.« Er wandte sich Gretchen zu. »Ja, dieser Dame kann ich nur ausgiebige Ruhe verschreiben. Wenn sie sich nur ein paar Tage zuhause hält und ein Schläfchen macht, wird sie wieder auf dem Posten sein. Sie war irgendwie überanstrengt.«

»Doktor«, rief Roger krächzend, »meinen Sie nicht, *ich* hätte etwas Ruhe oder dergleichen nötig? Ich habe in letzter Zeit ganz schön hart gearbeitet.«

»Sie!« Doktor Gregory lachte und klopfte ihm kräftig auf den Rücken. »Junge, ich hab Sie nie im Leben in besserer Verfassung gesehen.«

Roger wandte sich rasch ab, um sein Lächeln zu verbergen. – Er zwinkerte vierzigmal oder annähernd vierzigmal dem handsignierten Bild von Mr. George Tompkins zu, das etwas schief an der Wand des Schlafzimmers hing.

»Das Vernünftige«

I

Als die Große Amerikanische Mittagsstunde begonnen hatte, räumte der junge George O'Kelly bedächtig und mit einer Miene, als interessiere er sich für das, was er da tat, seinen Schreibtisch auf. Niemand im Büro brauchte zu wissen, daß er in Eile war, denn Erfolg hängt davon ab, wie einen die Umwelt einschätzt, und da kann man nicht einfach öffentlich bekanntgeben, daß man innerlich siebenhundert Meilen weit von seiner Arbeit entfernt ist.

Aber sowie er das Gebäude verlassen hatte, biß er die Zähne zusammen und rannte los, wobei er hin und wieder in den heiteren Vorfrühlingsmittag blickte, der den Times Square erfüllte und nur wenige Meter über den Köpfen der Menschenmenge hing. Alle Leute blickten ein bißchen hoch und sogen mit tiefen Zügen die Märzluft ein, und die Sonne blendete sie, so daß kaum einer den anderen sah, sondern nur sein eigenes Spiegelbild am Himmel.

George O'Kelly, dessen Gedanken mehr als siebenhundert Meilen weit fort waren, fand, daß es draußen im Freien immer gräßlich sei. Er stieg eilig in die Untergrundbahn und heftete, während fünfundneunzig Häuserblocks über ihm vorüberzogen, einen wütenden Blick auf ein Reklameschild, welches ihm anschaulich vor Augen führte, daß seine Chance, seine Zähne noch zehn Jahre zu behalten, nur eins zu fünf war. An der 137. Straße brach er sein Studium der kommerziellen Kunst ab, entstieg der Untergrundbahn und begann seinen Lauf von neuem – einen ausdauernden, angstvoll-erregten Lauf, der ihn diesmal zu seiner Wohnung führte, einem Zimmer in einem hohen, gräßlichen Appartementhaus, das mitten im Nirgendwo stand.

Da auf dem Schreibtisch lag er, der Brief – geschrieben mit heiliger Tinte auf gebenedeitem Papier –, und in der ganzen Stadt konnten die Leute, wenn sie nur lauschten, George O'Kellys Herz schlagen hören. Er las die Kommas, die Kleckse und den Schmutzfleck auf dem Rand, den ihr Daumen gemacht hatte – dann warf er sich verzweifelt auf das Bett.

Er war in einer scheußlichen Situation – einer jener grauenvoll scheußlichen Situationen, die im Leben der armen Leute ganz gewöhnliche Ereignisse sind, die der Armut folgen wie Raubvögel. Die Armen gehen unter oder steigen auf oder kommen auf die schiefe Bahn oder aber machen irgendwie so weiter wie bisher, wie es eben die Art armer Leute ist – aber George O'Kelly war noch so wenig an die Armut gewöhnt, daß er höchst erstaunt gewesen wäre, hätte jemand bestritten, daß sein Fall einzig dastand.

Vor knapp zwei Jahren hatte er am Massachusetts Institut of Technology ein sehr gutes Ingenieurexamen abgelegt und im südlichen Tennessee eine Stellung bei einer Baufirma angetreten. Sein ganzes Leben lang hatte er sich mit Tunneln und Wolkenkratzern und großen flachen Dämmen und langen Brücken mit drei Türmen beschäftigt, die wie Tänzerinnen in einer Reihe standen und sich an den Händen hielten, mit Köpfen so groß wie Städte und

Röcken aus Kabellitze. George O'Kelly hatte es romantisch gefunden, den Lauf von Flüssen und die Form von Bergen zu verändern, so daß das Leben in den schlimmen alten Ländern der Erde blühen konnte, wo es nie zuvor Wurzel geschlagen hatte. Er liebte Stahl, und immer war Stahl um ihn in seinen Träumen, flüssiger Stahl, Stahl in Barren, und Blöcke und Balken und formlose, fügsame Massen, die auf ihn warteten wie Farbe und Leinwand auf seine Hand. Unerschöpflicher Stahl, dem das Feuer seiner Phantasie Schönheit und strenge Form geben sollte . . .

Zur Zeit aber war er Versicherungsangestellter mit vierzig Dollar die Woche, und sein Traum schwand rasch dahin. Das dunkelhaarige kleine Mädchen, das an seiner Klemme schuld war, dieser schrecklichen, unerträglichen Klemme, wartete in einer Stadt in Tennessee darauf, daß er ihr schrieb, sie solle kommen.

Nach einer Viertelstunde klopfte die Frau, die ihm das Zimmer vermietet hatte, und fragte ihn mit einer Freundlichkeit, die ihn rasend machte, ob er etwas zu essen wünschte, da er nun einmal zu Hause sei. Er schüttelte den Kopf, aber die Störung machte ihn munter, er stand von seinem Bett auf und entwarf ein Telegramm:

»Brief hat mich deprimiert / hast du die Nerven verloren / Gedanke an Trennung Unsinn / du bist nur verärgert / warum heiraten wir nicht sofort / bin sicher wir kommen aus . . .«

Er zögerte eine wilde Minute lang und fügte dann in einer Schrift, die man kaum als seine erkennen konnte, hinzu: »Eintreffe auf jeden Fall morgen sechs Uhr.«

Als er fertig war, lief er hinunter zum Telegrafenamt neben der Untergrundbahnstation. Er besaß auf dieser Welt nicht ganz hundert Dollar, aber der Brief zeigte ihm, daß sie »nervös« war, und das ließ ihm keine Wahl. Er wußte, was »nervös« bedeutete – daß sie bedrückt war, daß die Aussicht, in ein Leben der Armut und des Kampfes hineinzuheiraten, eine zu große Belastung für ihre Liebe darstellte.

George O'Kelly erreichte die Versicherungsgesellschaft in seinem gewöhnlichen Laufschritt, jenem Laufschritt, der ihm beinahe zur zweiten Natur geworden war, der ihm am besten die Spannung auszudrücken schien, unter der er lebte. Er ging geradewegs in das Büro des Abteilungsleiters.

»Ich möchte Sie sprechen, Mr. Chambers«, erklärte er atemlos.

»Nun?« Zwei Augen, Augen wie gefrorene Fenster, starrten ihn mit unbarmherziger Unpersönlichkeit an.

»Ich möchte vier Tage Urlaub haben.«

»Aber Sie hatten doch erst vor zwei Wochen Urlaub«, sagte Mr. Chambers überrascht.

»Das stimmt«, gab der aufgeregte junge Mann zu, »aber jetzt brauche ich wieder Urlaub.«

»Wohin sind Sie letztes Mal gefahren? Nach Hause?«

»Nein. Nach Tennessee, in eine Stadt in Tennessee.«

»Und wohin wollen Sie diesmal?«

»Diesmal möchte ich – nach Tennessee, in eine Stadt in Tennessee.«

»Jedenfalls sind Sie konsequent«, sagte der Abteilungsleiter trocken. »Aber ich wußte nicht, daß Sie hier als Handelsreisender angestellt sind.«

»Das bin ich auch nicht«, rief George verzweifelt, »aber ich *muß* fahren.«

»Nun gut«, stimmte Mr. Chambers zu, »aber Sie

müssen nicht wiederkommen. Also lassen Sie es auch dabei!«

»Bestimmt.« Und zu seiner wie zu Mr. Chambers' Überraschung färbte sich Georges Gesicht vor Freude rosig. Er war glücklich, er triumphierte – zum ersten Mal in sechs Monaten war er vollkommen frei. Tränen der Dankbarkeit standen in seinen Augen, und herzlich ergriff er Mr. Chambers' Hand.

»Ich möchte Ihnen danken«, sagte er heftig bewegt. »Ich möchte nicht mehr wiederkommen. Ich glaube, ich wäre verrückt geworden, wenn Sie gesagt hätten, ich könnte wiederkommen. Ich brachte es nur nicht fertig, mich selber zu befreien, wissen Sie, und ich möchte Ihnen danken dafür, daß Sie – daß Sie mich befreit haben.«

Er winkte ihm großmütig zu, rief laut: »Sie schulden mir noch drei Tage Gehalt, aber Sie können das Geld behalten!« und stürmte aus dem Büro. Mr. Chambers klingelte nach seiner Sekretärin, um zu fragen, ob O'Kelly sich in letzter Zeit sonderbar aufgeführt habe. Er hatte im Laufe seiner Karriere viele Männer entlassen, und sie hatten es ganz unterschiedlich aufgenommen, aber keiner hatte sich je zuvor bei ihm bedankt.

II

Sie hieß Jonquil Cary, und nichts war George O'Kelly je so zart und blaß erschienen wie ihr Gesicht, als sie ihn erblickte und auf dem Bahnsteig voller Sehnsucht auf ihn zulief. Ihre Arme streckten sich ihm entgegen, ihr Mund war halb geöffnet für seinen Kuß – da wehrte sie ihn plötzlich leicht ab und sah sich ein wenig verlegen um. Ein

Stück weiter standen zwei junge Männer, etwas jünger als George.

»Das sind Mr. Craddock und Mr. Holt«, erklärte sie fröhlich. »Du hast sie bei deinem letzten Besuch kennengelernt.«

Verwirrt über diesen Übergang von einem Kuß zu einer Vorstellung, vermutete er irgendeine verborgene Bedeutung, und seine Verwirrung wuchs noch, als er entdeckte, daß das Automobil, das sie zu Jonquils Haus bringen sollte, einem der jungen Männer gehörte. Es schien ihm, als gerate er ins Hintertreffen. Auf dem Weg schwatzte Jonquil zwischen den Vorder- und den Rücksitzen, und als er versuchte, im Schutz der Dämmerung seinen Arm um sie zu legen, zwang sie ihn mit einer schnellen Bewegung, statt dessen ihre Hand zu ergreifen.

»Führt diese Straße zu euch?« flüsterte er. »Ich kann mich gar nicht an sie erinnern.«

»Es ist der neue Boulevard. Jerry hat den Wagen erst heute bekommen, und er will ihn mir vorführen, bevor er uns nach Hause fährt.«

Als sie zwanzig Minuten später vor Jonquils Haus abgesetzt wurden, fühlte George, daß das erste Glück des Wiedersehens, die Freude, die er auf dem Bahnhof mit solcher Gewißheit in ihren Augen hatte lesen können, durch die störende Fahrt vernichtet war. Etwas, nach dem er sich gesehnt hatte, war ganz zufällig verlorengegangen, und er grübelte darüber nach, während er den beiden jungen Männern steif gute Nacht sagte. Als Jonquil ihn dann im matten Licht der Diele in ihre vertraute Umarmung zog und ihn auf ein Dutzend verschiedene Arten, von denen die beste ohne Worte war, wissen ließ, wie sehr sie ihn vermißt hatte, wich seine schlechte Laune. Ihre innere Bewegung beruhigte ihn, versicherte seinem bangen Herzen, daß alles in Ordnung sei.

Sie saßen zusammen auf dem Sofa, jeder überwältigt von der Gegenwart des andern, allem entrückt, nur ihren unvollkommenen Zärtlichkeiten hingegeben. Als es Zeit zum Essen war, erschienen Jonquils Eltern und waren erfreut, George zu sehen. Sie mochten ihn gern und hatten sich für seine Laufbahn als Ingenieur interessiert, seit er vor mehr als einem Jahr zuerst nach Tennessee gekommen war. Sie bedauerten, daß er diesen Beruf aufgab und nach New York ging, um sich dort nach einem Job umzusehen, der sofort besser bezahlt wurde; aber obwohl sie den Abbruch seiner Karriere mißbilligten, zeigten sie Verständnis für ihn und waren bereit, die Verlobung zu akzeptieren. Beim Essen fragten sie, wie er in New York vorangekommen sei.

»Es läuft alles großartig«, versicherte er voller Begeisterung. »Ich bin befördert worden – mehr Gehalt.«

Ihm war jämmerlich zumute, als er das sagte – aber sie freuten sich alle *so* sehr.

»Die müssen Sie gut leiden können«, sagte Mrs. Cary, »das steht fest – sonst würden sie Ihnen nicht zweimal in drei Wochen freigeben, damit Sie hierherkommen können.«

»Ich habe ihnen gesagt, das müßten sie tun«, erklärte George hastig. »Ich habe ihnen gesagt, daß ich sonst nicht länger für sie arbeite.«

Mrs. Cary machte ihm sanfte Vorwürfe: »Aber Sie sollten Ihr Geld sparen. Es nicht alles für diese teure Reise ausgeben.«

Das Essen war vorüber – er und Jonquil waren allein, und sie kehrte in seine Arme zurück.

»Ich bin so froh, daß du hier bist«, seufzte sie. »Wenn du doch nie wieder fortgehen würdest, Liebster!«

»Vermißt du mich?«

»Ach, so sehr, so sehr.«

»Sind oft – sind oft andere Männer hier? Wie diese beiden Jungen?«

Die Frage überraschte sie. Die dunklen Samtaugen starrten ihn an.

»Aber gewiß. Immerzu. Ich habe dir das doch in meinen Briefen geschrieben, Liebster.«

Das stimmte – als er sie zum ersten Mal sah, hatte sie schon ein Dutzend Jungen um sich, die ihrer anmutigen Zartheit jünglingshafte Verehrung entgegenbrachten, und einige von ihnen bemerkten, daß ihre schönen Augen auch verständig und freundlich blickten.

»Erwartest du denn von mir, daß ich nie irgendwohin gehe?« fragte Jonquil und lehnte sich gegen die Sofakissen, bis sie ihn aus meilenweiter Entfernung anzusehen schien, »und mit gefalteten Händen stillsitze – für immer?«

»Was willst du damit sagen?« platzte er tödlich erschreckt heraus. »Willst du damit sagen, daß ich deiner Meinung nach nie genug Geld haben werde, um dich zu heiraten?«

»Ach, zieh doch keine voreiligen Schlüsse, George.«

»Ich ziehe keine voreiligen Schlüsse. Du hast das gesagt, nicht ich.«

George fand plötzlich, daß er sich auf einem gefährlichen Terrain bewegte. Er wollte nicht zulassen, daß irgend etwas diesen Abend störte. Er versuchte, sie wieder in seine Arme zu ziehen, aber sie leistete ihm unerwartet Widerstand und sagte:

»Es ist heiß. Ich hole den Ventilator.«

Als der Ventilator lief, setzten sie sich wieder, aber er war jetzt überempfindlich, und unwillkürlich stürzte er sich gerade auf jenes besondere Gebiet, das er hatte vermeiden wollen.

»Wann willst du mich heiraten?«

»Bist du denn bereit dazu?«

Plötzlich versagten seine Nerven, und er sprang auf.

»Stellen wir doch diesen verdammten Ventilator ab«, rief er, »er macht mich verrückt. Er ist wie eine Uhr – er tickt die ganze Zeit weg, die ich mit dir zusammen sein möchte. Ich bin hergekommen, weil ich glücklich sein will und New York und die Zeit vollkommen vergessen möchte...«

So plötzlich, wie er aufgesprungen war, sank er wieder auf das Sofa zurück. Jonquil stellte den Ventilator ab, zog seinen Kopf in ihren Schoß und streichelte sein Haar.

»Laß uns so sitzen«, sagte sie sanft, »nur ganz ruhig dasitzen, so wie jetzt, und ich werde dich einschläfern. Du bist ganz müde und nervös, und deine Liebste behütet dich.«

»Aber ich will nicht so dasitzen«, protestierte er und richtete sich plötzlich mit einem Ruck auf, »ich will überhaupt nicht so dasitzen. Ich will, daß du mich küßt. Das ist das einzige, was mich beruhigt. Und übrigens bin ich nicht nervös – *du* bist nervös. Ich bin überhaupt nicht nervös.«

Zum Beweis dafür stand er vom Sofa auf und ließ sich am anderen Ende des Zimmers in einen Schaukelstuhl fallen.

»Gerade wenn ich bereit bin, dich zu heiraten, schreibst du mir die komischsten Briefe, als ob du abspringen willst, und ich muß Hals über Kopf herfahren...«

»Du mußt nicht, wenn du nicht willst.«

»Aber ich *will*!« beharrte er.

Es schien ihm, als sei er sehr gelassen und logisch und als setze sie ihn absichtlich ins Unrecht. Mit jedem Wort entfernten sie sich weiter voneinander, und er konnte nicht innehalten, auch nicht Kummer und Schmerz aus seiner Stimme verbannen.

Doch einen Augenblick später weinte Jonquil schmerzlich, und er kam zum Sofa zurück und legte den Arm um sie. Jetzt war er der Tröster, er zog ihren Kopf an seine Schulter, murmelte altvertraute Dinge, bis sie ruhiger wurde und nur noch ab und zu ein wenig in seinen Armen zitterte. Über eine Stunde saßen sie so, während die Klaviere ihre letzten abendlichen Rhythmen in die Straße hinaushämmerten. George bewegte sich nicht, dachte nicht, hoffte nicht, betäubt durch die Ahnung kommenden Unheils. Die Uhr würde weiterticken, es würde elf, es würde zwölf werden, und dann würde Mrs. Cary leise etwas über das Treppengeländer herunterrufen – dahinter sah er nur das Morgen und die Verzweiflung.

III

In der Hitze des nächsten Tages kam es zum Bruch. Jeder hatte die Wahrheit über den anderen erraten, aber sie war als erste bereit zuzugeben, wie es um sie beide stand.

»Es hat keinen Zweck, weiterzumachen«, sagte sie kläglich. »Du weißt, du haßt das Versicherungsgeschäft, und auf diesem Gebiet wirst du nie etwas leisten.«

»Das ist es nicht«, beharrte er eigensinnig. »Ich habe es nur einfach satt, allein weiterzumachen. Wenn du mich heiratest und mit mir kommst und es mit mir riskierst, dann kann ich es auf jedem Gebiet zu was bringen, aber nicht, solange ich mir Sorgen um dich mache, weil du hier in Tennessee sitzt.«

Sie schwieg lange, bevor sie antwortete. Sie dachte nicht nach – denn sie hatte das Ende kommen sehen –, sie wartete nur, weil sie wußte, daß jedes weitere Wort noch grausamer wäre. Schließlich sagte sie:

»George, ich liebe dich von ganzem Herzen, und ich weiß nicht, wie ich je einen andern als dich lieben könnte. Wärst du vor zwei Monaten bereit gewesen, hätte ich dich geheiratet – jetzt kann ich es nicht mehr, es scheint mir nicht mehr das Vernünftige.«

Er erhob wilde Beschuldigungen: Sie habe jemand andern, sie verheimliche ihm etwas!

»Nein, ich habe niemand andern!«

Das stimmte. Aber in der Gesellschaft junger Männer wie Jerry Holt, der für sie völlig ohne Bedeutung war, hatte sie sich von den Anstrengungen dieser Affäre erholt.

George nahm die Sache keineswegs in guter Haltung auf. Er zog sie in seine Arme und versuchte buchstäblich, sie durch Küsse dazu zu bewegen, ihn sofort zu heiraten. Als ihm das nicht gelang, erging er sich in einem langen Monolog der Selbstbemitleidung und hörte erst auf, als er merkte, daß er sich dadurch in ihren Augen verächtlich machte. Er drohte abzureisen, obwohl er nicht die mindeste Absicht hatte, das zu tun, und weigerte sich zu gehen, als sie ihm sagte, dies sei nach allem das beste.

Eine Weile war sie reumütig, und dann war sie wieder nur gutmütig.

»Du solltest jetzt besser gehen«, rief sie schließlich so laut, daß Mrs. Cary erschreckt die Treppe herunterkam.

»Ist irgendwas los?«

»Ich reise ab, Mrs. Cary«, sagte George gebrochen. Jonquil hatte das Zimmer verlassen.

»Nehmen Sie es nicht so tragisch, George.« Mrs. Cary blinzelte ihn voll hilflosen Mitgefühls an – traurig und im gleichen Atemzug glücklich, daß die kleine Tragödie beinahe vorüber war. »An Ihrer Stelle würde ich für eine Woche oder so nach Hause zu meiner Mutter fahren. Vielleicht ist das nach allem das Vernünftige . . .«

»Bitte hören Sie auf«, rief er. »Bitte sagen Sie jetzt nichts!«

Jonquil kam wieder ins Zimmer zurück. Sie hatte ihren Kummer und auch ihre Nervosität unter Puder, Rouge und Hut verborgen.

»Ich habe ein Taxi bestellt«, sagte sie unpersönlich. »Bis dein Zug fährt, können wir noch etwas spazierenfahren.«

Sie trat auf die Terrasse an der Vorderseite des Hauses hinaus. George zog seinen Mantel an, setzte seinen Hut auf und blieb einen Augenblick erschöpft in der Diele stehen – er hatte kaum einen Bissen gegessen, seit er von New York abgefahren war. Mrs. Cary trat zu ihm heran, zog seinen Kopf zu sich herunter und küßte ihn auf die Wange, und er kam sich sehr lächerlich und sehr schwach vor, weil er wußte, daß die Szene zum Schluß lächerlich und schwach gewesen war. Wäre er nur am Abend zuvor abgereist – hätte er sie nur dieses letzte Mal mit richtigem Stolz verlassen!

Das Taxi war gekommen, und eine Stunde lang fuhren die beiden, die einmal ein Liebespaar gewesen waren, durch die weniger belebten Straßen. Er hielt ihre Hand und wurde im Sonnenschein ruhiger. Zu spät erkannte er, daß es die ganze Zeit nichts gegeben hatte, was man hätte tun oder sagen können.

»Ich komme wieder«, sagte er.

»Das weiß ich«, erwiderte sie und versuchte heiteren Glauben in ihre Stimme zu legen. »Und wir schreiben uns – manchmal.«

»Nein«, sagte er, »wir schreiben uns nicht. Ich könnte es nicht ertragen. Eines Tages komme ich zurück.«

»Ich werde dich nie vergessen, George.«

Sie waren am Bahnhof angelangt, und sie ging mit seine Fahrkarte kaufen . . .

»Nein, so was, George O'Kelly und Jonquil Cary!«

Es waren ein Mann und ein Mädchen, die damals, als er in der Stadt gearbeitet hatte, zu seinen Bekannten gehört hatten, und Jonquil schien ihre Anwesenheit mit Erleichterung aufzunehmen. Endlose fünf Minuten lang standen sie alle da und unterhielten sich; dann donnerte der Zug in den Bahnhof hinein, und mit dem Ausdruck schlecht verhehlter innerer Qual im Gesicht streckte George die Arme nach Jonquil aus. Sie machte einen unsicheren Schritt auf ihn zu, zögerte und drückte ihm dann schnell die Hand, als nehme sie Abschied von einem Zufallsbekannten.

»Auf Wiedersehen, George«, sagte sie. »Hoffentlich hast du eine angenehme Reise.«

»Auf Wiedersehen, George. Komm wieder und besuch uns alle.«

Stumm, beinahe blind vor Schmerz, ergriff er seine Aktentasche, und halb betäubt gelangte er irgendwie in den Zug.

Vorbei an lärmenden Straßenkreuzungen, mit zunehmender Schnelligkeit durch ausgedehnte Vororte dem

Sonnenuntergang entgegen. Vielleicht würde auch sie den Sonnenuntergang sehen und einen Augenblick innehalten, sich umwenden, sich erinnern, bevor sie einschlief und er in der Vergangenheit versank. Die Dämmerung dieses Abends würde für immer die Sonne und die Bäume und die Blumen und das Lachen seiner jungen Welt zudecken.

IV

An einem dunstigen Nachmittag im September des folgenden Jahres stieg ein junger Mann, dessen sonnverbranntes Gesicht die Farbe dunklen Kupfers hatte, in einer Stadt in Tennessee aus dem Zug. Er blickte sich gespannt um und schien erleichtert, als er feststellte, daß niemand auf dem Bahnhof war, um ihn abzuholen. In einem Taxi fuhr er zum besten Hotel der Stadt, wo er sich mit einiger innerer Genugtuung als George O'Kelly, Cuzco, Peru, eintrug.

Oben in seinem Zimmer saß er einige Minuten lang am Fenster und blickte auf die wohlbekannte Straße hinunter. Dann nahm er den Telefonhörer ab, wobei seine Hand kaum merklich zitterte, und wählte eine Nummer.

»Ist Miß Jonquil da?«

»Am Apparat.«

»Oh . . .« Nachdem seine Stimme eine leichte Unsicherheit überwunden hatte, fuhr er mit freundlicher Förmlichkeit fort:

»Hier ist George O'Kelly. Hast du meinen Brief bekommen?«

»Ja, Ich dachte, daß du heute herkommst.«

Ihre Stimme, kühl und unbewegt, verwirrte ihn, aber nicht so, wie er es erwartet hatte. Das war die Stimme einer

Fremden, gelassen, angenehm überrascht, ihn zu sehen – das war alles. Am liebsten hätte er den Hörer hingelegt und den Atem angehalten.

»Ich habe dich – sehr lange nicht gesehen.« Es gelang ihm, diese Worte ganz ungezwungen klingen zu lassen. »Über ein Jahr nicht.«

Er wußte auf den Tag genau, wie lange es her war.

»Es wird furchtbar nett sein, sich wieder einmal mit dir zu unterhalten.«

»Ich bin in etwa einer Stunde da.«

Er legte auf. Vier lange Jahreszeiten war jede Minute seiner Freizeit mit der Vorwegnahme dieser Stunde ausgefüllt gewesen, und nun war diese Stunde gekommen. Er hatte damit gerechnet, Jonquil verheiratet, verlobt, verliebt wiederzufinden – er hatte nicht damit gerechnet, daß seine Rückkehr sie völlig unbewegt lassen würde.

Nie wieder in seinem Leben, fühlte er, würde es zehn Monate geben wie die, die jetzt hinter ihm lagen. Für einen jungen Ingenieur hatte er sich bemerkenswert gut entwickelt – es hatten sich ihm zwei ungewöhnliche Chancen geboten, eine in Peru, von wo er gerade zurückgekehrt war, und dann eine in New York, wohin er jetzt reiste. In dieser kurzen Zeit hatte er die Armut hinter sich gelassen und war in eine Stellung mit unbegrenzten Möglichkeiten aufgestiegen.

Er betrachtete sich im Spiegel des Toilettentisches. Die Sonne hatte ihn dunkelbraun gebrannt, aber es war ein romantisches Dunkelbraun, und in der letzten Woche, seit er Zeit gehabt hatte, darüber nachzudenken, hatte es ihm viel Vergnügen gemacht. Auch seinen kraftvollen Körper betrachtete er abschätzend mit einer Art Faszination. Irgendwo hatte er ein Stück Augenbraue eingebüßt, und um das Knie trug er immer noch eine elastische Bandage, aber er war zu jung, als daß er nicht bemerkt hätte, daß ihn auf dem Schiff viele Frauen mit ungewöhnlichem wohlwollendem Interesse angesehen hatten.

Sein Anzug war natürlich gräßlich. Ein griechischer Schneider in Lima hatte ihn verfertigt – in zwei Tagen. Er hatte Jonquil diesen schneidertechnischen Mangel in seinem im übrigen lakonischen kurzen Brief erklärt – auch dafür war er jung genug. Die einzige weitere Einzelheit in diesem Brief war die Bitte gewesen, ihn *nicht* am Bahnhof zu empfangen.

George O'Kelly aus Cuzco in Peru wartete anderthalb Stunden im Hotel, bis, um genau zu sein, die Sonne die Hälfte ihres Weges am Himmel zurückgelegt hatte. Frisch rasiert und mit Talkum gepudert, so daß er nun eine eher kaukasische Tönung aufwies – denn im letzten Augenblick hatte die Eitelkeit den Sieg über die Romantik davongetragen –, bestellte er ein Taxi und fuhr los zu dem Haus, das er so gut kannte.

Er atmete schwer – er bemerkte das, aber er sagte sich, das sei Aufregung, keine Gefühlsbewegung. Er war hier, sie war nicht verheiratet – das genügte. Er war sich nicht einmal darüber im klaren, was er ihr zu sagen hatte. Aber er fühlte, dies war der Augenblick in seinem Leben, auf den er nur sehr schwer hätte verzichten können. Schließlich gab es keinen Triumph, ohne daß ein Mädchen dabei im Spiel war, und wenn er ihr seine Beute nicht zu Füßen legte, so konnte er sie ihr doch wenigstens einen flüchtigen Moment lang vor Augen halten.

Plötzlich ragte das Haus vor ihm auf, und sein erster Gedanke war, daß es sonderbar unwirklich schien. Nichts hatte sich verändert – nur daß alles anders war. Es war kleiner und verwohnter als früher – kein Zauber schwebte wie eine Wolke über seinem Dach und ging von den Fenstern des oberen Stockwerks aus. Er läutete an der Haustür, und ein ihm unbekanntes farbiges Zimmermädchen öffnete. Miß Jonquil würde sofort herunterkommen. Nervös befeuchtete er seine Lippen und ging ins Wohnzimmer – und das Gefühl des Unwirklichen verstärkte sich. Dies war einfach nur ein Zimmer und nicht das verzauberte Gemach, in dem er jene bitteren Stunden verbracht hatte. Er saß in einem Sessel, erstaunt darüber, daß es wirklich nur ein Sessel war, und begriff, daß seine Phantasie all diesen einfachen, vertrauten Dingen eine andere Form, eine andere Farbe verliehen hatte.

Dann öffnete sich die Tür, und Jonquil trat ein – und es war, als verschwimme plötzlich alles vor seinen Augen. Er hatte vergessen, wie schön sie war, und er fühlte, wie sein Gesicht bleich wurde und seine Stimme versagte, so daß nur ein leiser Seufzer aus seiner Kehle kam.

Sie trug ein blaßgrünes Kleid, und ein Goldband hielt wie eine Krone ihr dunkles, glattes Haar zurück. Die vertrauten Samtaugen blickten in seine, als sie durch die Tür kam, und Schrecken durchzuckte ihn angesichts der Macht ihrer Schönheit, Schmerz zuzufügen.

Er sagte »hallo«, und sie gingen beide ein paar Schritte aufeinander zu und schüttelten sich die Hand. Dann saßen sie in Sesseln, ziemlich weit auseinander, und starrten einander quer durch das Zimmer an.

»Du bist wiedergekommen«, sagte sie, und er erwiderte ebenso nichtssagend: »Ich bin auf der Durchfahrt und wollte dich besuchen.«

Er versuchte das Zittern in seiner Stimme zu unterdrükken, indem er überallhin blickte, nur nicht in ihr Gesicht. Es war an ihm, zu sprechen, aber wenn er nicht sofort anfangen wollte zu prahlen, gab es anscheinend nichts zu sagen. In ihrer früheren Beziehung hatte es niemals etwas Belangloses gegeben – es war einfach nicht möglich, sich in dieser Situation über das Wetter zu unterhalten.

»Es ist lächerlich«, sagte er, plötzlich außer Fassung. »Ich weiß nicht recht, was ich tun soll. Beunruhigt es dich, daß ich hier bin?«

»Nein.« Es war eine zurückhaltende und zugleich unpersönlich traurige Antwort. Das bedrückte ihn.

»Bist du verlobt?« fragte er.

»Nein.«

»Bist du in irgendwen verliebt?«

Sie schüttelte den Kopf.

»So.« Er lehnte sich in seinem Sessel zurück. Ein weiteres Thema schien erschöpft – die Unterhaltung nahm nicht den Verlauf, den er gewünscht hatte.

»Jonquil«, begann er, diesmal in sanfterem Ton, »nach allem, was zwischen uns geschehen ist, wollte ich zurückkommen und dich sehen. Was immer die Zukunft bringt – ich werde nie ein anderes Mädchen so lieben, wie ich dich geliebt habe.«

Das war eine der Ansprachen, die er geprobt hatte. Auf dem Schiff war ihm das als genau der richtige Ton vorgekommen – ein Hinweis auf die Zärtlichkeit, die er stets für sie empfinden würde, eine nichtssagende Haltung in bezug auf seinen augenblicklichen Gemütszustand. Hier aber, wo die Vergangenheit um ihn, neben ihm war und sich von Minute zu Minute verdichtete, wirkte das Ganze theatralisch und abgedroschen.

Sie erwiderte nichts darauf, saß reglos da, die Augen mit

einem Ausdruck auf ihn geheftet, der alles oder nichts bedeuten konnte.

»Du liebst mich nicht mehr, nicht wahr?« fragte er mit gelassen klingender Stimme.

»Nein.«

Als Mrs. Cary einen Augenblick später hereinkam und sich mit ihm über seinen Erfolg unterhielt – die Lokalzeitung hatte eine halbe Spalte über ihn gebracht –, wurde er von seinen Gefühlen hin und her gerissen. Er wußte jetzt, daß er dieses Mädchen immer noch wollte, und er wußte, daß die Vergangenheit manchmal wiederkommt – das war alles. Im übrigen mußte er stark und wachsam sein, und er würde ja sehen.

»Und jetzt«, sagte Mrs. Cary, »solltet ihr beide die Dame mit den Chrysanthemen besuchen. Sie hat mir extra ans Herz gelegt, daß sie Sie sehen will, weil sie in der Zeitung alles über Sie gelesen hat.«

Sie besuchten die Dame mit den Chrysanthemen. Sie gingen die Straße entlang, und mit leichter Erregung spürte er den Rhythmus ihrer kürzeren Schritte neben seinen eigenen. Die Dame war reizend, und die Chrysanthemen waren riesengroß und außerordentlich schön. Die Gärten der Dame waren voll davon, weißen, rosa und gelben, und sich dazwischen zu bewegen, war wie ein Ausflug zurück in den Hochsommer. Es waren zwei Gärten voller Blumen, mit einer Gartentür dazwischen; als sie zum zweiten Garten schlenderten, schritt die Dame als erste durch die Tür.

Und dann geschah etwas Merkwürdiges. George trat zur Seite, um Jonquil vorbeizulassen, aber sie blieb stehen und blickte ihn einen Augenblick groß an. Es war nicht so sehr der Blick, der kein Lächeln war, sondern vielmehr der

Moment der Stille. Jeder sah die Augen des anderen, beide holten Atem, kurz und kaum schneller als sonst, dann gingen sie hinüber in den zweiten Garten. Das war alles.

Der Nachmittag näherte sich seinem Ende. Sie bedankten sich bei der Dame und kehrten langsam, nachdenklich, Seite an Seite nach Hause zurück. Auch während des Abendessens waren sie schweigsam. George erzählte Mr. Cary, wie es ihm in Südamerika ergangen war, und ließ durchblicken, daß es in Zukunft für ihn keinerlei Schwierigkeiten mehr geben würde.

Dann war das Essen vorüber, und er und Jonquil blieben allein in dem Zimmer, das den Anfang und das Ende ihrer Liebesaffäre gesehen hatte. Es kam ihm vor, als sei das lange her und unaussprechlich traurig. Auf diesem Sofa hatte er Qual und Schmerz empfunden, wie er sie nie wieder empfinden würde. Nie wieder würde er so schwach, so müde, so elend, so arm sein. Doch er wußte, daß der Junge, der er vor fünfzehn Monaten gewesen war, etwas besessen hatte, ein Vertrauen, eine Wärme, die für immer dahin waren. Das Vernünftige – sie hatten das Vernünftige getan. Er hatte seine erste Jugend gegen Stärke eingetauscht und sich aus der Verzweiflung heraus den Weg zum Erfolg gebahnt. Aber mit seiner Jugend hatte das Leben auch die Frische seiner Liebe mit sich fortgenommen.

»Du willst mich nicht heiraten, nicht wahr?« sagte er ruhig.

Jonquil schüttelte den dunklen Kopf.

»Ich werde nie heiraten«, erwiderte sie.

Er nickte.

»Morgen früh fahre ich nach Washington«, sagte er.

»Ach.«

»Ich muß. Am ersten muß ich in New York sein, und bis dahin will ich in Washington bleiben.«

»Geschäftlich?«

»N-ein«, sagte er zögernd. »Es gibt dort jemand, den ich besuchen muß – jemand, der sehr gut zu mir war, als ich so – ganz und gar erledigt war.«

Das war erfunden. Es gab niemand in Washington, den er besuchen mußte – aber er beobachtete Jonquil scharf, und er war sicher, daß sie ein wenig zusammenzuckte, daß sich ihre Augen schlossen und dann wieder weit öffneten.

»Aber bevor ich abreise, möchte ich dir erzählen, was ich in der Zwischenzeit noch erlebt habe, und da wir uns vielleicht nie wieder sehen, möchte ich fragen, ob – ob du dich nicht dies eine Mal auf meinen Schoß setzen willst, so wie früher. Ich würde dich nicht darum bitten, doch da es niemanden gibt . . . aber . . . vielleicht macht es dir nichts aus.«

Sie nickte, und einen Augenblick später saß sie auf seinem Schoß, wie so oft in jenem vergangenen Frühling. Er fühlte ihren Kopf an seiner Schulter, ihren vertrauten Körper, und eine Welle der Erregung durchzuckte ihn. Seine Arme, die sie hielten, hatten das Bestreben, sich fest um sie zu schließen – aber er lehnte sich zurück und begann gedankenvoll in die Luft zu sprechen.

Er erzählte ihr von zwei Wochen der Verzweiflung in New York, die damit endeten, daß er eine verheißungsvolle, wenn auch nicht allzu einträgliche Stellung bei einer Baufirma in Jersey City antrat. Als die Sache mit Peru zuerst zur Sprache kam, hatte es nicht so ausgesehen, als sei das eine einmalige Chance. Er sollte als dritter Ingenieur an der Expedition teilnehmen, aber nur zehn der amerikanischen Teilnehmer, darunter acht Träger und Landvermesser, hatten jemals Cuzco erreicht. Zehn Tage später starb der Leiter der Expedition an gelbem Fieber. Das war seine Chance gewesen, eine Chance für jeden, der kein Narr war, eine wunderbare Chance.

»Eine Chance für jeden, der kein Narr ist?« unterbrach sie ihn unschuldig.

»Sogar für einen Narren«, fuhr er fort. »Es war großartig. Nun, ich telegrafierte nach New York . . .«

»Und daraufhin«, unterbrach sie ihn wieder, »telegrafierten sie zurück, daß du die Chance wahrnehmen solltest?«

»Wahrnehmen *sollte*?« rief er, sich immer noch zurücklehnend. »Wahrnehmen *mußte*! Es war keine Zeit zu verlieren . . .«

»Keine Minute?«

»Keine Minute.«

»Nicht einmal Zeit für . . .«, sie hielt inne.

»Wofür?«

»Sieh her.«

Er beugte plötzlich den Kopf vor, und sie lehnte sich im gleichen Augenblick an ihn. Ihre Lippen waren halb geöffnet wie eine Blume.

»Ja«, flüsterte er in ihre Lippen hinein. »Unendlich viel Zeit . . .«

Unendlich viel Zeit – sein und ihr Leben. Aber während er sie küßte, wußte er einen Augenblick lang, daß er jene verlorenen Stunden im April niemals wiedererlangen konnte, und suchte er auch bis in alle Ewigkeit. Er mochte sie noch so fest an sich ziehen, bis seine Armmuskeln hervortraten – sie war etwas Begehrenswertes und Seltenes, für das er gekämpft und das er sich zu eigen gemacht hatte –, aber nie wieder würde sie ein unfaßbares Flüstern in der Dämmerung oder im leichten Nachtwind sein . . .

Nun, laß es vorübergehen, dachte er, der April ist vorbei, der April ist vorbei. Es gibt alle Arten von Liebe auf der Welt, aber niemals die gleiche Liebe zweimal.

Der Tanz

Mein Leben lang habe ich einen ganz merkwürdigen Horror vor Kleinstädten gehabt – nicht vor Vorstädten, die sind wieder etwas anderes, sondern vor den kleinen, abgelegenen Provinzstädten in New Hampshire und Georgia, in Kansas und im oberen Teil des Staates New York. Ich bin in New York City geboren, und nicht einmal als kleines Mädchen habe ich mich je vor seinen Straßen und ihren ungewohnten, fremden Gesichtern gefürchtet – sobald ich mich aber in einem Städtchen dieser Art aufhalte, verfolgt mich unablässig das bange Gefühl, daß dicht unter der Oberfläche ein zweites, verstecktes Leben lauert, eine ganze Serie geheimer Zusammenhänge, Bedeutungen und Schrecken, von denen ich nichts weiß. In einer Großstadt kommt alles, ob gut oder böse, irgendwann einmal ans Licht – ich meine, die Menschen tragen es nicht ewig mit sich herum. Das Leben ist in Bewegung, geht weiter, vergeht. In den kleinen Städten – denen zwischen 5 und 25 000 Einwohnern – scheint man alte Feindschaften, alte, unvergessene Affären, gespenstische Skandale und Tragödien nie begraben zu können; sie leben weiter unlösbar verschlungen in den normalen Kreislauf des äußeren Lebens.

Nirgends habe ich das eindringlicher empfunden als im Süden. Komme ich erst einmal über Atlanta, Birmingham und New Orleans hinaus, habe ich oft das Gefühl, jeder Kontakt zu den Leuten um mich her sei abgerissen. Die

Männer und Mädchen sprechen eine Sprache, in der sich Höflichkeit und unbeherrschte Heftigkeit, fanatische Sittenstrenge und branntweinseliges Draufgängertum in einer Weise mischen, die mir immer unverständlich bleiben wird. In *Huckleberry Finn* schildert Mark Twain ein paar dieser Städte am Mississippi, mit ihren hitzigen Fehden und ihrem ebenso hitzigen Wiederauflodern – und manche von ihnen haben sich auch hinter ihren neuen, von chromblitzenden Autos und Radios geprägten Fassaden nicht grundlegend verändert. Sie sind bis zum heutigen Tag zutiefst unzivilisiert geblieben.

Ich spreche vom Süden, weil es in einer kleinen Stadt in den Südstaaten war, wo ich diese Oberfläche einmal kurz zerreißen und etwas unbezähmbar Wildes, Unheimliches und Erschreckendes den Kopf erheben sah. Dann schloß sich die Oberfläche wieder, und wenn ich seither dorthin zurückkam, war ich zu meiner Überraschung wie eh und je bezaubert von den Magnolienbäumen, dem Singen der Neger in den Straßen und den warmen betörenden Nächten. Nicht weniger bezaubert war ich von der großzügigen Gastfreundschaft, dem herrlich bequemen, unbeschwerten Leben im Freien und den beinahe allgemein guten Manieren. Und doch sucht mich immer wieder ein beängstigend deutlicher Alptraum heim, der all das heraufbeschwört, was ich vor fünf Jahren in dieser Stadt erlebt habe.

Davis – das ist allerdings nicht der richtige Name – hat etwa 20 000 Einwohner, ein Drittel davon Farbige. Es ist eine Baumwollstadt, und die Arbeiter in den Spinnereien, ein paar tausend abgezehrte, verwahrloste ›arme Weiße‹, hausen in einem verrufenen Viertel zusammen, das den Namen ›Cotton Hollow‹ trägt. In den 75 Jahren seines

Bestehens hat die Bevölkerung von Davis allerdings manchen Wechsel erlebt. Früher einmal kam es für die Wahl zur Hauptstadt des Staates in Frage, und so bilden die älteren Familien und Sippen auch heute noch, selbst wenn einzelne unter ihnen inzwischen völlig verarmt sind, eine stolze kleine Aristokratie.

Ich hatte im damaligen Winter den üblichen Gesellschaftsrummel in New York mitgemacht, bis ich dann gegen April hin plötzlich fand, daß ich jetzt von sämtlichen Einladungen ein für allemal genug hätte. Ich war erschöpft, und Europa schien mir gerade der richtige Erholungsort. Aber die kleine Wirtschaftskrise von 1921 erschütterte das Geschäft meines Vaters, und so legte man mir nahe, doch lieber in den Süden zu gehen und Tante Musidora Hale zu besuchen.

Ich hatte mir vage so etwas wie einen Landaufenthalt darunter vorgestellt, aber am Tag meiner Ankunft brachte der *Courier* von Davis ein urkomisches altes Foto von mir in seiner Gesellschaftsspalte, und schon steckte ich mitten in der nächsten Partysaison. In kleinerem Umfang natürlich – samstags Tanzabende in dem kleinen Country-Club mit seinem Neun-Löcher-Golfplatz, unter der Woche die eine oder andere zwanglose Dinner-Party, und zu alledem ein paar sehr nette und aufmerksame junge Kavaliere. Ich amüsierte mich gar nicht schlecht, und als ich nach drei Wochen wieder nach Hause fahren wollte, war es bestimmt nicht aus Langeweile. Im Gegenteil, ich wollte nach Hause, weil ich mich ein bißchen zu sehr für einen gutaussehenden jungen Mann namens Charley Kincaid interessierte und erst zu spät erfuhr, daß er mit einem anderen Mädchen verlobt war.

Als erstes hatte uns zusammengebracht, daß er so

ungefähr der einzige Junge in der Stadt war, der im Norden ein College besucht hatte – und ich war damals noch jung genug, zu glauben, daß sich ganz Amerika nur um Harvard, Princeton und Yale drehte. Ich spürte deutlich, daß auch er mich gern mochte, aber als ich dann hörte, daß ein halbes Jahr zuvor seine Verlobung mit einem Mädchen namens Marie Bannerman bekanntgegeben worden war, sah ich keine andere Möglichkeit, als schleunigst das Feld zu räumen.

Die Stadt war zu klein, um irgend jemand aus dem Weg zu gehen, und obwohl es bis jetzt noch kein Geschwätz gegeben hatte, war ich sicher, daß – na ja, daß, wenn wir uns weiter begegneten, unsere Gefühle füreinander auch ausgesprochen würden.

Marie Bannerman war fast eine Schönheit. Vielleicht hätte sie sogar eine sein können – mit den richtigen Kleidern und ohne ihre grellrosa Rougebäckchen und den kreideweißen Puder auf Kinn und Nase. Ihr Haar war seidig schwarz, und sie hatte wunderhübsche Züge. Durch einen kleinen Geburtsfehler war das eine Augenlid stets etwas gesenkt, was ihrem Gesicht einen mutwillig pikanten Ausdruck verlieh.

Ich wollte an einem Montag abreisen, und am Samstag abend hatten wir uns vor dem Tanz wie üblich in einer Gruppe zum Abendessen im Club verabredet. Joe Cable war dabei, der Sohn eines ehemaligen Gouverneurs, ein gutaussehender Junge, der trotz seiner Oberflächlichkeit viel Charme hatte; Catherine Jones, ein hübsches, blendend gewachsenes Mädchen mit lebhaften Augen, das unter dem kunstvoll aufgelegten Rouge ebensogut achtzehn wie fünfundzwanzig Jahre alt sein konnte; außerdem

Marie Bannerman, Charley Kincaid, ich selbst und noch zwei oder drei andere.

Wie immer bei dieser Art Gelegenheiten machte es mir Spaß, dem in komischem Durcheinander dahinsprudelnden Kleinstadtklatsch zuzuhören. So war zum Beispiel eines der Mädchen am selben Nachmittag mitsamt ihrer Familie auf die Straße gesetzt worden, weil man die Miete schuldig geblieben war. Sie erzählte die ganze Geschichte ohne jede Befangenheit – nichts weiter als eine zwar unangenehme, aber lustige Episode. Und dann das lustige Wortgeplänkel, wonach jedes anwesende Mädchen unendlich schön und anziehend war und jeder anwesende Mann – natürlich schon von der Wiege an – heimlich und hoffnungslos in sie verliebt.

»Wir sind fast gestorben vor Lachen...« – »... hat gesagt, er schießt ihn über den Haufen, wenn er sich noch mal blicken läßt.« Wegen jeder Kleinigkeit wurden ›heilige Eide‹ geleistet und ›auf Ehr und Seligkeit‹ geschworen. »Wie kommt's dann, daß du um ein Haar vergessen hast, mich abzuholen...?« – und dazu das unaufhörliche »Honey, Honey, Honey«, das wie ein wohltuendes Elixier von Herz zu Herz zu fließen schien.

Die Mainacht draußen war heiß, still, samtig weich, dicht mit Sternen gesprenkelt. Schwer und süß flutete sie in den großen Saal herein, in dem wir saßen und später tanzen würden, und brachte keinen Laut mit sich außer dem gelegentlichen langgezogenen Knirschen, das ein ankommender Wagen auf der Kiesauffahrt verursachte. Der Gedanke, Davis zu verlassen, war mir mit einemmal unerträglich wie noch nie zuvor ein Abschied – ich wollte nicht fort, ich wollte mein ganzes Leben hier verbringen und bis in alle Ewigkeit durch diese langen, heißen, romantischen Nächte tanzen.

Und doch hing das Grauen schon über der kleinen Gesellschaft, wartete lauernd unter uns, ein ungebetener Gast, der die Stunden zählte, bis er seine bleiche, grelle Fratze zeigen konnte. Hinter dem Schwatzen und Lachen bahnte sich etwas an, etwas Geheimnisvolles und Dunkles, von dem ich nichts wußte.

Bald darauf erschien die farbige Kapelle, gefolgt von den ersten Tanzlustigen. Ein hünenhafter Mann mit gerötetem Gesicht, schlammverkrusteten Schaftstiefeln an den Füßen und einem Revolvergürtel um die Hüften stapfte herein und blieb kurz an unserem Tisch stehen, bevor er die Treppe zur Garderobe hinaufstieg. Es war Bill Abercrombie, der Sheriff und Sohn des Kongreßabgeordneten Abercrombie. Ein paar der Jungens stellten ihm halblaute Fragen, und er antwortete mit nur mühsam gedämpfter Stimme.

»Ja . . . treibt sich immer noch im Moor herum. Ein Farmer hat ihn bei dem Laden an der Kreuzung gesehen . . . Würd ihm selbst gern eins verpassen.«

Ich fragte den Jungen neben mir, was los sei.

»Sie haben Scherereien«, sagte er, »drüben in Kisco, ungefähr zwei Meilen von hier. Der Kerl hält sich im Moor versteckt, morgen wollen sie ihn holen.«

»Was haben sie vor mit ihm?«

»Aufhängen wahrscheinlich.«

Der Gedanke an den unglückseligen Neger, der elendiglich in einem verlassenen Sumpf kauerte und mit dem Morgengrauen seinen Tod erwartete, bedrückte mich eine Weile. Dann verflog das Gefühl wieder und war vergessen.

Nach dem Essen gingen Charley Kincaid und ich auf die Terrasse hinaus – er hatte gerade gehört, daß ich abreisen wollte. Ich hielt mich so nahe wie möglich bei den anderen und gab nur seinen Worten, nicht aber seinen Blicken Antwort – wenn sich auch etwas in mir gegen einen so nichtssagenden Abschied sträubte. Die Versuchung war groß, jetzt am Ende doch noch etwas zwischen uns aufflackern zu lassen. Ich wünschte, er würde mich küssen – in meinem Inneren versprach ich mir, wenn er mich küßte, nur ein einziges Mal, wollte ich mich gleichmütig damit abfinden, ihn nie wiederzusehen; aber mein Verstand wußte es besser.

Die anderen Mädchen strömten langsam ins Haus zurück, um oben im Ankleideraum ihr Make-up aufzubessern, und Charley noch immer an meiner Seite, folgte ich ihnen. Ich war den Tränen nahe, und, sei es, daß sie mir schon in den Augen standen, sei es, daß ich sie hastig zu unterdrücken suchte – jedenfalls öffnete ich aus Versehen die Tür zu einem kleinen Kartenzimmer und setzte damit das Räderwerk dieser tragischen Nacht in Gang. – Im Kartenzimmer, keine drei Schritte von uns entfernt, standen Charleys Verlobte Marie Bannerman und Joe Cable. Sie hielten sich in einem Kuß umschlungen, in dessen leidenschaftlicher Hingabe sie alles um sich her vergaßen.

Ich zog die Tür rasch wieder zu, öffnete, ohne Charley dabei anzusehen, die richtige Tür und rannte die Treppe hinauf.

Ein paar Minuten später drängte sich Marie Bannerman in den überfüllten Ankleideraum. Als sie mich sah, kam sie mit einem Lächeln gespielter Verzweiflung zu mir herüber, aber ihr Atem ging schnell, und das Lächeln zuckte ein wenig.

»Du sagst's doch nicht weiter, Honey?« flüsterte sie.

»Natürlich nicht.« Ich fragte mich nur, welche Rolle das jetzt noch spielen konnte, nachdem es Charley Kincaid einmal wußte.

»Wer sonst hat uns gesehen?«

»Nur Charley Kincaid und ich.«

«Oh!« Einen Augenblick lang schien sie etwas verdutzt, dann fügte sie hinzu: »Stell dir vor, Honey, er hat nicht mal was gesagt. Als wir rausgekommen sind, ist er gerade zur Tür hinaus. Ich hab schon gedacht, er würde warten und seine Wut an Joe auslassen!«

»Und warum läßt er sie nicht an dir aus?« entfuhr es mir wider Willen.

»Oh, das kommt noch«, sie lachte und zog ein schiefes Gesicht. »Aber ich weiß, wie man ihn nehmen muß, Honey. Nur im ersten Augenblick, wenn er so richtig wütend ist, hab ich Angst vor ihm – er kann furchtbar jähzornig sein.« Im Gedanken daran pfiff sie durch die Zähne. »Ich weiß es, so was ist nämlich schon mal passiert.«

Am liebsten hätte ich sie geohrfeigt. Unter dem Vorwand, ich wolle mir bei Katie, dem schwarzen Dienstmädchen, eine Stecknadel ausborgen, drehte ich ihr den Rücken zu und ging. Katie war gerade mit Catherine Jones beschäftigt, die ihr ein kurzes Baumwollkleid zum Flicken gebracht hatte.

»Was ist das?« fragte ich.

»Ein Tanzkostüm«, antwortete sie kurz, den Mund voller Stecknadeln. Als sie sie dann herausgenommen hatte, fügte sie hinzu: »Es ist völlig in Fetzen – ich hab's schon so oft getragen.«

»Tanzt du heute abend hier?«

»Ich versuch's jedenfalls.«

Irgend jemand hatte mir erzählt, daß sie Tänzerin werden wollte und in New York Tanzunterricht genommen hätte.

»Kann ich dir irgendwas richten helfen?«

»Nein, danke – das heißt – kannst du nähen? Katie ist Samstag abends immer so aufgeregt, daß sie zu nichts zu gebrauchen ist, außer zum Nadelholen. Ich wär dir ewig dankbar, Honey.«

Ich hatte meine Gründe, nicht gerade jetzt schon nach unten zu gehen, und so setzte ich mich hin und arbeitete eine halbe Stunde lang an ihrem Kostüm. Ich hätte gern gewußt, ob Charley heimgegangen war und ob ich ihn wohl jemals wiedersehen würde – ich wagte kaum, mich zu fragen, ob ihn das, was er gesehen hatte, nicht moralisch von seiner Bindung lösen könnte. Als ich schließlich hinunterging, war er nirgends zu sehen.

Der Saal war jetzt voller Menschen. Man hatte die Tische entfernt, und alles tanzte. Damals, kurz nach dem Krieg, hatten die jungen Leute im Süden eine Art zu tanzen, bei der sie, auf den Fußspitzen stehend, die Fersen nach innen und außen drehten – eine Kunst, deren Erlernung ich viele Stunden gewidmet hatte. Viele Herren waren solo erschienen, und die meisten schon recht angeheitert vom Branntwein – ich lehnte im Durchschnitt mindestens zwei ›kleine Schlückchen‹ pro Tanz ab. Selbst wenn das Zeug, wie es der Brauch ist, mit einem alkoholfreien Getränk gemischt und nicht pur aus einer körperwarmen Flasche hinuntergekippt wird, hat es noch eine mörderische Wirkung. Nur ein paar wenige Mädchen wie Catherine Jones riskierten hin und wieder am dunklen Ende der Veranda einen Zug aus der Taschenflasche eines Jungen.

Ich mochte Catherine Jones – sie schien mehr Energie zu haben als all die anderen Mädchen. Tante Musidora rümpfte freilich jedesmal verächtlich die Nase, wenn mich Catherine mit ihrem Wagen zum Kino abholte, und bemerkte, daß sich wohl allmählich überall »das Unterste nach oben kehrte«. Ihre Familie sei »neureich und gewöhnlich«. Aber ich fand, daß vielleicht gerade diese ›Gewöhnlichkeit‹ ein großer Pluspunkt an ihr war. Beinahe jedes Mädchen in Davis hatte mir irgendwann einmal ihren sehnlichen Wunsch anvertraut, »hier herauszukommen und nach New York zu gehen«, aber nur Catherine Jones hatte wirklich Ernst damit gemacht und zu diesem Zweck Ballettstunden genommen.

Sie wurde oft gebeten, an solchen Samstagabendveranstaltungen etwas vorzutanzen, etwas ›Klassisches‹ oder auch einen akrobatischen Holzschuhtanz. – Bei einer denkwürdigen Gelegenheit hatte sie die Honoratioren mit einem ›Shimmy‹ (damals der verruchtesten Form von Jazz) verärgert, wofür man ihr dann die ganz neue und etwas befremdende Entschuldigung zubilligte, sie sei »zu blau gewesen, um überhaupt noch zu wissen, was sie tat«. Ihre merkwürdige Persönlichkeit beeindruckte mich irgendwie, und ich war gespannt, was sie uns heute abend bieten würde.

Um Mitternacht hörte die Musik immer auf, weil das Tanzen am Sonntagmorgen verboten war. Und so rief um halb zwölf ein gewaltiger Tusch von Trommeln und

Trompeten die Tänzer, die Pärchen auf den Veranden oder draußen in den Autos und die stillen Zecher an der Bar in den großen Tanzsaal hinein. Stühle wurden hereingebracht und alle in einem Haufen mit viel Gelächter und Radau vor das nur leicht erhöhte Podium geschoben. Die Kapelle hatte die Bühne geräumt und dicht daneben Aufstellung genommen. Als die rückwärtigen Scheinwerfer abgeblendet waren, begann sie eine Melodie zu spielen, die von einem seltsamen Trommelschlag begleitet war, den ich noch nie zuvor gehört hatte. Im selben Augenblick erschien Catherine Jones auf dem Podium. Sie trug das kurze, ländliche Sommerkleidchen, an dem ich noch gearbeitet hatte, und einen breitkrempigen Sonnenhut, unter dem uns ihr gelbgepudertes Gesicht mit rollenden Augen, aber sonst ausdrucksloser Miene entgegenblickte.

Sie begann zu tanzen.

Ich hatte noch nie zuvor etwas Ähnliches gesehen, und es sollte fünf Jahre dauern, bis ich es ein zweites Mal zu sehen bekam: es war der Charleston – es muß der Charleston gewesen sein. Ich erinnere mich noch gut an den doppelten Trommelschlag, der wie ein aufpeitschendes »Hey! Hey!« klang, an das ungewohnte Armeschwingen und den bizarren X-Bein-Effekt. Weiß der Himmel, wo sie ihn aufgelesen hatte.

Ihre Zuschauer, die mit Negerrhythmen ja vertraut waren, beugten sich gespannt vor – sogar für sie war es etwas Neues. Und mir ist das Bild so klar und unauslöschlich eingeprägt, als hätte ich es erst gestern gesehen: die wirbelnde, stampfende Gestalt auf dem Podium, die aufgeputschte Kapelle, die grinsenden Kellner im Durchgang zur Bar, und alles umgebend die weiche, südlich-laue Nachtluft, die, ein Gemisch von Moor und Baumwollfeldern, üppigem Laub und erdig warmen Rinnsalen, durch die vielen Fenster hereinsickerte. – Ich weiß nicht mehr, wann sich zum erstenmal ein Gefühl gespannten Unbehagens in mir bemerkbar machte. Der Tanz kann nicht viel mehr als zehn Minuten gedauert haben; vielleicht hatten mich schon die ersten Takte der barbarischen Musik unruhig gemacht – jedenfalls saß ich längst ehe sie vorüber war wie erstarrt auf meinem Stuhl, während meine Augen durch den ganzen Saal wanderten und die Reihen der schattenhaften Gesichter abtasteten, als suchten sie irgendeinen Halt, den es nicht mehr gab.

Ich bin an sich weder nervös noch besonders schreckhaft, aber einen Augenblick lang fürchtete ich, ich würde hysterisch werden, wenn die Musik und der Tanz nicht endlich aufhörten. Irgend etwas geschah um mich her. Ich wußte es so genau, als könnte ich in alle diese fremden Herzen blicken. Irgendwelche Dinge passierten, und eines ganz besonders hing so dicht über uns, daß es uns fast berührte – ja, daß es uns berührte! . . . Ich schrie beinahe auf, als eine Hand zufällig meinen Rücken streifte.

Die Musik endete. Es gab Applaus und Dacaporufe, aber Catherine Jones schüttelte, dem Kapellmeister zugewandt, verneinend den Kopf und machte Anstalten, das Podium zu verlassen. Die Rufe um eine Zugabe hielten an – wieder schüttelte sie den Kopf, und ihr Gesicht kam mir dabei ziemlich verärgert vor. Dann ereignete sich etwas Sonderbares. Auf das fortgesetzte Bitten eines Zuschauers in der ersten Reihe hin intonierte der farbige Kapellmeister die ersten Takte der Melodie, um Catherine vielleicht auf diese Weise zu einer Wiederholung zu bewegen. Sie fuhr herum, schnappte: »Hast du nicht gehört, daß ich nein gesagt habe!?« und schlug ihm dann völlig überraschend ins Gesicht. Die Musik erstarb, und das belustigte Murmeln des Publikums brach jäh ab, als gleich darauf gedämpft, aber deutlich hörbar, ein Schuß krachte.

Im nächsten Augenblick waren wir auf den Beinen, denn dem Klang nach zu urteilen mußte er im Inneren oder in der Nähe des Hauses gefallen sein. Eine der Anstandsdamen stieß einen leisen Schrei aus, aber als irgendein Spaßvogel dann rief »Cäsar ist wieder mal im Hühnerhaus«, löste sich die momentane Bestürzung in Gelächter auf. Der Klubdirektor begab sich in Begleitung mehrerer Paare hinaus, um nachzusehen, während sich der Rest schon wieder zu den Klängen von ›Good Night, Ladies‹, womit traditionsgemäß jeder Tanzabend endete, auf dem Parkett drehte.

Ich war froh, daß es vorüber war. Der Junge, mit dem ich gekommen war, ging seinen Wagen holen, und ich rief einen Kellner und schickte ihn in die Ablage hinauf, wo meine Golfschläger standen. Als ich wartend auf die Veranda hinausschlenderte, fragte ich mich wieder einmal, ob Charley Kincaid wohl schon nach Hause gegangen war.

Plötzlich bemerkte ich – auf die seltsame Art, in der einem manchmal etwas bewußt wird, das schon eine Zeitlang vorgeht —, daß drinnen im Haus ein Tumult ausgebrochen war. Frauen kreischten, jemand schrie »Um Gottes willen«, dann wurde ein wildes Rennen auf den Treppen laut, und Schritte, die in hastigem Hin und Her den Tanzsaal durchquerten. Von irgendwoher tauchte ein Mädchen auf und sank schon im nächsten Moment ohnmächtig zu Boden – unverzüglich tat es ihr ein zweites

Mädchen nach, und dann hörte ich eine aufgeregte Männerstimme in ein Telefon brüllen. Schließlich stürzte, blaß und ohne Hut, ein junger Mann auf die Veranda heraus und packte mich mit eiskalten Händen am Arm.

»Was ist los?« rief ich. »Ist Feuer ausgebrochen? Was ist passiert?«

»Marie Bannerman liegt tot oben in der Damengarderobe. Durch die Kehle geschossen!«

Der Rest jener Nacht ist eine Folge von wirren, zusammenhangslosen Bildern, die sich wie die abrupt wechselnden Szenen eines Spielfilms aneinanderreihen. Auf der Veranda diskutierte eine Gruppe bald laut erregt, bald gedämpft darüber, was unternommen werden sollte – jedenfalls müßte jeder Kellner im Klub, »sogar der alte Moses«, noch heute Abend schärfstens verhört werden. Daß nur ein Neger Marie Bannerman erschossen haben konnte, stand sofort und unbestritten fest – und jeder, der es in diesem ersten Augenblick der Kopflosigkeit bezweifelt hätte, wäre selber in Verdacht geraten. Für die einen war es Katie Golstien, das farbige Dienstmädchen, das die Leiche entdeckt hatte und ohnmächtig geworden war. Für die anderen war es »der Neger, den sie drüben in Kisco gesucht haben«. Es war ganz einfach jeder beliebige Neger.

Im Lauf der nächsten halben Stunde strömten immer mehr Leute heraus, alle mit ihrem eigenen kleinen Beitrag an Neuigkeiten. Das Verbrechen war mit Sheriff Abercrombies Dienstpistole begangen worden – er hatte sie, für jedermann sichtbar, mitsamt dem Gürtel an die Wand gehängt, bevor er zum Tanzen heruntergekommen war. Die Waffe fehlte, es wurde jetzt nach ihr gesucht. Der Tod war nach Aussage des Arztes sofort eingetreten, die Kugel war nur aus ein paar Schritt Entfernung abgefeuert worden.

Wenige Minuten später kam ein junger Mann heraus und verkündete mit lauter, feierlicher Stimme:

»Sie haben Charley Kincaid verhaftet.«

Vor meinen Augen drehte sich alles. Über die Gruppe auf der Veranda fiel ein scheues, betroffenes Schweigen.

»Charley Kincaid verhaftet!?«

»Charley Kincaid!«

Aber er war doch einer der Besten, einer aus ihrer Mitte.

»Das ist das Verrückteste, was ich je gehört habe!«

Der junge Mann nickte, entsetzt wie alle anderen, aber doch mit einem Anflug von Wichtigtuerei.

»Er war nicht unten, als Catherine Jones getanzt hat – er sagt, er sei in der Herrengarderobe gewesen. Und Marie Bannerman hat allen Mädchen erzählt, sie hätten Krach gehabt und daß sie Angst hätte, er könnte irgendwas tun.«

Wieder ein benommenes Schweigen.

»Das ist das Verrückteste, was ich je gehört habe!« wiederholte jemand.

»Charley Kincaid!«

Der Erzähler wartete einen Augenblick. Dann fügte er hinzu:

»Er hat sie erwischt, wie sie Joe Cable geküßt hat . . .«

Ich konnte nicht länger schweigen.

»Na und?« rief ich dazwischen. »Ich war bei ihm. Er war – er war kein bißchen wütend!«

Sie sahen mich an, erschreckt, betreten, unglücklich. Plötzlich hallten die Schritte mehrerer Männer laut durch den Tanzsaal – leichenblaß erschien Charley Kincaid zwischen dem Sheriff und einem anderen Mann in der

Tür. Sie überquerten rasch die Veranda, gingen die Treppe hinunter und verschwanden in der Dunkelheit. Gleich darauf hörten wir das Geräusch eines abfahrenden Autos.

Als einen Augenblick später weither von der Straße das unheimliche Heulen eines Krankenwagens ertönte, stand ich verzweifelt auf und rief meinen Begleiter, der immer noch mit der Gruppe tuschelte.

»Ich muß gehen«, sagte ich. »Ich halte das nicht aus. Entweder bringst du mich heim, oder ich fahre in einem anderen Auto mit.« Widerwillig schulterte er meine Golfschläger, bei deren Anblick mir erst einfiel, daß ich nun doch nicht am Montag abreisen konnte, und folgte mir die Treppe hinunter, gerade als die schwarze Karosserie des Krankenwagens zum Tor hereinbog – ein gespenstischer Schatten in der klaren, sternhellen Nacht.

Nachdem die ersten wilden Mutmaßungen und die ersten blinden Sympathiebekundungen für Charley Kincaid verklungen waren, wurde der Tatbestand vom *Courier* und den meisten anderen Tageszeitungen des Staates etwa so dargestellt: Marie Bannerman starb in der Damengarderobe des Davis Country-Club an den Folgen eines Revolverschusses, der in der Nacht von Samstag auf Sonntag kurz nach 23.45 Uhr aus nächster Entfernung auf sie abgegeben worden war. Viele der anwesenden Personen hatten den Schuß gehört. Darüber hinaus stand ohne jeden Zweifel fest, daß er aus der Waffe von Sheriff Abercrombie abgefeuert worden war, die allen sichtbar an der Wand des angrenzenden Raumes gehangen hatte. Abercrombie selbst befand sich, wie viele Zeugen bestätigen konnten, unten im Tanzsaal, als der Mord verübt würde. Der Revolver war nicht aufzufinden.

Soweit man wußte, war die einzige Person, die sich im Augenblick des Schusses oben aufgehalten hatte, Charles Kincaid. Er war mit Miss Bannerman verlobt gewesen, hatte sich jedoch laut mehrerer Zeugenaussagen an jenem Abend heftig mit ihr gestritten. Miss Bannerman selbst hatte noch davon gesprochen und geäußert, sie habe Angst und wolle ihm lieber aus dem Weg gehen, bis er sich beruhigt hätte.

Charles Kincaid gab an, zur Zeit des Schusses in der Herrengarderobe gewesen zu sein, wo man ihn auch tatsächlich unmittelbar nach Entdeckung der Leiche vorgefunden hatte. Allerdings bestritt er, irgendeinen Wortwechsel mit Miss Bannerman gehabt zu haben. Er habe den Schuß zwar gehört, ihm aber keinerlei Bedeutung beigemessen. Wenn er sich etwas dabei gedacht habe, so höchstens, daß wohl irgend jemand »auf Katzenjagd gegangen sei«.

Warum er es vorgezogen habe, während des Tanzes in der Garderobe zu bleiben?

Er könne keinen Grund dafür angeben; er sei ganz einfach müde gewesen und habe gewartet, bis Miss Bannerman aufbrechen wollte.

Die Leiche war von Katie Golstien, dem schwarzen Dienstmädchen, entdeckt worden, das seinerseits ohnmächtig aufgefunden wurde, als die Mädchen nach oben drängten, um ihre Mäntel zu holen. Aus der Küche zurückkehrend, wo sie sich eine Kleinigkeit zu essen geholt hatte, war Katie auf Miss Bannerman gestoßen, die bereits tot mit blutgetränktem Kleid auf dem Boden lag.

Sowohl die Polizei als auch die Presse richteten ihr besonderes Augenmerk auf die bauliche Einteilung des Obergeschosses. Es bestand aus drei nebeneinanderliegenden Räumen: der Damengarderobe, der Herrengarderobe und dazwischen einer Kammer, die als Abstellraum und zur Aufbewahrung von Golfschlägern diente. Beide Garderoben ließen sich nur über diese Kammer betreten, die durch eine Treppe mit dem Tanzsaal und durch eine zweite mit der Küche verbunden war. Laut übereinstimmender Aussage der drei Negerköche und des weißen Caddymasters hatte niemand außer Katie Golstien an jenem Abend die Küchentreppe benutzt.

Soweit ich mich nach diesen fünf Jahren richtig erinnere, trifft diese Zusammenfassung so ziemlich genau die Situation in dem Augenblick, in dem Charley Kincaid des vorsätzlichen Mordes angeklagt und zur Aburteilung dem Gericht übergeben wurde. Auf Betreiben seiner Freunde wurden noch andere Personen, namentlich Neger, verdächtigt, und es kam zu mehreren Verhaftungen. Worauf sie beruhten, habe ich längst vergessen, aber jedenfalls kam nie etwas dabei heraus. Eine kleine Gruppe von Leuten glaubte trotz des verschwundenen Revolvers weiterhin beharrlich an einen Selbstmord und ließ sich die spitzfindigsten Gründe einfallen, um das Fehlen der Tatwaffe zu erklären.

Jetzt, nachdem bekannt ist, warum Marie Bannerman so schrecklich und gewaltsam ums Leben kommen mußte, wäre es leicht für mich zu sagen, ich hätte die ganze Zeit über an Charley Kincaid geglaubt. Aber ich habe es nicht getan. Ich glaubte, daß er sie getötet hatte, und gleichzeitig wußte ich, daß ich ihn von ganzem Herzen liebte. Daß ausgerechnet ich als erste auf den Beweis stieß, der seine Freilassung zur Folge haben sollte, beruhte nicht auf irgendeinem Glauben an seine Unschuld, sondern auf der seltsamen Intensität, mit der sich in aufregenden Situationen gewisse Bilder meinem Gedächtnis einprägen – ich erinnere mich dann nicht nur an jede Einzelheit, sondern sogar daran, wie die betreffende Einzelheit damals auf mich gewirkt hat.

Es war an einem Nachmittag Anfang Juli – das Verfahren gegen Charley Kincaid ging gerade auf seinen Höhepunkt zu–, als mein Entsetzen über die eigentliche Tat einen Augenblick in den Hintergrund trat und ich über die anderen Vorkommnisse dieser Nacht nachzudenken begann. Irgend etwas, das Marie Bannerman in der Garderobe zu mir gesagt hatte, wollte mir nicht mehr einfallen und quälte mich – nicht weil ich es für wesentlich hielt, sondern einfach, weil ich es nicht zurückholen konnte. Es war weggesunken, als habe es zu der beinahe okkulten Unterströmung kleinstädtischen Lebens gehört, die mich an jenem Abend so deutlich angerührt hatte – angerührt als eine mit den Problemen alter Heimlichkeiten, alter Lieben und Fehden erfüllte Atmosphäre, in die ich, die Fremde, nie wirklich würde eindringen können. Es kam mir vor, als habe Marie Bannerman den Vorhang ganz kurz zur Seite gezogen – doch dann war er wieder zurückgefallen, und das Haus, in das ich hätte blicken können, war jetzt wohl für immer dunkel.

Ein anderer, vielleicht noch belangloserer Zwischenfall beschäftigte mich ebenfalls. Durch die tragischen Ereignisse ein paar Minuten später war er wieder in Vergessenheit geraten, aber ich hatte das sichere Gefühl, daß ich nicht die einzige gewesen war, die er damals befremdet hatte. Als das Publikum Catherine Jones um eine Zugabe bat, war sie in ihrem Unwillen so weit gegangen, den Kapellmeister zu ohrfeigen. Das krasse Mißverhältnis zwischen seinem harmlosen Verstoß und ihrer unnötig scharfen Reaktion wollte mir nicht aus dem Kopf. Es war einfach nicht natürlich – jedenfalls hatte es nicht natürlich gewirkt. Gut, Catherine Jones hatte getrunken, das erklärte die Sache vielleicht, aber nach wie vor gefiel es mir nicht recht. Mehr um die Geister der Vergangenheit zu bannen, als um wirkliche Nachforschungen anzustellen, brachte ich einen hilfsbereiten jungen Mann dazu, dem Kapellmeister mit mir zusammen einen Besuch abzustatten.

Er hieß Thomas und war ein rabenschwarzer Schlagzeugvirtuose von ziemlich einfachem Gemüt. Ich brauchte keine zehn Minuten, um herauszufinden, daß ihn Catherine Jones Benehmen genauso überrascht hatte wie mich. Er kannte sie schon seit Jahren, schon als kleines Mädchen hatte er sie tanzen sehen – ja, und gerade den Tanz, den sie damals vorgeführt hatte, den hätte sie noch in der Woche davor mit seiner Kapelle geprobt. Ein paar Tage nach dem Ball wäre sie dann zu ihm gekommen und hätte sich entschuldigt.

»Ich hab gewußt, daß sie kommt«, meinte er. »Sie ist n gutes Mädel, ganz bestimmt. Meine Schwester Katie war ihr Kindermädchen, wie sie noch n Baby war, bis sie dann in die Schule gegangen ist.«

»Deine Schwester?«

»Ja, Katie. Sie ist das Dienstmädchen draußen im Klub. Katie Golstien. Sie haben sicher in der Zeitung von ihr gelesen, wegen der Sache mit Charley Kincaid. Katie Golstien. Das Dienstmädchen, das die Leiche von Miss Bannerman gefunden hat.«

»Und Katie war das Kindermädchen von Catherine Jones?«

»Ja, Miss.«

Auf dem Heimweg – meine Neugier war eher gereizt als befriedigt – stellte ich meinem Begleiter unvermittelt eine Frage:

»Waren Catherine und Marie Freundinnen?«

»Ja, sicher«, antwortete er, ohne zu zögern. »Hier sind eigentlich alle Mädchen miteinander befreundet, außer wenn zwei hinter demselben Mann her sind – dann können sie ganz schön giftig werden.«

»Warum, glaubst du, hat Catherine noch nicht geheiratet? Sie hat doch eine Menge Verehrer, oder?«

»Am laufenden Band! Aber sie kriegt sie meistens schnell wieder über. Das heißt, mit einer Ausnahme: Joe Cable.«

Wie eine Flutwelle kam die Erinnerung, kam ein Bild auf mich zu, wuchs empor, schlug über mir zusammen. Und mit einemmal wußte ich wieder, was Marie Bannermann in der Garderobe zu mir gesagt hatte: »Wer sonst hat uns gesehen?« – Sie hatte mit halbem Auge jemanden gesehen, eine Gestalt, die so schnell vorbeihuschte, daß sie sie nicht erkennen konnte.

Und im selben Augenblick glaubte auch ich diese Gestalt wieder zu sehen, als hätte ich sie damals ebenso flüchtig wahrgenommen – so, wie man oft einen vertrauten Schritt oder Umriß auf der Straße registriert, lang bevor der erste Funke des Erkennens aufblitzt. Auch meinem Auge hatte sich das Bild einer vorübereilenden Gestalt eingeprägt, die Catherine Jones gewesen sein konnte.

Aber als der Schuß fiel, waren doch über fünfzig Augenpaare auf Catherine Jones gerichtet! War es möglich, daß Katie Golstien, eine fünfzigjährige Frau, die in Davis seit drei Generationen als Kindermädchen bekannt war und allgemeines Vertrauen genoß, auf Geheiß von Catherine Jones kaltblütig ein junges Mädchen niederschießen würde?

›Aber als der Schuß fiel, waren doch über fünfzig Augenpaare auf Catherine Jones gerichtet!‹ Dieser Satz ging mir die ganze Nacht im Kopf herum, nahm immer neue Formen an, zerfiel in Satzglieder, Bruchstücke, einzelne Wörter.

›Aber als der Schuß fiel – waren doch über fünfzig Augenpaare – auf Catherine Jones gerichtet.‹

Als der Schuß fiel! Welcher Schuß? Der Schuß, den wir gehört hatten. Als der Schuß fiel . . . Als der Schuß fiel . . .

Am nächsten Morgen um neun Uhr – nachdem ich mein blasses, übernächtigtes Gesicht so dick wie nie vorher oder nachher in meinem Leben übermalt hatte –, stieg ich die wackelige Treppe zum Büro des Sheriffs hinauf.

Abercrombie, der gerade in seine Morgenpost vertieft war, sah neugierig auf, als ich zur Tür hereinkam.

»Catherine Jones hat's getan«, stieß ich hervor und bemühte mich verzweifelt, nicht allzu hysterisch zu klingen. »Sie hat Marie Bannermann erschossen — wir haben's nur nicht gehört, weil die Kapelle gespielt hat und weil gerade die Stühle herumgeschoben wurden. Den Schuß, den wir gehört haben, hat Katie abgefeuert. Als die Musik zu Ende war, hat sie aus dem Fenster geschossen – damit Catherine ein Alibi hat!«

Ich hatte recht, wie jetzt alle wissen. Aber eine Woche lang wollte mir niemand glauben, bis Katie dann endlich unter einem harten, unbarmherzigen Kreuzverhör zusammenbrach. Nicht einmal Charley Kincaid hatte es für möglich gehalten, wie er später zugab.

Wie die Beziehungen zwischen Catherine und Joe Cable waren, hat nie jemand erfahren, aber ganz offensichtlich muß sie gefunden haben, daß sein heimlicher Flirt mit Marie Bannerman zu weit ging.

Dann kam Marie zufällig in die Damengarderobe, als sich Catherine gerade für ihren Auftritt fertigmachte – und auch da herrscht eine gewisse Unklarheit, denn Catherine behauptete steif und fest, Marie habe sie mit dem Revolver bedroht und in dem darauffolgenden Handgemenge hätte sich der Schuß gelöst. Obwohl ich Catherine trotz allem nach wie vor irgendwie gerne hatte, muß ich doch gerechtigkeitshalber sagen, daß nur ein sehr naives, sehr ausgefallenes Geschworenengericht sie mit ganzen fünf Jahren davonkommen lassen konnte.

Und wenn die fünf Jahre ihrer Haft um sind, werden mein Mann und ich einen Streifzug durch die New Yorker Revuetheater machen und uns von der ersten Reihe aus jedes einzelne Chormitglied sehr genau ansehen . . .

Nach der Tat muß Catherine blitzschnell überlegt haben. Sie befahl Katie, das Ende der Musik abzuwarten, aus dem Fenster zu schießen und den Revolver dann zu verstecken – allerdings vergaß sie, ihr zu sagen, wo. Katie, einem Nervenzusammenbruch nahe, befolgte ihre Weisungen zwar, aber sie konnte später nicht mehr angeben, wo sie die Pistole versteckt hatte. Das kam erst ein Jahr später auf, als Charley und ich auf unserer Hochzeitsreise waren und Sheriff Abercrombies greuliche Waffe plötzlich aus meinem Golfsack auf den Rasen von Hot Springs kollerte. Der Sack muß direkt vor der Garderobentür gestanden haben, und Katie hatte mit zitternder Hand den

Revolver einfach in die erstbeste Öffnung fallen lassen, die sie zu sehen bekam.

Wir wohnen jetzt in New York. Kleine Städte sind uns nicht geheuer. Jeden Tag lesen wir über die ansteigende Welle von Verbrechen in den Großstädten, aber eine Welle ist doch wenigstens etwas Greifbares, etwas gegen das man sich vorsehen kann. Was mich viel mehr ängstigt, sind die unbekannten Tiefen, die unberechenbaren Gezeiten und die geheimnisvollen Dinge, die unter dem Spiel der Wellen in undurchdringlicher Finsternis dahintreiben.

Anziehung

I

Den angenehmen, überaus prächtigen Boulevard säumten in gefälligen Abständen Villen im Neu-England-Kolonialstil – freilich solche ohne Schiffsmodell in der Halle. Als die neuen Bewohner hier herausgezogen waren, hatten sie die Schiffsmodelle entfernt und schließlich den Kindern geschenkt. Die nächste Querstraße war eine komplette Ausstellung einer anderen Architekturphase: des spanischen Bungalow-Stils der Westküste. Und zwei Straßen weiter blickten die runden Erkerfenster und Türmchen von 1897 melancholisch auf flinke Omnibusse und Straßenbahnen herab – antike Kästen, die Swamis, Yogis, Hellseher, Kostümschneider, Tanzlehrer, Kunstschulen und Chiropraktiker beherbergten. Ein kleiner Rundgang um den Block konnte, wenn man gerade einen schlechten Tag hatte, zu einer deprimierenden Angelegenheit werden.

Auf den grünen Gehrändern des modernen Boulevards spielten Kinder, deren Knie die Flecken des Chromzeitalters aufwiesen, mit allerlei zweckvoll erdachtem Spielzeug – Eisengestänge, um Ingenieure, Soldaten, um ganze Männer, und Puppen, um gute Mütter aus ihnen zu machen. Aber erst wenn die Puppen so ramponiert waren, daß sie nicht mehr wie wirkliche Babys sondern wie Puppen aussahen, begannen die Kinder sie zu lieben. Alles in der Gegend – sogar der Märzsonnenschein – war frisch und zukunftsfreudig, neu und dünnblütig, wie es sich für eine Stadt gehört, die in fünfzehn Jahren ihre Bevölkerung verdreifacht hat.

Unter den wenigen Dienstboten, die an diesem Morgen zu sehen waren, fiel ein hübsches junges Dienstmädchen auf, das damit beschäftigt war, die Stufen vor dem größten Haus der Straße abzufegen. Sie war eine großgewachsene, ungebildete Mexikanerin mit den großen und simplen Ambitionen, wie sie zu diesem Ort und dieser Zeit paßten – sie fühlte sich bereits als Luxus, denn sie bekam hundert Dollar im Monat lediglich dafür, daß sie ihre persönliche Freiheit aufgegeben hatte. Beim Aufwischen sah Dolores immer mit einem Auge zur Innentreppe hin, denn Mr. Hannafords Wagen wartete schon, und er selbst würde jeden Augenblick zum Frühstück herunterkommen. An diesem Morgen aber kam erst das andere Problem – nämlich ob es ihre Pflicht oder nur eine Gefälligkeit sei, der englischen Nurse mit dem Kinderwagen über die Treppe zu helfen. Die Nurse sagte jedesmal »Bitte« und »Vielen Dank«, aber Dolores haßte sie und hätte sie gerne, wenn auch ohne jeden besonderen Grund, windelweich geprügelt. Wie die meisten Lateiner unter dem stimulierenden Einfluß des Lebens in Amerika fühlte sie sich unwiderstehlich zu Gewalttätigkeiten getrieben.

Die Nurse entkam für diesmal und war mit ihrem blauen Cape schon hochmütig in die Ferne entschwebt, als Mr. Hannaford, lautlos heruntergekommen, in den Rahmen der Haustür trat.

»Guten Morgen.« Er lächelte Dolores zu; er war jung und sah ungewöhnlich gut aus. Dolores trat vor Schreck auf ihren Besen und verlor das Gleichgewicht. George

Hannaford eilte die Stufen hinab und erreichte sie, als sie gerade unter wortreichen mexikanischen Flüchen wieder auf die Beine kam. Er machte eine hilfreiche Geste, berührte sie nur leicht am Arm und sagte: »Hoffentlich haben Sie sich nichts getan.«

»O nein.«

»Ich glaube, ich war schuld; ich hab Sie wohl erschreckt, als ich da so plötzlich herauskam.«

Seine Stimme klang aufrichtig bedauernd, und sein Blick war ernstlich bekümmert.

»Sind Sie sicher, daß Sie unverletzt sind?«

»Ach, natürlich.«

»Nicht den Knöchel verstaucht?«

»Ach, keine Rede.«

»Es tut mir sehr leid.«

»Ach was, Sie konnten nichts dafür.«

Er stand noch stirnrunzelnd, während sie hineinging. Dolores war unverletzt, und da sie sehr helle war, kam ihr blitzschnell der Gedanke an ein Liebesverhältnis mit ihm. Sie betrachtete sich mehrmals in dem Spiegel in der Anrichte und trat beim Kaffee-Eingießen dicht an Mr. Hannaford heran. Aber er las seine Zeitung, und sie sah, daß heute nichts weiter zu machen war.

Hannaford stieg in seinen Wagen und fuhr zu Jules Rennard. Jules war ein gebürtiger Franzose aus Kanada und George Hannafords bester Freund; sie waren einander sehr zugetan und konnten viele Stunden zusammen verbringen. Beide waren in ihrem Geschmack und ihrer Denkungsart einfach und solide, charakterlich vornehm, und schätzten in einer Welt der Hohlheiten und Bizarrerien jeder im anderen eine gewisse ruhige Verläßlichkeit.

Er traf Jules beim Frühstück an.

»Ich möchte Barracudas angeln gehen«, sagte George unvermittelt. »Wann bist du frei? Ich will mit dem Boot runter nach Niederkalifornien.«

Jules hatte scharze Ringe um die Augen. Er hatte gestern das größte Problem seines Lebens aus der Welt geschafft, indem er sich mit seiner Ex-Frau auf zweihunderttausend Dollar geeinigt hatte. Er hatte zu jung geheiratet, und die ehemalige Hausangestellte aus den Slums von Quebec hatte bei ihrem Versagen, mit seinem Emporkommen Schritt zu halten, bei Drogen Zuflucht gesucht. Gestern, vor den Augen der Anwälte, hatte ihre letzte Bosheit darin bestanden, ihm mit einem Telefonapparat den Finger zu quetschen. Für eine Weile hatte er nun von Frauen genug und ging auf den Vorschlag einer Fischfangtour bereitwillig ein.

»Was macht das Baby?« fragte er.

»Das Baby ist prächtig.«

»Und Kay?«

»Kay ist nicht ganz bei Verstand, aber ich nehme keinerlei Notiz davon. Was hast du mit deiner Hand gemacht?«

»Erzähl ich dir ein andermal. Was ist denn mit Kay los, George?«

»Eifersüchtig.«

»Auf wen?«

»Helen Avery. Hat aber nichts auf sich. Sie ist nicht bei Verstand, das ist alles.« Er stand auf. »Ich habe mich schon verspätet«, sagte er. »Laß mich wissen, wann du frei bist. Ab Montag ist's mir jederzeit recht.«

George ging. Er fuhr einen endlosen Boulevard hinauf, der sich zu einem langgewundenen, asphaltierten Fahrweg verengte und drüben in das hüglige Gelände hinaufführte.

Irgendwo in der weiten Ödnis erhob sich eine Häusergruppe: ein scheunenartiges Gebäude, eine Reihe von Büros, ein großes Schnellrestaurant und ein halbes Dutzend kleiner Bungalows. Der Chauffeur setzte Hannaford am Haupteingang ab. Er ging hinein und passierte mehrere Glasverschläge, deren jeder durch Schwingtüren abgeteilt und mit einer Stenotypistin besetzt war.

»Ist jemand bei Mr. Schroeder?« fragte er vor einer Tür, an der dieser Name stand.

»Nein, Mr. Hannaford.«

Zugleich fiel sein Blick auf eine junge Dame, die abseits an einem Schreibtisch arbeitete. Er zögerte ein wenig.

»Hallo, Margaret«, sagte er. »Wie geht's dir, Liebling?«

Eine gepflegte, bleiche Schönheit sah auf, etwas stirnrunzelnd, noch ganz bei der Arbeit. Es war Miß Donovan, das Script-girl, eine langjährige Freundin.

»Oh, guten Tag George, sah dich gar nicht reinkommen. Mr. Douglas will heute nachmittag am Drehbuch arbeiten.«

»Nun gut.«

»Hier sind die Änderungen, die wir Donnerstag abend beschlossen haben.« Sie lächelte zu ihm empor, und George wunderte sich zum tausendsten Male, weshalb sie sich nie als Filmschauspielerin versucht habe.

»Geht in Ordnung«, sagte er. »Genügen die Anfangsbuchstaben?«

»Sehen genau aus wie die von George Harris.«

»Durchaus, Liebling.«

Als er damit fertig war, steckte Pete Schroeder den Kopf aus seiner Tür und winkte ihm. »George, komm schnell!« sagte er anscheinend aufgeregt. »Hier ist jemand am Telefon, das mußt du hören.«

Hannaford ging hinein.

»Nimm den Hörer und sag hallo«, wies ihn Schroeder an. »Sag nicht, wer du bist.«

»Hallo«, sagte Hannaford gehorsam.

»Wer ist da?« fragte eine Mädchenstimme.

Hannaford legte die Hand auf die Sprechmuschel. »Was soll ich nun weiter?«

Schroeder kicherte, und Hannaford zauderte, halb lächelnd, halb mißtrauisch.

»Wen wünschen Sie zu sprechen?« improvisierte er ins Telefon.

»George Hannaford will ich sprechen. Am Apparat?«

»Ja.«

»Oh, George, ich bin's.«

»Wer?«

»Ich – Gwen. Ich hatte entsetzliche Mühe, dich ausfindig zu machen. Man sagte mir –«

»Gwen – wie weiter?«

»Gwen! Kannst du nicht verstehen? Aus San Franzisco – letzten Donnerstagabend.«

»Bedaure«, sagte George, »muß ein Irrtum sein.«

»Ist dort George Hannaford?«

»Ja.«

Die Stimme wurde ein wenig aggressiv: »Schön, also hier spricht Gwen Becker, mit der du vorigen Donnerstagabend in San Franzisco zusammen warst. Hat keinen Zweck, so zu tun, als kenntest du mich nicht, denn du kennst mich.«

Schroeder nahm George den Apparat aus der Hand und hängte auf.

»Hat wieder jemand mein Double gespielt, oben in Frisco«, sagte Hannaford.

»Wenigstens wissen wir, wo du Donnerstag abend gewesen bist!«

»Für mich ist das nicht mehr lustig – wenigstens nicht seit jenem verrückten Zeller-Mädchen. Die lassen sich einfach nicht überzeugen, daß sie angeführt worden sind, denn immer sieht einem der Mann irgendwie ähnlich. Was Neues, Pete?«

»Gehen wir rüber ins Atelier und sehen.«

Sie gingen zusammen durch eine Hintertür hinaus und über einen schmutzigen Weg, öffneten in der hohen weißen Mauer des Studios ein Pförtchen und traten in das Halbdunkel.

Hier und da bewegten sich Gestalten in dem dämmrigen Zwielicht und wandten George Hannaford ihre bleichen Gesichter zu wie die Seelen im Fegefeuer, wenn sie einen Halbgott vorübergehen sehen. Hin und wieder hörte man Flüstern, verhaltene Stimmen und, offenbar aus großer Ferne, das weiche Tremolo einer kleinen Orgel. Als sie um die Ecke von ein paar Häuserkulissen bogen, kamen sie in das weiße gleißende Licht einer Bühne, auf der zwei Personen bewegungslos verharrten.

Ein Schauspieler im Frack, dessen Hemdbrust, Kragen und Manschetten rosa glänzten, machte Anstalten, Stühle für sie zu holen, aber sie winkten ab und blieben beobachtend stehen. Eine ganze Zeit passierte auf der Bühne gar nichts – niemand bewegte sich. Eine ganze Batterie von Lampen erlosch mit wildem Zischen und ging dann wieder an. Von weither klang das traurige Pochen eines Hammers, als suche dort jemand Einlaß in ein fernes Nirgendwo. Dann erschien oben zwischen den blendend hellen Lampen ein blaues Gesicht und rief irgend etwas Unverständliches ins Dunkel hinauf. Dann wurde das

Schweigen durch eine leise deutliche Stimme von der Bühne her unterbrochen:

»Wenn Sie wissen wollen, weshalb ich keine Strümpfe anhabe, sehen Sie in meiner Garderobe nach. Gestern habe ich mir vier Paar verdorben und heute morgen schon zwei . . . Dieses Kleid wiegt allein sechs Pfund.«

Aus der Gruppe der Beobachter trat einer vor und musterte die braunen Beine des Mädchens; der Mangel in ihrer Bekleidung fiel kaum auf, aber sie hatte zum Ausdruck gebracht, daß sie ihn auf keinen Fall zu beheben gedachte. Die junge Dame war verärgert, und um diese Tatsache anzudeuten, hatte es nur einer kleinen Nuance in ihrem Blick bedurft, so stark war die Ausstrahlung ihrer Persönlichkeit. Sie war ein dunkelhaariges hübsches Mädchen mit einer Figur, die wohl eher zur Fülle neigen würde, als ihr lieb war. Sie war gerade erst achtzehn.

Eine Woche früher – und George Hannafords Herz hätte bei diesem Zwischenfall gestockt. Das war genau der Stand ihrer gegenseitigen Beziehung. Zwischen ihm und Helen Avery war noch kein Wort gefallen, an dem Kay hätte Anstoß nehmen können, aber am zweiten Drehtag dieses Films hatte sich etwas angesponnen, das Kay sogleich gewittert hatte. Vielleicht hatte es sogar schon früher begonnen, denn bei der ersten Probevorführung eines Films mit Helen Avery hatte er beschlossen, daß sie seine Partnerin werden müßte. Helen Averys Stimme und wie sie am Ende eines Satzes die Augen senkte wie in einem bewußten Akt der Selbstbeherrschung, hatte ihn fasziniert. Er spürte, daß sie beide sich mit etwas abgefunden hatten, daß sie je zur Hälfte irgendein Geheimnis über die Menschen und das Leben entdeckt hatten, und wenn sie aufeinander zueilten, müßte daraus ein Liebeseinverständnis von nahezu unglaublicher Intensität werden. Das Versprechen und die Möglichkeit, die darin lag, hatten ihm zwei Wochen lang keine Ruhe gelassen, waren aber jetzt im Hinschwinden.

Hannaford war dreißig und nur durch eine Kette von Zufällen zum Film gekommen. Nach einem Jahr technischen Studiums auf einem kleinen College hatte er eine Stellung bei einer Elektro-Gesellschaft angenommen. Sein Debüt in einem Filmstudio hatte darin bestanden, daß er eine Reihe von Jupiterlampen zu reparieren hatte. Als einmal Not am Mann war, sprang er in einer kleinen Rolle ein und schnitt gut ab, aber ein volles Jahr danach dachte er daran nur als an eine flüchtige Episode seines Lebens zurück. Vieles dabei hatte ihn zunächst abgestoßen – der geradezu hysterische Egoismus und die allgemeine Erregbarkeit, die sich unter einem hauchdünnen Schleier von outrierter Kameradschaftlichkeit verbargen. Erst vor kurzem, als Männer wie Jules Rennard zum Film kamen, waren ihm die Augen für die hier sich bietende Möglichkeit eines anständigen und gesicherten Privatlebens aufgegangen, wie er es als erfolgreicher Ingenieur nicht haben würde. Und am Ende gab ihm der Erfolg festen Boden unter die Füße.

Kay Tompkins hatte er in den alten Griffith-Ateliers in Mamaroneck getroffen, und als sie heirateten, war das – anders als bei den meisten Filmehen – eine frische und ganz persönliche Angelegenheit gewesen. Später, als sie dann ganz miteinander verwachsen waren, hatte man auf sie gezeigt: »Seht, das ist mal ein Filmehepaar, das es fertigbringt zusammenzubleiben.« Viele Menschen – Leute, die aus dem Anblick ihrer Ehe ein Surrogat von Sicherheit schöpften – wären um eine Illusion ärmer geworden, wenn sie beide nicht zusammengeblieben wären, und ihre Liebe festigte sich gewissermaßen in dem Bemühen, dieser Erwartung gerecht zu werden.

Er verstand es, die Frauen durch eine unverbindliche Höflichkeit von sich fernzuhalten, unter der sich freilich eine entschlossene Wachsamkeit verbarg; sobald er merkte, daß jener gewisse Strom eingeschaltet wurde, gab er sich in Gefühlsdingen völlig naiv. Kay erwartete mehr von Männern und nahm sich mehr heraus, doch auch sie kontrollierte sorgfältig das Herzensthermometer. Bis gestern abend, da sie ihm sein Interesse für Helen Avery vorwarf, hatte es zwischen ihnen so gut wie gar keine Eifersucht gegeben.

Als George Hannaford das Studio verließ, war er in Gedanken noch mit Helen Avery beschäftigt. Er ging zu seinem Bungalow, der am Weg gegenüber lag. Erstens war er entsetzt bei dem Gedanken, daß irgend jemand sich zwischen ihn und Kay drängen könnte, zweitens jedoch fühlte er ein Bedauern darüber, daß er jene Möglichkeit schon lange nicht mehr ins Auge gefaßt hatte. Es war doch ein überwältigendes Glücksgefühl gewesen, ähnlich den Erlebnissen während seiner ersten Erfolgsperiode, als er noch nicht so »gemacht« war, daß ihm kaum noch etwas Besseres vom Leben zu erwarten blieb; es war etwas, das man hervorholen und verstohlen ansehen konnte, ein immer wieder neues geheimnisvolles Entzücken. Liebe war es nicht, denn er war gegen Helen Avery kritischer eingestellt als je gegenüber Kay. Aber sein Gefühl dieser Woche war entschieden bedeutungsvoll und nachhaltig gewesen, und er war nun, da es vergangen war, höchst beunruhigt.

Bei der Arbeit an jenem Nachmittag waren sie selten

zusammen, aber er spürte ihre Gegenwart und wußte, daß es ihr mit ihm ebenso ging.

Lange Zeit stand sie mit dem Rücken zu ihm, und als sie sich schließlich umwandte, streiften ihre Augen aneinander vorbei wie Vogelschwingen. Zugleich wurde ihm bewußt, daß sie beide sich recht weit vorgewagt hatten; gut, daß wenigstens er sich zurückgezogen hatte. Er war erleichtert, daß gegen Ende der Aufnahme jemand kam, um Helen abzuholen.

Nachdem er sich umgezogen hatte, ging er noch einmal ins Bürogebäude, um kurz mit Schroeder zu sprechen. Auf sein Klopfen antwortete niemand; er drückte die Klinke und trat ein. Drinnen war Helen Avery – allein.

Hannaford schloß die Tür, und sie blickten einander an. Sie sah sehr jung, erschreckt aus. Im nächsten Augenblick, ohne daß ein Wort gesprochen wurde, entschied sich, daß sie jetzt etwas klären müßten. Geradezu erleichtert fühlte er, wie der heiße Gefühlsstrom von seinem Herzen in den Körper zurücktrat.

»Helen!«

Sie sagte: »Ja?« Leise, mit leidvoller Stimme.

»Die Sache ist mir entsetzlich peinlich.« Seine Stimme zitterte.

Plötzlich fing sie zu weinen an, wurde schmerzhaft und hörbar von Schluchzen geschüttelt. »Haben Sie ein Taschentuch?« sagte sie.

Er gab ihr ein Taschentuch. Im selben Augenblick waren draußen Schritte zu hören. George öffnete die Tür ein wenig, gerade noch rechtzeitig, um Schroeder am Eintreten zu hindern und ihm das Schauspiel ihrer Tränen zu entziehen.

»Niemand da«, sagte er schelmisch. Noch einen

Moment hielt er die Schulter gegen die Tür, dann gab er langsam nach.

Als er dann in seinem Wagen saß, fragte er sich, wann Jules wohl frei sein werde, um mit ihm auf Fischfang zu fahren.

II

Kay Tompkins hatte seit ihrem zwölften Jahr Männer getragen wie Ringe – an jedem Finger einen. Ihr Gesicht war rund und jugendlich, hübsch, aber auch energisch, und das wurde noch betont durch das Spiel der Brauen und Wimpern ihrer klar leuchtenden, haselnußbraunen Augen. Sie war eine Senatorentochter aus einem der Weststaaten und bemühte sich bis zu ihrem siebzehnten Jahr vergebens, in einer westlichen Kleinstadt Furore zu machen; dann lief sie von Hause fort und ging zur Bühne. Sie gehörte zu jenen Menschen, von denen viel mehr Wesens gemacht wird, als ihre Leistungen eigentlich verdienen.

Die Aura von Verzückung, die sie umgab, war nur der Widerschein der allgemeinen Weltstimmung. Während sie in Ziegfeld-Revuen kleine Rollen spielte, besuchte sie zugleich die Studentenbälle in Yale. Bei einem kurzen Abstecher in den Film lernte sie George Hannaford kennen. Er war schon zum Star des neuen »Naturburschen«-Typs aufgerückt, der damals gerade en vogue war. Bei ihm fand sie, was sie immer gesucht hatte.

Augenblicklich befand sie sich in dem bekannten labilen Zustand. Sechs Monate war sie hilflos und ganz von George abhängig gewesen. Jetzt aber, da ihr Sohn unter das strenge Regime einer herrschsüchtigen englischen Nurse gekommen war, fühlte Kay sich wieder frei und hatte plötzlich das Bedürfnis, ihre Reize zu erproben. Es sollte alles wieder so sein wie zuvor, als man noch an kein Baby dachte. Sie glaubte auch, daß George sie in letzter Zeit als allzu selbstverständlich hinnahm; außerdem hatte sie den starken Verdacht, daß er sich für Helen Avery interessiere.

Als George Hannaford an diesem Abend nach Hause kam, hatte er bei sich ihren Streit vom Vorabend schon als unwichtig abgetan; daher war er ehrlich betroffen, als sie ihn nur ganz oberflächlich begrüßte.

»Was ist los?« fragte er alsbald. »Soll das ein Abend werden wie gestern?«

»Hast du daran gedacht, daß wir heute ausgehen?« sagte sie und wich damit einer Antwort aus.

»Wohin denn?«

»Zu Katherine Davis. Ich wußte nicht, ob du hingehen wolltest –«

»Ich will schon.«

»Ich wußte aber nicht, ob du mitkommen würdest. Arthur Busch hat versprochen, mich abzuholen.«

Sie aßen schweigend zu Abend. George hatte keinerlei Geheimnis, an dem er hätte naschen können wie ein Kind am Marmeladenglas, aber er fühlte sich beunruhigt und spürte zugleich, daß die Atmosphäre mit Argwohn, Zorn und Eifersucht geladen war. Bis vor kurzem hatten sie miteinander ein kostbares Gut gehütet, das ihr Haus zu einem der harmonischsten von ganz Hollywood machte. Jetzt war es plötzlich wie überall sonst. Er fühlte sich gemein und unstet. Es hatte nicht viel gefehlt, daß er dieses Strahlende und Kostbare herabgewürdigt und entstellt hätte. Aus einem plötzlichen Gefühlsüberschwang ging er quer durchs Zimmer und wollte schon den Arm um ihre Schultern legen, als die Türglocke ertönte. Einen Augenblick später meldete Dolores, daß Mr. Arthur Busch gekommen sei.

Busch war ein häßlicher Mann, ein bekannter Drehbuchschreiber und neuerdings auch Regisseur. Noch vor einigen Jahren hatte er sie beide als Held und Heldin verehrt, und auch jetzt noch, da er schon eine einflußreiche Position in der Filmindustrie hatte, ließ er sich gleichmütig von Kay bei solchen Gelegenheiten wie heute abend ausnutzen. Er war seit langem in sie verliebt, da das aber von vornherein hoffnungslos war, machte es ihn nicht weiter unglücklich.

Sie gingen zusammen zu der Party. Es war eine Hauseinweihung mit einer Hawaiianer-Kapelle, und die Gäste waren zum überwiegenden Teil von der alten Garde. Leute, die in den ersten Griffith-Filmen gespielt hatten, gehörten nach allgemeiner Ansicht zur alten Garde, auch wenn sie selbst kaum über dreißig waren. Sie unterschieden sich von den Neukömmlingen und waren sich dessen wohl bewußt. Die bloße Tatsache, daß sie schon im Film gearbeitet hatten, ehe er von der goldenen Aura des Erfolgs umgeben war, verlieh ihnen eine gewisse Würde und Lauterkeit. Sie hatten sich trotz ihres überwältigenden Ruhms ihr schlichtes Wesen bewahrt und hatten – anders als die junge Generation, der alles in den Schoß fiel – die Beziehung zum wirklichen Leben nicht verloren. Zumal die Frauen, etwa ein halbes Dutzend, waren sich ihrer Einzigartigkeit besonders bewußt. Es gab keinen Nachwuchs, der ihre Plätze einnehmen konnte; wohl hatte dieses oder jenes hübsche Gesicht die Einbildungskraft des Publikums für ein Jahr gefesselt, aber die von der alten Garde waren schon legendär und alterslos wie Götter. Bei alledem waren sie noch jung genug, um zu glauben, daß ihre Zeit noch lange nicht vorbei sei.

George und Kay wurden überschwenglich begrüßt; es kam Bewegung in die Gesellschaft, und alle machten ihnen Platz. Die Hawaiianer-Kapelle spielte, und die Geschwister Duncan sangen mit Klavierbegleitung. Sobald George sah, wer alles da war, vermutete er auch Helen Avery unter den Gästen, und das verstimmte ihn. Es schien ihm nicht angebracht, daß sie an dieser Gesellschaft, in der er und Kay sich seit Jahren ruhig und ungezwungen bewegten, teilhaben sollte.

Er sah sie zuerst, als jemand die Schwingtür zur Küche öffnete, und ein wenig später, als sie hereinkam und ihre Blicke sich trafen, war er ganz sicher, daß er sie nicht liebte. Er stand auf, um sie zu begrüßen, und merkte bei ihren ersten Worten, daß auch mit ihr etwas vorgegangen war, was die Stimmung des Nachmittags verflüchtigt hatte. Sie hatte eine große Rolle bekommen.

»Ich bin wie berauscht!« rief sie glücklich aus. »Ich hätte nie geglaubt, daß ich eine Chance hätte; dabei habe ich an nichts anderes gedacht, seitdem ich vor einem Jahr das Buch las.«

»Das ist fabelhaft. Ich freue mich sehr.«

Dennoch hatte er das Gefühl, er müsse ein entschuldigendes Bedauern in seinen Blick legen. Von einer Szene wie der zwischen ihnen beiden an diesem Nachmittag gab es keinen Übergang zu einem beiläufigen freundschaftlichen Interesse. Plötzlich lachte sie auf.

»Oh, was sind wir doch für Schauspieler, George – Sie und ich.«

»Was meinen Sie damit?«

»Das wissen Sie selbst.«

»Nein.«

»O doch, Sie wissen es. Jedenfalls wußten Sie es heute nachmittag. Ein Jammer, daß wir keine Filmkamera dabei hatten.«

Darauf ließ sich nun absolut nichts erwidern, oder er hätte ihr auf der Stelle eine Liebeserklärung machen müssen. Er grinste nur verständnisvoll. Andere Gäste traten herzu und lenkten sie ab. In dem beruhigten Gefühl, daß der Abend eine Klärung gebracht hätte, begann George ans Nachhausegehen zu denken. Eine sentimentale ältere Dame – Mutter von irgend jemand – kam aufgeregt auf ihn zu und teilte ihm umständlich mit, wie sehr sie an ihn glaube. Eine halbe Stunde war er so höflich und nett zu ihr, wie nur er es fertigbrachte. Dann ging er zu Kay, die den ganzen Abend mit Arthur Busch zusammengesessen hatte, und schlug vor, nach Hause zu gehen.

Sie blickte unwillig auf. Die Wirkung mehrerer Whiskys bei ihr war nicht zu verkennen. Sie wollte noch nicht gehen, sträubte sich indessen nur wenig und stand auf, und George ging nach oben, um seinen Mantel zu holen. Als er wieder herunterkam, sagte ihm Katherine Davis, daß Kay schon hinaus zum Wagen gegangen sei.

Es waren inzwischen noch mehr Gäste gekommen. Um einen allgemeinen Abschied zu vermeiden, ging er durch die Verandatür hinaus auf den Rasen. Kaum zehn Schritte weit erblickte er die Gestalten von Kay und Arthur Busch, die sich gegen eine helle Straßenlaterne abzeichneten. Sie standen dicht zusammen und sahen einander in die Augen. Er bemerkte, daß sie sich bei den Händen hielten.

Nach der ersten Verblüffung machte George instinktiv kehrt, ging den gleichen Weg zurück, eilte durch das Zimmer, das er eben erst verlassen hatte, und trat geräuschvoll aus der Vordertür. Aber Kay und Arthur Busch standen noch genau so und wandten sich nur zögernd und mit verträumten Blicken endlich um und sahen ihn. Dann gaben sie sich beide einen Ruck, lösten sich voneinander, als sei es eine körperliche Anstrengung. George sagte Arthur Busch mit betonter Herzlichkeit Aufwiedersehen, und einen Augenblick später fuhren er und Kay durch den klaren kalifornischen Abend heimwärts.

Er sagte nichts. Kay sagte nichts. Er konnte es nicht glauben. Er vermutete wohl, daß Kay hin und wieder einen Mann geküßt habe, doch hatte er es nie mit eigenen Augen gesehen noch überhaupt daran gedacht. Hier lag der Fall anders; da war Zärtlichkeit mit im Spiel gewesen, und Kays Augen hatten etwas Verschleiertes, Hintergründiges gehabt, wie er es nie zuvor bei ihr gesehen hatte.

Ohne ein Wort miteinander gesprochen zu haben, traten sie ins Haus. An der Tür zur Bibliothek machte Kay halt und blickte hinein.

»Drinnen ist jemand«, sagte sie und fügte gleichgültig hinzu: »Ich geh nach oben. Gute Nacht.«

Während sie die Treppe hinaufeilte, kam der Besucher aus der Bibliothek in die Halle.

»Mr. Hannaford –«

Es war ein junger Mann, bleich und verbissen; sein Gesicht war George irgendwie bekannt, doch er erinnerte sich nicht, wo er es schon gesehen hatte.

»Mr. Hannaford?« sagte der junge Mann. »Ich kenne

Sie von Ihren Filmen her.« Er blickte George an, offensichtlich etwas verlegen.

»Was kann ich für Sie tun?«

»Wenn Sie vielleicht hereinkommen wollten?«

»Was soll das? Ich weiß ja gar nicht, wer Sie sind.«

»Mein Name ist Donovan. Ich bin Margaret Donovans Bruder.« Sein Gesicht verhärtete sich ein wenig.

»Ist etwas mit ihr?«

Donovan machte eine Geste zur Tür. »Kommen Sie bitte herein.« Seine Stimme klang jetzt selbstbewußt, fast drohend.

George zögerte, dann ging er mit in die Bibliothek. Donovan folgte ihm und stellte sich – Beine gespreizt und Hände in den Taschen – ihm gegenüber am Tisch auf.

»Hannaford«, sagte er mit dem Ton eines Mannes, der krampfhaft bemüht ist, sich in Wut zu steigern. »Margaret fordert fünfzigtausend Dollar.«

»Wovon zum Teufel sprechen Sie?«

»Margaret fordert fünfzigtausend Dollar«, wiederholte Donovan.

»Sie sind Margaret Donovans Bruder?«

»Ja.«

»Das glaube ich Ihnen nicht.« Aber er sah jetzt die Ähnlichkeit. »Weiß Margaret, daß Sie hier sind?«

»Sie schickt mich. Für fünfzigtausend will sie die beiden Briefe herausgeben und die Sache auf sich beruhen lassen.«

»Was für Briefe?« George mußte unwillkürlich lachen. »Da hat sich wohl Schroeder wieder einen Scherz erlaubt, wie?«

»Das ist kein Scherz, Mr. Hannaford. Ich meine die Briefe, die Sie heute nachmittag unterzeichnet haben.«

III

Eine Stunde später ging George völlig benommen nach oben. Das war so plump eingefädelt, daß es verblüffend und beleidigend zugleich war. Angesichts der Tatsache, daß eine Freundin aus sieben langen Jahren ihn auf einmal Schriftstücke unterzeichnen ließ, die ganz etwas anderes enthielten, als ihm vorgetäuscht wurde, geriet für ihn eine ganze fragwürdig gewordene Welt ins Wanken. Selbst jetzt noch dachte er weniger an seine Verteidigung als voll Ingrimm an das verruchte Spiel, das man mit ihm getrieben hatte. Er versuchte sich zu rekonstruieren, was Margaret nach und nach zu diesem rücksichtslosen Verzweiflungsschritt gebracht haben könne.

Sie hatte zehn Jahre lang als Script-girl in verschiedenen Studios und für verschiedene Produzenten gearbeitet. Erst hatte sie zwanzig, dann hundert Dollar die Woche verdient. Sie sah reizend aus und war obendrein intelligent. Sie hätte sich in diesen Jahren jederzeit um eine Probeaufnahme bewerben können, doch irgendwie hatte es ihr dazu an Initiative und Ehrgeiz gefehlt. Nicht selten hatte sie mit ihrem Urteil hoffnungsvolle Anfänger gefördert oder scheitern lassen. Sie selbst aber saß nach wie vor im Vorzimmer der Direktoren und wurde sich mehr und mehr bewußt, daß die Jahre dahinschwanden.

Daß sie gerade ihn, George, als Opfer ausersehen hatte, verwunderte ihn am meisten. Einmal, in dem Jahr vor seiner Heirat, war ihre Beziehung vorübergehend wärmer geworden. Er hatte sie zu einem Mayfair-Ball mitgenommen und erinnerte sich, daß er sie auf der Heimfahrt im Wagen geküßt hatte. Dieser Flirt schleppte sich zögernd eine Woche lang hin. Bevor sich aber etwas Ernsteres daraus entwickelte, war er in den Osten gefahren und hatte Kay getroffen.

Der junge Donovan hatte ihm einen Durchschlag der von ihm unterschriebenen Briefe gezeigt. Sie waren auf der Schreibmaschine getippt, die er in seinem Bungalow auf dem Filmgelände hatte, und waren glaubwürdig und sorgfältig abgefaßt. Sie waren abgefaßt als Liebesbriefe und enthielten seine Versicherung, daß er Margaret Donovans Liebhaber sei, daß er sie heiraten wolle und daß er zu diesem Zweck seine Scheidung betreiben werde. Es war schier unglaublich. Irgendwer mußte Zeuge gewesen sein, als er sie heute mittag unterschrieb, und mußte gehört haben, wie sie sagte: »Ihre Anfangsbuchstaben sehen genau wie die von Mr. Harris aus.«

George war müde. Er trainierte gerade für ein Footballspiel, in dem er nächste Woche gefilmt werden sollte, mit der südkalifornischen Universitätsmannschaft als Statisten, und er brauchte regelmäßigen Schlaf. Mitten in einer wirren und verzweifelten Gedankenfolge über Margaret Donovan und Kay gähnte er plötzlich, kleidete sich mechanisch aus und ging zu Bett.

Noch ehe der Morgen dämmerte, erschien ihm Kay in einem Garten. Hinter dem Garten war ein Fluß, auf dem Boote mit grünen und gelben Lichtern langsam in der Ferne vorbeizogen. Sternenlicht fiel wie ein sanfter Regen auf das schlafende Antlitz der dunklen Welt, auf die schwarzen phantastischen Formen der Bäume, das still glitzernde Wasser und das jenseitige Ufer.

Das Gras war feucht, und Kay kam eilig zu ihm gelaufen; ihre dünnen Pantöffelchen waren vom Tau durchnäßt. Sie stellte sich auf seine festen Schuhe, schmiegte sich eng an ihn und hielt ihr Gesicht empor wie ein aufgeschlagenes Buch.

»Denk dran, wie lieb du mich hast«, wisperte sie. »Ich verlange ja nicht, daß du mich immer so liebst, aber du sollst dran denken.«

»Du wirst mir immer so viel bedeuten wie jetzt.«

»O nein, versprich mir nur, daß du immer dran denkst.« Die Tränen kamen ihr. »Ich werde anders sein, aber irgendwo in meinem Innern vergraben, werde ich immer so sein wie heute abend.«

Die Szene verschwamm allmählich, und George entrang sich seinem Traum. Er setzte sich im Bett auf; es war Morgen. Von draußen hörte er die Nurse, die seinem Söhnchen die ersten kleinen Anstandsfinessen für zwei Monate alte Babys beibrachte. Aus dem Nachbargarten schrie ein kleiner Junge aus unerfindlichen Gründen: »Wer hat den Schlagbaum auf mich fallen lassen!«

Noch im Pyjama ging George ans Telefon und rief seinen Rechtsanwalt an. Dann klingelte er nach seinem Barbier, und während er sich rasieren ließ, brachten seine Gedanken ein wenig Ordnung in das Chaos vom Vorabend. Erstens mußte er sich mit Margaret Donovan auseinandersetzen; zweitens mußte er diese Sache von Kay fernhalten, die in ihrem augenblicklichen Zustand das Schlimmste für möglich halten würde, und drittens mußte er mit Kay ins reine kommen. Letzteres schien ihm von allem das Wichtigste zu sein.

Als er fertig angezogen war, hörte er unten das Telefon klingeln und nahm, Gefahr witternd, den Hörer ab.

»Hallo . . . Oh, ja.« Aufblickend vergewisserte er sich, daß beide Türen zu waren. »Guten Morgen, Helen . . .

Schon recht, Dolores. Ich nehme das Gespräch hier oben ab.« Er wartete, bis sie unten aufgelegt hatte.

»Wie geht's Ihnen denn heut morgen, Helen?«

»George, ich rief schon gestern abend an. Ich kann gar nicht sagen, wie leid es mir tut.«

»Leid tut? Wieso?«

»Wie ich Sie gestern abend behandelt habe. Ich weiß nicht, was in mich gefahren war, George. Ich habe die ganze Nacht nicht geschlafen, mußte immer denken, wie häßlich ich zu Ihnen war.«

Ein neues Chaos brach auf den schon schwer mitgenommenen George herein.

»Seien Sie nicht albern«, sagte er. Und dann hörte er sich zu seiner eigenen Bestürzung fortfahren: »Zuerst begriff ich's ja nicht, Helen. Doch dann dachte ich, es sei besser so.«

»Oh, George«, kam ihre Stimme wieder, ganz zart.

Neues Schweigen. Er versuchte, seine Manschette zuzuknöpfen.

»Ich mußte Sie einfach anrufen«, sagte sie dann. »Ich konnte die Dinge nicht so lassen.«

Der Manschettenknopf fiel zu Boden; er bückte sich, ihn aufzuheben, und sagte dann, um die kleine Unterbrechung zu kaschieren, sehr eindringlich »Helen!« ins Telefon.

»Ja, George?«

In diesem Augenblick öffnete sich die Tür vom Treppenhaus, und Kay kam mit einem Anflug von Mißbilligung ins Zimmer. Sie zögerte.

»Bist du beschäftigt?«

»Schon recht.« Einen Moment starrte er in die Sprechmuschel. »Nun denn, auf Wiedersehen«, stammelte er unvermittelt und hängte auf. Er wandte sich Kay zu: »Guten Morgen.«

»Ich wollte dich nicht stören«, sagte sie steif.

»Du störst mich nicht im geringsten.« Er zauderte. »Das war Helen Avery.«

»Wer es war, interessiert mich nicht. Ich wollte dich nur fragen, ob wir heute abend zum ›Kokosnuß-Wäldchen‹ gehen.«

»Setz dich, Kay.«

»Ich will jetzt über nichts sprechen.«

»Setz dich, nur eine Minute«, sagte er ungeduldig. Sie setzte sich. »Wie lange willst du das nun so weitertreiben?« fragte er.

»An mir liegt's nicht. Wir sind einfach fertig miteinander, George, das weißt du so gut wie ich.«

»Das ist doch absurd«, sagte er. »Noch vor einer Woche –«

»Ganz gleich. Wir haben uns seit Monaten diesem Punkt genähert, und jetzt ist es soweit.«

»Du meinst, du liebst mich nicht mehr?« Er war nicht übermäßig beunruhigt. Solche Szenen hatte es schon mehrmals zwischen ihnen gegeben.

»Ich weiß nicht. Vermutlich werde ich dich immer irgendwie lieben.« Plötzlich brach sie in Schluchzen aus. »Oh, es ist alles so traurig. Er liebt mich schon so lange.«

George starrte sie fassungslos an. Auge in Auge mit diesem offenbar echten Gefühl, fand er keine Worte. Sie war ihm also nicht böse, drohte nicht, machte keine Szene, dachte überhaupt nicht an ihn, sondern war einzig und allein mit ihren Gefühlen für einen anderen Mann beschäftigt.

»Was soll das?« rief er. »Willst mir etwa sagen, du liebst diesen Mann?«

»Ich weiß nicht«, sagte sie hilflos.

Er tat einen Schritt auf sie zu, dann ging er zum Bett, legte sich darauf und starrte unglückselig die Decke an. Nach einer Weile klopfte das Dienstmädchen und meldete, Mr. Busch und Mr. Castle, Georges Rechtsanwalt, seien unten. Das sagte ihm jetzt gar nichts. Kay ging in ihr Zimmer, und er stand auf und folgte ihr.

»Wir wollen sagen lassen, wir seien ausgegangen«, sagte er. »Wir können irgendwo hingehen und über das alles sprechen.«

»Ich will nicht.«

Und schon war sie wieder abwesend, ihm mit jeder Minute rätselhafter und ferner gerückt. Die Gegenstände auf ihrem Toilettentisch schienen nur noch einer Fremden zu gehören.

Mit ausgetrockneter Kehle setzte er hastig zu einer Rede an. »Wenn du immer noch an Helen Avery denkst, das ist Unsinn. Außer dir habe ich mir nie aus jemand auch nur so viel gemacht.«

Sie gingen hinunter ins Wohnzimmer. Es war schon fast Mittag – wieder ein strahlend heller kalifornischer Tag ohne ein Lüftchen. George bemerkte, daß Arthur Buschs zerknittertes Gesicht in dem Sonnenschein blaß und übermüdet aussah, als dieser jetzt einen Schritt auf George zutrat und dann stehenblieb, als warte er auf etwas – eine Herausforderung, einen Vorwurf, einen Boxhieb.

Blitzartig lief die Szene, die sich jetzt abspielen würde, in Georges Gehirn ab. Er sah sich über die Bühne gehen, sah seine Rolle – unendlich viele Rollen, aber in jedem Fall würde Kay gegen ihn und auf Arthur Buschs Seite stehen. Und plötzlich verwarf er jeden möglichen Schritt.

»Ich hoffe, Sie entschuldigen mich«, sagte er eilig zu Mr. Castle. »Ich rief Sie nur an, weil ein Script-girl namens Margaret Donovan fünfzigtausend Dollar für ein paar Briefe haben will, die ich ihr angeblich geschrieben habe. Natürlich ist die ganze Geschichte –« Er brach ab. Es kam nicht darauf an. »Ich werde Sie morgen aufsuchen.« Damit ging er zu Kay und Arthur, so daß nur sie ihn hören konnten.

»Von euch beiden weiß ich nichts – wie ihr euch entschließen wollt. Aber laßt mich aus der Sache; ihr habt nicht das geringste Recht, mich da hineinzuziehen, denn an mir liegt's nicht. Ich will mit euren Gefühlen nichts zu schaffen haben.«

Dann wandte er sich und ging hinaus. Sein Wagen wartete draußen. »Nach Santa Monica«, sagte er; das war der erste beste Name, der ihm gerade einfiel. Der Wagen fuhr hinaus in die ewig strahlende Sonne.

Er fuhr drei Stunden weit, an Santa Monica vorbei und weiter auf Long Beach zu, auf einer anderen Straße. Nur aus einem Augenwinkel blickte er hinaus wie auf eine beliebige Landschaft und schenkte ihr nur einen Bruchteil seiner Aufmerksamkeit. Er stellte sich Kay und Arthur Busch vor und wie sie den Nachmittag verbringen würden. Kay würde reichlich Tränen vergießen, und die Situation würde ihnen anfangs unerwartet und ungemütlich vorkommen; doch die zärtliche Abendstimmung würde sie zueinander führen. Unwiderstehlich würden sie sich einander zuwenden, und er würde mehr und mehr in die Position eines feindlichen Außenstehenden geraten.

Kay hatte gewollt, daß er sich zu einer schmutzigen

Szene erniedrigen und sich um sie balgen sollte. Dazu war er nicht der Mann; er haßte Szenen. Wenn er sich erst einmal herabließ, mit Arthur Busch einen Ringkampf um Kays Herz aufzuführen, würde er sich selbst untreu. Er wäre dann selbst nur ein kleiner Arthur Busch, und sie hätten etwas miteinander gemein wie ein beschämendes Geheimnis. George konnte kein Theater machen, und die Millionen Menschen, vor deren Augen seine Gemütsbewegungen und seine wechselnde Mimik zehn Jahre lang über die Leinwand geflimmert waren, hatten sich darin nicht getäuscht. Seit diese hübschen Augen eines damals Zwanzigjährigen in der künstlichen Märchenferne eines Griffith-Wildwestfilms aufgeleuchtet waren, hatte sein Publikum buchstäblich den Aufstieg eines geraden und ehrlichen, rechtdenkenden, romantischen Mannes verfolgt, dem das glanzvolle Leben nur wie etwas Zufälliges anhaftete.

Es war sein Fehler, daß er sich zu bald sicher gefühlt hatte. Plötzlich wurde ihm klar, daß die beiden Fairbanks, wenn sie nebeneinander an einem Tisch saßen, in keiner Weise posierten. Sie dienten dem Schicksal nur als Geiseln. Vielleicht war er in die seltsamste Gemeinschaft verschlagen, die es in dieser reichen, wilden, gelangweilten Welt überhaupt gab, und wenn hier eine Ehe glücklich werden sollte, mußte man entweder nichts von ihr erwarten oder unausgesetzt beieinander sein. Einen Moment lang hatte er Kay aus dem Blick verloren und stolperte blindlings in einen Abgrund.

In solchen Gedanken und noch im Zweifel, wohin er sich wenden und was er anfangen sollte, kam er an einem Apartment-Haus vorbei, dessen Anblick seiner Erinnerung einen Stoß gab. Es lag an den Ausläufern der Stadt, ein schauderhafter, rosa getünchter Bau, darauf berechnet, etwas darzustellen, doch ein so billiger und nachlässiger Abklatsch, daß man nur annehmen konnte, der Architekt habe, als er zu bauen begann, längst vergessen, was er eigentlich kopieren wollte. Und plötzlich erinnerte sich George, daß er hier einmal Margaret Donovan abgeholt hatte, an dem Abend des Mayfair-Balls.

»Halten Sie bei diesem Haus«, wies er den Chauffeur an.

Er ging hinein. Der schwarze Liftboy starrte ihn mit offenem Mund an, während sie nach oben fuhren. Margaret Donovan öffnete selbst.

Als sie ihn erblickte, schrak sie mit einem leisen Aufschrei zurück und wich, während er eintrat und die Tür hinter sich schloß, weiter vor ihm zurück in das Vorzimmer. George folgte ihr.

Draußen dämmerte es schon, und die Wohnung machte einen düsteren und trostlosen Eindruck. Das letzte Tageslicht fiel weich auf die Standardmöbel und auf die Galerie signierter Fotos von Filmgrößen, die eine ganze Wand bedeckten. Margarets Gesicht war bleich, und während sie ihn anstarrte, rang sie nervös die Hände.

»Was soll dieser Unsinn, Margaret?« sagte George und bemühte sich, jeden vorwurfsvollen Ton zu vermeiden. »Brauchst du so dringend Geld?«

Sie schüttelte unbestimmt den Kopf. Ihre Augen fixierten ihn nach wie vor mit einem Ausdruck des Schreckens. George sah zu Boden.

»Ich nehme an, die Idee ging von deinem Bruder aus. Jedenfalls kann ich nicht glauben, daß du so töricht bist.« Er blickte auf und versuchte, die überlegene, zurechtweisende Haltung zu wahren, mit der man zu einem ungezogenen Kind spricht, aber als er ihr Gesicht sah, verließen ihn alle Vorsätze, und er fühlte nur noch Mitleid. »Ich bin etwas müde. Hast du etwas dagegen, wenn ich mich setze?«

»Nein.«

»Ich bin heute ein wenig durcheinander«, sagte George nach einer Weile. »Alle scheinen's heute auf mich abgesehen zu haben.«

»Wieso, ich dachte« – ihre Stimme wurde mitten im Satz ironisch – »ich dachte, alle Welt liebt dich, George.«

»Keineswegs.«

»Nur ich?«

»Ja«, sagte er zerstreut.

»Ich wünschte, nur ich wäre es gewesen. Aber dann wärst du natürlich nicht der du bist.«

Plötzlich ging ihm auf, daß sie das ernst meinte.

»Aber das ist ja Unsinn.«

»Wenigstens bist du hier«, fuhr Margaret fort. »Wahrscheinlich sollte ich mich darüber freuen. Und ich freue mich auch. Ganz entschieden. Ich habe mir oft vorgestellt, daß du in dem Sessel da säßest, genau um diese Zeit, wenn es schon dunkelt. Ich dachte mir immer kleine Einakter aus, wie sich das abspielen würde. Willst du etwas davon hören? Es fängt damit an, daß ich zu dir herüberkomme und auf dem Boden dir zu Füßen sitze.«

George fühlte sich abgestoßen und gebannt zugleich; er wartete verzweifelt auf ein Wort, bei dem er einhaken und der Sache eine andere Wendung geben könnte.

»Ich habe dich so oft da sitzen sehen, daß du jetzt ebenso unwirklich aussiehst wie dein Geist. Nur daß dein wundervolles Haar auf einer Seite vom Hut gedrückt ist und du dunkle Ringe oder etwas Schwarzes unter den

Augen hast. Du siehst blaß aus, George. Wahrscheinlich warst du gestern abend aus.«

»Allerdings. Und als ich nach Hause kam, fand ich deinen Bruder auf mich wartend vor.«

»Er hat warten gelernt, George. Er kommt soeben aus dem Gefängnis von San Quentin, wo er die letzten sechs Jahre gewartet hat.«

»Dann war das also seine Idee?«

»Wir haben es gemeinsam ausgebrütet. Ich wollte mit meinem Anteil nach China gehen.«

»Und warum seid ihr auf mich als Opfer verfallen?«

»Das gab der Sache einen realeren Anstrich. Einmal, vor fünf Jahren, dachte ich, du würdest dich in mich verlieben.«

Das Trotzige in ihrer Stimme schmolz plötzlich dahin, und im letzten Lichtschimmer konnte man sehen, daß ihr Mund zitterte.

»Ich habe dich jahrelang geliebt«, sagte sie – »seit dem ersten Tag, als du hier in den Westen und ins Real Art-Studio kamst. Du hattest eine so gute Meinung von den Leuten, George. Ganz gleich wer – du gingst auf sie zu und zogst etwas zur Seite wie einen Vorhang, der dir im Wege war, und dann kanntest du sie. Ich bemühte mich um deine Liebe, ganz wie alle anderen, aber das war schwierig. Du zogst die Menschen nahe an dich heran und hieltst sie so, daß sie weder vor noch zurück konnten.«

»Das ist alles pure Einbildung«, sagte George und runzelte unbehaglich die Stirn, »und ich habe es nicht in der Gewalt –«

»Nein, ich weiß, du hast keine Gewalt über deinen Charme. Du bedienst dich seiner nur. Wer ihn hat, braucht nur die Hand auszustrecken und geht durchs

Leben und zieht Leute an sich, von denen er gar nichts will. Ich mache dir keinen Vorwurf. Wenn du mich nur nicht geküßt hättest an dem Abend nach dem Mayfair-Ball. Vermutlich war's der Champagner.«

George hatte das Gefühl, eine Musikkapelle, die er lange nur von ferne gehört hatte, spiele plötzlich unter seinem Fenster. Er hatte schon immer geahnt, daß solche Dinge um ihn her vorgingen. Jetzt im Nachdenken darüber wurde ihm klar, was er schon immer gewußt hatte: daß Margaret ihn liebte, aber die leise Musik, als welche diese Gefühle an sein Ohr drangen, hatte für ihn keine Beziehung zum realen Leben gehabt. Nur Phantome, die er aus dem Nichts beschworen hatte, ohne zu denken, daß sie je Gestalt annehmen könnten. Auf einen Wink von ihm sollten sie spurlos dahinwelken.

»Du kannst dir nicht vorstellen, wie das war«, fuhr Margaret nach einer Pause fort. »Was du nur so hingesagt und längst vergessen hast – Erinnerungen, mit denen ich mich Nacht für Nacht schlafen gelegt habe und versucht, etwas mehr aus ihnen herauszupressen. Nach jenem Abend auf dem Mayfair-Ball gab es keine anderen Männer mehr für mich. Und es gab andere, wie du weißt – massenhaft. Aber immer sah ich dich irgendwo über das Filmgelände gehen, den Blick zu Boden gerichtet und, als sei dir gerade etwas Komisches passiert, ein wenig vor dich hinlächelnd, wie es deine Art ist. Und ich ging an dir vorbei, du blicktest auf und lächeltest wahrhaftig: ›Hallo, Liebling!‹ ›Hallo, Liebling‹ und mir wollte das Herz zerspringen. Das ereignete sich viermal jeden Tag.«

George erhob sich, und auch sie sprang rasch auf.

»Oh, ich habe dich gelangweilt«, schluchzte sie leise.

»Ich hätte das wissen müssen. Du willst nach Hause. Ja –

sonst noch was? Richtig. Die Briefe magst du immerhin haben.«

Sie nahm sie aus einem Schreibtisch, trug sie zu einem Fenster und vergewisserte sich bei dem Schein einer Laterne.

»Wundervolle Briefe. Sie würden dir Ehre machen. Ich war wohl recht töricht, wie du sagst, aber du solltest eine Lehre daraus ziehen – besser hinsehen beim Unterschreiben oder so ähnlich.« Sie zerriß die Briefe in kleine Fetzen und warf sie in den Papierkorb. »Nun geh«, sagte sie.

»Warum soll ich jetzt gehen?«

Zum drittenmal in vierundzwanzig Stunden sah er sich Tränen gegenüber, todtraurigen, hemmungslosen Tränen.

»Bitte geh«, schluchzte sie leidenschaftlich – »oder bleib, wenn du willst. Ich gehöre dir auf Anhieb, das weißt du. Du kannst jede Frau in der Welt haben, brauchst nur die Hand zu heben. Würde es dir mit mir Spaß machen?«

»Margaret –«

»Ach, so geh schon.« Sie setzte sich und wandte ihr Gesicht ab. »Du würdest ohnehin im nächsten Augenblick recht blöde dreinschauen. Das liebst du doch nicht, oder? Also geh.«

George stand hilflos da, versuchte sich in sie hineinzudenken und etwas zu sagen, das nicht überheblich war, aber es fiel ihm nichts ein.

Er bemühte sich, seinen persönlichen Kummer, sein unbehagliches Gefühl, seine unbestimmte Zornaufwallung zu unterdrücken, und merkte nicht, daß sie ihn beobachtete, alles begriff und den Konflikt liebte, der sich auf seinem Gesicht spiegelte. Plötzlich gaben seine in den letzten vierundzwanzig Stunden überanstrengten Nerven nach, und er fühlte seine Augen trübe werden und ein Würgen in der Kehle. Er schüttelte hilflos mit dem Kopf. Dann wandte er sich – immer noch ahnungslos, daß sie ihn beobachtete, ihn liebte, bis sie dachte, das Herz werde ihr brechen – und schritt zur Tür hinaus.

IV

Der Wagen hielt vor seinem Haus. Alles war dunkel bis auf schwaches Licht aus dem Kinderzimmer und der unteren Diele. Er hörte das Telefon, aber bis er drinnen war und sich meldete, war niemand mehr in der Leitung. Ein paar Minuten lang wanderte er in der Dunkelheit umher, tastete sich von Stuhl zu Stuhl und zum Fenster, wo er in die hohle Nacht hinausstarrte.

Es war seltsam, so allein zu sein, sich allein zu fühlen. Doch in seinem überreizten Zustand empfand er das nicht als unangenehm. Die peinlichen Vorfälle von gestern abend hatten ihm Helen Avery unendlich ferngerückt, dagegen hatte das Gespräch mit Margaret auf sein persönliches Unglück wie eine Katharsis gewirkt. Bald würde es auf ihn zurückfallen, das wußte er, doch im Augenblick war sein Geist zu matt, sich zu erinnern, sich etwas vorzustellen oder sich Gedanken zu machen.

So verging wohl eine halbe Stunde. Er sah Dolores aus der Küche kommen, die Abendzeitung von der Türschwelle aufheben und damit wieder in die Küche gehen, um als erste einen Blick hineinzutun. Mit der vagen Absicht, seinen Koffer zu packen, ging er nach oben. Er öffnete die Tür von Kays Zimmer und fand sie auf dem Bett liegend.

Einen Augenblick war er sprachlos. Er ging um das dazwischenliegende Badezimmer herum und dann wieder in ihr Zimmer und knipste das Licht an.

»Was gibt's?« fragte er beiläufig. »Fühlst du dich nicht wohl?«

»Ich habe versucht, etwas zu schlafen«, sagte sie. »George, glaubst du nicht auch, daß dieses Mädchen verrückt geworden ist?«

»Welches Mädchen?«

»Margaret Donovan. So etwas Abscheuliches habe ich im Leben nicht gehört.«

Einen Augenblick dachte er, es hätten sich neue Komplikationen ergeben.

»Fünfzigtausend Dollar!« rief sie entrüstet. »Ich würde sie ihr nicht einmal geben, wenn an der Sache etwas Wahres wäre. Sie gehörte ins Gefängnis.«

»Oh, das ist nur halb so schlimm«, sagte er. »Sie hat einen Bruder, der ein gerissener Bursche ist, und es war seine Idee.«

»Sie ist zu allem fähig«, sagte Kay feierlich. »Und du bist einfach ein Narr, wenn du das nicht siehst. Ich habe sie nie gemocht. Ihre Haare sehen so schmutzig aus.«

»Nun, und was weiter?« fragte er ungeduldig und fügte hinzu: »Wo ist Arthur Busch?«

»Er ist gleich nach dem Lunch nach Hause gegangen, vielmehr: ich habe ihn fortgeschickt.«

»Du bist zu dem Ergebnis gekommen, daß du ihn nicht liebst?«

Sie blickte fast überrascht auf. »Ihn lieben? Ach, du meinst wegen heute morgen. Ich war nur wütend auf dich; das hättest du dir denken können. Er tat mir gestern abend ein wenig leid, aber vermutlich war's nur der Whisky.«

»Nun, was sollte es aber, als du –« Er brach ab. Wohin er sich auch wandte, überall stieß er auf Wirrwarr, und er war fest entschlossen, sich keine Gedanken mehr zu machen.

»Lieber Himmel!« rief Kay aus. »Fünfzigtausend Dollar!«

»Ach, beruhige dich. Sie hat die Briefe zerrissen – hatte sie selbst geschrieben – und alles ist wieder in Ordnung.«

»George.«

»Ja?«

»Douglas wird sie natürlich sofort an die Luft setzen.«

»Wieso denn? Er wird gar nichts davon erfahren.«

»Soll das heißen, daß du nicht für ihre Entlassung sorgen willst? Nach dieser Sache?«

Er sprang auf. »Glaubst du, daß sie damit rechnet?« rief er.

»Womit?«

»Daß ich ihr kündigen lassen werde.«

»Natürlich mußt du das.«

Er suchte hastig im Telefonbuch.

»Oxford –« verlangte er.

Nach ungewöhnlich langer Zeit meldete sich die Vermittlung: »Bourbon Apartments.«

»Miß Margaret Donovan bitte.«

»Moment –« Das Telefonfräulein unterbrach sich. »Wollen Sie bitte eine Minute warten.« Er blieb in der Leitung; die Minute verging und noch eine. Dann die Stimme des Telefonfräuleins: »Ich konnte eben nicht sprechen. Miß Donovan hatte einen Unfall. Sie hat versucht, sich zu erschießen. Als Sie anriefen, trug man sie gerade hier durch, ins Katherinen-Hospital.«

»Ist sie – ist es ernst?« fragte George fast von Sinnen.

»Erst dachte man so, aber jetzt hofft man, sie durchzubringen. Sie wollen die Kugel herausoperieren.«
»Danke.«
Er stand auf und wandte sich Kay zu.
»Sie hat einen Selbstmordversuch unternommen«, sagte er mit gepreßter Stimme. »Ich muß ins Hospital hinüber. Ich habe mich heute nachmittag recht dumm benommen. Ich glaube, ich bin zum Teil schuld daran.«
»George«, sagte Kay plötzlich.
»Was?«
»Ist es nicht unklug, sich da hineinziehen zu lassen? Die Leute könnten sagen –«
»Ich geb keinen Heller drum, was sie sagen«, entgegnete er barsch.
Er ging in sein Zimmer und machte sich automatisch zum Ausgehen fertig. Als er sein Gesicht im Spiegel sah, schloß er mit einem plötzlichen Ausruf des Widerwillens die Augen und ließ seine Haare ungekämmt.
»George«, rief Kay aus dem Nebenzimmer, »ich liebe dich.«
»Ich liebe dich auch.«
»Jules Rennard hat angerufen. Irgendwas mit Barracuda-Angeln. Fändest du es nicht lustig, eine Gesellschaft zusammenzubringen, eine gemischte Gesellschaft, Männlein und Weiblein?«
»Irgendwie reizt mich das nicht. Überhaupt die ganze Idee mit dem Barracuda-Angeln –«
Unten läutete das Telefon, und er ging. Dolores war schon am Apparat.
Es war eine Dame, die schon zweimal angerufen hatte.
»Ist Mr. Hannaford zu Hause?«
»Nein«, sagte Dolores prompt. Sie streckte die Zunge

heraus und hängte auf, als George Hannaford gerade die Treppe herunterkam. Sie half ihm in den Mantel, wobei sie sich möglichst dicht an ihn drängte, öffnete die Tür und ging mit ihm ein paar Schritte hinaus unter das Vordach.

»Miester Hannaford«, sagte sie plötzlich. »die Miß Avery, die hat heut fünf-, sechsmal angerufen. Ich sagen ihr, Sie aus, und nix sagen zu Missus.«

»Was?« Er starrte sie an und fragte sich, wieviel sie wohl von seinen Angelegenheiten wisse.

»Die eben wieder angeruft und ich sagen, Sie aus.«

»Schon gut«, sagte er zerstreut.

»Miester Hannaford.«

»Ja, Dolores?«

»Ich mir heut morgen nix getan, als ich von Treppe fiel.«

»Das freut mich. Gute Nacht, Dolores.«

»Gute Nacht, Miester Hannaford.«

George schenkte ihr ein schwaches, flüchtiges Lächeln, zog gleichsam den Schleier zwischen ihnen fort und machte ihr unwillkürlich Hoffnung, an den tausend Entzückungen und Wundern teilzuhaben, die nur ihm bekannt waren und über die er allein gebot. Dann ging er zum wartenden Wagen, und Dolores setzte sich vor dem Haus auf die Stufen, rieb die Hände aneinander mit einer Geste der Verzückung oder des Erwürgens und betrachtete die schmale Sichel des bleichen Mondes, der gerade am kalifornischen Himmel emporstieg.

Vor der Möbeltischlerei

Das Auto hielt an der Ecke der Sechzehnten und irgendeiner etwas verkommen wirkenden Nebenstraße. Die Dame stieg aus. Der Mann und das kleine Mädchen blieben im Wagen.

»Ich werde ihm sagen, es darf nicht mehr als zwanzig Dollar kosten«, sagte die Dame.

»Schon recht. Hast du die Pläne?«

»Oh«, – sie griff nach ihrer Handtasche auf dem Rücksitz – »ja, jetzt habe ich sie«.

»Dites qu'il ne faut pas avoir des forts placards«, sagte der Mann. »Ni du bon bois.«

»Ist recht.«

»Ich wünschte, ihr würdet nicht französisch reden«, sagte das kleine Mädchen.

»Et il faut avoir une bonne hauteur. L'un des Murphys était comme ça.«

Er zeigte mit der Hand anderthalb Meter vom Boden. Die Dame schritt durch eine Tür, die mit »Möbeltischler« beschildert war, und entschwand über eine kleine Treppe.

Der Mann und das kleine Mädchen sahen sich ohne besondere Neugier um. Die Nachbarhäuser waren aus roten Ziegeln, ausdruckslos und still. Es gab ein paar Schwarze, die weiter oben auf der Straße dies oder das verrichteten, und gelegentlich kam ein Automobil vorbei. Es war ein schöner Novembertag.

»Hör zu«, sagte der Mann zu dem kleinen Mädchen, »ich habe dich lieb.«

»Ich dich auch«, sagte das kleine Mädchen und lächelte artig.

»Hör zu«, fuhr der Mann fort. »Siehst du das Haus dort drüben?«

Das kleine Mädchen sah hin. Es war ein Anbau hinter einem Laden. Sein Inneres war zum größten Teil durch Vorhänge kaschiert, aber hinter den Vorhängen schien sich etwas zu regen. Ein lose in den Angeln hängender Fensterladen schlug alle paar Minuten vor und zurück. Weder der Mann noch das kleine Mädchen hatten das Haus je gesehen.

»Hinter diesen Vorhängen sitzt eine Märchenprinzessin«, sagte der Mann. »Du kannst sie nicht sehen, aber sie ist da und wird von einem Oger verborgen gehalten. Weißt du, was ein Oger ist?«

»Ja.«

»Nun, also diese Prinzessin ist sehr sehr schön und hat langes goldenes Haar.«

Beide beobachteten das Haus. Der Zipfel eines gelben Kleides erschien für Augenblicke in einem der Fenster.

»Das ist sie«, sagte der Mann. »Die Leute, die da wohnen, bewachen sie für den Oger. Er hält den König und die Königin zehntausend Meilen unter der Erde gefangen. Sie kann nicht heraus, bis der Prinz die drei –« er stockte.

»Und was, Daddy, die drei was?«

»Die drei – sieh! Da ist sie wieder.«

»Die drei was?«

»Die drei – die drei Steine, die den König und die Königin befreien werden.«

Er gähnte.

»Und was dann?«

»Dann kann er kommen und dreimal an jedes Fenster klopfen, und dadurch wird sie frei.«

Der Kopf der Dame erschien im Obergeschoß des Möbeltischlers.

»Er hat noch zu tun«, rief sie herunter. »Nein, was für ein schöner Tag!«

»Und warum, Daddy?« fragte das kleine Mädchen. »Warum will der Oger sie da festhalten?«

»Weil er nicht zur Kindtaufe eingeladen war. Der Prinz hat schon einen Stein in Präsident Coolidges Kragenknopfschachtel gefunden. Jetzt sucht er nach dem zweiten in Island. Jedesmal, wenn er einen Stein findet, leuchtet das Zimmer, in dem die Prinzessin festgehalten wird, blau auf. Das ist ja *toll*!«

»Was, Daddy?«

»Eben als du dich abgewandt hast, sah ich, wie das Zimmer ganz blau wurde. Das bedeutet, daß er den zweiten Stein gefunden hat.«

»Toll!« sagte das kleine Mädchen. »Sieh nur! Wieder ist es blau geworden, das heißt, er hat den dritten Stein gefunden.«

Von diesem Wetteifer angesteckt, blickte der Mann vorsichtig umher und seine Stimme wurde heiser.

»Siehst du, was ich jetzt sehe?« fragte er. »Die Straße herauf kommt – kommt der Oger höchstselbst, getarnt – du weißt ja: verwandelt wie Mombi im *Land von Oz.*«

»Ich verstehe.«

Beide beobachteten die Szene. Der kleine Junge, mehr als schmächtig, ging mit großen Schritten zu der Wohnungstür und klopfte an; niemand antwortete, aber er schien das auch nicht erwartet zu haben oder besonders enttäuscht zu sein. Er nahm ein Stück Kreide aus der Tasche und begann, etwas unter die Türklingel zu malen.

»Er bringt magische Zeichen an«, flüsterte der Mann. »Er will sicher sein, daß die Prinzessin aus dieser Tür nicht herauskommt. Er scheint zu wissen, daß der Prinz den König und die Königin befreit hat, und will nun rechtzeitig zur Stelle sein.«

Der kleine Junge zögerte einen Augenblick; dann ging er an eins der Fenster und rief etwas Unverständliches hinein. Nach einer Weile machte eine Frau das Fenster auf und gab eine Antwort, die in dem scharfen Wind verwehte.

»Sie sagt, daß sie die Prinzessin eingeschlossen hat«, erläuterte der Mann.

»Sieh nur den Oger«, sagte das kleine Mädchen. »Er malt magische Zeichen auch unter das Fenster. Und auf den Gehsteig. Warum nur?«

»Natürlich will er verhindern, daß sie herauskommt. Darum tanzt er auch so herum. Auch das gehört zum Zauber – es ist ein Zaubertanz.«

Der Oger entfernte sich mit großen Schritten. Zwei Männer überquerten vor ihnen die Straße und verschwanden.

»Wer sind die, Daddy?«

»Das sind zwei Soldaten des Königs. Ich vermute, das Heer zieht sich drüben auf der Market Street zusammen, um das Haus zu umzingeln. Weißt du, was ›umzingeln‹ bedeutet?«

»Ja. Sind diese Männer auch Soldaten?«

»Ja, die auch. Und ich glaube, der Alte dahinter ist der

König selbst. Er beugt sich ganz tief herunter, damit die Leute des Ogers ihn nicht erkennen.«

»Wer ist die Dame?«

»Das ist eine Hexe, eine Freundin des Ogers.«

Der Fensterladen schlug heftig zu und öffnete sich dann langsam wieder.

»Das ist das Werk der guten und der bösen Feen«, erklärte der Mann. »Sie sind unsichtbar, aber die bösen Feen wollen den Fensterladen schließen, damit niemand hineinsehen kann, und die guten Feen wollen ihn öffnen.«

»Die guten Feen siegen jetzt.«

»Ja.« Er blickte auf das kleine Mädchen. »Du bist meine gute Fee.«

»Ja. Sieh doch Daddy! Was ist das für ein Mann?«

»Er gehört auch zur Armee des Königs.« Der Buchhalter von Mr. Miller, dem Juwelier, ging vorbei und bot einen ziemlich unmartialischen Anblick. »Hörst du den Pfiff? Das heißt, sie sammeln sich. Und hör – da geht auch die Trommel.«

»Da ist die Königin, Daddy. Sieh mal, dort. Ist das die Königin?«

»Nein, das ist ein Mädchen namens Miß Television.« Er gähnte. Er dachte an etwas Erfreuliches, das ihm gestern begegnet war. Er geriet in eine Art von Trance. Dann blickte er wieder auf seine kleine Begleiterin und sah, daß sie sehr glücklich war. Sie war sechs und sah entzückend aus. Er gab ihr einen Kuß.

»Der Mann da mit der Eisbombe ist auch einer von des Königs Soldaten«, sagte er. »Er wird das Eis dem Oger auf den Kopf stülpen und so sein Gehirn einfrieren, damit er nichts Schlimmes mehr anrichten kann.«

Mit den Augen folgte sie dem Mann die Straße hinunter.

Andere Männer gingen vorbei. Ein Nigger in einer gelben Niggerjacke fuhr mit einem Wägelchen vor mit der Aufschrift »The Delaware Upholstery Co«. Der Fensterladen schlug wieder zu und öffnete sich dann ganz langsam.

»Sieh nur, Daddy, die guten Feen gewinnen wieder die Oberhand.«

Der Mann war alt genug, um zu wissen, daß er sich nach dieser Zeit zurücksehnen würde – die stille Straße bei dem schönen Wetter und das Mysterium, das sich vor den Augen des Kindes abspielte, ein Mysterium, das er erschaffen hatte, aber dessen Glanz und Verwobenheit er selbst nie wieder erblicken oder anrühren könnte. Stattdessen berührte er wieder die Wange seines Töchterchens und fügte, ihr zu Gefallen, noch einen kleinen Jungen und einen hinkenden Mann in die Geschichte ein.

»Oh, ich liebe dich«, sagte er.

»Ich weiß, Daddy«, antwortete sie, geistesabwesend. Sie starrte unentwegt auf das Haus. Für einen Moment schloß er die Augen und versuchte mit ihren Augen zu sehen, aber er vermochte es nicht – jene zerschlissenen Vorhänge waren für ihn auf immer geschlossen. Da gab es nur gelegentlich kleine Nigger und kleine Jungen und das Wetter, das ihn an den Zauber vergangener Morgenstunden erinnerte.

Die Dame kam aus dem Tischlerladen.

»Wie ist es gegangen?« fragte er.

»Gut. Il dit qu'il a fait de maisons de poupée pour les Du Ponts. Il va le faire.«

»Combien?«

»Vingt-cinq. Entschuldige, daß es so lange gedauert hat.«

»Sieh, Daddy, da gehen noch viel mehr Soldaten!«

Sie fuhren ab. Als sie ein paar Kilometer gefahren waren, wandte der Mann sich um und sagte: »Wir haben unerhörte Dinge gesehen, während du da drinnen warst.« Er faßte die Geschichte kurz zusammen. »Zu schade, daß wir nicht warten und die Befreiung erleben konnten.«

»Aber das haben wir doch«, rief das Kind. »Sie schafften die Befreiung in der nächsten Straße. Und da liegt auch der Leib des Ogers in dem kleinen Hof dort. König, Königin und Prinz wurden getötet, und die Prinzessin ist jetzt Königin.«

Er hatte seinen König und seine Königin gern gemocht und fand, daß über sie allzu summarisch verfügt worden sei.

»Du mußtest natürlich deine Heldin haben«, sagte er etwas unwillig.

»Sie wird eines Tages irgendwen heiraten und zum Prinzen machen.«

Sie fuhren weiter und waren mit ihren Gedanken woanders. Die Dame dachte an das Puppenhaus, denn sie war früher arm gewesen und hatte als Kind nie eins gehabt, und der Mann dachte daran, daß er nahezu eine Million Dollar besaß. Das kleine Mädchen aber dachte an die wunderlichen Begebenheiten in der winzigen Straße, die sie hinter sich gelassen hatten.

Die letzte Schöne des Südens

I

Nachdem Atlanta seinen vollendeten und theatralischen südlichen Charme entfaltet hatte, unterschätzten wir alle Tarleton. Es war dort noch etwas heißer als überall sonst, wo wir gewesen waren – ein Dutzend Rekruten brach am ersten Tag in der Sonne Georgias zusammen –, und wenn man die Kuhherden durch die Geschäftsstraßen trotten sah, von farbigen Treibern mit »Hi-ja« angetrieben, verfiel man in der heißen Helle in eine Art Trance – man hätte gern eine Hand oder einen Fuß bewegt, um sich zu vergewissern, daß man lebendig war.

Also blieb ich im Lager draußen und ließ mir von Leutnant Warren erzählen, was mit den Mädchen los war. Das ist jetzt fünfzehn Jahre her, und ich habe vergessen, was ich damals empfand, außer daß die Tage einer nach dem andern dahingingen, besser als heute, und daß mein Herz leer war, denn oben im Norden feierte sie, deren Abglanz ich drei Jahre lang geliebt hatte, Hochzeit. Ich sah die Zeitungsausschnitte und die Zeitungsfotos. Es war »eine romantische Kriegstrauung«, alles sehr prunkvoll und traurig. Deutlich spürte ich das dunkle Strahlen des Himmels, unter dem das Ereignis stattfand, und da ich ein junger Snob war, empfand ich im Grunde mehr Neid als Trauer.

Eines Tages ging ich nach Tarleton, um mir dort die Haare schneiden zu lassen, und traf zufällig einen netten Jungen namens Bill Knowles, der zu meiner Zeit in Harvard gewesen war. Er hatte zu der Abteilung der Nationalgarde gehört, die vor uns im Lager war; im letzten Augenblick aber war er zur Luftwaffe übergewechselt und zurückgelassen worden.

»Freut mich, daß ich dich getroffen habe, Andy«, sagte er mit übertriebenem Ernst. »Bevor ich nach Texas gehe, werde ich dich über alles informieren, was ich weiß. Es gibt wirklich nur drei Mädchen hier . . .«

Ich war interessiert; das mit den drei Mädchen hatte etwas Mystisches.

». . . und das ist eine von ihnen.«

Wir standen vor einem Drugstore, und er schob mich hinein und stellte mich einer jungen Dame vor, die ich sogleich verabscheute.

»Die beiden andern sind Ailie Calhoun und Sally Carrol Happer.«

Die Art, wie er Ailie Calhouns Namen aussprach, ließ mich vermuten, daß er sich für sie interessierte. Der Gedanke, was sie wohl anfangen würde, wenn er fort war, beschäftigte ihn; wenn es nach ihm ginge, sollte die Zeit für sie still und ereignislos vergehen.

In meinem Alter zögere ich nicht, zu gestehen, daß gänzlich unritterliche Bilder von Ailie Calhoun – welch reizender Name! – vor mir aufstiegen. Ein schönes Mädchen, auf das ein anderer ältere Rechte hat – so etwas gibt es nicht für einen Dreiundzwanzigjährigen; doch wenn Bill mich gefragt hätte, hätte ich zweifellos allen Ernstes geschworen, daß Ailie mir wie eine Schwester teuer sei. Er fragte nicht; er machte gerade laut seinem Ärger darüber

Luft, daß er jetzt fort mußte. Drei Tage später rief er mich an und sagte mir, am nächsten Morgen sei es soweit und er werde mich am Abend zu ihr mitnehmen.

Wir trafen uns vor dem Hotel und gingen in die Stadt durch die blütenreiche, heiße Dämmerung. Die vier weißen Säulen des Calhounschen Hauses waren der Straße zugewandt, und die Terrasse dahinter mit den herabhängenden, ineinander verflochtenen, emporkletternden Weinranken war so dunkel wie eine Höhle.

Als wir den Gartenweg entlangschritten, stürzte ein Mädchen in einem weißen Kleid mit dem Ruf aus der Tür: »Es tut mir leid, daß ich mich so verspätet habe!«, und als sie uns erblickte, fügte sie hinzu: »Ach, ich dachte, ich hätte euch schon vor zehn Minuten kommen hören . . .«

Sie hielt inne, als ein Stuhl knarrte und ein dritter Mann, ein Flieger aus dem Lager Harry Lee, aus der Dunkelheit der Terrasse trat.

»Ach, Canby!« rief sie. »Wie geht's?«

Er und Bill Knowles warteten so gespannt wie zwei Prozeßgegner.

»Canby, ich möchte Ihnen etwas zuflüstern, mein Lieber«, rief sie gleich darauf. »Du entschuldigst uns doch, Bill.«

Sie gingen ein paar Schritte beiseite. Gleich darauf sagte Leutnant Canby höchst ungehalten in grimmigem Ton: »Dann also Donnerstag, aber dabei bleibt es.« Mit einem kaum wahrnehmbaren Kopfnicken zu uns herüber ging er davon, den Gartenweg hinunter, und die Sporen, mit denen er vermutlich sein Flugzeug zur Eile antrieb, funkelten im Lampenlicht.

»Kommen Sie doch – ich kann mich im Augenblick nicht auf Ihren Namen besinnen . . .«

Da war er – der Mädchentyp des amerikanischen Südens in seiner ganzen Reinheit. Ich hätte Ailie Calhoun erkannt, auch wenn ich nie Ruth Draper gehört und nie Marse Chan gelesen hätte. Sie besaß die mit reizender, zungenfertiger Unkompliziertheit überzuckerte Gewandtheit, die Andeutung eines Hintergrunds von liebevollen Vätern, Brüdern und Verehrern, der bis in das heroische Zeitalter des Südens zurückreichte, die makellose Kühle, die man im unaufhörlichen Kampf mit der Hitze erlangt. In ihrer Stimme gab es Töne, mit denen Sklaven Befehle erteilt wurden, Töne, die Yankee-Hauptleuten alle Kraft nahmen, und dann wieder sanfte, schmeichelnde Klänge, die ungewohnt lieblich mit der Nacht verschmolzen.

In der Dunkelheit konnte ich sie kaum erkennen, aber als ich aufstand und gehen wollte – es war klar, daß meine Anwesenheit nicht länger erwünscht war –, stand sie in dem orangefarbenen Lichtschein, der aus der Tür kam. Sie war klein und sehr blond; sie hatte zu viel fieberrotes Rouge im Gesicht, was noch durch eine clownhaft weißgepuderte Nase unterstrichen wurde, aber sie leuchtete durch dies alles hindurch wie ein Stern.

»Wenn Bill fort ist, werde ich Abend für Abend allein hier sitzen. Vielleicht begleiten Sie mich zu den Tanzveranstaltungen im Landklub.« Diese rührende Prophezeiung ließ Bill auflachen. »Warten Sie einen Augenblick«, sagte Ailie leise. »Ihre Gewehre sitzen schief.«

Sie rückte das Abzeichen auf meinem Spiegel gerade und sah eine Sekunde lang mit einem Blick zu mir auf, in dem mehr als Neugier lag. Es war ein suchender Blick, als frage sie: Könntest du es sein? Wie Leutnant Canby schritt ich widerwillig davon in den plötzlich schal gewordenen Abend.

Zwei Wochen später saß ich mit ihr auf demselben Portikus oder vielmehr lag sie halb in meinen Armen und berührte mich doch kaum – wie sie das fertigbrachte, weiß ich nicht mehr. Ich versuchte ohne Erfolg, sie zu küssen – ich hatte das bereits seit fast einer Stunde versucht. Wir führten ein scherzhaftes Streitgespräch darüber, daß ich es nicht aufrichtig meinte. Meine Theorie lautete, daß ich mich in sie verlieben würde, wenn sie mir erlaubte, sie zu küssen. Sie behauptete dagegen, daß ich offensichtlich nicht ganz aufrichtig sei.

In der Pause zwischen zwei solchen Auseinandersetzungen erzählte sie mir von ihrem Bruder, der in seinem letzten Studienjahr in Yale gestorben war. Sie zeigte mir sein Bild – es war ein hübsches, ernstes Gesicht mit einer Leyendecker-Stirnlocke – und erklärte mir, falls sie jemand kennenlernte, der ihm gleichkomme, würde sie heiraten. Ich fand diesen Familienidealismus entmutigend; trotz meines verwegenen Selbstvertrauens fühlte ich mich nicht stark genug, den Wettkampf mit dem Toten aufzunehmen.

So verstrich dieser Abend und andere Abende, und es endete damit, daß ich mit der Erinnerung an den Duft von Magnolienblüten und in einer Stimmung vager Unzufriedenheit ins Lager zurückkehrte. Ich küßte sie niemals. Sonnabendabends gingen wir zu Vaudevillevorstellungen und in den Landklub, wo sie nur selten zehn Schritte hintereinander mit ein und demselben Mann tanzte, und sie nahm mich mit zu Gartenfesten, wo ganze Tiere im Freien am Spieß gebraten wurden, und zu wilden Wassermelonenparties, und niemals hielt sie es der Mühe wert, meine Gefühle für sie in Liebe zu verwandeln. Heute weiß ich, daß das nicht schwierig gewesen wäre, aber sie war eine kluge Neunzehnjährige, und sie hatte wohl erkannt, daß wir gefühlsmäßig nicht zusammenpaßten. So wurde ich statt dessen ihr Vertrauter.

Wir sprachen über Bill Knowles. Sie zog Bill ernsthaft in Betracht, denn obwohl sie es nicht zugeben wollte, hatten ein Winter in einer New-Yorker Schule und ein Ball in Yale bewirkt, daß sich ihre Blicke nach Norden richteten. Sie sagte, sie glaube nicht, daß sie einen Mann aus dem Süden heiraten würde. Und allmählich sah ich, daß sie bewußtseins- und willensmäßig anders war als die anderen Mädchen, die Niggerlieder sangen und in der Bar des Landklubs das Würfelspiel Craps spielten. Deshalb fühlten Bill und ich und andere uns zu ihr hingezogen. Wir erkannten sie an.

Im Juni und Juli, als Gerüchte von Schlachten und Schrecknissen in Übersee undeutlich und wirkungslos zu uns drangen, schweiften Ailies Augen hier und dort über die Tanzfläche des Landklubs, auf der Suche nach etwas Besonderem unter den hochgewachsenen jungen Offizieren. Sie zog einige in ihren Bann, die sie mit unfehlbarem Scharfblick auswählte – abgesehen von Leutnant Canby, den sie angeblich verachtete, mit dem sie sich aber dennoch verabredete, »weil er es so aufrichtig meinte« –, und den ganzen Sommer lang teilten wir ihre Abende unter uns auf.

Eines Tages sagte sie alle ihre Verabredungen ab – Bill Knowles hatte Urlaub und würde nach Tarleton kommen. Wir erörterten das Ereignis mit wissenschaftlicher Unpersönlichkeit – würde er sie zu einer Entscheidung bewegen können? Leutnant Canby hingegen benahm sich gar nicht unpersönlich; er machte sich lästig. Er sagte ihr, wenn sie Knowles heiratete, würde er in seinem Flugzeug zweitausend Meter hoch aufsteigen, den Motor abstellen und abstürzen. Er machte ihr Angst – mein letztes Rendezvous mit ihr vor Bills Ankunft mußte ich an ihn abtreten.

Eines Sonnabendabends kam sie mit Bill Knowles in den Landklub. Sie waren ein schönes Paar, und wieder empfand ich Neid und Trauer. Als sie zusammen tanzten, spielte die Drei-Mann-Kapelle »After you've gone« so schmerzlich und unvollkommen, daß ich es noch heute hören kann – als tropfe aus jedem Takt eine kostbare Minute jener Zeit. Ich wußte nun, daß mir Tarleton ans Herz gewachsen war, und ich schaute mich halb in Panik um, ob nicht aus der warmen, singenden Dunkelheit draußen, die Paar um Paar in Organdy und olivfarbenem Tuch freigab, irgendein Gesicht auf mich zukäme. Es war eine Zeit der Jugend und des Krieges, und niemals wieder gab es so viel Liebe ringsumher.

Als ich mit Ailie tanzte, schlug sie plötzlich vor, wir wollten hinausgehen und uns in ein Auto setzen. Sie wollte wissen: Warum bemühten sich die Männer heute abend nicht um sie? Glaubten sie, sie sei bereits verheiratet?

»Wirst du heiraten?«

»Ich weiß nicht, Andy. Manchmal, wenn er mich behandelt, als sei ich etwas Heiliges, durchschauert es mich.« Ihre Stimme klang gedämpft und wie aus weiter Ferne. »Und dann . . .«

Sie lachte. Ihr Körper, der so zart und zerbrechlich war, berührte meinen, ihr Gesicht war zu mir emporgewandt, und jetzt auf einmal, wo Bill Knowles nur zehn Meter entfernt war, hätte ich sie endlich küssen können. Unsere

Lippen berührten sich leicht, versuchsweise; dann bog ein Fliegeroffizier um die Ecke der Säulenterrasse, neben der wir standen, spähte in unsere Dunkelheit und zögerte.

»Ailie.«

»Ja.«

»Wissen Sie schon, was heute nachmittag passiert ist?«

»Was?« Sie beugte sich vor; schon ihre Stimme verriet ihre Spannung.

»Horace Canby ist abgestürzt. Er war sofort tot.«

Sie stand langsam auf und stieg aus dem Wagen.

»Sie meinen, er war tot?« sagte sie.

»Ja. Man weiß nicht, was los war. Sein Motor . . .«

»Oh!« Ihr rauhes Flüstern drang durch die Hände, die plötzlich ihr Gesicht bedeckten. Wir betrachteten sie hilflos, als sie den Kopf auf den Rand des Autos legte und krampfhaft schluchzte, ohne Tränen zu vergießen. Nach einer Minute holte ich Bill, der verlassen dastand und besorgt nach ihr Ausschau hielt, und sagte ihm, sie wolle nach Hause fahren.

Ich setzte mich draußen auf die Stufen. Ich hatte Canby nicht leiden können, aber sein schrecklicher, sinnloser Tod hatte mehr Wirklichkeit für mich als der tägliche Tod von Tausenden in Frankreich. Nach ein paar Minuten kamen Ailie und Bill heraus. Ailie wimmerte ein wenig, doch als sie mich sah, blieb ihr Blick auf mir haften, und sie trat schnell zu mir.

»Andy«, sie sprach mit rascher, leiser Stimme, »natürlich darfst du zu niemand ein Wort über das verlauten lassen, was ich dir gestern von Canby erzählt habe. Was er gesagt hat, meine ich.«

»Natürlich nicht.«

Sie sah mich noch einen Augenblick länger an, wie um

ganz sicherzugehen. Endlich war sie sicher. Dann stieß sie einen so sonderbaren kleinen Seufzer aus, daß ich meinen Ohren kaum traute, und ihre Augenbrauen hoben sich in gespielter Verzweiflung – jedenfalls kann man es nur so nennen.

»An-dy.«

Ich blickte beunruhigt zu Boden, denn ich merkte, daß sie mich auf die unheilvolle Wirkung aufmerksam machen wollte, die sie ungewollt auf Männer ausübte.

»Gute Nacht, Andy!« rief Bill, als sie in ein Taxi stiegen.

»Gute Nacht«, sagte ich, und beinahe hätte ich hinzugefügt: »Du armer Narr.«

II

Natürlich hätte ich, wie das Leute in Büchern tun, eine jener schönen moralischen Entscheidungen fällen und sie verachten sollen. Im Gegenteil – ganz ohne Zweifel hätte sie mich immer noch haben können, wenn sie nur mit dem kleinen Finger gewinkt hätte.

Ein paar Tage später machte sie es wieder gut, indem sie nachdenklich sagte: »Ich weiß, du findest, es war scheußlich von mir, in einem solchen Augenblick an mich zu denken, aber es war so ein grauenvoller Zufall.«

Mit dreiundzwanzig hatte ich noch keine festen Überzeugungen außer der einen, daß einige Menschen stark und anziehend waren und tun konnten, was sie wollten, während andere erwischt wurden und Schande auf sich luden. Ich hoffte, daß ich zur ersten Gruppe gehörte. Bei Ailie war ich mir dessen sicher.

Andere Vorstellungen, die ich mir von ihr machte, mußte ich revidieren. Als ich einmal mit einem Mädchen eine lange Diskussion über Küssen hatte – damals sprachen die Leute noch mehr vom Küssen, als daß sie tatsächlich küßten –, erwähnte ich, daß Ailie nur zwei oder drei Männer geküßt hätte, und das nur dann, wenn sie glaubte, sie habe sich verliebt. Ich war ziemlich fassungslos, als das Mädchen vor Lachen buchstäblich auf dem Fußboden lag.

»Aber es ist die Wahrheit«, versicherte ich ihr und wußte plötzlich, daß es nicht die Wahrheit war. »Sie hat es mir selber erzählt.«

»Ailie Calhoun! Du lieber Gott! Na, voriges Jahr auf der Frühlingsparty im Technischen Institut . . .«

Das war im September. Wir konnten jede Woche nach Übersee abkommandiert werden, und aus dem vierten Ausbildungslager traf ein letzter Schub Offiziere ein, um uns auf Kriegsstärke zu bringen. Das vierte Lager war nicht wie die ersten drei – die Offiziersanwärter kamen aus der Mannschaft, ja sogar aus den Reihen der Eingezogenen. Sie hatten merkwürdige Namen ohne Vokale darin. Und abgesehen von ein paar jungen Milizionären war es keineswegs selbstverständlich, daß sie überhaupt irgendeine Erziehung genossen hatten. Unsere Kompanie bekam Leutnant Earl Schoen aus New Bedford in Massachusetts dazu – physisch ein Prachtexemplar, wie ich kaum je eins gesehen habe. Er war einsfünfundachtzig groß, hatte schwarzes Haar, eine frische Gesichtsfarbe und glänzende dunkelbraune Augen. Er war nicht sehr klug und ganz gewiß ungebildet, aber er war ein guter Offizier, hochmütig und achtunggebietend und mit jenem kleidsamen Anflug von Eitelkeit, der dem Militär wohl ansteht. Ich vermutete, daß New Bedford eine Landstadt war, und führte seine Anmaßung und Aufgeblasenheit darauf zurück.

Zwei Offiziere mußten sich nun immer ein Zimmer teilen, und er kam in meinen Barackenraum. Binnen einer Woche wurde das Privatfoto eines Mädchens aus Tarleton brutal an die Bretterwand genagelt.

»Sie ist kein Ladenmädel oder so was. Sie kommt aus der Gesellschaft, verkehrt mit den besten Leuten hier.«

Am nächsten Sonntagnachmittag lernte ich die Dame kennen – am Rande eines beinahe privaten Schwimmbassins irgendwo auf dem Lande. Als Ailie und ich erschienen, hob sich Schoens muskulöser Körper in einem Badeanzug am anderen Ende des Schwimmbassins wellenschlagend halb aus dem Wasser.

»He, Leutnant!«

Als ich zurückwinkte, lächelte er, zwinkerte mit den Augen und deutete mit einer Kopfbewegung auf das Mädchen neben ihm. Dann versetzte er ihr einen Rippenstoß und machte eine Kopfbewegung zu mir hin. Es war eine Art Vorstellung.

»Wer ist der Mann da neben Kitty Preston?« fragte Ailie, und als ich es ihr sagte, behauptete sie, er sähe wie ein Straßenbahnschaffner aus, und tat, als suche sie ihr Umsteigebillett.

Gleich darauf kraulte er kraftvoll und anmutig durch das Bassin und kletterte an unserem Ende aus dem Wasser. Ich stellte ihn Ailie vor.

»Wie gefällt Ihnen mein Mädchen, Leutnant?« fragte er. »Ich habe Ihnen doch gesagt, daß sie in Ordnung ist, was?« Er machte eine Kopfbewegung zu Ailie hin, diesmal um anzudeuten, daß sein Mädchen und Ailie in den gleichen Kreisen verkehrten. »Wie wär's, wenn wir einen Abend alle zusammen ins Hotel essen gehen?«

Gleich darauf überließ ich die beiden sich selbst. Es amüsierte mich, zu sehen, daß Ailie sichtbar zu dem Schluß gelangt war, dies sei jedenfalls nicht der ideale Mann. Aber es war nicht so einfach, Leutnant Earl Schoen loszuwerden. Er ließ seinen Blick heiter und harmlos über ihre hübsche, feingliedrige Gestalt gleiten und entschied, daß Ailie sogar noch besser sei als die andere. Zehn Minuten später sah ich sie zusammen im Wasser. Ailie schwamm mit verbissenen kleinen Stößen los, und Schoen platschte geräuschvoll vor ihr her und um sie herum, hielt manchmal inne und starrte sie fasziniert an, etwa wie ein Junge, der eine Seemannspuppe betrachtet.

Den Rest des Nachmittags blieb er an ihrer Seite. Schließlich kam Ailie zu mir herüber und flüsterte lachend: »Er hängt sich an mich. Er glaubt, ich habe kein Fahrgeld bezahlt.«

Sie drehte sich rasch um. Miß Kitty Preston stand mit merkwürdig rotem und heißem Gesicht vor uns.

»Ailie Calhoun, ich dachte nicht, daß du alles dransetzen würdest, einem anderen Mädchen den Mann auszuspannen.« Etwas wie Angst ob der drohenden Szene malte sich auf Ailies Gesicht. »Ich dachte, du bist dir zu gut für so was.«

Miß Prestons Stimme war leise, aber sie hatte jene Schärfe, die man auf größere Entfernung eher fühlen als hören kann, und ich sah, wie Ailies klare schöne Augen in Panik hierhin und dorthin blickten. Glücklicherweise schlenderte jetzt Earl selber heiter und unschuldig auf uns zu.

»Wenn dir etwas an ihm liegt, solltest du dich vor ihm

wirklich nicht kleiner machen, als du bist«, erwiderte Ailie sofort mit hocherhobenem Kopf.

Ihr Wissen um die traditionelle Verhaltensweise stand gegen Kitty Prestons naive, leidenschaftliche Besitzgier oder, wenn man so lieber will, Ailies »Gute Erziehung« gegen die »Gewöhnlichkeit« der anderen. Sie wandte sich ab.

»Warten Sie einen Augenblick, Kindchen!« rief Earl Schoen. »Was ist mit Ihrer Adresse? Vielleicht würde ich Sie gerne mal anrufen.«

Sie sah ihn auf eine Art an, die Kitty ihren völligen Mangel an Interesse hätte deutlich machen sollen.

»Diesen Monat bin ich beim Roten Kreuz sehr beschäftigt«, sagte sie, und ihre Stimme war so kühl wie ihr glatt zurückgekämmtes blondes Haar. »Auf Wiedersehen.«

Auf dem Heimweg lachte sie. Bisher hatte sie ein Gesicht gemacht, als sei sie unwissentlich in eine zweifelhafte Affäre verwickelt worden; dieser Ausdruck verschwand nun.

»Sie wird diesen jungen Mann nie halten können«, sagte sie. »Er will jemand Neues.«

»Offenbar will er Ailie Calhoun.«

Der Gedanke erheiterte sie.

»Er könnte mir seine Knipszange zum Anstecken geben wie die Anstecknadel einer Studentenverbindung. Wie komisch! Wenn Mutter je so was wie ihn unser Haus betreten sähe, würde sie sich ganz einfach hinlegen und sterben.«

Und um Ailie Gerechtigkeit widerfahren zu lassen: Es dauerte volle vierzehn Tage, bis Earl Schoen einen Besuch bei ihr machte, obwohl er sie bei dem nächsten Tanzvergnügen im Landklub derart bestürmte, daß sie tat, als sei sie verärgert.

»Er ist ein ganz rüder Bursche, Andy«, flüsterte sie mir zu. »Aber er meint es so aufrichtig.«

Sie gebrauchte das Wort »rüde« ohne die Verurteilung, die darin gelegen hätte, wäre Earl Schoen ein junger Mann aus dem Süden gewesen. Sie kannte es nur mit dem Verstand, ihr Ohr konnte keine Yankeestimme von der anderen unterscheiden. Und aus irgendeinem Grunde starb Mrs. Calhoun nicht, als Earl auf der Schwelle stand. Die anscheinend so unausrottbaren Vorurteile von Ailies Eltern erwiesen sich als ein bequemes Phänomen, das auf ihren Wunsch hin verschwand. Diesmal waren es ihre Freunde, die staunten. Ailie, die sich stets ein wenig erhaben über Tarleton gedünkt hatte, Ailie, deren Verehrer stets so sorgfältig ausgewählt und stets die »nettesten« Männer des Lagers waren – Ailie und Leutnant Schoen! Ich bekam es satt, allen Leuten zu versichern, daß sie lediglich Zerstreuung suchte, und in der Tat hatte sie jede Woche jemand anderen – einen Marinefähnrich aus Pensacola, einen alten Freund aus New Orleans –, aber in den Zwischenzeiten war stets Earl Schoen an ihrer Seite.

Es kam der Befehl, daß sich eine Vorausabteilung von Offizieren und Unteroffizieren zum Hafen begeben und nach Frankreich einschiffen sollte. Mein Name stand auf der Liste. Ich war eine Woche lang auf dem Schießplatz gewesen, und als ich ins Lager zurückkehrte, wurde ich sogleich von Earl Schoen am Rockaufschlag festgehalten.

»Wir veranstalten eine kleine Abschiedsparty in der Offiziersmesse. Nur du, ich, Hauptmann Craker und drei Mädchen.«

Earl und ich sollten die Mädchen heranschaffen. Wir

wählten Sally Carrol Happer und Nancy Lamar aus und gingen dann zu Ailies Haus. An der Tür empfing uns der Butler mit der Ankündigung, sie sei nicht zu Hause.

»Nicht zu Hause?« wiederholte Earl verblüfft. »Wo ist sie denn?«

»Hat nicht gesagt, wo, hat nur gesagt, ist nicht zu Hause.«

»Das ist doch aber verdammt komisch!« rief Earl. Er schritt auf der wohlbekannten dunklen Terrasse hin und her, während der Butler an der Tür wartete. Plötzlich kam ihm ein Gedanke. »Weißt du«, sagte er zu mir, »weißt du, ich glaube, sie ist beleidigt.«

Ich wartete. Er wandte sich streng an den Butler: »Sagen Sie ihr bitte, daß ich sie ganz kurz sprechen muß.«

»Wie soll ich ihr was sagen, wo sie nicht zu Hause ist?«

Wieder schritt Earl nachdenklich auf der Terrasse hin und her. Dann nickte er ein paarmal und sagte: »Sie ist beleidigt wegen etwas, was in der Stadt passiert ist.«

Mit ein paar Worten erklärte er mir die Sache.

»Paß auf, du wartest im Auto«, sagte ich. »Vielleicht kann ich das in Ordnung bringen.« Und als er sich zögernd entfernte: »Oliver, bitte richten Sie Miß Ailie aus, daß ich sie unter vier Augen zu sprechen wünsche.«

Nach kurzer Diskussion überbrachte der Butler die Botschaft, und einen Augenblick später kam er mit der Antwort zurück: »Miß Ailie sagt, den andern Herrn will sie nie wiedersehen. Sie sagt, Sie sollen hereinkommen, wenn Sie wollen.«

Sie war in der Bibliothek. Ich hatte erwartet, ein Bild kühler, beleidigter Würde zu erblicken, aber sie sah aufgelöst, verwirrt, verzweifelt aus. Ihre Augen waren rot gerändert, als habe sie seit Stunden langsam und qualvoll geweint.

»Ach, guten Tag, Andy«, sagte sie gebrochen. »Ich habe dich schon so lange nicht gesehen. Ist er weg?«

»Also, Ailie . . .«

»Also, Ailie!« rief sie. »Also, Ailie! Er hat mit mir gesprochen, verstehst du. Er hat den Hut gezogen. Er stand drei Meter von mir entfernt, mit dieser gräßlichen – dieser gräßlichen Frau – hatte sie untergehakt und redete auf sie ein, und dann, als er mich sah, zog er den Hut. Andy, ich wußte nicht, was ich tun sollte. Ich mußte in den Drugstore gehen und um ein Glas Wasser bitten, und ich hatte solche Angst, er könnte hinterherkommen, daß ich Mr. Rich bat, er soll mich durch die Hintertür hinauslassen. Ich möchte ihn niemals wiedersehen und niemals wieder etwas von ihm hören.«

Ich redete. Ich sagte das, was man in solchen Fällen sagt. Ich redete eine halbe Stunde lang. Ich konnte sie nicht umstimmen. Ein paarmal antwortete sie, indem sie irgend etwas über seine mangelnde »Aufrichtigkeit« murmelte, und zum vierten Mal fragte ich mich, was dieses Wort für sie bedeutete. Gewiß nicht Beständigkeit, vielmehr, vermutete ich fast, eine besondere Art, in der sie betrachtet werden wollte.

Ich stand auf und wollte gehen. Und dann hupte es draußen unglaublicherweise dreimal ungeduldig. Es war verblüffend. Das Hupen sagte so klar, als ob Earl im Zimmer stünde: Also gut, scher dich zum Teufel! Ich denke nicht daran, die ganze Nacht hier zu warten.

Ailie sah mich entgeistert an. Und plötzlich trat ein sonderbarer Ausdruck in ihr Gesicht, breitete sich darauf aus, flackerte und löste sich in einem weinerlichen hysterischen Lächeln auf.

»Ist er nicht grauenvoll?« rief sie in hilfloser Verzweiflung. »Ist er nicht fürchterlich?«

»Beeil dich!« sagte ich rasch. »Nimm dein Cape. Das heute ist unser letzter Abend.«

Und immer noch kann ich diesen Abend ganz genau nachempfinden: das Kerzenlicht, das über die nackten Bretter der Baracke zuckte, in der die Offiziersmesse untergebracht war, über die ramponierten Papierdekorationen, die von der Party der Nachschubkompanie übriggeblieben waren, die traurige Mandoline irgendwo in einer Kompaniestraße, die in der allumfassenden Wehmut des scheidenden Sommers immer wieder »My Indiana Home« spielte. Die drei Mädchen, verloren in dieser geheimnisvollen Männerstadt, empfanden auch etwas – eine flüchtige Verzauberung, als säßen sie auf einem Zauberteppich, der im ländlichen Süden niedergegangen war, und jeden Augenblick konnte ihn der Wind erfassen und fortwehen. Wir tranken auf uns und auf den Süden. Dann ließen wir unsere Servietten und leeren Gläser und ein bißchen von der Vergangenheit auf dem Tisch zurück und schritten Hand in Hand ins Mondlicht hinaus. Man hatte bereits den Zapfenstreich gespielt; alles war still bis auf das weit entfernte Wiehern eines Pferdes und ein lautes, hartnäckiges Schnarchen, über das wir lachten, und das Knacken des ledernen Schulterriemens, als der Wachposten am Schilderhaus sein Gewehr mit beiden Händen schräg vor der Brust hielt. Craker hatte Dienst; wir anderen stiegen in ein bereitstehendes Auto und setzten Crakers Mädchen in Tarleton ab.

Dann fuhren Ailie und Earl, Sally und ich, zwei Paare

auf dem breiten Rücksitz, jedes Paar vom anderen abgewandt, flüsternd und mit sich beschäftigt, in die weite, ebene Dunkelheit hinaus.

Wir fuhren durch Fichtenwälder, deren Boden dicht mit Flechten und spanischem Moos bedeckt war, und zwischen den blaßgelben Baumwollfeldern eine Straße entlang, die so weiß war wie der Rand der Welt. Wir parkten unterm Sprenkelschatten einer Mühle, wo wir das Geräusch von fließendem Wasser hörten und das unruhige Piepen der Vögel, und über allem lag ein Glanz, der überall einzudringen versuchte – in die verfallenen Niggerhütten, in das Auto, in die schnellen Schläge unserer Herzen. Der Süden sang uns zu – ich hätte gern gewußt, ob sie sich noch daran erinnern. Ich erinnere mich – die kühlen, bleichen Gesichter, die schläfrigen, verliebten Augen und die Stimmen:

»Fühlst du dich wohl?«
»Ja; du auch?«
»Ganz bestimmt?«
»Ja.«

Plötzlich wußten wir, daß es spät war und daß nichts mehr kommen würde. Wir fuhren nach Hause.

Am nächsten Tag brach unsere Abteilung nach Camp Mills auf, aber ich kam zu guter Letzt doch nicht nach Frankreich. Wir verbrachten einen kalten Monat auf Long Island, marschierten, den Helm an der Seite festgeschnallt, an Bord eines Truppentransporters und marschierten dann wieder herunter. Der Krieg war vorbei. Ich hatte den Krieg verpaßt. Als ich nach Tarleton zurückkam, versuchte ich alles, um aus der Armee entlassen zu werden, aber ich hatte ein reguläres Offizierspatent, und so dauerte es fast den ganzen Winter. Earl Schoen aber war einer der ersten, die demobilisiert wurden. Er wollte sich eine gute Stellung suchen, »solange man noch die Auswahl hatte«. Ailie wollte sich nicht festlegen, aber sie hatten vereinbart, daß er zurückkommen solle.

Im Januar verschwanden die Lager bereits, die zwei Jahre lang die kleine Stadt beherrscht hatten. Nur noch der anhaltende Gestank des Verbrennungsofens erinnerte einen an das geschäftige Treiben. Die Leute, die noch übriggeblieben waren, konzentrierten sich verbittert um das Hauptquartier der Division mit den mißmutigen Berufsoffizieren, die den Krieg ebenfalls verpaßt hatten.

Und nun kamen die jungen Männer von Tarleton aus allen Teilen der Welt zurück – einige in kanadischer Uniform, einige mit Krücken oder leeren Ärmeln. Ein zurückgekehrtes Bataillon der Nationalgarde marschierte zu Ehren seiner Toten in offener Formation durch die Straßen und ließ dann die Romantik für immer hinter sich – bald verkauften sie in den Geschäften der Stadt Waren über den Ladentisch. Bei den Tanzveranstaltungen im Landklub mischten sich nur wenige Uniformen unter die Smokings.

Kurz vor Weihnachten traf unerwartet Bill Knowles ein und reiste am nächsten Tag wieder ab – entweder hatte er Ailie ein Ultimatum gestellt, oder sie hatte sich endlich entschlossen. Ich sah sie manchmal, wenn sie nicht von heimgekehrten Helden aus Savannah und Augusta mit Beschlag belegt war, aber ich kam mir vor wie ein altmodisches Überbleibsel – und das war ich auch. Sie wartete auf Earl Schoen mit so großer Unsicherheit, daß sie nicht gern darüber sprach. Drei Tage vor meiner endgültigen Entlassung kam er.

Das erste Mal begegnete ich ihnen, als sie zusammen die

Market Street entlanggingen, und ich glaube, nie in meinem Leben hat mir ein Paar so leid getan, obwohl sich das gleiche vermutlich in jeder Stadt wiederholte, in der es Militärlager gegeben hatte. Alles nur Erdenkliche war falsch an Earls Äußerem. Sein Hut war grün mit einer übertriebenen Feder darauf, sein Anzug hatte Schlitze und war mit Tressen eingefaßt, einer grotesken Mode gehorchend, der die Modeinserate und der Film ein Ende gemacht hatten. Offensichtlich war er bei seinem alten Friseur gewesen, denn sein Haar fiel locker auf seinen sauber rasierten rosa Hals. Nicht daß er schäbig und armselig gewirkt hätte, aber man spürte sofort das Milieu von Fabrikstadttanzsälen und Ausflugslokalen – oder vielmehr Ailie spürte es. Denn sie hatte sich die Wirklichkeit niemals richtig vorstellen können; in dieser Kleidung war selbst die natürliche Anmut seines prachtvollen Körpers verschwunden. Zuerst prahlte er mit seiner guten Stellung; sie würden ganz leidlich auskommen, bis er eine Gelegenheit sah, »leicht Geld zu machen«. Aber von dem Augenblick an, als er in ihre Welt zurückkehrte und sich deren Bedingungen unterwarf, muß er gewußt haben, daß die Sache hoffnungslos war. Ich weiß nicht, was Ailie sagte, oder wie schwer ihr Kummer gegenüber ihrer Bestürzung wog. Sie handelte schnell – drei Tage nach seiner Ankunft fuhren Earl und ich zusammen im Zug nach Norden.

»Na, das ist nun zu Ende«, sagte er schwermütig. »Sie ist ein fabelhaftes Mädel, aber viel zu intellektuell für mich. Ich meine, sie sollte einen reichen Mann heiraten, der ihr eine großartige gesellschaftliche Stellung bieten kann. So was Hochgestochenes ist nichts für mich.« Und dann, etwas später: »Sie sagte, ich soll in einem Jahr wiederkommen und sie besuchen, aber ich fahre nie wieder hin. Dieses ganze aristokratische Gehabe ist gut, wenn du das Geld dafür hast, aber . . .«

»Aber es war alles nicht echt«, wollte er schließen. Die Provinzgesellschaft, in der er sich sechs Monate lang mit so großer Genugtuung bewegt hatte, erschien ihm jetzt affektiert, geziert und künstlich.

»Sag mal, hast du gesehn, was da vorhin eingestiegen ist?« fragte er mich nach einer Weile. »Zwei fabelhafte Mädels, und ganz allein. Weißt du was, wir ziehen in den nächsten Wagen und laden sie zum Essen ein. Ich nehme die in Blau.« Als er schon durch den halben Wagen hindurch war, drehte er sich plötzlich zu mir um. »Sag mal, Andy«, fragte er stirnrunzelnd, »eine Frage – was glaubst du, woher wußte sie, daß ich Straßenbahnschaffner war? Ich hab ihr das doch nie gesagt.«

»Keine Ahnung.«

III

Diese Erzählung ist nun an einer der großen Lücken angelangt, die mich anstarrten, als ich begann. Sechs Jahre lang, während ich in Harvard mein Jurastudium beendete und Verkehrsflugzeuge baute und Straßenpflaster, das unter Lastwagen zerbröckelte, mit einem festen Unterbau versah, war Ailie Calhoun kaum mehr als ein Name auf einer Weihnachtskarte; etwas, das an warmen Abenden, wenn ich mich an die Magnolienblüten erinnerte, sacht in mein Gemüt wehte. Gelegentlich fragte mich ein Bekannter aus meiner Armeezeit: »Was ist eigentlich aus dem blonden Mädchen geworden, das so beliebt war?«, aber ich wußte es nicht. Eines Abends traf ich im »Montmartre« in New York zufällig Nancy Lamar und erfuhr, daß Ailie sich mit einem Mann in Cincinnati verlobt hatte, daß sie in den Norden gefahren war, um seine Familie zu besuchen, und dann die Verlobung gelöst hatte. Sie war so hübsch wie nur je und hatte immer einen oder zwei leidenschaftliche Verehrer. Aber weder Bill Knowles noch Earl Schoen waren je wiedergekommen.

Etwa um dieselbe Zeit hörte ich, daß Bill Knowles ein Mädchen geheiratet hatte, das er auf einem Schiff kennengelernt hatte. Da hat man's – nicht viel, um sechs Jahre wiedergutzumachen.

Seltsamerweise kam ich beim Anblick eines Mädchens in der Dämmerung auf einem kleinen Bahnhof in Indiana auf die Idee, in den Süden zu fahren. Das Mädchen in steifem rosa Organdy schlang ihre Arme um einen Mann, der aus unserem Zug ausstieg, und zog ihn zu einem bereitstehenden Auto, und ich fühlte so etwas wie einen stechenden Schmerz. Es schien mir, als entführe sie ihn in die verlorene Mittsommerwelt meiner frühen zwanziger Jahre, als die Zeit stillgestanden hatte und wo reizende Mädchen, nur undeutlich sichtbar wie die Vergangenheit selber, immer noch durch die im Dämmerlicht liegenden Straßen schlenderten. Ich glaube, Poesie ist der Traum, den ein Mann aus dem Norden vom Süden träumt. Aber erst Monate später schickte ich Ailie ein Telegramm und folgte ihm sogleich nach Tarleton.

Es war Juli. Das Jefferson-Hotel sah merkwürdig schäbig und muffig aus – ein Förderungsverein stimmte im Speisesaal, den meine Erinnerung so lange Offizieren und Mädchen zugeeignet hatte, in Abständen Lieder an. Ich erkannte den Taxichauffeur wieder, der mich zu Ailies

Haus fuhr, doch sein »Natürlich erinnere ich mich, Leutnant« klang nicht sehr überzeugend. Ich war nur einer von zwanzigtausend.

Es waren sonderbare drei Tage. Ich glaube, etwas von Ailies erstem Jugendglanz muß den Weg alles Irdischen gegangen sein, aber ich kann das nicht mit Sicherheit sagen. Sie war physisch immer noch so anziehend, daß man gern die Persönlichkeit berührt hätte, die auf ihren Lippen zitterte. Nein – die Veränderung ging tiefer.

Ich sah sofort, daß sie sich jetzt anders gab. Die Töne des Stolzes, die Andeutungen, daß sie die Geheimnisse einer strahlenderen, schöneren Vorkriegszeit kannte, waren aus ihrer Stimme verschwunden; es war keine Zeit mehr dafür, als sie jetzt in der halb lachenden, halb verzweifelten neckischen Art des neueren Südens drauflosplapperte. Und alles wurde in dieses neckische Geplauder hineingestopft, damit nur ja keine Pause entstand und man keine Zeit zum Nachdenken hatte – die Gegenwart, die Zukunft, sie selbst, ich. Wir gingen zusammen zu einer Rowdy-Party im Hause eines jungen Ehepaares, und sie war der nervöse, strahlende Mittelpunkt des Festes. Schließlich war sie nicht mehr achtzehn, und sie war so anziehend wie nie zuvor in der Rolle des unbekümmerten Clowns.

»Hast du irgendwas von Earl Schoen gehört?« fragte ich sie am zweiten Abend, auf dem Weg zum Tanz im Landklub.

»Nein.« Sie war einen Augenblick lang ernst. »Ich denke oft an ihn. Er war der . . .« Sie zögerte.

»Sprich weiter.«

»Ich wollte sagen, der Mann, den ich am meisten liebte,

aber das stimmt ja nicht. Ich liebte ihn niemals wirklich, sonst hätte ich ihn trotz allem geheiratet, nicht wahr?« Sie sah mich fragend an. »Zumindest hätte ich ihn nicht so behandelt, wie ich es getan habe.«

»Es war unmöglich.«

»Natürlich«, pflichtete sie mir unsicher bei. Ihre Stimmung schlug um; sie wurde frivol: »Wie die Yankees uns arme kleine Mädchen aus dem Süden betrogen haben! Mein Gott!«

Als wir den Landklub betraten, tauchte sie wie ein Chamäleon in der Menschenmenge unter, die mir fremd war. Es war eine neue Generation auf der Tanzfläche, die weniger Würde hatte als jene, die ich gekannt hatte, aber niemand war so sehr ein Teil ihres trägen, fieberischen innersten Wesens wie Ailie. Möglicherweise hatte sie begriffen, daß sie in ihrer ursprünglichen Sehnsucht, der Provinzatmosphäre von Tarleton zu entfliehen, eine Einzelgängerin gewesen war – daß sie einer Generation folgte, deren Schicksal es war, keine Nachfolger zu haben. Wo sie die Schlacht verloren hatte, die hinter den weißen Säulen ihrer Terrasse geschlagen wurde, wußte ich nicht. Aber sie hatte sich verrechnet, hatte irgendwo falsch gesetzt. Ihre wilde Lebhaftigkeit, die selbst jetzt noch genug Männer anzog – selbst die jüngsten und frischesten Mädchen hatten nicht mehr Verehrer als sie –, war ein Eingeständnis ihrer Niederlage.

Ich verließ ihr Haus, wie ich es so oft in jenem entschwundenen Juni verlassen hatte, in einer Stimmung vager Unbefriedigung. Erst Stunden später, als ich mich in meinem Hotelbett hin und her wälzte, begriff ich, was los war, was immer mit mir los gewesen war – daß ich leidenschaftlich und unheilbar in sie verliebt war. Trotz aller Gegensätze zwischen uns war sie für mich immer noch das anziehendste Mädchen, das ich je gekannt hatte, und würde es stets bleiben. Ich sagte ihr das am nächsten Nachmittag. Es war einer jener heißen Tage, die ich so gut kannte, und Ailie saß neben mir in der abgedunkelten Bibliothek auf einer Couch.

»Nein, ich könnte dich nicht heiraten«, sagte sie beinahe erschreckt, »ich liebe dich doch gar nicht auf diese Weise . . . das habe ich nie getan. Und du liebst mich auch nicht. Ich wollte es dir eigentlich nicht jetzt erzählen – ich heirate nächsten Monat. Wir geben es nicht mal vorher bekannt, weil ich das schon zweimal getan habe.« Plötzlich fiel ihr ein, daß ich vielleicht verletzt sein mochte. »Andy, das war doch nur so ein Einfall von dir, nicht wahr? Du weißt doch, daß ich nie einen Mann aus dem Norden heiraten könnte.«

»Wer ist es?« fragte ich.

»Ein Mann aus Savannah.«

»Bist du verliebt in ihn?«

»Natürlich.« Wir lächelten beide. »Natürlich. Was willst du denn von mir hören?«

Es gab keine Zweifel, wie es sie in bezug auf andere Männer gegeben hatte. Sie konnte es sich nicht leisten, Zweifel zu haben. Ich wußte das, weil sie schon lange aufgehört hatte, mir irgend etwas vorzumachen. Ich begriff, daß sie deshalb so natürlich war, weil sie in mir keinen Bewerber sah. Unter der Maske des seinem Instinkt gehorchenden Vollbluts war sie sich stets über sich selbst im klaren gewesen, und sie konnte nicht glauben, daß jemand, der sie nicht kritiklos anbetete, sie wirklich lieben konnte. Das nannte sie »es aufrichtig meinen«; sie fühlte sich sicherer mit Männern wie Canby und Earl Schoen, die nicht imstande waren, Urteile über das scheinbar so aristokratische Herz zu fällen.

»Also gut«, sagte ich, als habe sie mich um die Erlaubnis gebeten, zu heiraten. »Würdest du mir einen Gefallen tun?«

»Alles.«

»Fahr mit mir zum Lager.«

»Aber da steht doch nichts mehr, mein Lieber.«

»Das ist mir egal.«

Wir gingen in die Stadt. Der Taxichauffeur vor dem Hotel wiederholte Ailies Einwand. »Da ist nichts mehr, Captain.«

»Macht nichts. Fahren Sie trotzdem hin.«

Zwanzig Minuten später hielt er auf einer weiten, fremd aussehenden Ebene, die mit neuen Baumwollfeldern übersät und durch einzelne Fichtengruppen gekennzeichnet war.

»Wollen Sie dort rüber, wo man den Rauch sieht?« fragte der Fahrer. »Das ist das neue Staatsgefängnis.«

»Nein. Fahren Sie nur diesen Weg entlang. Ich möchte die Stelle finden, wo ich mal gewohnt habe.«

Die verfallene Tribüne einer alten Rennstrecke, die in der großen Zeit des Lagers gar nicht aufgefallen war, erhob sich in der Einöde. Vergeblich versuchte ich mich zurechtzufinden.

»Fahren Sie diesen Weg weiter, bis hinter die Baumgruppe dort, und biegen Sie dann nach rechts ab – nein, nach links.«

Er gehorchte mit berufsmäßigem Widerwillen.

»Du findest dort gar nichts mehr, Lieber«, sagte Ailie. »Die Bauunternehmer haben alles abreißen lassen.«

Wir fuhren langsam an den Feldern entlang. Hier konnte es gewesen sein . . .

»Gut. Ich möchte aussteigen«, sagte ich plötzlich.

Ich ließ Ailie im Auto zurück. Sie sah sehr schön aus, als der warme Wind mit ihrem langen, lockigen Haar spielte.

Das da konnte die Kompaniestraße gewesen sein und dort, genau gegenüber, die Baracke der Offiziersmesse, wo wir an jenem Abend gegessen hatten.

Der Taxifahrer betrachtete mich nachsichtig, während ich hier und da in dem kniehohen Gestrüpp herumstolperte und in einer Schindel oder einem Stück Dachpappe oder einer rostigen Tomatenbüchse nach meiner Jugend suchte. Ich versuchte eine Baumgruppe anzuvisieren, die mir irgendwie bekannt vorkam, aber es wurde jetzt dunkler, und ich war mir nicht sicher, ob es die richtigen Bäume waren.

»Die alte Rennstrecke wird wieder hergerichtet«, rief Ailie vom Wagen her. »Tarleton wird ganz mondän auf seine alten Tage.«

Nein. Genauer betrachtet, waren es doch nicht die richtigen Bäume. Fest stand nur das eine: daß dieser Ort, einst so voller Leben und Bemühen, verschwunden war, als habe es ihn nie gegeben, und daß Ailie in einem Monat verschwunden sein würde und der Süden für immer leer für mich.

Wiedersehen mit Babylon

I

»Und wo ist Mr. Campbell?« fragte Charlie.
»In die Schweiz gefahren. Mr. Campbell ist ein schwerkranker Mann, Mr. Wales.«
»Traurige Nachrichten. Und George Hardt?« erkundigte sich Charlie.
»Wieder in Amerika, arbeiten.«
»Und wo ist der Schneevogel?«
»Der war vorige Woche noch hier. Jedenfalls ist sein Freund, Mr. Schaeffer, in Paris.«
Zwei vertraute Namen aus der langen Liste von vor anderthalb Jahren. Charlie kritzelte eine Adresse in sein Notizbuch und riß das Blatt heraus.
»Geben Sie das Mr. Schaeffer, wenn Sie ihn sehen«, sagte er. »Es ist die Adresse meines Schwagers. Ich habe noch kein Zimmer.«
Er war nicht eigentlich enttäuscht, Paris so verlassen vorzufinden. Doch in der Ritz Bar berührte ihn diese Stille seltsam und unheimlich. Das war keine amerikanische Bar mehr. Er kam sich so gesittet vor; gar nicht, als wenn sie ihm gehöre. Sie gehörte wieder zu Frankreich. Das hatte er schon gespürt, als er aus dem Taxi stieg und sah, wie der Portier, der gewöhnlich zu dieser Stunde in fieberhafter Tätigkeit war, am Personaleingang mit einem *chasseur* schwatzte.

Als er durch den Korridor ging, hörte er nur eine einzelne gelangweilte Stimme in dem einst so geräuschvollen Damensalon. In der Bar ging er die zehn Schritte über den grünen Teppich, wobei er nach alter Gewohnheit den Blick starr geradeaus richtete, und erst, als er den Fuß sicher auf der Messingstange hatte, wandte er sich um und musterte den Raum. Dabei begegnete er nur einem einzigen Augenpaar, das in der Ecke hinter einer Zeitung auftauchte. Charlie fragte nach dem Chefmixer Paul, der in jenen Tagen der Hochkonjunktur stets in seinem eigenen maßgeschneiderten Wagen zur Arbeit erschien, den er indessen taktvoll an der nächsten Ecke parkte. Aber Paul war gerade draußen in seinem Landhaus, und es war Alix, der Charlie Auskunft gab.

»Nein, nichts mehr«, sagte Charlie, »ich halte mich jetzt etwas zurück.«

Alix beglückwünschte ihn. »Noch vor ein paar Jahren waren Sie ganz schön in Form.«

»Ich will fest bleiben«, versicherte ihm Charlie. »Ich hab mich jetzt schon über anderthalb Jahren daran gehalten.«

»Wie lebt sich's denn in Amerika?«

»Ich war seit Monaten nicht mehr drüben. Ich bin geschäftlich in Prag als Vertreter einiger Firmen. Dort unten weiß man nichts über mich.«

Alix lächelte.

»Wissen Sie noch, wie wir hier George Hardts Junggesellenabschied gefeiert haben?« sagte Charlie. »Was ist übrigens aus Claude Fessenden geworden?«

Alix senkte vertraulich die Stimme: »Er ist in Paris, kommt aber nicht mehr her. Paul will's nicht. Er hat's auf eine Rechnung von dreißigtausend Francs gebracht, ließ über ein Jahr lang jeden Drink, seinen Lunch und meistens auch noch das Dinner anschreiben, und als Paul ihn schließlich mahnte, gab er ihm einen ungedeckten Scheck.«

Alix schüttelte traurig den Kopf.

»Ich versteh's nicht – so ein eleganter Mann. Jetzt ist er ganz aufgeschwemmt, so –« Er deutete die Plumpheit durch eine entsprechende Geste an.

Charlie beobachtete ein paar Luxusdämchen, die sich geräuschvoll in einer Ecke niederließen.

»Die ficht nichts an«, dachte er. »Steigende oder fallende Kurse, Konjunktur oder Arbeitslosigkeit – die machen immer so weiter.« Das Lokal bedrückte ihn. Er ließ sich die Würfel geben und knobelte mit Alix seinen Drink aus.

»Bleiben Sie länger, Mr. Wales?«

»Nur vier oder fünf Tage, um meine kleine Tochter zu besuchen.«

»Oh! Sie haben ein Töchterchen!«

Draußen schimmerten die glutroten, gasblauen und gespenstisch grünen Lichtreklamen trüb im Regendunst. Es ging auf den Abend, die Straßen waren belebt und die Bistros hell erleuchtet. An der Ecke des Boulevard des Capucines nahm er ein Taxi. Die Place de la Concorde glitt in rosiger Pracht vorüber; sie überquerten die Trennlinie der Seine, und mit einemmal kam Charlie der provinzielle Charakter des linken Seineufers zum Bewußtsein. Er dirigierte das Taxi zur Avenue de l'Opéra, obwohl die nicht an seinem Wege lag. Er wollte sehen, wie sich die Dämmerung der blauen Stunde auf die prächtige Fassade senkte, und sich vorstellen, die Autohupen, die unaufhörlich die ersten Takte von »Le plus que lent« ertönen ließen, seien die Fanfaren des Zweiten Kaiserreichs. An Brentanos Buchhandlung wurde gerade das Eisengitter herabgelassen, und hinter der zierlich gestutzten Hecke bei Duval saßen die Leute schon beim Abendessen. Nie hatte er in Paris in einem wirklich billigen Restaurant gespeist: das Diner mit fünf Gängen zu vier Francs fünfzig (achtzehn Cents), Wein inbegriffen. Aus irgendeinem unerfindlichen Grunde bedauerte er das jetzt.

Als sie auf das linke Seineufer fuhren, das er plötzlich als provinziell empfand, dachte er: »Ich habe mir diese Stadt selber verdorben. Ich merkte es nicht, aber die Tage gingen so hin, einer nach dem anderen, und dann waren es zwei Jahre, und alles war hin – und ich selbst auch.«

Er war fünfunddreißig und sah gut aus. Eine tiefe Falte zwischen den Augen dämpfte die irische Lebhaftigkeit seines Gesichtsausdrucks. Als er bei seinem Schwager in der Rue Palatine läutete, vertiefte sich diese Falte noch und zog seine Augenbrauen zusammen; er hatte ein krampfartiges Gefühl in der Magengegend. Hinter dem Dienstmädchen, das die Tür öffnete, schoß ein reizendes Mädelchen von neun Jahren hervor, schrie »Pappi!« und flog, zappelnd wie ein Fisch, in seine Arme. Sie zog seinen Kopf an einem Ohr herab und legte ihr Wange an seine.

»Mein Piepmatz«, sagte er.

»Oh, Pappi, Pappi, Pappi, Pappi, Papps, Papps, Papps!«

Sie zog ihn in den Salon, wo ihn die Familie, ein Junge und ein mit seiner Tochter gleichaltriges Mädchen, seine Schwägerin und ihr Mann, erwartete. Er begrüßte Marion, wobei er im Ton sorgfältig zwischen falscher Herzlichkeit und echter Abneigung die Mitte hielt, aber sie blieb noch deutlich reserviert, wenn sie auch ihren

Ausdruck unveränderlichen Mißtrauens durch einen freundlichen Blick auf sein Töchterchen milderte. Die beiden Männer tauschten einen freundschaftlichen Händedruck, und Lincoln Peters legte seine Hand einen Augenblick auf Charlies Schulter.

Der Raum war geheizt und anheimelnd amerikanisch. Die drei Kinder bewegten sich ganz ungezwungen und dehnten ihre Spiele durch die hohen gelben Rechtecke der Türen auch in die anderen Zimmer aus. Das Knacken der Holzscheite im Kamin und die echt französischen Geräusche aus der Küche erzeugten eine typische Sechs-Uhr-Behaglichkeit. Aber Charlie entspannte sich nicht; es saß ihm sein Herz wie ein Stein in der Brust, und nur der Anblick seines Töchterchens, das sich, die mitgebrachte Puppe im Arm, von Zeit zu Zeit eng an ihn schmiegte, machte ihn etwas zuversichtlicher.

»Wirklich, ausnehmend gut«, antwortete er auf eine Frage von Lincoln. »Viele Unternehmen dort kommen nicht recht vom Fleck, doch bei uns geht's besser als je. Verdammt gut, tatsächlich. Nächsten Monat laß ich meine Schwester aus Amerika herüberkommen, damit sie mir den Haushalt führt. Im letzten Jahr habe ich mehr verdient, als früher mein Vermögen abwarf. Ja die Tschechen –«

Er renommierte mit ganz bestimmter Absicht, aber als er einen leichten Unwillen in Lincolns Blick bemerkte, wechselte er sogleich das Thema.

»Ihr habt hübsche Kinder, so gut erzogen, und artig.«
»Wir finden, Honoria ist auch ein Prachtstück.«

Marion Peters kam eben aus der Küche zurück. Sie war eine große Erscheinung mit müde blickenden Augen. Einst hatte sie eine gewisse amerikanische Frische und

Hübschheit besessen, aber nicht für Charlie, der jedesmal überrascht war zu hören, wie hübsch sie einmal gewesen sein sollte. Von Anfang an hatte zwischen ihnen eine instinktive Abneigung geherrscht.

»Nun, wie findest du Honoria?« fragte sie.

»Fabelhaft. Ich war ganz erstaunt, wie sie in den zehn Monaten gewachsen ist. Alle drei sehen glänzend aus.«

»Wir haben das ganze Jahr keinen Arzt gebraucht. Und wie fühlst du dich nun – wieder in Paris?«

»Es ist mir ganz komisch, so wenig Amerikaner zu sehen.«

»Gott sei Dank!« sagte Marion mit Nachdruck. »Jetzt kann man wenigstens in einen Laden gehen, ohne für einen Millionär gehalten zu werden. Wir haben viel durchgemacht, wie alle, aber im ganzen lebt sich's jetzt viel angenehmer.«

»Dennoch war es schön damals«, sagte Charlie. »Wir waren wie Könige, fast unfehlbar und von einer magischen Aura umgeben. Heute nachmittag in der Bar« – er bemerkte seinen Fauxpas und stockte – »traf ich nicht einen einzigen Bekannten.«

Sie blickte ihn scharf an. »Ich dachte, du hättest genug von den Bars.«

»Habe nur eben hineingeschaut. Ich nehme nur einen Drink jeden Nachmittag, mehr nicht.«

»Möchtest du einen Cocktail vor dem Essen?« fragte Lincoln.

»Nein, nur einen am Nachmittag, und den hatte ich schon.«

»Hoffentlich bleibst du dabei«, sagte Marion.

Durch die Kälte, mit der sie sprach, gab sie deutlich ihre Abneigung zu erkennen. Aber Charlie lächelte darüber; er hatte weiterreichende Pläne. Ihre aggressive Art war für ihn nur von Vorteil; er konnte warten. Sie wußten, weshalb er nach Paris gekommen war, und er wünschte, daß dieses Thema von ihnen angeschnitten würde.

Bei Tisch fragte er sich vergeblich, ob Honoria mehr ihm oder mehr ihrer Mutter gliche. Es war schon ein Glück, wenn sie nicht die Eigenschaften in sich vereinigte, an denen sie beide gescheitert waren. Das Gefühl, sie beschützen zu müssen, wallte stark in ihm empor; er meinte zu wissen, was ihr not tat. Er glaubte fest an den Charakter und wollte sich um eine ganze Generation zurückversetzen und auf ihn als das einzig Wertvolle im Menschen bauen. Alles andere hatte keinen Bestand.

Bald nach dem Abendessen brach er auf, aber nicht, um nach Hause zu gehen. Er war gespannt, Paris bei Nacht einmal mit nüchterneren und kritischeren Augen zu sehen als in jenen Tagen. Er nahm sich einen Klappsitz im Casino de Paris und sah sich Josephine Baker in ihren schokoladebraunen Arabesken an.

Er blieb nur eine Stunde; dann schlenderte er in Richtung Montmartre die Rue Pigalle hinauf bis zur Place Blanche. Der Regen hatte aufgehört. Man sah nur wenige Leute in Abendkleidung, die vor den Cabarets aus dem Taxi stiegen, ein paar Kokotten, die einzeln oder paarweise umherstrichen, und viele Neger. Eine erleuchtete Tür, aus der ihm Musik entgegenschlug, kam ihm vertraut vor, und er blieb stehen. Es war Bricktops Bar, wo er viele Stunden verbracht und viel Geld gelassen hatte. Ein paar Türen weiter fand er ein anderes Stammlokal und steckte unvorsichtigerweise den Kopf hinein. Sogleich entfaltete das Orchester einen gewaltigen Lärm, ein paar Tanzmädchen sprangen auf, und ein Geschäftsführer schoß mit dem Ruf »Gleich wird hier Hochbetrieb sein, Sir!« auf ihn los. Aber er zog sich schleunigst zurück.

»Da müßte ich verdammt blau sein«, dachte er.

Zelli hatte geschlossen, und die billigen zweifelhaften Hotels in der Nachbarschaft waren dunkel. Weiter oben in der Rue Blanche war es heller und von Einheimischen bevölkert, die sich lebhaft unterhielten. Der Literatenkeller war verschwunden, aber das Himmels- und das Höllen-Café gähnten einem immer noch weit geöffnet entgegen und verschluckten sogar, während er noch dastand, die spärlichen Insassen eines Touristenomnibusses: ein deutsches, ein japanisches und ein amerikanisches Paar, die ihn aus erschreckten Augen anstarrten.

Genug von der erfinderischen Betriebsamkeit auf Montmartre. Diese ganze Versorgung mit Laster und Amüsement hatte etwas ungemein Kindisches. Plötzlich wurde ihm die Bedeutung des Wortes »Zerstreuung« klar – sich zerstreuen, sich verflüchtigen, verdunsten; aus Etwas ein Nichts machen. In den späten Nachtstunden war jeder Lokalwechsel ein gewaltiger Entschluß, ein gesteigerter Geldaufwand für den Vorzug eines Minimums an Bewegung.

Er erinnerte sich: Tausendfrancscheine für die Musik, nur damit sie einen bestimmten Schlager spielte; hundert Francs für den Portier, damit er ein Taxi herbeipfiff.

Und doch waren alle diese Gelder nicht umsonst ausgegeben worden.

Noch die sinnlosest vergeudete Summe war eine Opfergabe an das Schicksal gewesen dafür, daß er nicht an die Dinge erinnert würde, auf die es allein ankam und die er nun nie mehr vergessen würde – sein Kind, das ihm entzogen worden war, und sein Weib, das sich in ein Grab nach Vermont geflüchtet hatte.

Im grellen Licht einer Brasserie sprach ihn eine Frau an. Er bestellte ihr ein paar Eier und einen Kaffee, schenkte ihr, ohne auf ihre einladenden Blicke einzugehen, einen Zwanzigfrancschein und fuhr mit einem Taxi in sein Hotel.

II

Es war ein herrlicher Herbsttag, als er aufwachte – Footballwetter. Seine gedrückte Stimmung von gestern war verflogen, er fand alle Leute auf den Straßen nett. Mittags saß er Honoria im Grand Vatel gegenüber, dem einzigen Restaurant, das ihn nicht an Sektgelage erinnerte und an ausgedehnte Frühstücke, die um zwei begannen und erst im verwaschenen ungewissen Dämmer des nächsten Morgens endeten.

»Nun, wie wär's mit Gemüse? Würde dir nicht etwas Gemüse guttun?«

»Hm, ja.«

»Hier steht Spinat, Blumenkohl, Karotten und grüne Bohnen.«

»Ich möchte Blumenkohl.«

»Vielleicht willst du zwei Gemüse haben?«

»Ich bekomme immer nur eins mittags.«

Der Kellner tat so, als sei er ganz besonders kinderlieb. »*Qu'elle est mignonne la petite! Elle parle exactement comme une française.*«

»Und Nachtisch? Sollen wir erst mal abwarten?«

Der Kellner entschwand. Honoria sah ihren Vater erwartungsvoll an.

»Was werden wir unternehmen?«

»Zuerst gehn wir in den Spielwarenladen in der Rue Saint-Honoré und kaufen dir alles, was du willst. Und dann gehen wir ins Vaudeville im Empire.«

Sie zögerte. »Vaudeville ist sehr schön. Aber nicht der Spielzeugladen.«

»Wieso nicht?«

»Du hast mir doch schon die Puppe mitgebracht.« Sie hatte sie bei sich. »Und ich habe einen Haufen Spielsachen. Wir sind doch nicht mehr reich, nicht wahr?«

»Nie gewesen. Aber heute soll dir jeder Wunsch erfüllt werden.«

»Ja«, stimmte sie ergeben zu.

Als ihre Mutter noch lebte und sie eine französische Bonne hatten, war er eher streng gewesen. Jetzt weitete er sein Herz und bemühte sich um eine nette Art von Großzügigkeit. Er mußte ihr Vater und Mutter in einem sein und durfte die Beziehung in keiner Hinsicht verkümmern lassen.

»Ich möchte Sie gerne kennenlernen«, sagte er feierlich. »Zunächst, gestatten Sie, daß ich mich vorstelle. Ich heiße Charles J. Wales, aus Prag.«

»Oh, Pappi!« Ihre Stimme überschlug sich vor Lachen.

»Und wer sind Sie, bitte?« fuhr er ungerührt fort, und sie fand sich sogleich in die Rolle: »Honoria Wales, Rue Palatine, Paris.«

»Verheiratet, oder leben Sie allein?«

»Nein, nicht verheiratet. Allein.«

Er zeigte auf die Puppe. »Doch wie ich sehe, haben Sie ein Kind, Madame.«

Sie wollte es nicht verleugnen, drückte es an ihr Herz und dachte rasch nach: »Ja, ich war verheiratet, aber jetzt nicht mehr. Mein Mann ist gestorben.«

Er ging schnell darüber hinweg. »Und wie heißt Ihr Kind?«

»Simone. Nach meiner besten Schulfreundin.«

»Fein, daß du in der Schule so gut vorankommst.«

»Diesen Monat bin ich dritte.« Sie fühlte sich. »Elsie« – das war ihre Cousine – »ist nur etwa achtzehnte, und Richard steht ganz unten.«

»Du liebst doch Richard und Elsie, oder?«

»O ja. Richard mag ich sehr gern und sie auch.«

Vorsichtig fragte er so nebenbei: »Und Tante Marion und Onkel Lincoln – wen magst du lieber?«

«Oh, ich glaube Onkel Lincoln.«

Er wurde sich mehr und mehr ihrer kleinen Person bewußt. Schon als sie das Lokal betraten, hatte man allgemein geraunt »Himmlisch«; die Leute am Nebentisch beschäftigten sich in jeder Gesprächspause mit ihnen und starrten das Kind an, als wenn es dafür ebenso unempfindlich sei wie irgendeine Blume.

»Warum wohne ich eigentlich nicht bei dir?« fragte sie plötzlich. »Weil Mama tot ist?«

»Du mußt noch hierbleiben und mehr Französisch lernen. Pappi hätte nicht so gut für dich sorgen können.«

»Um mich braucht sich niemand mehr besonders zu kümmern. Ich bin schon ganz selbständig.«

Als sie das Restaurant verlassen wollten, begrüßten ihn unerwartet ein Mann und eine Frau mit großem Hallo.

»Sieh da, der alte Wales!«

»Hallo, Lorraine . . . Dunc.«

Plötzlich wiedererstandene Geister der Vergangenheit:

Duncan Schaeffer, ein Studienfreund, und Lorraine Quarrles, eine hübsche hellblonde Dreißigerin, eine aus einem ganzen Schwarm, der in jenen üppigen Zeiten vor drei Jahren mitgeholfen hatte, daß ihnen die Monate zu Tagen wurden. »Mein Mann konnte dieses Jahr nicht kommen«, sagte sie auf seine Frage. »Wir sind verdammt knapp. Also gibt er mir zweihundert im Monat und sagt, damit soll ich mich austoben. Ist das Ihr Töchterchen?«

»Wie wär's, setzen wir uns noch mal?« fragte Duncan.

»Kann nicht.« Er war froh, eine Entschuldigung zu haben. Lorraine war mit ihrem herausfordernden Temperament anziehend wie nur je, aber sein Leben hatte jetzt einen anderen Rhythmus.

»Schön, aber zum Abendessen«, fragte sie.

»Ich bin nicht frei. Gebt mir eure Adresse, ich werde euch anrufen.«

»Charlie, ich glaube, Sie sind nüchtern«, sagte sie nach einem kritischen Blick. »Im Ernst, er ist nüchtern, Dunc. Kneif ihn und stell fest, ob er nüchtern ist.«

Charlie wies mit einer Kopfbewegung auf Honoria. Die beiden lachten.

»Wo wohnst du?« fragte Duncan argwöhnisch.

Er zögerte und wollte den Namen seines Hotels nicht preisgeben.

»Habe noch keine feste Wohnung. Besser, ich ruf euch an. Wir gehen jetzt zum Vaudeville ins Empire.«

»Eine Idee! Genau das will ich auch«, sagte Lorraine. »Ich möchte mal wieder Clowns und Akrobaten sehen. Da wollen wir hin, Dunc.«

»Wir müssen noch einen kleinen Umweg machen«, sagte Charlie. »Vielleicht treffen wir euch dort.«

»Abgemacht, Sie kleiner Snob . . . Wiedersehn, du reizendes Kind.«
»Auf Wiedersehen.«
Honoria knickste höflich.
Eine irgendwie unerfreuliche Begegnung. Sie klammerten sich an ihn, weil er gut in Form war und so seriös; sie wollten mit ihm zusammen sein, weil er ihnen augenblicklich überlegen war, weil sie sich an seiner Stärke emporranken wollten.
Im Empire weigerte sich Honoria stolz, auf dem zusammengelegten Mantel des Vaters erhöht zu sitzen. Sie war schon ein kleiner Charakter mit eigenen Grundsätzen, und Charlies Verlangen konzentrierte sich mehr und mehr darauf, ihr etwas von seinem Wesen einzupflanzen, bevor sie sich ganz gefestigt hätte. Aber es war unmöglich, sie in so kurzer Zeit ganz kennenzulernen.
In der Pause stießen sie im Foyer, wo die Musik spielte, auf Duncan und Lorraine.
»Trinken wir einen?«
»Ja, aber nicht an der Bar. An einem Tisch.«
»Der mustergültige Vater!«
Während Charlie geistesabwesend Lorraine zuhörte, beobachtete er, wie Honorias Augen abschweiften; er folgte bekümmert ihrem Blick und fragte sich, was sie wohl so interessiere. Dann trafen sich ihre Augen, und sie lächelte. »Die Limonade war gut«, sagte sie.
Was war das? Was hatte er anderes erwartet? Später auf der Heimfahrt im Taxi zog er sie an sich, bis ihr Köpfchen an seiner Brust lag.
»Mein Liebling, denkst du auch immer an deine Mutter?«
»Ja, manchmal«, antwortete sie vage.

»Ich möchte nicht, daß du sie vergißt. Hast du ein Bild von ihr?«

»Ich glaube, ja. Auf alle Fälle hat Tante Marion eins. Warum soll ich sie nicht vergessen?«

»Weil sie dich sehr geliebt hat.«

»Ich habe sie auch liebgehabt.«

Sie schwiegen eine Weile.

»Pappi, ich möchte mitkommen und bei dir wohnen«, sagte sie plötzlich.

Sein Herz tat einen Sprung; genau so hatte er es sich gewünscht.

»Bist du denn nicht ganz glücklich?«

»Doch, aber ich hab dich lieber als irgend jemand sonst. Und du liebst mich von allen am meisten, nicht wahr, jetzt wo doch Mammi tot ist?«

»Natürlich, aber du wirst mich nicht immer am liebsten haben, mein Süßes. Du wirst einmal erwachsen sein und einem begegnen, der so alt ist wie du, und wirst ihn heiraten und deinen Pappi ganz vergessen.«

»Ja, das stimmt«, meinte sie ergeben.

Er ging nicht mit hinein. Er wollte um neun zurückkommen und bis dahin für die bevorstehende Auseinandersetzung frisch bleiben.

»Wenn du gut oben bist, zeig dich am Fenster.«

»Schön. Wiedersehen Paps, Paps, Paps, Paps.«

Er wartete auf der dunklen Straße, bis sie oben am Fenster erschien, warm mit glühenden Bäckchen, und ihm kleine Handküsse in die Nacht zuwarf.

III

Sie warteten auf ihn. Marion hatte den Servierwagen mit den Kaffeetassen vor sich; sie trug ein dezentes schwarzes Abendkleid, um gerade noch anzudeuten, daß man in Trauer war. Lincoln ging heftig auf und ab wie jemand, der schon sein Teil gesagt hat. Offenbar eilte es ihnen ebenso wie ihm selbst, zur Sache zu kommen. Also begann er fast unverzüglich damit.

»Ich nehme an, ihr kennt den Grund meines Besuchs – weshalb ich überhaupt nach Paris gekommen bin.«

Marion spielte stirnrunzelnd an ihrer schwarzen Halskette.

»Es liegt mir sehr daran, ein eigenes Heim zu haben«, fuhr er fort, »und es liegt mir vor allem daran, Honoria bei mir zu haben. Ich würdige durchaus, daß ihr Honoria um ihrer Mutter willen zu euch genommen habt, aber inzwischen haben die Verhältnisse sich gewandelt« – er zögerte, und dann dringlicher – »gründlich gewandelt, was mich betrifft, so daß ich euch bitten möchte, eure Ansichten zu revidieren. Es wäre albern von mir, wenn ich leugnen wollte, daß ich mich vor drei Jahren schlecht benommen habe –«

Marion blickte auf und sah ihn aus harten Augen an.

»– doch das ist nun vorbei. Ich sagte euch schon: seit mehr als einem Jahr habe ich nur einen Drink pro Tag genommen und tue das ganz bewußt, damit der Gedanke an den Alkohol in mir nicht aufkommen kann. Versteht ihr?«

»Nein«, sagte Marion knapp.

»Es ist eine Art von Gewaltkur, die ich mir auferlege. Sie hält mich im Gleichgewicht.«

»Ich sehe wohl«, sagte Lincoln, »du willst nicht, daß es wieder irgendeine Macht über dich gewinnt.«

»So ungefähr. Manchmal vergeß ich's und trinke keinen. Aber ich zwinge mich dazu. Übrigens kann ich es mir in meiner Stellung ohnehin nicht leisten zu trinken. Meine Firma ist mit meinen Erfolgen mehr als zufrieden; ich werde meine Schwester von Burlington herüberkommen lassen, damit sie mir den Haushalt führt, und ich brenne darauf, auch Honoria bei mir zu haben. Ihr wißt, daß ihre Mutter und ich, wenn wir schlecht miteinander standen, die Dinge nie an Honoria herankommen ließen. Ich bin ihrer Liebe sicher und weiß, daß ich für sie sorgen kann, und – genug, das ist's. Wie denkt ihr nun darüber?«

Er wußte, daß er nun allerlei würde einstecken müssen. Es würde ein oder zwei Stunden dauern und nicht leicht sein. Wenn er sich aber bezwang, nicht aufzubegehren, und sich den geläuterten Anstrich des reuigen Sünders gab, konnte er wohl am Ende seinen Willen durchsetzen.

Ruhig Blut, sagte er sich. Ich will ja nicht recht bekommen, ich will Honoria.

Lincoln sprach als erster: »Wir haben die Sache immer wieder beredet, seitdem wir vorigen Monat deinen Brief bekamen. Wir sind glücklich, Honoria bei uns zu haben. Sie ist ein liebes kleines Ding, und wir sind froh, sie weiterbringen zu können, aber darum handelt sich's natürlich nicht –«

Marion unterbrach ihn plötzlich. »Wie lange willst du denn nun nüchtern bleiben, Charlie?« fragte sie.

»Für immer, hoffe ich.«

»Und wie soll man sich darauf verlassen?«

»Ich war nie ein starker Trinker, wie ihr wißt, bis ich meine geschäftliche Tätigkeit aufgab und hier herüber kam, ohne richtige Beschäftigung. Da erst fingen Helen und ich an herumzubummeln mit –«

»Laß gefälligst Helen aus dem Spiel. Ich ertrag's nicht, daß du so von ihr sprichst.«

Er starrte sie finster an; er war sich nie darüber klar gewesen, wie nahe sich eigentlich die Schwestern im Leben gestanden hatten.

»Meine Trinkerei dauerte alles in allem nur anderthalb Jahre – von dem Zeitpunkt, da wir herüberkamen, bis zu meinem – Kollaps.«

»Lange genug.«

»Ja, lange genug«, gab er zu.

»Ich fühle mich ausschließlich Helen verpflichtet«, sagte sie, »und ich versuche immer nur in ihrem Sinne zu handeln. Denn – rundheraus – seit der Nacht, da du dich so abscheulich benahmst, hast du für mich nicht mehr existiert. Ich kann nicht dagegen an. Sie war meine Schwester.«

»Ja.«

»Als sie im Sterben lag, bat sie mich, ein Auge auf Honoria zu haben. Wenn du damals nicht im Sanatorium gewesen wärst, hätte manches leichter sein können.«

Darauf wußte er nichts zu antworten.

»Nie im Leben werde ich jenen Morgen vergessen, als Helen, schlotternd und bis auf die Haut durchnäßt, bei mir erschien und sagte, du habest sie ausgeschlossen.«

Charlie umklammerte die Sessellehne. So schwierig hatte er sich die Sache nicht vorgestellt. Er wollte zu einer langen umständlichen Erklärung ausholen, aber er sagte nur: »In jener Nacht, als ich sie ausschloß –« und schon unterbrach sie ihn: »Ich fühle mich nicht imstande, das alles noch einmal zu erörtern.«

Nach kurzem Schweigen sagte Lincoln: »Wir kommen vom Thema ab. Du möchtest doch, daß Marion ihre gesetzliche Vormundschaft aufgibt und dir Honoria wieder überläßt. Also kommt es, denke ich, darauf an, ob sie Vertrauen zu dir hat oder nicht.«

»Ich mache Marion keinen Vorwurf«, sagte Charlie langsam, »aber ich glaube, sie kann volles Vertrauen zu mir haben. Bis vor drei Jahren hatte ich einen tadellosen Ruf. Natürlich liegt es im Bereich des Menschenmöglichen, daß ich irgendwann einmal wieder versage. Wenn wir aber noch lange warten, geht mir Honorias Kindheit verloren und damit auch jede Hoffnung auf ein eigenes Heim.« Er schüttelte heftig den Kopf. »Ich verliere sie einfach, begreift ihr das denn nicht?«

»Ja, ich verstehe«, sagte Lincoln.

»Warum hast du dir darüber nicht früher Gedanken gemacht?« fragte Marion.

»Das habe ich sogar manchmal, aber Helen und ich standen damals zu schlecht miteinander. Als ich meine Zustimmung zu der Vormundschaft gab, lag ich im Sanatorium fest; außerdem war ich an der Börse total ausgenommen worden. Ich sah ein, daß ich schlecht an Helen gehandelt hatte, und war bereit, allem zuzustimmen, was sie nur irgendwie beruhigen könnte. Heute aber ist die Situation ganz anders. Ich bin wieder in Ordnung, ich benehme mich anständig, verdammt noch mal, soweit man –«

»Ich verbitte mir dein Fluchen«, sagte Marion.

Er sah sie entgeistert an. Mit jedem Wort trat ihre feindselige Haltung deutlicher zutage. Sie hatte ihre ganze

Lebensangst wie einen Wall aufgetürmt und als Abwehrfront gegen ihn gerichtet. Den lächerlichen Verweis verdankte er wahrscheinlich nur dem Umstand, daß sie sich vorhin über die Köchin geärgert hatte. Der Gedanke, Honoria in dieser ihm feindlichen Atmosphäre zu lassen, beunruhigte Charlie mehr und mehr. Früher oder später würde sich das gegen ihn auswirken – ein anzügliches Wort, ein Kopfschütteln, und schon würde etwas von diesem Mißtrauen sich unwiderruflich in Honoria festsetzen. Dennoch hielt er an sich und verriet seinen Unmut mit keiner Miene. Er konnte ein Plus buchen; denn Lincoln, der die Albernheit von Marions Bemerkung empfand, fragte sie leichthin, seit wann sie etwas gegen das Wörtchen »verdammt« habe.

»Es kommt hinzu«, sagte Charlie, »daß ich jetzt in der Lage bin, ihr mancherlei zu bieten. Ich nehme eine französische Gouvernante mit nach Prag; außerdem habe ich eine neue Wohnung –«

Er merkte seinen Fehler und verstummte. Die Tatsache, daß er schon wieder doppelt so viel verdiente wie sie, konnte sie nicht gleichgültig lassen.

»Ich glaub schon, daß du ihr mehr Luxus bieten kannst als wir«, sagte Marion. »Als du damals das Geld nur so zum Fenster rauswarfst, mußten wir jeden Zehnfrancschein umdrehen . . . Wahrscheinlich bist du bald wieder so weit.«

»O nein«, sagte er. »Ich bin jetzt klug geworden. Ihr wißt, ich habe zehn Jahre schwer gearbeitet – bis ich, wie so viele, an der Börse Glück hatte. Unverschämtes Glück. Das kommt nicht wieder.«

Es trat eine lange Pause ein. Sie fühlten alle drei, wie ihre Nerven gespannt waren, und zum erstenmal seit einem

Jahr hatte Charlie das dringende Bedürfnis nach einem Schnaps. Kein Zweifel: Lincoln Peters wollte, daß er sein Kind wiederbekäme.

Marion begann plötzlich zu zittern; etwas in ihr erkannte, daß Charlie jetzt mit beiden Füßen fest auf der Erde stand, und in ihrem mütterlichen Gefühl mußte sie zugeben, daß sein Wunsch nur natürlich war. Aber zu lange hatte sie ein Vorurteil mit sich herumgetragen – ein Vorurteil, das in einem merkwürdigen Mißtrauen gegen das Lebensglück ihrer Schwester wurzelte und das sich, unter dem Schock jener entsetzlichen Nacht, in Haß gegen ihn verwandelte. Jene Ereignisse hatten sie zu einem Zeitpunkt getroffen, als sie von Krankheit und anderen widrigen Lebensumständen niedergedrückt war und ihre Zwangsvorstellung von der Gemeinheit der Welt geradezu persönliche Gestalt annahm.

»Ich kann gegen meine Gefühle nicht an!« rief sie plötzlich unter Tränen. »Wieweit du für Helens Tod verantwortlich bist, weiß ich nicht. Das mußt du mit deinem eigenen Gewissen ausmachen.«

Es traf ihn wie ein tödlicher elektrischer Schlag. Fast wäre er aufgesprungen mit einem unartikulierten Laut in der Kehle. Dann hielt er sich mühsam einen Augenblick und länger.

»Nun aber genug«, sagte Lincoln peinlich berührt. »Der Gedanke, daß du daran schuld sein könntest, ist mir nie gekommen.«

»Helen starb an einem Herzleiden«, sagte Charlie einfältig.

»Allerdings, an einem Herzleiden.« Marion sagte das so, als habe der Satz für sie eine andere Bedeutung.

In der Ernüchterung, die ihrem Ausbruch folgte,

erkannte sie jetzt klar, daß er irgendwie Herr der Lage geworden war. Vergeblich blickte sie ihren Gatten noch einmal hilfesuchend an und gab dann so plötzlich, als messe sie der Sache überhaupt keine Bedeutung bei, den Kampf auf.

»Macht was ihr wollt!« rief sie schluchzend und sprang auf. »Es ist schließlich dein Kind, und ich denke nicht daran, mich dir in den Weg zu stellen. Wenn es sich um mein Kind handelte, dann würde ich lieber –« Sie beherrschte sich mühsam. »Macht ihr das untereinander ab. Ich kann nicht mehr. Mir ist ganz schlecht. Ich gehe zu Bett.«

Damit rannte sie aus dem Zimmer.

Nach einer Weile sagte Lincoln: »Das war ein schwerer Tag für sie. Du kennst ihre strengen Grundsätze –« Es klang fast wie eine Entschuldigung. »Wenn Frauen sich einmal in etwas verrannt haben . . .«

»Natürlich, ich verstehe.«

»Es kommt schon alles in Ordnung. Ich glaube, sie sieht jetzt ein, daß du für das Kind – aufkommen kannst. Wir können dir nicht gut länger im Wege stehen oder Honoria im Wege stehen.«

»Ich danke dir, Lincoln.«

»Besser, ich geh jetzt und sehe nach ihr.«

»Ich will auch gehen.«

Unten auf der Straße zitterte er noch vor Erregung, aber der Gang die Rue Bonaparte hinab zum Seineufer gab ihm sein Gleichgewicht wieder, und als er über den Fluß ging und den freundlichen Schein der Laternen auf den Quais sah, frohlockte er innerlich. Wieder in seinem Hotelzimmer, konnte er keinen Schlaf finden. Helens Bild verfolgte ihn. Helen, die er so sehr geliebt hatte, bis sie beide törichterweise angefangen hatten, diese Liebe mit Füßen zu treten und sie kaputt zu machen. An jenem entsetzlichen Abend im Februar, der Marion so lebhaft vor Augen stand, hatten sie sich stundenlang gezankt und zermürbt. Im Florida hatte es eine Szene gegeben; danach hatte er versucht, sie zum Nachhausegehen zu bewegen, und dann hatte sie den jungen Webb am Tisch geküßt, und dann folgte ihr hysterischer Ausbruch. Als er allein nach Hause kam, hatte er in wilder Wut die Tür zugesperrt. Wie konnte er ahnen, daß sie eine Stunde später ganz allein heimkommen, daß sie dann in einem Schneesturm auf ihren Tanzpantöffelchen ziellos umherirren würde, ganz verstört und unfähig, sich ein Taxi zu nehmen? Und dann das Nachspiel, wie sie nur durch ein Wunder eine Lungenentzündung überstand, und all das Schreckliche, was nun mal dazugehört. Sie hatten sich wieder »ausgesöhnt«, aber das war nur der Anfang vom Ende, und Marion, die das aus nächster Nähe miterlebt hatte und darin nur eine Etappe aus dem langen Martyrium ihrer Schwester erblickte, war darüber nicht hinweggekommen.

Sein Grübeln darüber brachte ihm Helen wieder ganz nahe. In dem bleichen, milden Licht, das einen immer gegen Morgen im Halbschlaf überrascht, hielt er mit ihr Zwiesprache. Sie sagte, er habe Honorias wegen vollkommen recht; es sei auch ihr Wunsch, daß Honoria wieder zu ihm zurückkehre. Sie freue sich über seine Besserung und über sein Vorwärtskommen. Sie sagte noch vieles andere – lauter Freundliches, aber sie saß in einem weißen Gewand auf einer Schaukel und schwang immer schneller hin und her, so daß er am Ende nicht mehr genau verstehen konnte, was sie sagte.

IV

Beim Aufwachen fühlte er sich glücklich. Das Tor zur Welt stand ihm wieder offen. Er faßte Vorsätze, entwarf Pläne und malte sich seine und Honorias Zukunft aus. Doch plötzlich wurde er wieder schwermütig, als ihm all die Pläne einfielen, die er und Helen gemeinsam geschmiedet hatten. Ihr Tod war darin nicht vorgesehen. Jetzt forderte die Gegenwart ihr Recht – arbeiten hieß es und jemand liebhaben. Doch nicht zu sehr, denn er wußte, wie schädlich es sein kann, wenn ein Vater die Tochter oder eine Mutter den Sohn zu fest an sich bindet: solche Kinder suchen später im Leben beim Ehepartner die gleiche blinde Zärtlichkeit, werden vermutlich darin enttäuscht und fassen einen Widerwillen gegen Liebe und Leben.

Wieder war es ein frischer, strahlender Tag. Er rief Lincoln Peters in der Bank an, wo er arbeitete, und fragte ihn, ob er nun damit rechnen könne, Honoria bei seiner Abreise mit nach Prag zu nehmen. Lincoln stimmte zu, es bestehe kein Grund, die Sache aufzuschieben. Nur eins – die gesetzliche Vormundschaft. Marion wünschte sie noch eine Zeitlang aufrechtzuerhalten. Die ganze Angelegenheit regte sie maßlos auf, und das Bewußtsein, auf ein weiteres Jahr die Dinge formell in der Hand zu behalten, würde ihr den Entschluß erleichtern. Charlie fügte sich, er wollte sein leibhaftiges Kind haben, nichts weiter.

Die Frage der Gouvernante war zu lösen. Charlie saß in einem düsteren Vermittlungsbüro und sprach mit einer verschrobenen Person aus dem Béarnais und mit einer derben bretonischen Bäuerin, die er beide nie und nimmer hätte um sich haben mögen. Andere wollten sich am nächsten Tage vorstellen.

Er frühstückte mit Lincoln Peters bei Griffon und versuchte, sich seinen Triumph nicht anmerken zu lassen.

»Es geht eben nichts über das eigene Kind«, sagte Lincoln. »Doch du mußt auch Marions Gefühle verstehen.«

»Sie vergißt, daß ich sieben Jahre lang hart gearbeitet habe«, sagte Charlie. »Sie denkt immer nur an die eine Nacht.«

»Noch was anderes.« Lincoln zögerte. »Während ihr, du und Helen, in Saus und Braus Europa durchstreiftet, hatten wir nur gerade unser Auskommen. Von der Hausse habe ich nichts gehabt, weil es bei mir nur dazu reichte, meine Lebensversicherung weiterzuführen. Ich glaube, Marion sieht darin eine Art von Ungerechtigkeit – daß du schließlich überhaupt nicht mehr arbeitetest und dabei immer reicher wurdest.«

»Das zerrann ebenso schnell, wie es gekommen war«, sagte Charlie.

»Ja, und das meiste davon rann in die offenen Hände von *chasseurs*, Saxophonisten und Oberkellnern – na, der Rummel ist ja nun vorbei. Ich habe das auch nur gesagt, um dir zu erklären, wie Marion über jene verrückte Zeit denkt. Wenn du heute abend gegen sechs vorbeikommst, ehe Marion zu müde ist, können wir die Einzelheiten sofort regeln.«

Im Hotel fand Charlie einen Rohrpostbrief vor, der aus der Ritz-Bar an ihn geschickt war. Dort hatte er ja seine Adresse hinterlassen, um für einen gewissen Mann erreichbar zu sein.

»*Lieber Charlie*,
als wir uns gestern trafen, warst Du so sonderbar, daß ich

mich schon fragte, ob ich Dich irgendwie beleidigt haben könnte. Wenn ja, dann ist es jedenfalls ohne alle Absicht geschehen. Im Gegenteil: ich habe das ganze Jahr über soo viel an Dich denken müssen und spürte im Unterbewußtsein, daß ich Dich womöglich hier wiedersehen würde. Was haben wir doch für Spaß gehabt in jenem tollen Frühling, z. B. die Nacht, als wir vom Fleischer das Dreirad stahlen, oder als wir mit dem Präsidenten der Republik telefonieren wollten, und Du hattest immer den alten Homburg auf und Dein drahtiges Rohrstöckchen. In letzter Zeit scheint mir alle Welt gealtert, aber ich fühle mich nicht die Spur alt. Können wir heute nicht ein bißchen zusammensein und von vergangenen Tagen schwärmen? Im Augenblick bin ich gräßlich verkatert, doch am Nachmittag wird's besser sein; dann will ich in dem Ritzladen nach Dir Ausschau halten.

Immer die Deine,
Lorraine.«

Seine erste Reaktion war ein ehrfürchtiges Staunen, daß er tatsächlich als erwachsener Mann ein Dreirad gestohlen hatte und mit Lorraine in später Nachtstunde rund um den Etoile geradelt war. Jetzt nahm sich das wie ein Alptraum aus. Daß er Helen ausgesperrt hatte, paßte so gar nicht zu seinem sonstigen Leben, aber die Geschichte mit dem Dreirad durchaus – sie war nur eins von vielen ähnlichen Abenteuern. Wie viele durchbummelte Wochen oder Monate waren nötig gewesen, um jenes äußerste Stadium unverantwortlichen Leichtsinns zu erreichen!

Er versuchte, sich auszumalen, wie Lorraine ihm damals erschienen war – zweifellos sehr anziehend. Helen war darüber unglücklich gewesen, wenn sie auch nichts gesagt hatte. Doch gestern in dem Restaurant kam sie ihm schal, verschwommen und verlebt vor. Er wollte sie um keinen Preis sehen und war erleichtert, daß Alix ihr nicht seine Hoteladresse gegeben hatte. Wie tröstlich dagegen, an Honoria zu denken, an Sonntage mit ihr, ans Gutenmorgensagen und das Gefühl, sie nachts im Hause zu wissen mit ihren kleinen Atemzügen im dunklen Zimmer.

Um fünf nahm er ein Taxi und kaufte Geschenke für die ganze Familie Peters – eine aparte Stoffpuppe, eine Schachtel Bleisoldaten, Blumen für Marion und für Lincoln große leinene Taschentücher.

Bei seiner Ankunft spürte er sogleich, daß Marion sich in das Unvermeidliche gefügt hatte. Sie begrüßte ihn eher wie ein etwas schwieriges Familienmitglied und nicht wie einen bedrohlichen Eindringling. Honoria war schon informiert, und Charlie stellte mit Befriedigung fest, daß sie ihr überschwengliches Glück taktvoll zu verbergen wußte. Erst als sie auf seinem Schoß saß, gab sie flüsternd ihrer Freude Ausdruck und fragte »Wann?«. Danach schlüpfte sie mit den beiden anderen hinaus.

Einen Augenblick war er mit Marion allein im Zimmer. Einem plötzlichen Impuls folgend, sagte er kühn:

»Familienzwist ist eine bittere Sache. Er verläuft nicht nach irgendwelchen Regeln. Es ist nicht wie Wunden oder Schmerzen, die vorübergehen, sondern mehr wie ein klaffender Riß in der Haut, der nicht heilen will, weil nicht genug Haut nachwächst. Ich wünschte, wir beide stünden besser miteinander.«

»Über manches kommt man schwer hinweg«, antwortete sie. »Es ist eine Frage des Vertrauens.« Darauf war nichts zu sagen, und so fragte sie: »Wann gedenkst du sie von hier mitzunehmen?«

»Sobald ich eine Gouvernante habe. Ich hoffe übermorgen.«

»Nein, unmöglich. Ich muß erst noch ihre Sachen in Ordnung bringen. Vor Sonnabend geht's nicht.«

Er gab nach. Dann kam Lincoln wieder ins Zimmer und bot ihm einen Drink an.

»Gut, meinen täglichen Whisky«, sagte er.

Es war warm und gemütlich, ein richtiges Heim und die Familie am Kaminfeuer versammelt. Die Kinder fühlten sich wohlgeborgen und wichtiggenommen; Mutter und Vater waren verläßlich und gaben auf sie acht. Gemessen an dem Wohl und Wehe der Kinder war sein Besuch nur von zweitrangiger Bedeutung, und die Verabfolgung eines Löffels Medizin war im Grunde wichtiger als die gespannten Beziehungen zwischen Marion und ihm. Sie waren wohl keine Spießer, aber das tägliche Einerlei und die Umstände beanspruchten sie ganz und gar. Er überlegte, ob er nicht etwas tun könne, damit Lincoln aus seinem Trott als Bankangestellter herauskäme.

Ein langes Klingeln an der Haustür; das Dienstmädchen ging durchs Zimmer und hinaus in den Korridor. Auf ein neues anhaltendes Klingeln wurde die Tür geöffnet, man hörte Stimmen, und die drei im Salon blickten erwartungsvoll auf. Richard versuchte in den Korridor zu lugen, und Marion erhob sich. Dann kam das Mädchen zurück und gleich hinter ihr die Stimmen, die sich bei Licht als die von Duncan Schaeffer und Lorraine Quarrles entpuppten.

Die beiden waren heiter, geradezu ausgelassen, und kamen aus dem Lachen gar nicht heraus. Einen Augenblick war Charlie platt; er begriff nicht, wie sie die Adresse der Peters herausbekommen hatten.

»Ah-h-h!« Duncan drohte Charlie schelmisch mit dem Finger. »Ah-h!«

Beide stimmten eine neue Lachsalve an. Bestürzt und verlegen begrüßte Charlie sie flüchtig und stellte sie Lincoln und Marion vor. Marion nickte nur, fast wortlos. Sie war dabei einen Schritt zurückgetreten und stand jetzt am Kamin; ihr Töchterchen war an ihrer Seite, und Marion legte den Arm um seine Schulter.

Mit wachsendem Ärger über ihr freches Eindringen wartete Charlie auf eine Erklärung. Nach angestrengtem Nachdenken sagte Duncan schließlich:

»Wir wollten dich zum Abendessen einladen. Lorraine und ich bestehen darauf, daß diese alberne Geheimnistuerei mit deiner Adresse aufhört.«

Charlie trat näher an sie heran, als wolle er sie wieder auf den Gang hinausdrängen.

»Bedaure, aber ich kann nicht. Sagt mir, wo ihr seid, und ich rufe euch in einer halben Stunde an.«

Das machte keinerlei Eindruck. Lorraine ließ sich plötzlich auf einer Sessellehne nieder, richtete ihren Blick auf Richard und rief aus: »Oh, was für ein reizender Junge! Komm einmal her, mein Kleiner.« Richard schielte nach seiner Mutter, machte aber weiter keine Anstalten. Mit ostentativem Achselzucken wandte Lorraine sich wieder Charlie zu:

»Komm mit – essen. Deine Verwandten ha'm sicher nich's dagegen. Wann sieht man dich schon! Du steifer Patron.«

»Ich kann nicht«, sagte Charlie scharf. »Eßt ihr beiden zusammen, und ich ruf euch an.«

Plötzlich schlug sie einen unangenehmen Ton an.

»Schön, wir gehen. Aber ich weiß noch, wie du frühmorgens um vier an meine Zimmertür getrommelt hast und noch einen Drink wolltest. Dafür war ich dir gut genug! Los Dunc, komm.«

Immer noch in Zeitlupe und mit verschwiemelten, zorngeröteten Gesichtern entschwanden sie hinaus in den Gang.

»Gute Nacht«, sagte Charlie.

»Gute Nacht!« gab Lorraine patzig zurück.

Als er wieder ins Zimmer trat, hatte Marion sich nicht von der Stelle gerührt, aber sie hatte ihren Arm um ihren Sohn geschlungen. Lincoln schaukelte immer noch Honoria hin und her, wie ein Uhrpendel.

»So eine Unverschämtheit!« entrüstete sich Charlie. »So eine ausgemachte Unverschämtheit!«

Keiner antwortete ihm. Charlie ließ sich in einen Sessel fallen, nahm sein Glas auf, setzte es aber sogleich wieder hin und sagte: »Leute, die ich zwei Jahre nicht gesehen habe – und besitzen die kolossale Frechheit –.«

Er brach ab. Marion hatte ein einziges wütendes »Oh!« herausgestoßen, wandte sich mit einem Ruck von ihm ab und verließ das Zimmer.

Lincoln ließ Honoria behutsam zu Boden.

»Geht mal, Kinder, und fangt schon mit eurer Suppe an«, sagte er, und dann, als sie hinaus waren, zu Charlie:

»Marion geht's nicht gut; sie kann keine Aufregungen vertragen. Diese Sorte von Menschen macht sie buchstäblich krank.«

»Ich hab sie nicht herbestellt. Sie müssen von irgendwem eure Adresse herausbekommen haben und absichtlich –«

»Ja, scheußlich. Macht aber die Sache nicht besser. Entschuldige mich einen Moment.«

Allein gelassen, saß Charlie angespannt in seinem Stuhl. Aus dem Nebenzimmer hörte er die Kinder beim Essen kindlich plappern; offenbar hatten sie die Szene zwischen den Erwachsenen längst vergessen. Aus einem entfernteren Raum drang undeutlich ein Gespräch an sein Ohr, dann das leise Klingeln, als der Telefonhörer abgenommen wurde. In panischer Angst flüchtete er sich in eine Ecke des Zimmers außer Hörweite.

Im nächsten Augenblick kam Lincoln wieder zurück. »Hör mal, Charlie. Ich glaube, wir verzichten lieber auf das gemeinsame Abendessen. Marion ist in schlechter Verfassung.«

»Ist sie mir böse?«

»Irgendwie schon«, sagte er fast rauh. »Sie ist nicht die Stärkste und –«

»Heißt das, sie hat ihre Ansicht, was Honoria betrifft, geändert?«

»Sie ist jetzt gerade sehr verbittert. Ich weiß noch nicht. Ruf mich morgen in der Bank an.«

»Mach ihr doch bitte klar, daß ich nicht im Traum daran gedacht habe, diese Leute könnten hier erscheinen. Ich bin darüber nicht weniger aufgebracht als ihr.«

»Ich kann ihr jetzt gar nichts klarmachen.«

Charlie stand auf. Er nahm Mantel und Hut und ging auf den Korridor hinaus. Dann öffnete er die Tür zum Speisezimmer und sagte mit einer unnatürlichen Stimme: »Gute Nacht, Kinder.«

Honoria sprang auf, kam um den Tisch gerannt und schmiegte sich an ihn.

»Gute Nacht, Liebling«, sagte er zerstreut und dann,

indem er versuchte, mehr Zärtlichkeit in seine Stimme zu legen, als müsse er etwas wiedergutmachen, »Gute Nacht, ihr lieben Kinder.«

V

Charlie ging auf dem schnellsten Wege in die Ritz-Bar, um in seinem ersten Zorn Lorraine und Duncan zu suchen; sie waren aber nicht dort, und er sah ein, daß da ohnehin nicht viel zu machen war. Bei den Peters hatte er seinen Whisky nicht angerührt; jetzt bestellte er sich einen Whisky-Soda. Paul kam herbei, um ihn zu begrüßen.

»Hat sich viel verändert«, sagte er bekümmert. »Wir setzen nur noch halb soviel um wie früher. Von vielen Stammgästen höre ich, daß sie drüben in den Staaten alles verloren haben, wenn nicht beim ersten Krach, dann beim zweiten. Ihr Freund George Hardt besitzt, soviel ich weiß, keinen Pfennig mehr. Sind Sie auch wieder drüben?«

»Nein, ich bin geschäftlich in Prag.«

»Man sagt, Sie haben auch viel verloren.«

»Ja«, und grimmig setzte er hinzu, »aber ich hatte meinen entscheidenden Verlust schon in der Hausse.«

»Zu billig verkauft?«

»So ungefähr.«

Wieder überkam ihn wie ein Alpdruck die Erinnerung an jene Tage – Menschen, Reisebekanntschaften, Leute, die nicht imstande waren, zwei Zahlen zu addieren oder einen zusammenhängenden Satz zu sprechen. Und jener Bursche, von dem Helen sich beim Bordfest zum Tanz hatte auffordern lassen und der sie dann ein paar Schritt vom Tisch beleidigt hatte. Und Frauen und Mädchen, die unter großem Gekreisch, betrunken oder von Rauschgift betäubt, aus öffentlichen Lokalen herausgetragen werden mußten –

– Die Männer, die ihre Frauen im Schnee vor der verschlossenen Tür stehenließen, weil ja der Schnee von 1929 gar kein richtiger Schnee war. Mit etwas Geld war es schon zu machen, daß Schnee kein Schnee mehr war, wenn es einem nicht paßte.

Er ging zum Telefon und rief bei Peters an; Lincoln meldete sich.

»Ich rufe an, weil mir die Sache immer im Kopf herumgeht. Hat Marion sich schon definitiv geäußert?«

»Marion ist krank«, antwortete Lincoln kurz. »Natürlich trifft dich keinerlei Schuld, aber ich kann ihre Gesundheit nicht deswegen aufs Spiel setzen. Ich fürchte, wir müssen die Sache noch ein halbes Jahr in der Schwebe lassen. Das Risiko, sie noch einmal so aufzuregen, kann ich nicht übernehmen.«

»Versteh schon.«

»Tut mir leid, Charlie.«

Er ging an seinen Tisch zurück. Sein Glas war leer, aber auf einen fragenden Blick von Alix schüttelte er nur den Kopf. Da war nun nicht mehr viel zu machen; höchstens konnte er ein paar Geschenke für Honoria kaufen. Gleich morgen würde er ihr eine Menge Sachen schicken lassen. Es erbitterte ihn, daß auch das wieder nur Geld war – wem nicht alles hatte er schon Geld gegeben . . .

»Nein, keinen mehr«, sagte er zu einem anderen Kellner. »Was habe ich zu zahlen?«

Eines Tages würde er wiederkommen; sie konnten ihn nicht ewig zahlen lassen. Aber er wollte endlich sein Kind haben; ohne das konnte nichts gut werden. Für bloße Pläne und Zukunftsträume, so angenehm sie sein mochten, fühlte er sich nicht mehr jung genug. Er war fest überzeugt: Helen hätte nicht gewollt, daß er so einsam sei und so verlassen.

Vertrackter Sonntag

I

Sonntag war's – kein Tag, sondern eher eine Lücke zwischen zwei anderen Tagen. Alle hatten dasselbe hinter sich: Proben und Drehtage, das endlose Warten unter dem Galgen mit dem Mikrofon, täglich die hundert Kilometer im Auto hierhin und dahin, das gegenseitige Sichüberbieten mit originellen Einfällen bei den Konferenzen, der ewige Kompromiß, das Aufeinanderprallen und die Reibung so vieler Menschen im Existenzkampf. Und nun kam der Sonntag; das Privatleben meldete sich wieder, und Augen, die noch gestern nachmittag in Monotonie erstarrt waren, bekamen einen freundlichen Schimmer. Allmählich, während der Tag sich neigte, erwachten sie einer nach dem anderen zum Leben wie die Puppen in der »Puppenfee«. Hier entspann sich eine heftige Diskussion in einer Ecke, dort verzogen sich Liebespaare zu einem Tête-à-tête in die Halle. Und dann das bekannte Gefühl »Schnell, noch ist Zeit, aber um Himmels willen schnell, ehe diese gesegneten vierzig Stunden des Müßiggangs vorbei sind.«

Joel Coles war ein Texter. Er war achtundzwanzig und noch nicht ganz von Hollywood verbraucht. In den sechs Monaten seit seiner Ankunft hatte man ihm lauter sogenannte bessere Sachen übertragen, und er lieferte seine Dialoge und Szenenfolgen zuverlässig und mit wirklichem

Eifer. Er selbst nannte sich bescheiden einen Schmieranten, doch in Wahrheit dachte er von seiner Arbeit nicht so gering. Seine Mutter war eine bekannte Schauspielerin gewesen; Joel hatte seine Kindheit teils in London teils in New York verbracht und sich von frühauf bemüht, zwischen Schein und Sein zu unterscheiden oder wenigstens etwas eher dahinterzukommen als andere. Er war ein gutaussehender junger Mann und hatte die gleichen angenehmen rehbraunen Augen, mit denen seine Mutter schon 1913 das Broadway-Publikum bezaubert hatte.

Als er die Einladung erhielt, wußte er wenigstens, wohin mit sich. Im allgemeinen ging er sonntags nicht aus, sondern blieb nüchtern und nahm sich Arbeit mit nach Hause. Vor kurzem hatte man ihm ein Stück von O'Neill gegeben, mit einer sehr prominenten Hauptdarstellerin. Alle seine Arbeiten bis jetzt hatten den Beifall von Miles Calman gefunden, und Miles Calman war im Studio der einzige Regisseur, der nicht unter einem Direktor arbeitete, sondern den Geldgebern unmittelbar verantwortlich war. Alles in Joels Karriere klappte ausgezeichnet. (»Hier spricht die Sekretärin von Mr. Calman. Wollen Sie am Sonntag von vier bis sechs zum Tee kommen – bei ihm zu Hause, Beverly Hills, Nummer –«)

Joel fühlte sich geschmeichelt. Das war eine Einladung erster Ordnung, ein Achtungsbeweis für ihn als einen vielversprechenden jungen Mann. Der Kreis um Marion Davis, die hochgestochenen Leute, die dickbezahlten Stars, vielleicht sogar die Dietrich, die Garbo und der Marquis, Leute, die sich sonst rar machten, würden bei den Calmans sein.

»Ich werde überhaupt nichts trinken«, nahm er sich fest vor. Calman machte kein Hehl daraus, daß er die versoffenen Genies satt hatte und sie nur als ein notwendiges Übel beim Film betrachtete.

Auch Joel war der Ansicht, daß die Schriftsteller zu viel tranken – er selbst tat es auch, aber an diesem Nachmittag würde er sich bezwingen. Er wünschte sich Miles in Hörweite, wenn die Cocktails gereicht würden und er höflich, aber bestimmt sein »Danke, nein« sagen würde.

Miles Calmans Haus war für große Gelegenheiten eingerichtet. Man fühlte sich immer wie auf einer Bühne, als verberge sich hinter der weiträumigen Stille seiner Zimmerfluchten ein Publikum; an diesem Nachmittag aber herrschte eine solche Menschenfülle, als habe man nicht bestimmte Leute eingeladen, sondern aller Welt freigestellt, zu erscheinen. Joel vermerkte mit Genugtuung, daß außer ihm nur zwei von der Schreibergilde des Studios da waren: ein geadelter Stockengländer und, zu seiner gelinden Überraschung, Nat Keogh, eben jener, der Calman zu seiner abfälligen Bemerkung über Trunkenbolde veranlaßt hatte.

Stella Calman (natürlich die berühmte Stella Walker) widmete sich, nachdem sie Joel begrüßt hatte, nicht weiter ihren übrigen Gästen. Sie blieb eine Weile bei ihm stehen und schoß einen jener unwiderstehlichen Blicke auf ihn ab, die irgendeine Art von Erkenntlichkeit herausfordern. Joel besann sich rasch auf eins der passenden Stichworte, die er von seiner Mutter gelernt hatte:

»Nein so was! Sie sehen aus wie sechzehn. Fehlt nur der Puppenwagen.«

Sie war sichtlich erfreut und blieb weiter bei ihm. Er spürte, daß er jetzt etwas mehr sagen müßte, etwas Vertrauliches, Unformelles. Er hatte sie zuerst in New York kennengelernt, als sie es noch schwer hatte. In diesem Augenblick schob sich ein Tablett heran, und Stella drückte ihm ein Cocktailglas in die Hand.

»Alle hier haben Angst, nicht wahr?« sagte er mit einem zerstreuten Blick auf das Glas in seiner Hand. »Jeder lauert darauf, daß der andere einen Fauxpas macht, oder bemüht sich jedenfalls, nur mit Leuten zu sprechen, mit denen er Eindruck schinden kann. Natürlich gilt das nicht in Ihrem Haus«, fügte er hastig einschränkend hinzu. »Ich meine: nur ganz allgemein in Hollywood.«

Stella pflichtete ihm bei. Sie stellte ihm verschiedene Leute vor, als wäre Joel ein sehr bedeutender Mann. Nachdem Joel sich überzeugt hatte, daß Miles am anderen Ende des Raums stand, trank er seinen Cocktail.

»Sie haben also ein Kind?« sagte er. »Da heißt's aufpassen. Wenn eine schöne Frau ihr erstes Kind hat, ist sie sehr empfindlich, denn sie wünscht, sich in ihren Reizen bestätigt zu sehen. Sie braucht von anderer männlicher Seite eine rückhaltlose Huldigung, um sich zu beweisen, daß sie nichts eingebüßt hat.«

»Mir huldigt niemand rückhaltlos«, sagte Stella etwas bitter.

»Wohl aus Angst vor Ihrem Mann.«

»Glauben Sie, daran liegt's?« Sie runzelte die Stirn bei dem Gedanken; dann wurde das Gespräch unterbrochen, was Joel nur recht war.

Er fühlte sich von ihr ausgezeichnet und in seinem Selbstvertrauen gehoben. Er hatte es nicht nötig, sich irgendwo anzubiedern oder sich unter die Fittiche der Prominenten, die er rings erblickte, zu flüchten. Er ging zum Fenster hinüber und sah auf den Pazifik hinaus, der sich farblos und träge gen Sonnenuntergang breitete. Hier ließ sich gut leben – Amerikanische Riviera undsoweiter;

wenn man nur einmal dazu käme, es zu genießen. Die tadellosen, gutangezogenen Leute hier drinnen, die hübschen Mädchen und – nun ja, die hübschen Mädchen. Man konnte nicht alles zugleich haben.

Er sah Stellas jugendlich knabenhaftes Gesicht hier und da zwischen ihren Gästen auftauchen; ein Augenlid hielt sie, gleichsam ermüdet, immer etwas gesenkt. Gern hätte er bei ihr gesessen und sich lange mit ihr unterhalten wie mit einem jungen Mädchen, nicht wie mit einer Frau von Namen und Rang. Er folgte ihr von weitem, um zu sehen, ob sie sonst einem soviel Aufmerksamkeit zuwenden würde wie ihm. Er trank noch einen Cocktail, nicht um sich Mut zu machen, sondern weil sie ihm soviel Selbstsicherheit gegeben hatte. Dann setzte er sich neben die Mutter des Regisseurs.

»Ihr Sohn ist schon eine legendäre Persönlichkeit, Mrs. Calman – ›Orakel‹ und ›Mann des Schicksals‹ und all das. Persönlich stimme ich nicht mit ihm überein, aber ich bin in der Minderheit. Was halten denn Sie von ihm? Sind Sie beeindruckt oder überrascht, wie weit er's gebracht hat?«

»Nein, überrascht nicht«, sagte sie gelassen. »Wir haben uns schon immer von Miles viel erhofft.«

»Sieh an, das ist ungewöhnlich«, versetzte Joel. »Ich denk immer, Mütter müssen wie Napoleons Mutter sein. Meine jedenfalls wollte nie, daß ich etwas mit der Filmbranche zu tun hätte. Sie hätte mich lieber in West Point gesehen, in einer todsicheren Karriere.«

»Nein, wir haben stets unser ganzes Vertrauen in Miles gesetzt.« . . .

Dann stand er an der eingebauten Bar im Speisezimmer und unterhielt sich mit dem ewig gutgelaunten, ewig trinkfreudigen Schwerverdiener Nat Keogh.

»– hab letztes Jahr hunderttausend gemacht und vierzigtausend beim Wetten verloren; drum halte ich mir jetzt einen Manager.«

»Sie meinen einen Agenten«, vermutete Joel.

»Nein, den habe ich auch. Ich meine einen Manager. Ich überschreibe alles meiner Frau, dann setzt er sich mit ihr zusammen, und sie händigen mir mein Taschengeld aus.«

»Das heißt: Ihr Agent.«

»Nicht doch, mein Manager! Und ich bin nicht sein einziger Fall – viele leichtsinnige Leute halten sich ihn.«

»Hm, wenn Sie so leichtsinnig sind, woher haben Sie dann soviel Verantwortungsgefühl, sich einen Manager zu halten?«

»Leichtsinnig bin ich nur im Wetten. Sehn Sie mal –«

Ein Sänger trat auf; Joel und Nat schoben sich mit den anderen nach vorn, um zuzuhören.

II

Das Lied drang nur von ferne an Joels Ohr. Er fühlte sich glücklich und all den Leuten, die da versammelt waren, wohlgesinnt – lauter unternehmungslustige und betriebsame Leute; sie standen hoch über einer Bourgeoisie, die zwar ahnungsloser und leichtlebiger war, sie waren von einem Jahrzehnt, das lediglich gut unterhalten werden wollte, auf eine Stufe mit der höchsten Prominenz gestellt worden. Er mochte diese Leute gern – liebte sie geradezu.

Als der Sänger geendet hatte und die Leute schon auf die Gastgeberin zuströmten, um sich zu verabschieden, hatte Joel einen Einfall. Er wollte ihnen »So wird's gemacht«

vorführen, eine selbsterdachte Szene. Es war seine einzige Solonummer; er hatte schon mehrere Gesellschaften damit zum Lachen gebracht, vielleicht würde auch Stella Walker daran Gefallen finden. Er machte sich, besessen von seinem eitlen Vorhaben, nach ihr auf die Suche, während in seinen Adern schon die roten Blutkörperchen der Geltungssucht pochten.

»Aber natürlich«, rief sie aus. »Bitte gern! Brauchen Sie etwas dazu?«

»Jemand muß die Sekretärin spielen, der ich angeblich diktiere.«

»Die werde ich sein.«

Als sich die Neuigkeit verbreitete, strömten die Gäste aus der Halle, wo sie schon beim Mantelanziehen waren, zurück, und Joel sah sich auf einmal vielen fremden Gesichtern gegenüber. Er hatte eine trübe Vorahnung, denn er mußte sich eingestehen, daß der Mann, der sich gerade vor ihm produziert hatte, ein berühmter Rundfunk-Conférencier war. Dann machte jemand »psst!« und er war mit Stella allein in einem Halbkreis von gleichsam düster dreinblickenden Indianern. Stella lächelte ihm erwartungsvoll zu – und er begann.

Seine Burleske bezog ihre Komik hauptsächlich von der Unbildung eines Mr. David Silberstein, eines unabhängigen Filmproduzenten. Silberstein hatte einen Brief zu diktieren, in dem er das Treatment einer Filmgeschichte entwickelte, die er angekauft hatte.

»– eine Scheidungsgeschichte, mit den jüngeren Generationen und der Fremdenlegion«, hörte er sich im Tonfall von Mr. Silberstein sagen. »Aber wir werden das richtig aufziehen, passen Sie auf.«

Plötzlich durchzuckte ihn mit stechendem Schmerz der

Zweifel. Die Gesichter in dem gedämpften Licht ringsum blickten gespannt und neugierig, doch nirgends zeigte sich auch nur der Abglanz eines Lächelns. Ihm gerade gegenüber guckte der Große Liebesheld der Leinwand mit Augen, so intelligent wie eine Kartoffel. Nur Stella Walker sah mit unbeirrbar strahlendem Lächeln zu ihm auf.

»Wenn wir einen Menjou-Typ aus ihm machen, bekommen wir so was wie Michael Arlen mit einem Schuß Honolulu.«

Immer noch verzog sich kein Mund, aber im Hintergrund raschelte es; eine Bewegung nach links, zum Ausgang, machte sich bemerkbar.

»– dann sagt sie, sie hat diesen Sex Appell nach ihm, und er dreht auf und sagt ›Oh, mach nur so weiter und richte dich zugrunde‹ –«

An einer Stelle hörte er Nat Keogh kichern, und hier und da gab es ein beifälliges Schmunzeln, aber am Ende hatte er den peinvollen Eindruck, sich vor einer Gruppe gewichtiger Filmleute, von deren Gunst seine Karriere abhing, unsterblich blamiert zu haben.

Einen Augenblick stand er so inmitten eines ratlosen Schweigens, dem ein allgemeiner Aufbruch folgte. Aus dem müßigen Geplauder glaubte er einen spöttischen Unterton herauszuhören; dann – es waren kaum zehn Sekunden vergangen – rief der Große Liebhaber, dessen Augen so hart und ausdruckslos wie Stecknadelköpfe waren, »Bah! Bah!«, und das mit so übertriebener Betonung, daß Joel es nur als Ausdruck der allgemeinen Stimmung nehmen konnte. Es war das Ressentiment der Berufskünstler gegen den Dilettanten, der Eingesessenen gegen den Fremdling – das Todesurteil eines ganzen Stammes.

Nur Stella Walker stand immer noch in seiner Nähe und spendete ihm Beifall, als habe er einen unvergleichlichen Erfolg gehabt; es schien ihr überhaupt nicht aufzugehen, daß es keinem gefallen hatte. Als Nat Keogh ihm in den Mantel half, schlug eine Woge der Selbstverachtung über ihm zusammen, und er nahm sich verzweifelt vor, jeden minderwertigen Impuls so lange zu ignorieren, bis er von selbst vergangen sei.

»Schöner Reinfall«, sagte er leichthin zu Stella. »Macht nichts. Ist ne gute Nummer, wenn sie richtig ankommt. Vielen Dank für Ihre Mitarbeit.«

Das Lächeln schwand nicht von ihrem Gesicht. Er verbeugte sich fast wie ein Betrunkener, und Nat zog ihn zur Tür hinaus . . .

Als man ihm am nächsten Morgen das Frühstück hereinbrachte, erwachte er in einer elenden, zertrümmerten Welt. Gestern noch war er ganz er selbst gewesen, ein feuriger Streiter gegen eine Industrie; heute fühlte er sich gewaltig im Hintertreffen gegenüber jenen Gesichtern, gegenüber der Welle persönlicher Verachtung und allgemeinen Naserümpfens. Zu allem Übel war er für Miles Calman jetzt einer jener haltlosen Gesellen, die dieser nur widerwillig als Mitarbeiter um sich duldete. Was aber Stella Walker anging, der er das Martyrium aufgezwungen hatte, als Gastgeberin gute Miene zu machen, so wagte er sich gar nicht auszumalen, wie sie über ihn denken mochte. Seine Magensäfte stockten, und er schob seine Frühstückseier beiseite auf das Telefontischchen. Er schrieb:

Lieber Miles! Sie können sich meine tiefe Zerknirschung vorstellen. Ich bekenne mich eines Anfalls von Exhibitionismus schuldig, aber das am hellichten Tage, nachmittags um sechs! Großer Gott! Ich lasse Ihre Frau vielmals um Verzeihung bitten.

Immer Ihr
Joel Coles.

Joel wagte sich aus seinem Büro auf dem Filmgelände nur hervor, um sich wie ein Missetäter zum Tabakladen zu schleichen. Dabei benahm er sich so verdächtig, daß einer der Wachmänner des Studios seinen Ausweis verlangte. Er hatte sich gerade entschlossen, außerhalb zu Mittag zu essen, als Nat Keogh, optimistisch und heiter wie immer, ihn überholte.

»Was soll das? Wollen Sie sich überhaupt nicht mehr blicken lassen? Was ist, wenn dieser dreiteilige Anzug sie schon mal ausbuht?

Na, hören Sie zu«, fuhr er fort, indem er Joel in das Studio-Restaurant zog. »Nach einer seiner Premieren bei Grauman trat Joe Squires ihn von hinten, während er sich vor dem Publikum verbeugte. Der Schmierenkerl sagte, Joe werde von ihm hören, aber als Joe ihn am nächsten Morgen um acht anrief und sagte ›ich dachte, ich solle noch von Ihnen hören‹, hängte jener den Hörer auf.«

Die absurde Geschichte heiterte Joel etwas auf, und er starrte mit düsterer Genugtuung auf die Gruppe am Nachbartisch, den schwermütigen Liebreiz der siamesischen Zwillinge, die armseligen Liliputaner, den stolzen Riesen aus dem Zirkusfilm. Als aber seine Blicke weiter über die braungepuderten Gesichter hübscher Frauen schweiften, deren melancholische Augen von Wimperntusche starrten und deren Ballkleider im Tageslicht entsetzlich grell wirkten, sah er auch eine Gruppe von Leuten, die bei den Calmans gewesen waren, und schlug die Augen nieder.

»Nie wieder«, rief er aus, »mein unwiderruflich letztes Auftreten in der Hollywooder Gesellschaft!«

Am nächsten Morgen erwartete ihn ein Telegramm:

Sie waren einer der liebenswürdigsten Gäste auf unserer Gesellschaft. Erwarte Sie bei meiner Schwester June zum kalten Büfett nächsten Sonntag. Stella Walker Calman.

Eine Minute lang pulsierte sein Blut fieberhaft in den Adern. Ungläubig las er das Telegramm noch einmal.

»Hm, das ist das Entzückendste, was ich je erlebt habe!«

III

Wieder ein so vermaledeiter Sonntag. Joel schlief bis elf; dann las er eine Zeitung, um die Ereignisse der Woche nachzuholen. Mittags speiste er zu Hause Forelle mit Avocado-Salat und trank dazu eine Flasche kalifornischen Wein. Beim Ankleiden für den Tee-Nachmittag wählte er einen kleinkarierten Anzug, ein blaues Hemd und eine kupferfarbene Krawatte. Unter seinen Augen lagen dunkle Schatten von Übermüdung. Er fuhr in seinem altgekauften Wagen zu den Apartmenthäusern an der Riviera. Als er sich gerade Stellas Schwester vorstellte, erschienen auch Miles und Stella im Reitdreß – sie hatten sich fast den ganzen Nachmittag auf den schmutzigen Feldwegen hinter Beverly Hills heftig gestritten.

Miles Calman, groß und nervig, mit einem Galgenhumor und den unglücklichsten Augen, die Joel je gesehen hatte, war Künstler vom Scheitel seines merkwürdig geformten Kopfes bis zur Sohle seiner negerhaften Füße. Auf diesen aber stand er fest und sicher – er hatte noch nie einen minderwertigen Reißer gedreht, sich hingegen mehr als einmal den kostspieligen Luxus mißglückter Experimente geleistet. Trotz seines kameradschaftlichen Wesens konnte man sich auf die Dauer nicht des Eindrucks erwehren, daß mit ihm einiges nicht stimmte.

Vom Moment ihres Erscheinens an verwickelte sich Joels Tag unentwirrbar mit dem ihren. Als er zu der Gruppe trat, wandte sich Stella mit einem unwilligen Zungenschnalzen ab, und Miles sagte gerade zu dem Mann, der zufällig neben ihm stand:

»Seien Sie vorsichtig mit Eva Goebel. Das ist ein Kapitel für sich.« Dann wandte er sich an Joel: »Bedaure, Sie gestern im Büro nicht gesprochen zu haben. Ich war den ganzen Nachmittag beim Analytiker.«

»Sie lassen sich psychoanalysieren?«

»Schon seit Monaten. Erst ging ich wegen meiner Platzangst hin, und jetzt versuche ich, mein ganzes Leben bereinigen zu lassen. Es soll über ein Jahr dauern, sagt man mir.«

»In Ihrem Leben ist doch nichts Anomales«, beruhigte ihn Joel.

»Nein? Aber Stella glaubt es. Fragen Sie nur irgendwen, da werden Sie's schon hören«, sagte er bitter.

Ein Mädchen setzte sich zu Miles auf die Sessellehne; Joel ging zu Stella hinüber, die bekümmert am Kamin stand.

»Danke Ihnen für das Telegramm«, sagte er. »Verflucht nett von Ihnen. Ich wüßte keine Frau, die so hübsch aussieht und dabei so großmütig ist.«

Sie war heute noch um einen Grad reizvoller, als er sie je gesehen hatte, und wahrscheinlich veranlaßten sie seine rückhaltlos bewundernden Blicke, vor ihm auszupacken. Das bedurfte keines langen Anlaufs, denn offenbar war sie mit ihrer Erregung schon auf dem Siedepunkt angelangt.

»– und Miles hat das nun schon zwei Jahre so getrieben, und ich merkte nichts. Nun ja, sie war eine meiner besten Freundinnen und ging bei uns aus und ein. Als die Leute dann anfingen, auch mit mir darüber zu reden, mußte Miles es eingestehen.«

Sie setzte sich mit einer leidenschaftlichen Bewegung auf die Lehne von Joels Sessel. Ihre Breeches paßten genau in der Farbe dazu. Joel bemerkte, daß ihr volles Haar teils rötlich golden, teils blaß golden war, es konnte also nicht gefärbt sein, und sie war auch nicht geschminkt. So einen guten Teint hatte sie.

Stella bebte noch vor Zorn über ihre Entdeckung, und der Anblick eines neuen Mädchens, das sich an Miles heranmachte, war ihr unerträglich. Sie führte Joel in eines der Schlafzimmer, wo sie, jeder auf einem Ende des breiten Bettes sitzend, ihr Gespräch fortführten. Wenn Leute auf dem Weg zum Badezimmer vorbeikamen, lugten sie herein und machten witzige Bemerkungen, aber Stella, einmal im Zuge, ihre ganze Geschichte zu erzählen, achtete nicht darauf. Nach einer Weile steckte auch Miles den Kopf zur Tür herein und sagte: »Wie willst du Joel in einer halben Stunde erklären, was ich selbst nicht einmal begreife und wozu der Analytiker ein ganzes Jahr braucht.«

Sie sprach weiter, als wenn Miles gar nicht dabei wäre. Sie sagte, sie liebe Miles und sei ihm unter erheblichen Schwierigkeiten immer treu gewesen.

»Der Psychoanalytiker hat Miles gesagt, er habe einen Oedipus-Komplex. In seiner ersten Ehe übertrug er den auf seine Frau, verstehen Sie, und sein Sexus wandte sich mir zu. Als wir dann heirateten, wiederholte sich die Sache – er übertrug den Mutterkomplex auf mich und ging mit seiner Libido zu dieser anderen Frau.«

Das klang recht verworren, aber Joel sagte sich, daß womöglich etwas Wahres daran sei. Er kannte Eva Goebel; sie hatte etwas Mütterliches in ihrem Wesen, war älter und wahrscheinlich weiser als Stella, die ein großes Kind war.

Miles verlor die Geduld und schlug vor, Joel solle doch mitkommen, wenn Stella ihm so viel zu sagen habe, und so fuhren sie denn hinaus nach Beverly Hills. In den hohen Räumen dort bekam die Situation mehr Würde und Tragik. Es war eine unheimlich klare Nacht, die Dunkelheit stand nackt vor den Fenstern – und drinnen Stella, golden und zorngerötet, die weinend und schreiend durch das Zimmer tobte. Joel hielt nicht allzuviel von dem persönlichen Leid der Filmheroinen. Anderes nimmt sie zu sehr in Anspruch. Sie sind überaus prächtige vergoldete Puppen, denen die Drehbuchschreiber und die Regisseure Leben einblasen, und nach Stunden sitzen sie dann herum, flüstern miteinander und machen kichernd spitze Andeutungen, und die Fäden vieler fremder Schicksale schlingen sich durch sie hindurch.

Manchmal tat er so, als höre er zu, und mußte doch immer denken, wie gut sie in Form war – die untadeligen Beine in den enganliegenden Breeches, der grün-weiß-rote Pullover mit einem kleinen Rollkragen und die kurze chamoisfarbene Reitjacke. Sie sah aus wie eine englische Lady, und er konnte nicht entscheiden, ob sie nur eine gute Nachahmung oder das Original war. Irgendwo schwebte sie zwischen der echtesten Wirklichkeit und der lautesten Theatralik.

»Miles ist so eifersüchtig auf mich, daß er jeden meiner Schritte beargwöhnt«, rief sie wütend aus. »Als ich in New York war, schrieb ich ihm, ich sei mit Eddy Baker im Theater gewesen, und Miles, in seiner Eifersucht, rief mich zehnmal am Tage an.«

»Ich war eben verrückt«, schnaubte Miles heftig, und das war bei ihm ein Zeichen totaler Überanstrengung. »Der Analytiker hat diese ganze Woche nichts herausbekommen.«

Stella schüttelte verzweifelt den Kopf. »Hast du gedacht, ich würde drei Wochen nur in meinem Hotelzimmer sitzen?«

»Ich dachte überhaupt nichts. Zugegeben, ich bin eifersüchtig. Ich wehre mich dagegen. Dr. Bridgebane hat sich damit beschäftigt, aber es wurde nicht besser. Sogar heute nachmittag war ich eifersüchtig, als ich dich auf Joels Armlehne sitzen sah.«

»So?« fuhr sie auf. »Du warst eifersüchtig! Und saß nicht auch jemand auf deiner Armlehne? Und hast du mich nicht zwei Stunden lang vernachlässigt?«

»Du warst ja mit Joel im Schlafzimmer und hast ihm deinen Kummer ausgeschüttet.«

»Wenn ich mir vorstelle, daß diese Frau« – indem sie den Namen vermied, glaubte sie wohl, Eva Goebel weniger wirklich zu machen – »daß diese Frau hier ins Haus kam.«

»Ich weiß – ich weiß«, sagte Miles kummervoll. »Ich habe alles zugegeben, und es ist für mich ebenso peinlich wie für dich.« Er wandte sich Joel zu und fing an, über

Filme zu reden, während Stella, die Hände in den Hosentaschen, rastlos die Wände abschritt.

»Man hat Miles übel mitgespielt«, sagte sie zurückkommend und schaltete sich in das Gespräch ein, als wenn nie von ihren persönlichen Angelegenheiten die Rede gewesen wäre. »Erzähl ihm doch, mein Lieber, wie der alte Beltzer versucht hat, deine Idee zu verfälschen.«

Als sie nun schützend über Miles gebeugt dastand und ihre Augen blitzten, weil sie sich seinetwegen entrüstete, da wurde Joel klar, daß er sie liebte. Es war eine atemberaubende Erregung. Er stand auf und verabschiedete sich.

Mit dem Montag bekam die Woche wieder ihren Arbeitsrhythmus, der sich scharf von den theoretischen Gesprächen, dem Klatsch und den Skandalaffären des Sonntags abhob. Da war die endlose Kleinarbeit am Drehbuch – »Statt der miesen Überblendung können wir auch ihre Stimme auf der Tonspur lassen und mit einem Schnitt zu einer Großaufnahme des Taxis aus Bells Sicht kommen, oder wir können einfach mit der Kamera zurückgehen, den Bahnhof einbeziehen, eine Minute lang, und dann hinüberschwenken zu der Reihe der Taxis« – und am Montagnachmittag dachte Joel schon nicht mehr daran, daß die Leute, die von Berufs wegen und zur Unterhaltung anderer Gefühle herstellten, selbst auch ein Anrecht darauf hatten. Am Abend rief er bei Calmans an. Er fragte nach Miles, aber Stella kam ans Telefon.

»Stehen die Dinge etwas besser?«

»Nicht besonders. Was haben Sie am Samstagabend vor?«

»Nichts.«

»Die Perrys geben ein Essen mit anschließendem Theaterbesuch, und Miles wird nicht da sein – er fliegt nach South Bend zu dem Spiel Notre Dame – Kalifornien. Ich dachte, vielleicht könnten Sie mich an seiner Stelle begleiten.«

Nach langem Zögern sagte Joel: »Hm – natürlich. Falls noch eine Besprechung dazwischen kommt, wird's mit dem Essen nichts, aber ich kann ins Theater kommen.«

»Dann werde ich für uns zusagen.«

Joel ging in seinem Büro auf und ab. Würde das Miles in Anbetracht der gespannten ehelichen Beziehungen angenehm sein oder wollte sie, daß Miles nichts davon erführe? Das kam natürlich nicht in Frage. Wenn Miles nichts erwähnte, würde er es ihm sagen. Dennoch verging eine Stunde oder mehr, bis er sich wieder auf seine Arbeit konzentrieren konnte.

Am Donnerstag gab es eine vierstündige, stürmische Regiebesprechung. Nebel von Zigarettenrauch umwölkten die Planeten des Filmhimmels in dem Konferenzzimmer. Drei Männer und eine Frau gingen abwechselnd auf dem Teppich hin und her, machten Vorschläge oder verwarfen etwas, sprachen in scharfen oder beschwörenden, zuversichtlichen oder verzweifelnden Tönen. Am Ende blieb Joel noch da, um mit Miles zu sprechen.

Der Mann mit den schlaffen Augenlidern und dem buschigen Schnurrbart über den tief eingefallenen Mundwinkeln war erschöpft – nicht von der Anstrengung, sondern vom Leben schlechthin.

»Ich höre, Sie wollen zum Notre-Dame-Spiel fliegen.«

Miles sah über ihn hinweg und schüttelte den Kopf.

»Hab's wieder aufgegeben.«

»Weshalb?«

»Ihretwegen.« Immer noch sah er Joel nicht an.

»Was ist denn los, Miles?«

»Drum, ich hab's aufgegeben.« Er stimmte ein gemachtes Gelächter über sich selbst an. »Ich weiß nicht, wozu Stella fähig ist, aus purem Trotz. Sie hat Sie eingeladen, mit ihr zu den Perrys zu gehen, nicht wahr? Da macht mir das Footballspiel keinen Spaß mehr.«

Dieser feinfühlige Mann, der so rasch und sicher auf der Szene arbeitete, stümperte sich schwach und hilflos durch sein Privatleben.

»Sehn Sie mal, Miles«, sagte Joel stirnrunzelnd, »ich habe Stella nicht die geringsten Avancen gemacht. Wenn Sie allen Ernstes meinetwegen Ihre Reise aufgeben, werde ich nicht mit ihr zu den Perrys gehen. Ich werde sie überhaupt nicht sehen. Da können Sie sich ganz auf mich verlassen.«

Miles blickte ihn jetzt aufmerksam an.

»Mag sein.« Er zuckte die Achseln. »Immerhin, dann käme eben jemand anders, und mir wäre der Spaß verdorben.«

»Sie scheinen nicht viel Vertrauen zu Stella zu haben. Mir hat sie gesagt, sie sei Ihnen immer treu gewesen.«

»Mag sein.« In den letzten Minuten waren die Muskeln um Miles' Mund noch schlaffer geworden. »Aber wie kann ich nach dem, was geschehen ist, noch irgend etwas von ihr verlangen? Wie kann ich erwarten, daß sie –« Er brach ab, und sein Gesicht verhärtete sich, als er fortfuhr: »Ich werde Ihnen etwas sagen: recht oder unrecht, und egal was ich getan habe – wenn ich je irgend etwas von ihr wüßte, würde ich mich scheiden lassen. Mein Stolz läßt das nicht zu – da hört's bei mir auf.«

Der Ton ärgerte Joel, aber er sagte:

»Ist sie denn über die Affäre mit Eva Goebel nicht hinweggekommen?«

»Nein.« Miles krauste pessimistisch die Nase. »Und ich kann's auch nicht.«

»Ich dachte, das wäre vorbei.«

»Ich versuche ja auch, Eva nicht wiederzusehen, aber Sie wissen, es ist nicht leicht, so etwas einfach abzubrechen – es handelt sich ja nicht um ein beliebiges Mädchen, mit dem ich mich gestern abend im Taxi geküßt hätte. Mein Analytiker sagt –«

»Ich weiß«, unterbrach ihn Joel. »Stella hat's mir erzählt.« Das war hoffnungslos. »Schön, also was mich betrifft, so werde ich Stella nicht sehen, wenn Sie zu dem Spiel fahren. Und ich bin sicher, daß Stella mit keinem sonst etwas im Sinne hat.«

»Mag sein«, wiederholte Miles matt. »Jedenfalls werde ich dableiben und mit ihr auf die Party gehen. Übrigens«, sagte er unvermittelt, »ich möchte, daß Sie auch hinkommen. Ich brauche jemand mit Verständnis, mit dem ich reden kann. Das ist's ja eben – ich habe Stella zu allem gebracht; besonders habe ich sie dazu gebracht, daß sie alle Männer gern mag, die ich schätze – es ist sehr kompliziert.«

»Das ist es wohl«, stimmte Joel zu.

IV

Joel konnte nicht zu dem Abendessen gehen. Er erwartete die anderen vor dem Hollywood-Theater und fühlte sich höchst unbehaglich, als er mit seinem Chapeau claque müßig dastand und in das abendliche Getriebe blickte:

kümmerliche Imitationen dieses oder jenes strahlenden Filmstars, krummbeinige Männer in Polojacken, ein hinkender Derwisch mit langem Bart und Krummstab wie ein Apostel, ein Paar eleganter Filippinos in College-Kleidung, was daran erinnerte, daß die Republik sich den sieben Weltmeeren öffnete, und ein lärmender Karnevalszug junger Leute, die ein neues Mitglied ihrer Studentenverbindung feierten. Dann teilte sich die Menge und ließ zwei schnittige Limousinen durch, die an der Bordschwelle anhielten.

Sie war es: in einem blaßblauen Kleid, das wie Eiswasser tausendfach gebrochen schimmerte, und mit einem Halsschmuck aus lauter tropfenden Eiszapfen. Er trat hinzu.

»Gefällt Ihnen mein Kleid?«

»Wo ist Miles?«

»Er ist doch noch zu dem Spiel geflogen, gestern früh – wenigstens nehme ich das an –« Sie unterbrach sich. »Eben bekam ich ein Telegramm aus South Bend, daß er zum Rückflug gestartet ist. Ach, ich vergaß ganz, Sie vorzustellen. Kennen Sie die Leute?«

Die achtköpfige Gesellschaft begab sich ins Theater.

Miles war also trotz allem geflogen, und Joel zweifelte, ob er recht daran getan hatte zu kommen. Doch während der Vorstellung, als er Stellas Profil unter dem reinen Gold ihres blonden Haars neben sich wußte, dachte er nicht mehr an Miles. Einmal wandte er den Kopf und sah sie an. Sie blickte lächelnd zurück und ließ ihre Augen so lange in seinen, wie er wollte. In der Pause rauchten sie im Foyer eine Zigarette; sie sagte leise:

»Nachher gehen alle zur Eröffnung von Jack Johnsons Nachtclub, ich möchte aber nicht hin, Sie?«

»Müssen wir?«

»Ich glaube nicht.« Sie zögerte. »Ich möchte gern mit Ihnen sprechen. Vielleicht können wir zu uns gehen – wenn ich nur sicher wäre –«

Wieder stockte sie, und Joel fragte:

»Wessen sicher?«

»Nun, daß – oh, ich bin albern, ich weiß, aber wie kann ich sicher sein, daß Miles zu dem Spiel gefahren ist?«

»Heißt das, Sie glauben, er ist mit Eva Goebel zusammen?«

»Nein, das nicht gerade – aber sich vorzustellen, daß er hier war und jeden meiner Schritte überwacht hat. Wissen Sie, Miles kommt manchmal auf komische Ideen. Einmal wollte er unbedingt mit einem langbärtigen Mann Tee trinken. Da ließ er sich vom Besetzungsbüro einen kommen und saß den ganzen Nachmittag mit ihm beim Tee.«

»Das ist ganz etwas anderes. Er hat Ihnen von South Bend telegrafiert – Beweis, daß er dort beim Footballspiel ist.«

Nach dem Theater verabschiedeten sie sich draußen von den anderen, was mit augenzwinkernden Blicken beantwortet wurde. Sie glitten davon, die grell erleuchtete Hauptstraße entlang und durch die Menge, die sich Stellas wegen angesammelt hatte.

»Sehn Sie, die Telegramme konnte er von hier aus veranlassen«, sagte Stella, »sehr einfach.«

Das stimmte. Bei der Vorstellung, daß ihr Argwohn vielleicht berechtigt wäre, wurde Joel ärgerlich. Falls Miles einen Kameramann auf sie angesetzt hätte, fühlte er sich auch ihm gegenüber zu nichts verpflichtet. Laut sagte er:

»Unsinn.«

In den Schaufenstern standen schon Weihnachtsbäume,

und der Vollmond über dem Boulevard wirkte wie eine Attrappe, ebenso bühnenmäßig wie die riesigen Boudoirlampen an den Straßenecken. Weiter nach Beverly Hills zu, wo das dunkle Blätterdach der Bäume bei Tag wie Eukalyptus glänzt, sah Joel nur noch das bleiche Gesicht unter seinem schimmern und die Biegung ihrer Schulter. Plötzlich rückte sie ab und blickte zu ihm auf.

»Sie haben die gleichen Augen wie Ihre Mutter«, sagte sie. »Ich hatte immer ein Heft mit Zeitungsausschnitten und Fotos von ihr.«

»Und Ihre Augen sind ganz Sie selbst und mit keinen anderen Augen zu vergleichen«, antwortete er.

Als sie ins Haus gingen, fühlte Joel sich veranlaßt umherzuspähen, als lauere Miles irgendwo im Gebüsch. Auf dem Tisch in der Halle lag wieder ein Telegramm. Sie las es laut vor:

»Chicago.
Morgen abend zu Hause. Denke an Dich. Alles Liebe
Miles.«

»Sehen Sie«, sagte sie, indem sie es auf den Tisch warf, »das kann leicht alles gefälscht sein.« Sie bestellte Drinks und Sandwiches beim Butler und lief hinauf, während Joel in die leeren Empfangsräume ging. Er wanderte umher und kam auch an den Flügel, wo er zwei Sonntage zuvor gestanden und sich blamiert hatte.

»Wir werden das richtig aufziehen«, sagte er laut, »eine Scheidungsgeschichte, jüngere Generationen und Fremdenlegion.«

Seine Gedanken schweiften hinüber zu einem anderen Telegramm.

»Sie waren einer der liebenswürdigsten Gäste auf unserer Gesellschaft –«

Etwas anderes fiel ihm ein. Wenn Stellas Telegramm nur eine höfliche Geste gewesen war, dann hatte wahrscheinlich Miles sie dazu veranlaßt, denn er hatte ihn ja eingeladen. Vielleicht hatte Miles gesagt:

»Schick ihm 'n Telegramm. Er ist unglücklich – denkt, er habe sich zum Narren gemacht.«

Das paßte genau zu seinem »Ich habe Stella zu allem gebracht, besonders dazu, daß sie alle Männer gern mag, die ich schätze«. Eine Frau tut so etwas leicht aus Mitgefühl, und nur ein Mann tut es, weil er es auch wirklich meint.

Als Stella ins Zimmer zurückkam, nahm er ihre beiden Hände in seine.

»Ich habe das komische Gefühl, ich bin nur so eine Art Schachfigur, mit der Sie Miles aus Trotz eins auswischen wollen«, sagte er.

»Nehmen Sie sich lieber einen Drink.«

»Das Verrückte ist nur, daß ich obendrein in Sie verliebt bin.«

Das Telefon klingelte, und sie machte sich los.

»Wieder ein Telegramm von Miles«, verkündete sie. »Er schickte es – oder ließ es schicken vom Flughafen in Kansas City.«

»Vermutlich will er sich mir in Erinnerung bringen.«

»Nein, es heißt darin nur, daß er mich liebt. Das glaube ich auch. Er hat ein so weiches Gemüt.«

»Kommen Sie, setzen Sie sich zu mir«, drängte Joel.

Es war noch früh. Und eine halbe Stunde später fehlten

immer noch ein paar Minuten an Mitternacht, als Joel an den erloschenen Kamin trat und geradeheraus sagte:

»Heißt das, Sie interessieren sich also überhaupt nicht für mich?«

»Keineswegs. Ich finde Sie sehr anziehend, das wissen Sie auch. Es ist nur, ich glaube, ich liebe Miles wirklich.«

»Das sehe ich.«

»Und heute abend beunruhigt mich alles und jedes.«

Er war nicht böse darüber, fühlte sich sogar ein wenig erleichtert, daß mögliche Komplikationen vermieden worden waren. Dennoch – als er sie so ansah, wie ihr eisblaues Gewand in der weichen Wärme ihres Körpers gleichsam auftaute, da wußte er, sie gehörte zu den Dingen in seinem Leben, um die es ihm immer leid tun würde.

»Ich muß gehen«, sagte er. »Ich werde nach einem Taxi telefonieren.«

»Nicht nötig – mein Chauffeur ist noch auf.«

Er zuckte zusammen, weil sie so schnell bereit war, ihn gehen zu lassen. Sie merkte das, küßte ihn zart und sagte: »Sie sind entzückend, Joel.« Dann ereignete sich plötzlich dreierlei: er goß seinen Drink hinunter, das Telefon schellte laut durchs Haus, und in der Halle schlug dröhnend eine Uhr.

Neun – zehn – elf – zwölf –

v

Wieder war es Sonntag. Joel mußte denken, wie er heute abend ins Theater gekommen war, die Arbeit der Woche hinter sich herschleppend wie ein Leichengewand. Er hatte Stella eine Liebeserklärung gemacht, wie man eine Sache tut, die noch rasch vor Tagesschluß erledigt werden muß. Jetzt aber war Sonntag. Die lockende Aussicht auf die Muße der nächsten vierundzwanzig Stunden tat sich vor ihm auf; jede Minute war etwas, das man mit weicher Lässigkeit genießen mußte, jeder Augenblick barg unendlich vielfältige Möglichkeiten. Nichts war ausgeschlossen, alles fing eben erst an. Er goß sich einen neuen Drink ein.

Mit einem schneidenden Schmerzenslaut sank Stella am Telefon hilflos vornüber. Joel fing sie auf und legte sie auf das Sofa. Er spritzte Sodawasser auf ein Taschentuch und legte es ihr aufs Gesicht. Im Telefon knackte es noch, und er nahm den Hörer ans Ohr.

»– die Maschine stürzte gleich hinter Kansas City ab. Die Leiche von Miles Calman wurde identifiziert und –«

Er legte den Hörer auf.

»Liegen Sie ganz still«, sagte er, hinhaltend, als Stella die Augen aufschlug.

»Was ist geschehen?« flüsterte sie. »Fragen Sie noch mal an. Oh, was ist geschehen?«

»Ich werde gleich wieder anrufen. Wer ist Ihr Arzt?«

»Haben die gesagt, daß Miles tot sei?«

»Liegen Sie still – ist einer von den Dienstboten noch auf?«

»Halten Sie mich – ich fürchte mich so.«

Er legte den Arm um sie.

»Ich muß den Namen Ihres Arztes wissen«, sagte er streng. »Vielleicht ist's nicht richtig, aber ich möchte, daß jemand nach Ihnen sieht.«

»Es ist Doktor – O Gott, ist Miles tot?«

Joel lief nach oben und durchsuchte fremde Medizinschränkchen nach Salmiakgeist. Als er wieder herunterkam, schluchzte Stella:

»Er kann nicht tot sein – ich weiß es bestimmt. Nur eine weitere Hinterlist. Er will mich quälen. Ich weiß, er lebt. Ich fühle es.«

»Ich möchte eine gute Freundin von Ihnen kommen lassen, Stella. Sie können hier nicht die ganze Nacht allein bleiben.«

»Nein, nein«, rief sie. »Ich will niemand sehen. Bleiben Sie. Ich hab keine einzige Freundin.« Tränenüberströmt erhob sie sich. »Oh, Miles ist mein einziger Freund. Er ist nicht tot – es kann nicht sein. Ich will sofort hin und selbst sehen. Suchen Sie einen Zug raus. Sie müssen mitkommen.«

»Sie können nicht fahren. Heute nacht ist nichts mehr zu tun. Sagen Sie mir irgendeine Frau, die ich anrufen kann: Lois? Joan? Carmel? Gibt's denn niemand?«

Stella sah ihn blicklos an.

»Eva Goebel war meine beste Freundin«, sagte sie.

Joel mußte an Miles denken, an sein traurig verzweifeltes Gesicht vor zwei Tagen im Büro. In dem fürchterlichen Schweigen seines Todes hob er sich ganz deutlich ab. Miles war der einzige amerikanische Filmregisseur mit einem eigenwilligen Temperament und einem künstlerischen Gewissen. Verstrickt in eine Industrie, hatte er seine ganze Nervenkraft geopfert, um nicht weich zu werden – ohne gesunden Zynismus, ohne allen Rückhalt – nur diese jammervolle Flucht ins Ungewisse war ihm geblieben.

Draußen hörte man jemand an der Haustür. Plötzlich tat sie sich auf, und dann waren Schritte in der Halle.

»Miles!« schrie Stella auf. »Bist du's, Miles? Oh, es ist Miles.«

Ein Depeschenbote erschien im Türrahmen.

»Ich fand die Klingel nicht, hörte hier drinnen sprechen.«

Das Telegramm war ein Duplikat der Durchsage. Während Stella es wieder und wieder las, als wäre alles erlogen, ging Joel zum Telefon. Es war noch früh, und er hatte Schwierigkeiten, jemand zu erreichen. Als es ihm schließlich gelungen war, einige Freunde anzurufen, mixte er Stella einen starken Drink.

»Sie bleiben bei mir, Joel«, flüsterte sie halb wie im Schlaf. »Sie werden nicht weggehen. Miles mochte Sie gern – er sagte, Sie –« Ein heftiges Zittern befiel sie. »O Gott, Sie wissen nicht, wie verlassen ich mich fühle.« Sie schloß die Augen. »Legen Sie Ihre Arme um mich. Miles hatte genau so einen Anzug.« Sie richtete sich jäh auf. »Wie muß ihm zumute gewesen sein. Er hatte solche Angst fast vor allem, irgendwie Angst.«

Wie betäubt schüttelte sie den Kopf. Plötzlich nahm sie Joels Gesicht in ihre Hände und zog es nahe an sich.

»Sie gehen nicht. Sie mögen mich gern – lieben mich, ja? Rufen Sie niemand an. Morgen ist früh genug. Sie bleiben heut nacht bei mir.«

Er starrte sie an, ungläubig erst und dann im Schreck des Begreifens. Aus einem dunklen Drang versuchte Stella, Miles im Leben zu halten, indem sie eine Situation verlängerte, an der er beteiligt war – als könne Miles' Geist nicht wirklich sterben, solange eine Möglichkeit, die ihn bekümmert hatte, fortbestand. Es war ein Ablenkungsmanöver, ein qualvolles Bemühen, die Erkenntnis, daß er tot war, von sich wegzuschieben.

Entschlossen ging Joel ans Telefon und rief einen Arzt

an. »Nicht! Oh, rufen Sie doch niemand an!« rief Stella, »Kommen Sie, legen Sie Ihre Arme um mich.«
»Ist Dr. Bales zu Hause?«
»Joel«, rief Stella. »Ich dachte, ich könnte auf Sie rechnen. Miles hatte Sie gern. Er war eifersüchtig auf Sie – Joel, kommen Sie her.«
Doch dann – wenn er Miles hinterging, würde sie ihn dadurch im Leben halten – denn war er wirklich tot, wie konnte man ihn dann noch betrügen?
»– ja, sie hat einen schweren Schock erlitten. Können Sie sofort kommen und eine Pflegerin mitbringen?«
»Joel!«
Jetzt begannen Türglocke und Telefon abwechselnd zu läuten, und draußen fuhren Autos vor.
»Aber Sie gehen nicht fort«, beschwor ihn Stella. »Sie bleiben bei mir, ja?«
»Nein«, sagte er. »Aber ich komme wieder, wenn Sie mich brauchen.«
Er stand auf der Treppe vor dem Haus, in dem sich nun mit verhaltenen Geräuschen jene Aktivität auszubreiten begann, die sich wie schützender Blätterfall über einen Tod senkt, und ein Schluchzen würgte ihn in der Kehle.
»Alles was er berührte, weckte er wie mit einem Zauberstab«, dachte er. »Sogar diese kleine Person hat er zum Leben erweckt und eine Art von Meisterstück aus ihr gemacht.«
Und dann:
»Was für eine Leere hinterläßt er in dieser verdammten Wildnis – viel zu früh!«
Und dann, mit einem Anflug von Bitterkeit: »Ja, ja, ich komme wieder – ich werde wiederkommen!«

Familie im Wind

I

Die beiden Männer fuhren bergauf, der blutroten Sonne entgegen. Die Baumwollfelder, die den Weg säumten, sahen kümmerlich und ausgedörrt aus, und kein Windhauch bewegte die Fichten.

»Wenn ich völlig nüchtern bin«, sagte der Doktor, »ich meine, wenn ich völlig nüchtern bin – dann sehe ich nicht die gleiche Welt wie du. Ich bin wie ein Freund von mir, der auf einem Auge gut sah und sich wegen seines schlechten Auges eine Brille machen ließ; das Ergebnis war, daß er immerfort elliptische Sonnen sah und von schiefen Bordschwellen herunterstolperte, bis er die Brille wegwerfen mußte. Auch wenn ich den größeren Teil des Tages vollkommen anästhesiert bin – nun, ich mache nur Arbeiten, von denen ich weiß, daß ich sie auch in diesem Zustand fertigbringe.«

»Ja«, pflichtete ihm sein Bruder Gene beunruhigt bei. Der Doktor war im Augenblick ein wenig unzugänglich, und Gene fand keine Einleitung für das, was er ihm zu sagen hatte. Wie so vielen Südstaatlern der unteren Klassen war ihm eine tief verwurzelte Höflichkeit eigen, wie sie für alle wilden und leidenschaftlichen Länder charakteristisch ist – er konnte das Thema nicht wechseln, bevor nicht einen Augenblick Stille eintrat, und Forrest hörte nicht auf zu reden.

»Ich fühle mich entweder sehr glücklich«, fuhr er fort, »oder sehr elend. Ich lache oder weine im Suff, und während ich immer kürzer trete, rast das Leben gefälligerweise immer schneller davon, und der Film wird um so unterhaltsamer, je weniger von mir selbst darin vorkommt. Ich habe die Achtung meiner Mitmenschen verspielt, aber als Ersatz dafür spüre ich eine Zirrhose der Gefühle. Und weil meine Empfindsamkeit, mein Mitleid, nicht mehr zielgerichtet ist, sondern sich auf das konzentriert, was gerade zur Hand ist, bin ich ein außergewöhnlich anständiger Kerl geworden – viel anständiger als damals, als ich noch ein guter Arzt war.«

Als der Weg nach der nächsten Biegung wieder gerade verlief und Gene sein Haus in der Ferne sah, erinnerte er sich an das Gesicht seiner Frau, als sie ihm das Versprechen abgenommen hatte, und er konnte nicht länger warten. »Forrest, ich muß dir was sagen ...«

Aber im selben Augenblick brachte der Doktor sein Auto plötzlich vor einem kleinen, unmittelbar hinter einem Fichtenwäldchen gelegenen Haus zum Stehen. Auf der Vordertreppe spielte ein etwa achtjähriges Mädchen mit einer grauen Katze.

»Das ist das reizendste Kind, das ich je gekannt habe«, sagte der Doktor zu Gene, und dann wandte er sich mit ernster Stimme an die Kleine: »Helen, brauchst du irgendwelche Pillen für Mieze?«

Das kleine Mädchen lachte.

»Ach, ich weiß nicht«, sagte sie zweifelnd. Sie spielte gerade etwas ganz anderes mit der Katze, und sie fühlte sich eigentlich gestört.

»Mieze hat mich nämlich heute morgen angerufen«, fuhr der Doktor fort, »und mir gesagt, ihre Mama kümmert sich nicht um sie und ob ich ihr nicht eine Krankenschwester aus Montgomery besorgen könnte.«

»Das hat sie nicht getan.« Das kleine Mädchen hielt die Katze unwillig fest; der Doktor nahm ein Fünfcentstück aus der Tasche und warf es auf die Stufen.

»Ich empfehle eine reichliche Dosis Milch«, sagte er, als er den Gang einlegte. »Gute Nacht, Helen.«

»Gute Nacht, Doktor.«

Als sie losfuhren, versuchte es Gene noch einmal. »Hör mal, halt an«, sagte er. »Halt hier ein Stück weiter . . . hier.«

Der Doktor brachte den Wagen zum Stehen, und die Brüder blickten einander an. Sie sahen sich ähnlich, was die robuste Gestalt und die etwas asketischen Gesichtszüge betraf, und sie waren beide Mitte vierzig; gar nicht ähnlich aber waren sie sich darin: die Brille des Arztes vermochte nicht die rotgeäderten, tränenden Säuferaugen zu verdecken sowie die Tatsache, daß seine Falten Stadtrunzeln waren; Genes Falten dagegen waren ländliche Falten; sie begrenzten Felder, folgten den Linien der Dachbalken oder der Stangen, die Schuppen abstützten; seine Augen zeigten ein schönes, samtiges Blau. Aber der schärfste Gegensatz lag darin, daß Gene Janney ein Mann vom Lande und Dr. Forrest Janney offensichtlich ein Akademiker war.

»Nun?« fragte der Doktor.

»Du weißt doch, daß Pinky zu Hause ist«, sagte Gene und blickte den Weg entlang.

»Hab davon gehört«, erwiderte der Dokor unverbindlich.

»Er ist in Birmingham in eine Schlägerei geraten, und irgendwer hat ihm dabei in den Kopf geschossen.« Gene zögerte. »Wir haben Dr. Behrer genommen, weil wir dachten, du würdest vielleicht nicht – du würdest vielleicht nicht...«

»Ich würde nicht«, stimmte ihm Dr. Janney ausdruckslos zu.

»Aber sieh mal, Forrest, das ist es eben«, fuhr Gene hartnäckig fort, »du weißt doch – du sagst doch oft, Dr. Behrer hat von nichts eine Ahnung. Ich habe ihn auch nie für eine Leuchte gehalten. Er sagt, die Kugel drückt auf – drückt aufs Gehirn, und er kann sie nicht rausnehmen, ohne eine Blutung zu verursachen, und er sagt, er weiß nicht, ob wir ihn lebend nach Birmingham oder Montgomery kriegen oder nicht; er ist ganz schwach. Behrer konnte uns gar nicht helfen. Wir hätten gern...«

»Nein«, sagte sein Bruder und schüttelte den Kopf. »Nein.«

»Ich möchte nichts weiter, als daß du ihn dir ansiehst und uns sagst, was wir tun sollen«, flehte Gene. »Er ist bewußtlos, Forrest. Er erkennt dich nicht, und du würdest ihn auch kaum erkennen. Seine Mutter ist halb wahnsinnig, weißt du.«

»Sie wird von einem rein animalischen Instinkt beherrscht.« Der Doktor zog eine Feldflasche, die halb Wasser und halb Alabamakorn enthielt, aus der Hüfttasche und trank. »Du und ich, wir wissen, der Junge wäre besser am Tag seiner Geburt ersäuft worden.«

Gene zuckte zusammen. »Er taugt nichts«, gab er zu, »aber ich weiß nicht – wenn du ihn so liegen siehst...«

Als der Schnaps sich in seinem Innern verteilte, spürte der Doktor ein instinktives Verlangen, etwas zu tun – nicht etwa gegen seine Vorurteile zu verstoßen, sondern einfach nur eine Geste zu machen, seinen eigenen sterbenden, aber immer noch verzweifelt kämpfenden Willen durchzusetzen.

»Also gut, ich sehe ihn mir an«, sagte er. »Aber ich rühre keine Hand für ihn, denn er wäre besser tot. Und sogar sein Tod wäre keine Sühne für das, was er Mary Decker angetan hat.«

Gene Janney warf die Lippen auf. »Weißt du das ganz sicher, Forrest?«

»Ganz sicher!« rief der Doktor. »Natürlich weiß ich das sicher. Sie ist verhungert; sie hatte in einer Woche nichts weiter zu sich genommen als nur ein paar Tassen Kaffee. Und an ihren Schuhen sah man, daß sie meilenweit gelaufen war.«

»Dr. Behrer sagt . . .«

»Was weiß denn der! Ich habe die Autopsie gemacht an dem Tag, als man sie auf der Straße nach Birmingham gefunden hat. Sie war verhungert, weiter fehlte ihr nichts. Dieser – dieser« – seine Stimme zitterte vor Erregung –, »dieser Pinky hatte sie satt gekriegt und rausgeworfen, und nun wollte sie versuchen, nach Hause zu kommen. Es ist mir sehr recht, daß er ein paar Wochen später selbst halbtot nach Hause gebracht wurde.«

Während er sprach, hatte er den Wagen wütend in Gang gebracht und kuppelte mit einem Ruck ein; einen Augenblick später hielten sie vor Gene Janneys Haus.

Es war ein rechteckiges Fachwerkhaus mit einem Ziegelsockel und einem gepflegten, vom Hof abgetrennten Rasen, ein Haus, das besser instand war als die Gebäude, die man in der Stadt Bending oder in ihrer landwirtschaftlichen Umgebung antraf, sich jedoch in bezug auf Bauweise und Raumaufteilung nicht wesentlich von ihnen unterschied. In dieser Gegend von Alabama waren die letzten Säulenhäuser der Plantagenbesitzer schon lange verschwunden; Armut, Verfall und Regen hatten die stolzen Säulen überwältigt.

Genes Frau Rose, die auf der Veranda gesessen hatte, erhob sich aus ihrem Schaukelstuhl.

»Hallo, Doc.« Sie begrüßte ihn ein wenig nervös und ohne ihm in die Augen zu blicken. »Du warst selten hier in letzter Zeit.«

Der Doktor blickte ihr seinerseits ein paar Sekunden lang in die Augen. »Wie geht's dir, Rose?« sagte er. »Tag Eugene . . . Tag, Edith« – dies zu dem kleinen Jungen und dem Mädchen, die neben ihrer Mutter standen, und dann »Tag, Butch!« zu dem untersetzten Neunzehnjährigen, der mit einem großen runden Stein in den Armen um die Ecke des Hauses kam.

»Hier vor dem Haus soll so was wie eine niedrige Mauer her – sieht besser aus«, erklärte Gene.

Sie alle empfanden immer noch Respekt vor dem Doktor. Insgeheim machten sie ihm Vorwürfe, weil sie auf ihn nicht mehr als auf den berühmten Verwandten hinweisen konnten – »einer der besten Chirurgen von Montgomery, das steht fest« –, aber da war immer noch seine akademische Bildung und die Stellung, die er einst in der großen Welt eingenommen hatte, bevor er sich dem Zynismus und dem Trunk ergeben und auf diese Weise beruflich Selbstmord begangen hatte. Vor zwei Jahren war er in seine Heimatstadt Bending zurückgekehrt und hatte sich mit fünfzig Prozent an dem Drugstore der Stadt beteiligt; er behielt seine Approbation, aber er übte seinen Beruf nur dann aus, wenn er dringend gebraucht wurde.

»Rose«, sagte Gene, »Doc sagt, er will sich Pinky mal ansehn.«

Pinky Janney lag in einem abgedunkelten Zimmer im Bett; seine Lippen wölbten sich tückisch und weiß unter einem frischgewachsenen Bart. Als der Doktor den Verband von seinem Kopf abnahm, verwandelte sich sein Atmen in leichtes Stöhnen, aber sein feister Körper bewegte sich nicht. Nach ein paar Minuten legte der Doktor den Verband wieder an und kehrte mit Gene und Rose auf die Veranda zurück.

»Behrer wollte ihn nicht operieren?« fragte er.

»Nein.«

»Warum hat man ihn nicht in Birmingham operiert?«

»Ich weiß nicht.«

»Hm.« Der Doktor setzte seinen Hut auf. »Diese Kugel muß unbedingt raus, und zwar bald. Sie drückt gegen die Halsschlagader. Das ist – jedenfalls könnt ihr ihn mit diesem Puls nicht nach Montgomery bringen.«

»Was sollen wir tun?« Genes Frage folgte ein kleines Schweigen, während er seinen Atem wieder einzog.

»Bittet Behrer, er soll es sich noch einmal überlegen. Oder aber sucht euch jemand in Montgomery. Es besteht eine Chance von etwa fünfundzwanzig Prozent, daß er durch die Operation gerettet werden kann; ohne Operation hat er überhaupt keine Chance.«

»Wen nehmen wir denn in Montgomery?« fragte Gene.

»Jeder gute Chirurg kann das machen. Sogar Behrer könnte es, wenn er etwas Mut hätte.«

Plötzlich trat Rose Janney dicht an ihn heran; ihre starr blickenden Augen glühten in einem animalischen Mutterinstinkt. Sie packte seinen offenen Mantel.

»Doc, du machst es! Du kannst es. Du weißt, du warst früher ein so großartiger Chirurg! Bitte, Doc, du machst es.«

Er trat einen Schritt zurück, so daß ihre Hände von seinem Mantel herunterfielen, und hielt seine eigenen Hände ausgestreckt vor sich.

»Siehst du, wie sie zittern?« sagte er mit vollendeter Ironie. »Schau richtig hin, dann siehst du's. Ich wage mich an keine Operation mehr heran.«

»Dabei könntest du's sehr gut«, sagte Gene hastig, »wenn du was trinkst, um durchzuhalten.«

Der Doktor schüttelte den Kopf und sagte, den Blick auf Rose gerichtet: »Nein. Auf mein Urteil kann man sich nicht verlassen, weißt du, und wenn irgendwas schiefginge, würde es aussehn, als wäre es meine Schuld.« Er schauspielerte jetzt ein wenig – er wählte seine Worte sorgfältig. »Ich habe erfahren – als ich feststellte, daß Mary Decker verhungert ist, wurde meine Meinung angezweifelt, weil ich ein Säufer bin.«

»Das hab ich nicht gesagt«, log Rose atemlos.

»Bestimmt nicht. Ich erwähnte es nur, um euch klarzumachen, wie vorsichtig ich sein muß.« Er ging die Stufen hinunter. »Nun, ich rate euch, noch mal zu Behrer zu gehen oder, falls das nicht klappt, jemand aus der Stadt zu holen. Gute Nacht.«

Aber bevor er noch das Tor erreicht hatte, kam Rose hinter ihm hergestürzt. Ihre Augen waren weiß vor Wut.

»Ich hab gesagt, daß du ein Säufer bist!« schrie sie. »Als du sagtest, Mary Decker wäre verhungert, hast du es so hingestellt, als wäre es Pinkys Schuld – du, der sich den ganzen Tag vollaufen läßt! Wie kann irgend jemand wissen, ob du weißt, was du tust, oder nicht? Warum hast du dir überhaupt so viel Gedanken wegen Mary Decker gemacht – ein Mädchen, das halb so alt ist wie du? Alle haben beobachtet, daß sie immer in deinen Drugstore kam und mit dir redete . . .«

Gene, der Rose gefolgt war, faßte ihre Arme. »Halt jetzt den Mund, Rose . . . Fahr los, Forrest.«

Forrest fuhr los und hielt an der nächsten Straßenbiegung, um einen Schluck aus seiner Feldflasche zu nehmen. Hinter den blaßgelben Baumwollfeldern konnte er das Haus sehen, in dem Mary Decker gewohnt hatte, und sechs Monate früher hätte er vielleicht einen Abstecher zu ihr gemacht und sie gefragt, warum sie denn heute nicht in den Drugstore gekommen sei, um ihre kostenlose Selters zu trinken oder sich über eine Kosmetikprobe zu freuen, die ein Vertreter am Morgen dagelassen hatte. Er hatte Mary Decker nichts von seinen Gefühlen für sie erzählt, hatte das auch nie beabsichtigt – sie war siebzehn, er fünfundvierzig, und er machte keine Zukunftspläne mehr –, aber erst nachdem sie mit Pinky Janney fortgelaufen war nach Birmingham, wurde ihm bewußt, wieviel seine Liebe zu ihr in seinem einsamen Leben bedeutet hatte.

Seine Gedanken glitten zurück zum Haus seines Bruders.

Wenn ich ein Gentleman wäre, hätte ich mich nicht so verhalten, dachte er. Und ein anderer Mensch hätte sich vielleicht für diesen dreckigen Köter geopfert, denn wenn er hinterher stürbe, würde Rose behaupten, ich hätte ihn getötet.

Doch er fühlte sich recht elend, als er seinen Wagen in die Garage fuhr; er hätte zwar nicht anders handeln können, aber es war alles so scheußlich.

Er war kaum zehn Minuten daheim, da hielt draußen quietschend ein Auto, und Butch Janney kam herein. Er hatte den Mund fest zusammengepreßt, seine Augen waren zu Schlitzen verengt, als wolle er dem Zorn, der in ihm tobte, keinen Ausbruch gestatten, bis er sich auf sein eigentliches Ziel entladen würde.

»Hallo, Butch.«

»Ich möchte dir sagen, Onkel Forrest, du kannst nicht so mit meiner Mutter reden. Ich bring dich um, wenn du so mit meiner Mutter sprichst!«

»Jetzt halt den Mund, Butch, und setz dich«, sagte der Doktor scharf.

»Sie ist schon fix und fertig wegen Pinky, und nun kommst du und redest so mit ihr.«

»Die Beleidigungen kamen von deiner Mutter, Butch. Ich habe das einfach hingenommen.«

»Sie weiß nicht, was sie redet, und du solltest das verstehn.«

Der Doktor überlegte eine Minute. »Butch, was hältst du von Pinky?«

Butch zögerte verlegen. »Na, ich kann nicht behaupten, daß ich je sehr viel von ihm gehalten hätte« – sein Ton wurde trotzig –, »aber schließlich ist er mein Bruder . . .«

»Einen Augenblick, Butch. Was sagst du dazu, wie er Mary Decker behandelt hat?«

Aber Butch hatte sich freigekämpft, und nun ließ er die Artillerie seines Zornes los:

»Darum geht es nicht; es geht drum, daß jemand, der sich meiner Mutter gegenüber was rausnimmt, es mit mir zu tun kriegt. Es ist nur gerecht, bei deiner ganzen Bildung . . .«

»Ich hab meine Bildung nur mir selber zu verdanken, Butch.«

»Ist mir egal. Wir versuchen noch mal, Doc Behrer

herumzukriegen, daß er die Operation macht, oder irgend jemand aus der Stadt zu bekommen. Aber wenn das nicht klappt, dann komme ich und hole dich, und du wirst diese Kugel rausholen, und wenn ich dabei mit einem Gewehr hinter dir stehen müßte.« Er nickte, keuchte ein wenig, dann drehte er sich um, ging hinaus und fuhr davon.

Irgendwas verrät mir, sagte der Doktor zu sich, daß es in Chilton County für mich keinen Frieden mehr geben wird. Er rief seinem farbigen Diener zu, er solle das Essen auf den Tisch bringen. Dann rollte er sich eine Zigarette und trat auf die offene Veranda an der Rückseite des Hauses.

Das Wetter war umgeschlagen. Der Himmel war jetzt verhangen, das Gras bewegte sich unruhig, und plötzlich fielen ein paar Regentropfen, ohne daß ein Regen folgte. Soeben war es noch warm gewesen, aber jetzt war der Schweiß auf seiner Stirn plötzlich kalt, und er wischte ihn mit seinem Taschentuch ab. In seinen Ohren dröhnte es, und er schluckte und schüttelte den Kopf. Einen Augenblick lang dachte er, er müsse krank sein, dann plötzlich löste sich das Dröhnen von ihm, schwoll an, wurde lauter, kam immer näher – es hätte das Donnern eines heranbrausenden Eisenbahnzuges sein können.

II

Butch Janney hatte den halben Heimweg bereits hinter sich, als er sie sah – eine riesige schwarze näherkommende Wolke, deren unterer Rand den Boden berührte. Während er noch verdutzt auf diese Erscheinung starrte, schien sie sich auszudehnen, bis sie den ganzen südlichen Himmel bedeckte, und er sah blasses elektrisches Feuer darin und hörte ein immer lauter werdendes Heulen. Er war jetzt mitten in einem heftigen Wind; fliegende Trümmer, Stücke von abgebrochenen Ästen, Splitter, größere Gegenstände, die in der zunehmenden Dunkelheit nicht zu erkennen waren, flogen an ihm vorbei. Einem Instinkt gehorchend, stieg er aus seinem Auto aus, und da er sich in dem Wind kaum mehr aufrecht halten konnte, rannte er zu einer Böschung hin, oder vielmehr wurde er umgerissen und gegen die Böschung gepreßt. Dann befand er sich eine Minute lang, zwei Minuten lang im schwarzen Mittelpunkt der Hölle.

Zuerst war da das Geräusch, und er selbst war ein Teil dieses Geräuschs, war so völlig von ihm verschlungen und von ihm besessen, daß er außerhalb dieses Geräusches gar nicht mehr existierte. Er war eine Vielzahl von Geräuschen, er war das Geräusch selber; ein großer kreischender Bogen, der über die Saiten des Universums gezogen wurde. Das Geräusch und die unwiderstehliche Gewalt waren untrennbar. Das Geräusch ebenso wie die Gewalt nagelten ihn wie einen Gekreuzigten an der Böschung fest, die er fühlen konnte. Irgendwann in diesem ersten Augenblick, eine Seite seines Gesichts an den Boden geheftet, sah er, wie sein Auto einen kleinen Hüpfer machte, eine halbe Drehung vollführte und dann in großen, hilflosen Sprüngen über ein Feld setzte. Dann begann das Bombardement, und das Geräusch teilte sich in ein Kanonendonnern und in das Knattern eines riesigen Maschinengewehrs. Er war nur halb bei Bewußtsein, als er fühlte, wie er selber Teil eines solchen Knattern wurde, wie er von der Böschung fortgerissen und durch die Luft geschleudert wurde, durch eine blindmachende zerfleischende Masse von Zweigen und Ästen, und dann wußte er eine unbestimmbare Zeitlang überhaupt nichts mehr.

Sein Körper schmerzte. Er lag zwischen zwei Ästen in der Krone eines Baumes; die Luft war voller Staub und Regen, und er konnte nichts hören; es dauerte lange, bevor er merkte, daß der Baum, in dem er hing, umgerissen worden war und daß sein ungewollter Notsitz zwischen den Fichtennadeln sich nur anderthalb Meter über dem Erdboden befand.

»Mann!« schrie er laut, zutiefst beleidigt. »Mann, was für ein Wind! Mann!«

Schmerz und Angst hatten ihn scharfsinnig gemacht, und er erriet, daß er auf der Baumwurzel gestanden hatte, als die große Fichte aus der Erde gerissen wurde, und durch den furchtbaren Ruck hochkatapultiert worden war. Er tastete seinen Körper ab und entdeckte, daß sein linkes Ohr mit Erde vollgestopft war, als hätte jemand einen Abdruck des Ohrinnern herstellen wollen. Seine Kleider waren zerfetzt, sein Mantel hinten am Saum zerrissen, und er konnte fühlen, wo es unter den Armen eingeschnitten hatte, als ihn ein einzelner Windstoß auszuziehen versuchte.

Er sprang hinunter und lief in Richtung auf das Haus seines Vaters los, aber es war eine neue und völlig fremde Landschaft, die er durchquerte. Das Ding – er wußte nicht, daß es ein Tornado war – hatte einen Pfad gerissen, der eine Viertelmeile lang war, und als sich der Staub langsam verzog, verwirrten ihn Ausblicke, die es nie zuvor gegeben hatte. Es war unwirklich, daß der Kirchturm von Bending von hier aus zu sehen sein sollte; es hatten doch einige Waldstücke dazwischen gelegen.

Aber wo war er hier? Denn er mußte nahe am Haus der

Baldwins sein; aber erst als er über große Bretterhaufen stolperte, die an einen unordentlichen Holzplatz erinnerten, wurde Butch klar, daß es das Haus der Baldwins nicht mehr gab, und als er sich aufgeregt umblickte, begriff er, daß es weder das Haus der Necrawneys auf dem Berg noch das Haus der Peltzers darunter mehr gab. Es gab kein Licht mehr, kein Geräusch mehr außer dem des Regens, der auf die umgestürzten Bäume fiel.

Er begann zu rennen. Als er den Umriß des väterlichen Hauses in der Ferne sah, stieß er ein erleichtertes »He!« aus, aber als er näher kam, merkte er, daß etwas fehlte. Es gab keine Nebengebäude mehr, und der angebaute Flügel, in dem sich Pinkys Zimmer befand, war vollständig abrasiert.

»Mutter!« rief er. »Vater!« Es kam keine Antwort; ein Hund sprang aus dem Hof heraus und leckte seine Hand . . .

. . . Zwanzig Minuten später, als Doc Janney in seinem Auto vor seinem Drugstore in Bending hielt, herrschte völlige Finsternis. Die elektrische Straßenbeleuchtung war ausgegangen, aber es waren Männer mit Taschenlampen auf der Straße, und im Nu hatte sich eine kleine Schar um ihn versammelt. Er schloß hastig die Tür auf.

»Jemand soll die Tür vom alten Wiggins-Krankenhaus aufbrechen. Ich habe sechs Schwerverletzte in meinem Auto. Ich brauche ein paar Männer, die sie reintragen. Ist Doc Behrer hier?«

»Hier ist er«, riefen eifrige Stimmen aus der Dunkelheit, als sich der Arzt, die Verbandtasche in der Hand, durch die Menge schob. Die beiden Männer standen einander im Licht der Taschenlampen gegenüber, und sie vergaßen, daß sie sich nicht leiden konnten.

»Gott weiß, wie viele es noch sein werden«, sagte Doc Janney. »Ich hole Verbandsmaterial und Desinfektionsmittel. Eine Menge Knochenbrüche werden dabeisein . . .« Er hob die Stimme. »Jemand soll mir eine Tragbahre bringen!«

»Ich fange dort drüben an«, sagte Doc Behrer. »Inzwischen hat sich noch ein halbes Dutzend mehr hereingedrängt.«

»Was wurde bisher getan?« wollte Doc Janney von den Männern wissen, die ihm in den Drugstore gefolgt waren. »Hat man Birmingham und Montgomery angerufen?«

»Die Telefondrähte sind runtergerissen, aber der Telegraf geht noch.«

»Jemand soll Dr. Cohen in Wettela benachrichtigen und allen Leuten, die Autos haben, sagen, sie sollen den Willard Pike langfahren und dann quer durch nach Corsica und so weiter über diese Straße hier. An der Kreuzung bei dem Niggerladen steht kein Haus mehr. Ich bin an ner Menge Leute vorbeigefahren, die auf dem Weg in die Stadt sind, alle verletzt, aber ich konnte keinen mehr in meinem Wagen unterbringen.« Während er sprach, warf er Verbandszeug, Desinfektionsmittel und Medikamente in eine Decke. »Ich dachte, ich hätte viel mehr Vorrat davon als das da. Halt, wartet!« rief er. »Jemand soll zu dem Tal fahren, wo die Wooleys wohnen, und nachsehen, was da los ist. Fahrt quer über die Felder – die Straße ist verstopft . . . He, Sie da mit der Mütze – Ed Jenks, nicht wahr?«

»Ja, doch.«

»Sie sehen, was ich hier habe? Sie suchen alles im Laden zusammen, was so aussieht wie das hier, und bringen es rüber, verstanden?«

»Ja, Doc.«

Als der Doktor auf die Straße hinaustrat, strömten die Opfer in die Stadt – eine Frau zu Fuß mit einem schwerverletzten Kind; ein Pferdewagen voller stöhnender Neger; von Panik ergriffene Männer, die keuchend schreckliche Geschichten erzählten. Überall in der schwach erhellten Dunkelheit wuchsen Verwirrung und Hysterie. Ein schmutzbedeckter Reporter aus Birmingham erschien im Beiwagen eines Motorrads; die Räder fuhren über die heruntergerissenen Drähte und die Äste, Zweige und Blätter, die die Straßen verstopften, und es ertönte die Sirene eines Polizeiautos aus Cooper, einem Ort, der dreißig Meilen entfernt lag.

Um den Eingang des Krankenhauses, das in den letzten drei Monaten aus Mangel an Patienten geschlossen gewesen war, drängte sich bereits eine Menschenmenge. Der Doktor schob sich durch das Gewoge weißer Gesichter und richtete sich auf einer Station ein, dankbar für die wartende Reihe alter Eisenbetten. Dr. Behrer war bereits auf der anderen Seite des Flurs bei der Arbeit.

»Holt mir ein halbes Dutzend Taschenlampen«, befahl er.

»Dr. Behrer braucht Jod und Heftpflaster.«

»Jawohl, hier ist es . . . Shinley, stellen Sie sich an die Tür und lassen Sie keinen rein, nur die, die nicht gehen können. Jemand soll rüberlaufen in den Gemischtwarenladen und zusehen, ob da nicht ein paar Kerzen zu haben sind.«

Die Straße draußen war jetzt voller Lärm – dem Schreien von Frauen, den einander widersprechenden Anweisungen freiwilliger Hilfstrupps, die die Fahrbahn frei zu machen versuchten, den abgerissenen Rufen von Leuten, die sich einer Notsituation gewachsen zeigten. Kurz vor Mitternacht erschien die erste Hilfskolonne des Roten Kreuzes. Aber die drei Ärzte, denen sich gleich darauf zwei andere aus nahegelegenen Dörfern zugesellten, hatten schon lange vorher jedes Zeitgefühl verloren. Um zehn Uhr hatte man angefangen, die Toten in die Stadt zu bringen: es waren zwanzig, fünfundzwanzig, dreißig, vierzig – die Liste wurde immer länger. Da sie nichts mehr brauchten, warteten sie, wie es einfachen Landleuten zukam, in einer nach hinten gelegenen Garage, während der Strom der Verletzten – Hunderte – durch das alte Krankenhaus flutete, das nur für zwanzig Patienten gebaut worden war. Der Wirbelsturm hatte Beinbrüche, Schlüsselbeinbrüche, Rippen- und Hüftgelenkbrüche, Verletzungen des Rückens, der Ellbogen, der Ohren, der Augenlider, der Nase ausgeteilt; es gab Fleischwunden, die von fliegenden Brettern herrührten, und alle möglichen Splitter in allen möglichen Körperstellen und einen skalpierten Mann, der sich wieder erholen und dem ein neuer Haarschopf wachsen würde. Lebende oder Tote, Doc Janney kannte jedes Gesicht, beinahe jeden Namen.

»Regen Sie sich jetzt nicht auf. Billy geht es gut. Halten Sie still, damit ich das verbinden kann. Jeden Augenblick kommen hier Leute rein, aber es ist so verdammt dunkel, daß sie sie nicht finden können – in Ordnung, Mrs. Oakey. Nicht schlimm. Ev macht etwas Jod drauf . . . Nun wollen wir uns mal den Mann da ansehn.«

Zwei Uhr. Der alte Arzt aus Wettala konnte nicht mehr, aber jetzt waren neue Männer aus Montgomery da, die an seine Stelle traten. Durch den Raum, in dem es durchdringend nach Desinfektionsmitteln roch, trieb unaufhörlich das Geplätscher menschlicher Stimmen und erreichte den Doktor undeutlich durch Schicht um Schicht zunehmender Müdigkeit.

». . . um und um – drehte mich um und bekam einen Busch zu fassen, und der Busch drehte sich mit mir.«

»Jeff! Wo ist Jeff?«

». . . ich wette, dieses Schwein ist hundert Meter weit gesegelt . . .«

». . . konnte den Zug noch rechtzeitig anhalten. Alle Fahrgäste sind ausgestiegen und haben die Stangen ziehen helfen . . .«

»Wo ist Jeff?«

»Er sagt: ›Gehn wir in den Keller‹, und ich sage: ›Wir haben keinen Keller . . .‹«

»Wenn keine Tragen mehr da sind, bringt ein paar leichte Türen.«

». . . fünf Sekunden? Aber es war doch eher wie fünf Minuten!«

Irgendwann hörte er, daß jemand Gene und Rose mit ihren beiden jüngsten Kindern gesehen hatte. Er war auf der Fahrt in die Stadt an ihrem Haus vorbeigekommen, und als er sah, daß es stand, war er schnell weitergefahren. Die Familie Janney hatte Glück gehabt; auch das Haus des Doktors war außerhalb des Bereichs des Wirbelsturms geblieben.

Erst als der Doktor sah, wie in den Straßen plötzlich die elektrischen Laternen angingen und wie die Menschenmenge vor dem Gebäude des Roten Kreuzes auf heißen Kaffee wartete, merkte er, wie müde er war.

»Ruhn Sie sich lieber aus«, sagte ein junger Mann zu ihm. »Ich übernehme diese Seite des Raums. Ich hab zwei Krankenschwestern mitgebracht.«

»Gut, gut. Ich mache nur noch diese Reihe fertig.«

Die Verletzten wurden, sobald ihre Wunden verbunden waren, in die Städte evakuiert, und andere nahmen ihre Plätze ein. Er hatte nur noch zwei Betten anzusehen – in dem ersten lag Pinky Janney.

Er setzte das Stethoskop auf Pinkys Herz. Das Herz schlug schwach. Daß Pinky, der so schwach und schon halbtot war, den Sturm überhaupt überlebt hatte, war erstaunlich. Wie er hierher gelangt war, wer ihn gefunden und hergeschleppt hatte, war ein Geheimnis für sich. Der Doktor untersuchte den Körper; er fand kleine Quetschungen und Fleischwunden, zwei gebrochene Finger, die mit Erde vollgestopften Ohren, die bei allen Fällen festzustellen waren – nichts weiter. Der Doktor zögerte einen Augenblick, aber selbst als er die Augen schloß, schien das Bild Mary Deckers entschwunden zu sein, schien sich ihm zu entziehen. Etwas rein Berufsmäßiges, das nichts mit menschlichen Empfindungen zu tun hatte, hatte sich in ihm in Bewegung gesetzt, und er hatte nicht die Macht, es aufzuhalten. Er streckte seine Hände vor sich aus, sie zitterten leicht.

»Ein Wink des Teufels!« murmelte er.

Er verließ das Zimmer und bog um die Ecke des Flurs; dort zog er die Feldflasche aus seiner Tasche, die den Rest des mit Wasser vermischten Korns enthielt, den er am Nachmittag getrunken hatte. Er leerte sie. Dann ging er zurück auf die Station, desinfizierte zwei Instrumente und betäubte örtlich eine quadratische Fläche an Pinkys Schädel, dort, wo die Wunde über der Kugel zugeheilt war. Er rief eine Krankenschwester heran, und dann ließ er sich am Bett seines Neffen auf ein Knie nieder, das Skalpell in der Hand.

III

Zwei Tage später fuhr der Doktor in seinem Auto langsam durch die trauernde Gegend. Nach der ersten schrecklichen Nacht hatte er sich vom Rettungsdienst zurückgezogen, da er vermutete, daß sein Status als Drogist seine Mitarbeiter in Verlegenheit bringen könnte. Aber es war noch viel zu tun; das Rote Kreuz mußte sich um die in abgelegenen Gegenden angerichteten Verheerungen kümmern, und dieser Aufgabe widmete er sich.

Der Weg des Dämons ließ sich leicht verfolgen. Er hatte mit seinen Siebenmeilenstiefeln einen irregulären Weg genommen, quer über Land, durch Wälder, hatte sich sogar höflich an Straßen gehalten, bis sie eine Biegung machten, und sich dann wieder selbständig gemacht. Manchmal konnte man seine Fährte durch die Baumwollfelder verfolgen, die scheinbar in voller Blüte standen, aber diese Baumwolle kam aus dem Innern von Hunderten Federbetten und Matratzen, die der Tornado auf den Feldern verteilt hatte.

An einem Bretterhaufen, der noch kürzlich eine Negerhütte gewesen war, hielt er einen Augenblick an, um eine Unterhaltung zwischen zwei Reportern und zwei scheuen kleinen Negerjungen mit anzuhören. Die alte Großmutter saß mit verbundenem Kopf zwischen den Ruinen, kaute irgendwelches undefinierbares Fleisch und schaukelte dabei in ihrem Schaukelstuhl hin und her.

»Aber wo ist denn der Fluß, über den du geschleudert wurdest?« fragte einer der Reporter.

»Dort.«

»Wo?«

Die Kinder blickten hilfesuchend auf ihre Großmutter.

»Genau hinter euch«, sagte die alte Fra.

Die Zeitungsleute sahen ärgerlich auf einen vier Meter breiten schlammigen Wasserlauf.

»Das ist doch kein Fluß.«

»Das ist ein Menada-Fluß, wir haben ihn immer so genannt, seit ich ein kleines Mädchen war. Ja, bestimmt, das ist ein Menada-Fluß. Und die beiden Jungen wurden auf die andere Seite rübergeblasen und haben dabei nicht mal nen Kratzer abgekriegt. Der Schornstein ist auf mich gefallen«, schloß sie und tastete ihren Kopf ab.

»Wollen Sie behaupten, das war alles?« fragte der junge Reporter unwillig. »Das ist der Fluß, über den sie geblasen wurden! Und hundertzwanzig Millionen Menschen hat man weismachen wollen –«

»Das ist schon in Ordnung, Jungs«, unterbrach ihn Doc Janney. »Für diese Gegend ist das ein ganz beachtlicher Fluß. Und er wird immer größer, je älter diese kleinen Kerle werden.«

Er warf der alten Frau einen Vierteldollar zu und fuhr weiter.

Als er an einer Dorfkirche vorbeikam, hielt er an und zählte die neuen braunen Erdhügel, die den Friedhof verunzierten. Er näherte sich jetzt dem Zentrum der Vernichtung. Dort hatte einst das Haus der Howdens gestanden, wo drei Menschen getötet wurden; ein langer schmaler Schornstein, ein Müllhaufen und eine Vogelscheuche waren übriggeblieben, die, eine Ironie des Schicksals, im Küchengarten überlebt hatte. In der Ruine eines Hauses auf der anderen Seite des Weges stolzierte ein Hahn auf einem Klavier einher und beherrschte laut krähend ein Reich von Koffern, Stiefeln, Büchsen, Büchern, Kalendern, Vorlegern, Stühlen und Fensterrahmen, ein defektes Radio und eine Nähmaschine ohne Beine. Überall lag Bettzeug herum, Decken, Matratzen, verbogene Federn, zerfetzte Polstereinladen – er hatte sich niemals klargemacht, einen wie großen Teil ihrer Lebenszeit die Menschen im Bett verbrachten. Hier und dort grasten wieder Kühe und Pferde auf den Wiesen, oft mit Jodflecken bedeckt. In Abständen erhoben sich Rote-Kreuz-Zelte, und an einem dieser Zelte sah der Doktor die kleine Helen Kilrain sitzen, die ihre graue Katze in den Armen hielt. Der übliche Bretterhaufen – es sah aus, als habe ein Kind sein Baukastenhaus in einem Wutanfall zerstört – erzählte die Geschichte.

»Hallo, mein Schatz«, begrüßte er sie, und sein Herz sank. »Wie hat Mieze der Tornado gefallen?«

»Überhaupt nicht.«

»Was hat sie getan?«

»Sie hat miaut.«

»Oh.«

»Sie wollte weglaufen, aber ich habe sie festgehalten, und sie hat mich gekratzt – sehen Sie?«

Er warf einen Blick auf das Rote-Kreuz-Zelt.

»Wer sorgt für dich?«

»Die Dame vom Roten Kreuz und Mrs. Wells«, erwiderte sie. »Mein Vater wurde verletzt. Er stand über mir, damit nichts auf mich fiel – und ich stand über Mieze. Er ist im Krankenhaus in Birmingham. Wenn er zurückkommt, baut er unser Haus sicher wieder auf.«

Der Doktor zuckte zusammen. Er wußte, daß ihr Vater keine Häuser mehr bauen würde; er war diesen Morgen gestorben. Sie war allein, und sie wußte nicht, daß sie allein war. Rings um sie erstreckte sich das dunkle Universum, unpersönlich, gleichgültig. Ihr reizendes kleines

Gesicht sah vertrauensvoll zu ihm auf, als er fragte: »Hast du irgendwo Verwandte, Helen?«

»Ich weiß nicht.«

»Jedenfalls hast du Mieze, nicht wahr?«

»Sie ist nur eine Katze«, sagte sie ruhig, aber erschreckt über ihren Verrat an ihrer Liebe umschlang sie das Tier noch fester.

»Es ist sicher gar nicht leicht, für eine Katze zu sorgen.«

»O nein«, sagte sie rasch. »Sie macht überhaupt keine Arbeit. Sie frißt ja kaum was.«

Er fuhr mit der Hand in die Tasche, aber plötzlich besann er sich anders.

»Helen, ich komme zurück und besuche dich heute noch mal – etwas später. Du sorgst doch gut für Mieze, nicht wahr?«

»O ja«, antwortete sie leichthin.

Der Doktor fuhr weiter. Als nächstes hielt er an einem Haus, das der Verwüstung entgangen war. Walt Cupps, der Eigentümer, reinigte auf seiner vorderen Veranda eine Schrotflinte.

»Was soll das, Walt? Willst du den nächsten Tornado zusammenschießen?«

»Es wird keinen nächsten Tornado geben.«

»Kann man nicht wissen. Sieh doch mal zum Himmel hoch. Es wird mächtig dunkel.«

Walt lachte und schlug auf seine Flinte. »Wenigstens nicht in hundert Jahren, auf keinen Fall. Die Flinte ist für Plünderer. Von denen wimmelt es hier in der Gegend, und es sind auch nicht alle schwarz. Wenn du in die Stadt fährst, sag dort Bescheid, sie sollen ein paar Leute von der Bürgerwehr hier verteilen.«

»Ich richte es gleich aus. Bei dir ist nichts passiert?«

»Nein, Gott sei Dank. Und wir waren sechs Leute im Haus. Der Sturm hat eine Henne fortgerissen, und vielleicht bläst er sie noch immer irgendwo herum.«

Der Doktor fuhr weiter zur Stadt, erfüllt von einer Unruhe, die er sich nicht zu erklären vermochte.

»Es ist das Wetter«, dachte er. »Die Luft fühlte sich genauso an wie letzten Samstag.«

Einen Monat lang hatte der Doktor das Verlangen verspürt, für immer fortzugehen. Einst schien diese Gegend hier Frieden zu verheißen. Als die Antriebskraft verbraucht war, die ihn vorübergehend aus einem müden alten Geschlecht emporgehoben hatte, war er hierher zurückgekehrt, um sich auszuruhen, die Erde Frucht tragen zu sehen und einfache, angenehme Beziehungen zu seinen Nachbarn zu unterhalten. Frieden! Er wußte, daß der augenblickliche Familienzwist nie enden würde, nichts würde je wieder so sein wie früher, alles würde bis in alle Ewigkeit bitter sein. Und er hatte gesehen, wie sich die beschauliche Landschaft in eine Stätte der Trauer verwandelte. Es gab keinen Frieden hier. Zieh weiter!

Auf der Straße überholte er Butch Janney, der zur Stadt wanderte.

»Ich wollte zu dir«, sagte Butch stirnrunzelnd. »Du hast Pinky schließlich doch operiert, nicht wahr?«

»Steig ein ... Ja, das habe ich getan. Woher weißt du?«

»Doc Behrer hat es uns erzählt.« Er warf einen schnellen Blick auf den Doktor, dem der Argwohn darin nicht entging. »Sie glauben, daß er den Abend nicht mehr erleben wird.«

»Deine Mutter tut mir leid.«

Butch lachte unangenehm. »Ja, sicher.«

»Ich sagte: deine Mutter tut mir leid«, sagte der Doktor scharf.

»Ich hab's gehört.«

Einen Augenblick lang fuhren sie schweigend weiter.

»Hast du dein Auto wiedergefunden?«

»Was?« Butch lachte kummervoll. »Ich habe was gefunden – ich weiß nicht, ob du es noch ein Auto nennen würdest. Und dabei hätte ich für fünfundzwanzig Cent eine Tornado-Versicherung abschließen können, weißt du.« Seine Stimme zitterte vor Entrüstung. »Fünfundzwanzig Cent – aber wer hätte je daran gedacht, eine Tornado-Versicherung abzuschließen?«

Es wurde dunkler; im Süden hörte man das schwache Krachen eines fernen Donners.

»Na, ich hoffe nur«, sagte Butch mit zusammengekniffenen Augen, »daß du nichts getrunken hattest, als du Pinky operiertest.«

»Weißt du, Butch«, sagte der Doktor langsam, »es war ein ganz gemeiner Trick von mir, den Tornado hierherzuholen.«

Er hatte nicht erwartet, daß der Spott ins Schwarze treffen würde, aber er erwartete eine Antwort – da sah er plötzlich Butchs Gesicht. Es war fischweiß, der Mund stand offen, die Augen blickten starr, und aus seiner Kehle kam ein wimmernder Laut. Kraftlos hob er eine Hand, und dann sah der Doktor, was los war.

Weniger als eine Meile entfernt erfüllte eine riesige topfförmige schwarze Wolke den Himmel und senkte sich wirbelnd auf sie zu; vor ihr segelte bereits ein schwerer, singender Wind.

»Er ist zurückgekommen!« schrie der Doktor.

Fünfzig Meter vor ihnen lag die alte eiserne Brücke, die

über den Bilby Creek führte. Er trat fest auf das Gaspedal und fuhr darauf zu. Die Felder waren voll rennender Gestalten, die in die gleiche Richtung liefen. Als er an der Brücke ankam, sprang er aus dem Auto und zerrte Butch am Arm.

»Steig aus, du Idiot! Steig aus!«

Völlig aufgelöst stolperte Butch aus dem Wagen; einen Augenblick später drängten sie sich mit sechs anderen in dem Dreieck zusammen, das die Brücke mit dem Ufer bildete.

»Kommt er hierher?«

»Nein, er macht kehrt!«

»Wir mußten Opa zurücklassen!«

»Ach, rette mich, rette mich! Jesus, rette mich! Hilf mir!«

»Jesus, rette meine Seele!«

Plötzlich kam draußen ein schneller Wind auf, der kleine Fühler unter die Brücke ausstreckte, mit einer merkwrdigen Spannung darin, so daß der Doktor eine Gänsehaut bekam. Gleich darauf herrschte völlige Windstille, aber plötzlich begann es heftig zu regnen. Der Doktor kroch zum Rand der Brücke und hob vorsichtig den Kopf.

»Er ist vorbei«, sagte er. »Wir haben nur den Rand zu spüren bekommen, das Zentrum ist weit rechts von uns vorbeigegangen.«

Er konnte es deutlich sehen; eine Sekunde lang vermochte er sogar Gegenstände darin zu unterscheiden, Sträucher und kleine Bäume, Bretter und lose Erde. Im Weiterkriechen zog er seine Uhr und versuchte festzustellen, wie spät es war, aber in dem dichten Regen ließ sich nichts erkennen.

Naß bis auf die Haut, kroch er unter die Brücke zurück. Butch lag zitternd im entferntesten Winkel, und der Doktor schüttelte ihn.

»Der Tornado ist in Richtung eures Hauses gezogen!« rief er. »Reiß dich zusammen! Wer ist dort?«

»Keiner«, stöhnte Butch. »Sie sind alle in der Stadt bei Pinky.«

Der Regen hatte sich jetzt in Hagel verwandelt; erst kleine Körnchen, dann größere und noch größere, bis das Geräusch, das sie auf der Eisenbrücke machten, ein ohrenbetäubendes Trommeln war.

Die geretteten armen Teufel unter der Brücke erholten sich langsam, und in ihrer Erleichterung kicherten und lachten sie hysterisch.

Wenn die Nervenanspannung einen bestimmten Punkt überschritten hat, vollzieht das Nervensystem seine Übergänge ohne Würde und Vernunft. Selbst der Doktor spürte die Ansteckungsgefahr.

»Das ist schlimmer als ein Unglück«, sagte er trocken. »Es wird allmählich zur Plage.«

IV

In diesem Frühjahr gab es in Alabama keine weiteren Tornados. Der zweite Tornado – man hielt ihn allgemein für den ersten, der zurückgekommen war, denn für die Leute von Chilton County war er eine personifizierte Macht, mit so feststehenden Eigenschaften wie ein heidnischer Gott – hatte ein Dutzend Häuser zerstört, darunter das von Gene Janney, und etwa dreißig Personen verletzt.

Aber diesmal – vielleicht weil jeder inzwischen ein System des Selbstschutzes ausgearbeitet hatte – gab es keine Toten. Der Tornado schlug seinen letzten dramatischen Bogen, indem er die Hauptstraße von Bending entlangfauchte, die Telefonmaste umriß und die Schaufenster von drei Geschäften einschlug, darunter das Schaufenster von Doc Janneys Drugstore.

Nach einer Woche wuchsen die Häuser wieder empor, nur errichtet aus den alten Brettern, und bevor noch der lange, üppige Sommer von Alabama zu Ende ging, würde das Gras auf allen Gräbern wieder grün sein. Aber es würde noch Jahre dauern, bis die Bewohner des Distrikts aufhörten, Ereignisse »vor dem Tornado« oder »nach dem Tornado« zu datieren – und für viele Familien würde das Leben nie wieder so sein wie vorher.

Dr. Janney sagte sich, daß die Zeit für die Abreise günstig sei. Er verkaufte das, was von seinem Drugstore noch übrig war, den Mildtätigkeit und die Katastrophe gleichermaßen leergefegt hatten, und überließ sein Haus seinem Bruder, bis Gene sein eigenes wieder aufbauen konnte. Er fuhr mit dem Zug in die Stadt, denn sein Wagen war gegen einen Baum geprallt, und man konnte ihm nur gerade noch die kurze Strecke zum Bahnhof zumuten.

Auf der Fahrt zum Bahnhof hielt er ein paarmal am Weg an, um sich von Leuten zu verabschieden – einer von diesen war Walter Cupps.

»Jetzt hat's dich also doch noch erwischt«, sagte er und blickte auf die melancholische Hinterfront des Hauses, die allein stehengeblieben war.

»Es ist ziemlich schlimm«, erwiderte Walter, »aber denk doch: wir waren sechs Personen im Haus oder in der

Nähe des Hauses, und keiner wurde verletzt. Dafür danke ich Gott.«

»Da hast du Glück gehabt, Walt«, stimmte ihm der Doktor zu. »Hast du zufällig gehört, ob das Rote Kreuz die kleine Helen Kilrain nach Montgomery oder nach Birmingham gebracht hat?«

»Nach Montgomery. Ich war gerade da, als sie mit ihrer Katze in die Stadt kam und nach jemand suchte, der die eine Pfote verbinden konnte. Sie muß meilenweit durch Regen und Hagel gelaufen sein, aber ihr war nur ihre Mieze wichtig. Mir war zwar elend zumute, aber ich mußte doch lachen darüber, wie couragiert sie war.«

Der Doktor schwieg einen Augenblick. »Erinnerst du dich zufällig, ob sie noch Verwandte hat?«

»Nein«, erwiderte Walter, »aber ich glaube nicht.«

Am Grundstück seines Bruders unterbrach der Doktor seine Fahrt zum letzten Mal. Sie waren alle da, sogar die Jüngsten, und arbeiteten zwischen den Ruinen; Butch hatte bereits den Schuppen wieder errichtet, in dem sie die Reste ihrer Habe untergebracht hatten. Außer diesem Schuppen hatte einzig das Muster von runden weißen Steinen, das den Garten hatte einfassen sollen, den Tornado unbeschadet überstanden.

Der Doktor nahm hundert Dollar in Banknoten aus seiner Tasche und gab sie Gene.

»Du kannst sie mir irgendwann mal zurückgeben, aber mach dich nicht verrückt deswegen«, sagte er. »Es ist Geld, das ich für den Laden gekriegt habe.« Er wehrte Genes Dankesbeteuerungen ab. »Pack meine Bücher gut ein, wenn ich sie abholen lasse.«

»Willst du dort wieder praktizieren, Forrest?«

»Ich werde es vielleicht versuchen.«

Die Brüder hielten einander einen Augenblick bei den Händen; die beiden jüngsten Kinder kamen, um auf Wiedersehen zu sagen. Rose stand ein wenig abseits in einem alten blauen Kleid – sie hatte kein Geld, um für ihren ältesten Sohn Trauer zu tragen.

»Leb wohl, Rose«, sagte der Doktor.

»Leb wohl«, erwiderte sie, und dann setzte sie mit lebloser Stimme hinzu: »Alles Gute, Forrest.«

Eine Sekunde lang fühlte er die Versuchung, etwas Versöhnliches zu sagen, aber er sah, daß es nutzlos war. Ihr Mutterinstinkt war gegen ihn, dieselbe Kraft, welche die kleine Helen mit ihrer verletzten Katze durch den Sturm hatte laufen lassen.

Am Bahnhof kaufte er sich ein Billett nach Montgomery. Das Dorf lag düster unter dem Himmel eines verspäteten Frühlings, und als der Zug abfuhr, fand er es sonderbar, daß es ihm vor sechs Monaten so vorgekommen war, als sei dieser Ort so gut wie jeder andere.

Er war allein in dem Teil des Zuges, der für Weiße reserviert war; gleich darauf tastete er nach der Feldflasche an seiner Hüfte und zog sie hervor. »Schließlich hat ein Mann von fünfundvierzig ein Recht auf etwas künstlichen Mut, wenn er noch mal neu anfängt.« Er mußte an Helen denken. »Sie hat keine Verwandten. Ich glaube, jetzt ist sie mein kleines Mädchen.«

Er tätschelte die Flasche, dann sah er sie wie überrascht an.

»Wir müssen dich wohl für eine Weile beiseite legen, alte Freundin. Eine Katze, die so viel Sorge und Mühe wert ist, braucht eine Menge gute Milch.«

Er machte es sich auf seinem Platz bequem und schaute aus dem Fenster. Er dachte an die schreckliche Woche, und in seiner Erinnerung bliesen die Winde noch rings um ihn, kamen als Zugluft durch den Gang des Eisenbahnwagens – Weltwinde – Zyklone, Hurrikane, Tornados – grau und schwarz, erwartet oder unvorhergesehen, manche vom Himmel, manche aus den Tiefen der Hölle.

Aber er würde nicht zulassen, daß sie Helen noch einmal etwas antaten – wenn er es verhindern konnte.

Er döste einen Augenblick vor sich hin, doch ein Traum ließ ihn nicht los und machte ihn wach: »Papa stand über mir, und ich stand über Mieze.«

»Gut, Helen«, sagte er laut, denn er sprach oft mit sich selbst. »Ich glaube, die alte Brigg kann noch eine Weile flott bleiben – in jedem Wind.«

Nachwort

Francis Scott Fitzgerald, der Verfasser von vielen Meistererzählungen und fünf Romanen, gilt als Chronist der Jahre nach dem Ersten Weltkrieg, die man in Amerika ›The Golden Twenties‹ nannte, während man in Europa für die aus dem Krieg entlassenen Soldaten und Heimkehrer, vom Krieg aus ihrem bisherigen Dasein herausgerissen, den Begriff ›The Lost Generation‹ prägte. Als Sprachrohr der amerikanischen Jugend schreibt Fitzgerald in einem Essay: »Eine Generation wuchs heran, die sich auf den größten Amüsier-Bummel der Geschichte begab, um mit Bubikopf, Zigaretten und kurzen Röckchen die eroberte Freiheit zu dokumentieren. Ein tolles Bild des Lebens begann sich vor meinen Augen abzurollen, und darüber gäbe es viel zu berichten.« In seinem Werk evoziert Fitzgerald diese Entwicklung – und das bittere Ende. Denn trotz aller Cocktails und des stets gegenwärtigen Alkohols in Taschenflakons war das Leben, wie er bald erkannte, nicht so sorglos und rücksichtslos zu bewältigen.

Fitzgerald beobachtete und berichtete. Er ist der geborene Erzähler. Sein Werk wuchs und wandelte sich mit ihm. Er ist weit mehr als der Chronist der reichen Leute, denn er behandelt das Thema von Schein und Sein. Er war nicht der ›Playboy‹ des Jazz-Zeitalters, sondern bewies in seinen Erzählungen seine eigene, kritische Einstellung. Sein scharfer Blick für Charaktere und Handlungen und sein unerschöpfliches dichterisches Talent fanden in seinen Erzählungen ihren Niederschlag.

Infolge seiner Herkunft und seiner verhängnisvollen Ehe wurde der begnadete Dichter einem fatalen Ende zugetrieben, aber in den letzten vier Jahren seines Lebens, als es fast zu spät war, stellte sich eine Wendung ein. Seine eigene Lebensgeschichte, gekennzeichnet durch wiederholte Krankheiten und Trunksucht und durch den Wahnsinn seiner Frau, ist dramatischer und tragischer als die in seinen Erzählungen geschilderten Schicksale.

Francis Scott Fitzgerald wurde am 24. September 1896 in St. Paul, Minnesota, geboren. Weil seine Mutter vor der Geburt des Sohnes bereits zwei Töchter verloren hatte, verhätschelte sie ihn mit so übergroßer Fürsorge, daß er sich für etwas Besonderes halten mußte. Dank des Vermögens der verwitweten Großmutter konnte die Mutter ihrem Sohn, der nicht gern zur Schule ging, Privatlehrer halten und ihn später die St. Paul Academy besuchen lassen, wo er sich wegen seiner fixen Idee, etwas Besseres zu sein, äußerst unbeliebt machte. Auch sportlich konnte er sich nicht auszeichnen, da er klein und zart war, aber im Debattieren und Dichten tat er sich bald hervor und schrieb mit fünfzehn Jahren seine erste Geschichte für die Schulzeitung. In der Newman-Schule in New Jersey träumte er von Erfolgen, war jedoch unpünktlich und faul und bald bei Lehrern und Mitschülern verhaßt; er faßte die besten Vorsätze und wurde unter dem Einfluß eines Lehrers, des gütigen Father Fay, zu einer unersättlichen Leseratte.

In St. Paul bereitete er sich für die Aufnahme an der Universität Princeton vor und arbeitete gleichzeitig für den Theaterverein, für den er ein Drama über den Bürgerkrieg schrieb. In Princeton verfaßte er Musicals, witzige Parodien und unzählige Gedichte für die Clubzeitungen, vernachlässigte seine Studien, erwarb aber die Freundschaft des Romanciers John Peale Bishop und des später berühmten Kritikers Edmund Wilson. Nach einem Malaria-Anfall, der vielleicht Ansätze zu einer Tuberkulose barg, mußte er das Studium vorübergehend abbrechen; er wohnte wieder bei seinen Eltern in St. Paul, wo er sich mit Leidenschaft dem Autofahren und den neuen, vor dem Spiegel einstudierten Tänzen hingab, um auf dem Parkett Beifall zu erringen.

Im Herbst nahm er seine Studien in Princeton wieder auf. Aus seiner Schwärmerei für die Gedichte von John Keats erwuchs sein Wunsch, ein großer Dichter zu werden, aber die Lektüre von Oscar Wilde und H. G. Wells und der Einfluß des skeptischen Studienfreundes Edmund Wilson machten ihn in seinem fest verwurzelten, ursprünglichen Glauben wankend – bis er auf den Gedanken kam, Priester zu werden, denn sein seelischer Berater, Father Fay, sorgte sich um ihn. Doch schließlich verlockten ihn die Abenteuerlust und der Wunsch, am Krieg teilzunehmen, deshalb besuchte er einen Offizierskursus in Kansas und wurde nach drei Monaten als Leutnant in den Süden versetzt, in ein Camp außerhalb von Montgomery in Alabama. Die Offiziere des Lagers waren im Countryclub des Städtchens sehr beliebt, und dort verbrachte Fitzgerald seine Samstagabende und -nächte und beobachtete wie ein Verdurstender das Leben um sich her, um es zu Literatur zu verarbeiten. Er verfiel dem Charme der jungen Zelda Sayre, der Tochter einer angesehenen Südstaaten-Familie, in der er bald verkehren durfte. Mit ihren tiefblauen Augen und dem goldblonden Haar glaubte die junge Schönheit, sie dürfe sich alles leisten, und behandelte ihre Verehrerschar rücksichtslos, ließ sich von ihnen zu Knutsch-Fahrten im Auto mitnehmen und rauchte in ihrem letzten Schuljahr bereits in der Öffentlichkeit, was damals verpönt war. Über ihrem Elternhaus vollführten die Fliegeroffiziere Kunststücke, bis sich Zeldas Vater, ein strenger alter Richter, das Theater verbat.

Fitzgerald, der wie immer des Glaubens war, daß für ihn das Beste gerade gut genug sei, machte Zelda einen Heiratsantrag, der nicht bedingungslos angenommen wurde. Im Februar 1919 wurde sein Regiment aufgelöst, ohne je an die Front gekommen zu sein. Fitzgerald ging nach New York, wo er eine Zukunft für sich und Zelda aufbauen wollte, denn es grauste der egoistischen Zelda vor einem Leben in Armut und Einschränkungen. Ein treffendes Bild der anspruchsvollen jungen Damen vermitteln einige der hier ausgewählten Erzählungen. Zelda löste die ›Verlobung‹ auf, und Fitzgerald reiste mit geliehenem Geld in den Süden, um Zelda umzustimmen. Erst als sein Roman-Manuskript angenommen wurde, willigte Zelda ein, ihn zu heiraten. Der Lektor des Scribner-Verlags, Max Perkins, war vom Werk Fitzgeralds begeistert und hielt ihm sein Leben lang die Treue: Nie schlug er ihm einen Vorschuß ab! Fitzgerald schrieb über Zelda: »Ich war in einen Wirbelwind verliebt und mußte ein Netz spinnen.« Nach einigem Zögern traf Zelda 1920 in New York ein, wo sie heirateten und ein turbulentes Leben begannen.

Zelda schrieb darüber: »In ganz New York wurde ständig telefoniert, von einem Hotel ins andere. Niemand wußte, wessen Party es eigentlich war. Stets bildete sich eine neue Gruppe von

Leuten, um die ›Party‹ am Leben zu erhalten.« Über Fitzgerald kann man bei einem seiner Biographen nachlesen: »Er verkörperte den amerikanischen Traum: Jugend, Geld und frühe Erfolge! Und er glaubte daran.« Das hektische Lebensgefühl seiner Generation schildert er in den Erzählungen als eine Party mit üblen Vorzeichen, denn sich amüsieren bedeutete auch, Unmengen von Alkohol zu konsumieren, und er konnte Alkohol nicht vertragen – Zelda dagegen war trinkfest. Ihre Bedürfnisse nach Abwechslung wollte er um jeden Preis befriedigen und machte bei albernen Streichen mit, um sie und die Gäste zu amüsieren. Sie wurde das ›Barbarenprinzeßchen aus dem Süden‹ genannt, die Seele jeder Gesellschaft.

Von 1920 an schrieb Fitzgerald des Geldes wegen, um das verschwenderische Leben zu finanzieren, das sie bis 1930 beibehielten. Danach brauchte er Geld, um die hohen Kosten für Zeldas Behandlung in der Nervenheilanstalt zu bezahlen. Doch ehe der Wahnsinn bei ihr eindeutig ausbrach, lebten sie noch im alten Stil weiter: in Paris, auf Long Island, an der Riviera. Ihr Töchterchen Scottie kam in Amerika zu Welt, und Fitzgerald war besorgt, sie nicht so verwöhnt wie Zelda aufwachsen zu lassen. Unermüdlich schrieb er viele Nächte hindurch weiter. Insgesamt über hundert Stories wurden in Zeitschriften veröffentlicht, die sehr hohe Honorare zahlten, und alle spiegelten die Schauplätze ihres unsteten Lebens wider, wie es die hier ausgewählten Meistererzählungen, aber auch seine Romane beweisen. Einleitend zu seiner Erzählung *Junger Mann aus reichem Haus* erklärt der Autor, daß sich »die armen Reichen« nicht das Wesentliche kaufen können und weist auf den Konflikt Gut – Böse hin. Die Zügellosigkeit entsprach keineswegs seinem Ideal. Seine Auffassung von der Liebe ist die des Puritaners, der die seelische Beziehung in der Liebe über die ihm ärgerliche Betonung des Sexuellen stellt. Daher ist es nicht verwunderlich, daß sich Fitzgerald und seine Frau auseinanderlebten, als Zelda sich in einen französischen Flieger verliebte. Häßliche Streitigkeiten zerstörten ihr Familienleben, das erst richtig auseinanderbrach, als Zelda sich bemühte, ihren Mann zu übertrumpfen.

Zunächst nahm sie Ballettstunden bei einer russischen Ballerina, bis sie einsah, daß sie zu alt war, um noch mit diesem Beruf zu beginnen. In all den zahlreichen Notizen ihres Mannes fand sie genügend Stoff, um selbst einen Roman zu schreiben: *Darf ich um den Walzer bitten*. Er ist amüsant, aber unbegabt geschrieben. Da er auch bösartige Angriffe auf ihren Mann enthielt, überarbeitete Fitzgerald den amateurhaften Roman zusammen mit seinem Verleger. Der Ärger vergrößerte die Kluft zwischen dem Ehepaar. Fitzgerald war unglücklich und betrank sich immer häufiger, was sie beide aggressiv stimmte, bis Zelda einen Nervenzusammenbruch erlitt und zuerst in der Schweiz, später in Amerika in eine Klinik eingeliefert werden mußte. In der erschütternden Erzählung *Wiedersehen mit Babylon* versucht der Autor, sich mit seinen Schuldgefühlen auseinanderzusetzen, doch schon in der Schweiz hatte ihm der Psychiater versichert, er brauche sich nicht die Schuld an Zeldas Leiden zu geben. Er hätte es nur aufhalten, aber nie beheben können, weil es ererbt sei. Trotzdem war Fitzgerald verzweifelt, verfiel in Schwermut, glaubte, nie mehr gut schreiben zu können, und suchte seine schlaflosen Nächte durch den Alkohol zu lindern. 1934 gelang ihm sein berühmter vierter Roman *Tender is the Night*. In der Erzählung *Familie im Wind* rechtfertigt er unter der Maske des Doktors seine eigene Zerrissenheit.

Instinktiv wußte Fitzgerald, daß er endlich einmal zu sich selbst kommen müsse, deshalb zog er sich 1935 nach Tryon in North Carolina zurück. Seinen Schmerz um das eingebildete Versagen seiner Schaffenskraft sollte ihm dort in jenen Tagen der Selbstbesinnung eine Frau austreiben, deren Vitalität er bewunderte: Nora Flynn. Sie war Anhängerin der Christlichen Wissenschaft und hatte es sich zur Aufgabe gemacht, Alkoholiker zu retten. Aber Fitzgerald vergrub sich in einem Hotel und begann in seiner Einsamkeit eine Reihe von Essays für den *Esquire* zu schreiben. Er steckte tief in Schulden, hatte ständig Fieber und kehrte schließlich nach Baltimore zurück.

Von einer beginnenden Tuberkulose erholte er sich erstaunlich rasch, schrieb wieder und ging aus. Frauen verliebten sich in ihn, doch er lehnte oberflächliche Affären ab. Seiner Sekretärin erklärte er, jeder Mensch sei einsam, und ein Künstler *müsse* es sein. Sein einziges Glück war seine in einem Internat lebende Tochter Scottie, der er rührend-besorgte Briefe schrieb. Um weiter für Zelda und Scottie sorgen zu können, bemühte er sich um einen Vertrag in Hollywood, den er im Sommer 1937 erhielt. Sein treuer Agent Harold Ober verwendete die monatlichen Zahlungen für Scotties und Zeldas Unterhalt und zum Abtragen der Schulden beim Verlag.

Von Hollywood war Fitzgerald fasziniert, und der Stoff für einen neuen Roman begann sich schon bald herauszukristallisieren. An der Bar in seinem Bungalow-Hotel lernte er Sheilah Graham kennen, eine erfolgreiche Journalistin, deren wöchentliche Leitartikel *Hollywood To-day* in ganz Nordamerika verbreitet wurden. Sheilah war eine normale, rücksichtsvolle Frau, die sich vornahm, Fitzgerald, den sie bald zu lieben begann, von seinen Depressionen und der damit verbundenen Trinkerei zu heilen. Sie gab ihm seinen Lebenswillen zurück, und er zeigte sich von seiner besten Seite. Sein Leben wurde endlich geregelter, fröhlicher und ruhiger. Sie mietete ihm außerhalb der Stadt ein Haus, was besser als das Hotelleben für ihn war. Während der vier Jahre ihres Zusammenlebens behielt sie ihre Stadtwohnung bei. Fitzgerald lebte nun auch noch für einen dritten Menschen, und er liebte und verehrte Sheilah. Sein anfängliches Interesse am Leben und Treiben in Hollywood verkehrte sich bald in Abscheu. Er haßte die Methode der Filmstudios, mit den Arbeiten der Autoren so rücksichtslos umzuspringen: Sein Drehbuch zum erfolgreichen Film *Drei Kameraden* war völlig verändert worden.

Weil er immer noch glaubte, er brauche Alkohol, um sein Schaffen anzuregen, begann er wieder zu trinken, und Sheilah erlebte ihn entweder als »ernsten, vernünftigen Mann oder als streitsüchtigen Stier«, wie sie in ihrem Buch *The Real Scott Fitzgerald* schreibt. Sein letzter Wutausbruch endete damit, daß sie ihn verließ, um ihn, wie sie glaubte, nie wiederzusehen. Erbittert reiste er zu Zelda und überredete sie, mit ihm nach Kuba zu fahren. Doch Zelda mußte wieder ins Sanatorium zurück, wo sie bei einer Brandkatastrophe jämmerlich umkam.

Im Jahre 1939 war Fitzgerald wieder in Hollywood und versprach Sheilah, nie mehr zu trinken. Er hielt sein Versprechen ein ganzes Jahr und arbeitete an seinem Hollywood-Roman, *Der letzte Taikun.* Nachdem er sechs Kapitel beendet hatte, zwang ihn ein leichter Herzanfall, weniger zu arbeiten. Nach einem zweiten Herzanfall am 21. Dezember 1940 schlug er tot zu Boden. Er wurde wie sein Vater in Rockville, Maryland, begraben. Die fassungslose Sheilah war bei der Trauerfeier nicht anwesend; Scottie, die sie wie eine Mutter liebte, hatte ihr davon abgeraten.

Elisabeth Schnack

F. Scott Fitzgerald
im Diogenes Verlag

Der große Gatsby
Roman. Aus dem Amerikanischen von
Walter Schürenberg. detebe 20183

Der letzte Taikun
Roman. Deutsch von Walter Schürenberg
detebe 20395

Pat Hobby's Hollywood-Stories
Erzählungen. Übersetzt und mit Anmerkungen von Harry Rowohlt. detebe 20510

Der Rest von Glück
Erzählungen. Deutsch von Walter Schürenberg. detebe 20744

*Ein Diamant – so groß wie
das Ritz*
Erzählungen 1922–1926. Deutsch von Walter Schürenberg, Elga Abramowitz und Günter Eichel. detebe 20745

Der gefangene Schatten
Erzählungen 1926–1928. Deutsch von Walter Schürenberg, Anna von Cramer-Klett, Elga Abramowitz und Walter E. Richartz
detebe 20746

Die letzte Schöne des Südens
Erzählungen. Deutsch von Walter Schürenberg, Elga Abramowitz und Walter E. Richartz. detebe 20747

Wiedersehen mit Babylon
Erzählungen aus dem Verlorenen Jahrzehnt 1930–1940. Deutsch von Walter Schürenberg, Elga Abramowitz und Walter E. Richartz
detebe 20748

Zärtlich ist die Nacht
Roman. Neu übersetzt von Walter E. Richartz und Hanna Neves. detebe 21119

Das Liebesschiff
Erzählungen. Deutsch von Christa Hotz und Alexander Schmitz. detebe 21187

Der ungedeckte Scheck
Erzählungen 1931–1935. Deutsch von Christa Hotz und Alexander Schmitz. detebe 21305

Meistererzählungen
Ausgewählt und mit einem Nachwort von Elisabeth Schnack. Deutsch von Walter Schürenberg, Anna von Cramer-Klett und Elga Abramowitz. detebe 21583